Fred Roigoon

La vengeance de Marie-Antoinette

ISBN : 978-2-9539110-4-6
Couverture : AB2LEP design
Photo : © Artyme83
Stéphane Imbert

12 rue de l'abbé de l'épée
75005 Paris

Prologue

Maman, maman, maman !

Où es-tu ?

Ils me disent, je n'ose le croire, que tu es partie !

Que tu m'as abandonné, sans même me dire au revoir !

Ton chou d'amour.

Mon petit oiseau est mort. C'était une tourterelle.

Mon amie, la seule qui était gentille avec moi.

Je l'ai veillée toute la nuit, dans mes mains afin que le froid de ce sombre cachot ne la prenne. J'ai prié dans l'espoir que le souffle divin la ranime.

Dieu a dû m'oublier. Cela fait si longtemps que je l'appelle à mon secours.

Il ne répond jamais.

Maintenant, de nouveau seul, je veux te rejoindre là-haut !

Mon amie m'a dit que dans le ciel, le corps est tellement léger que l'on ne sent plus aucune douleur. Le vent nous porte et nous emmène là où la vie est plus belle, vers ceux que l'on aime. Moi aussi, un jour, je volerai.

Vole ma belle, vole, rejoins ma Maman et dis-lui à quel point elle me manque.

Comme je vous pleure toutes les deux !

Je n'ai plus assez de larmes, alors j'use mon sang.

Pourquoi m'abandonnez-vous ? Pourquoi ne me voulez-vous pas avec vous ? Ai-je été si peu sage pour me punir de la sorte ?

Je suis seul dans cette cage que plus personne n'ouvre. Maintenant que mon amie est partie, j'ai mal dans mon corps, j'ai mal dans mon cœur.

Cette immense douleur apparue lorsque l'on m'a arraché à vous, à peine calmée se réveille de nouveau.

Ne cessera-t-elle jamais ?

Parfois me reviennent des souvenirs quand notre vie était belle.

Cette fierté que j'ai ressentie quand vous m'avez emmené, maman, à cette messe en l'honneur de père. Vous étiez si jolie dans cette robe blanche.

J'aime tant le blanc ! La couleur de ma bien aimée tourterelle.

Même, son éclat réchauffe cette cage mortelle où tout le monde m'a effacé.

Et ce jeu dont j'ai oublié le nom. Vous m'aviez autorisé à lancer ces boules de couleur dans notre parc. Vous m'aviez admis dans votre équipe, vos amis riaient et moi j'étais tellement fier.

Père, quand il en avait le temps m'apprenait le bricolage. J'avais le droit de toucher ces outils si mystérieux, dont l'emploi n'avait plus de secrets pour lui.

Il me promettait toujours de m'en apprendre davantage.

J'étais si fort avec vous, je n'avais peur de rien, même quand ces bandits sont apparus et qu'a débuté ce long cauchemar.

Je savais que mon papa se battrait pour nous réunir de nouveau.

Maintenant, je ne me demande plus si demain ressemblera à hier.

Je sais que c'est fini !

J'ai fait croire aux méchants que je ne me souvenais plus. Ils m'ont fait dire des bêtises, je vous ai reniés. C'était dans le secret espoir de vous retrouver.

Je le regrette du plus profond de mon cœur, car à cause de ça, vous avez abandonné la chair de votre chair, qui survit, à présent, toute seule dans cette cellule.

Aujourd'hui, les forces me quittent.

Je sens que la petite flamme qui brûle en moi s'amenuise et n'est pas loin de s'éteindre. Je n'ai plus peur de mourir, car je sais que même l'enfer, que je mérite, sera infiniment meilleur que ce que je vis quotidiennement.

Mon corps n'est qu'une plaie. Je n'ose me lever, car ne sais si je saurai encore marcher.

Marcher ne m'intéresse plus, c'est voler que je veux.

Je reste couché sur cette paillasse nauséabonde, sous cette couverture qui me servira de linceul.

Parfois, je me dis que je suis trop jeune pour mourir. La vie m'avait promis une destinée hors du commun et me voilà, dans ce cachot à pleurer cet oiseau de bonheur, cette sœur, cette mère.

Pourquoi m'as-tu abandonné toi aussi ?

J'ai appris à partager avec toi ce peu de pain qu'on me glisse chaque jour par cette lucarne sans vie. Je t'ai réchauffé, embrassé, aimé.

Aimé comme j'ai aimé cette mère. À la folie !

Comme j'aurais voulu le lui dire !

Je ne savais pas.

La fin est proche. Mon corps se vide.

Il sera bientôt assez léger pour s'envoler, pour vous rejoindre.

Louis

PREMIÈRE PARTIE

Chapitre I :

Dans le taxi qui le ramène de l'aéroport de Roissy-Charles-de-Gaulle, Romain Dutreil peut enfin fermer les yeux. Le mouvement de la voiture et l'odeur de lavande à bon marché qui règne dans l'habitacle le plongent dans une torpeur bénéfique. Déjà, le souvenir de son merveilleux voyage en Afrique commence à s'estomper.

Son vol a eu trois heures de retard et, malgré le confort de la première classe, il a peu dormi. Pour quelle raison ? Il n'en sait rien. Probablement cette opulence de mets et de vins fins auxquels il n'est toujours pas habitué.

L'approche des barres de béton qui se dessinent à l'horizon amplifie la mélancolie qui le gagne depuis peu. La fatigue a invité un flot de pensées dont il se serait bien passé. Pour la première fois depuis le départ de ce long périple, il se revoit quatre mois auparavant…

Il perçoit distinctement le grincement de la lourde porte de fer de la prison, qui s'était ouverte sur un soleil éblouissant, presque douloureux. À l'instar d'un animal usé auquel on rend la liberté après des années de captivité, il était resté immobile, paralysé de terreur. Le gardien lui avait souhaité bon vent, ou quelque chose comme ça, avant de refermer bruyamment le vantail derrière lui.

Mille fois pourtant il avait rêvé de cet instant magique, cet instant où sa cage s'ouvrirait, surtout le soir quand il cherchait le sommeil dans sa cellule de dix mètres carrés. Treize ans, huit mois, une semaine, quatre jours. Un tiers de sa vie. Enfermé pour une histoire tellement irréelle qu'il avait renoncé à en connaître les tenants et les aboutissants. Une histoire qu'il avait décidé de rayer de sa mémoire à jamais.

Une fois passée la peur du vide que tout prisonnier ressent au moment de sa sortie après une longue peine, il s'était mis en marche et avait erré sans but, humant les parfums de cette fin d'hiver. Les rues regorgeaient de monde, les enfants s'amusaient dans les parcs, les couples déambulaient main dans la main.

Libre, *enfin libre*, mais son esprit n'était-il pas resté derrière les barreaux ?

Il se souvient de son premier contact à la terrasse d'une brasserie. L'amabilité du serveur l'avait sorti du carcan de violence dans lequel il était enfermé. N'importe quel quidam aurait trouvé la situation banale, mais Romain, lui, s'était émerveillé. Il avait répondu à cet homme avec un bonheur incommensurable. Cet être du dehors lui parlait des beaux jours, de la neige qui avait pris enfin ses quartiers d'été. Des paroles somme toute insignifiantes, mais qui l'avaient enivré.

Il était resté prostré sur son siège en observant l'animation ambiante. Peu à peu, la rue s'était transformée en une bacchanale colorée. Il avait complètement oublié cette odeur printanière, ces effluves de feuilles mélangés aux gaz d'échappement des voitures. Pour lui, c'était le parfum de la liberté…

Seul, à cette table, il avait échafaudé ses plans d'homme affranchi : tout d'abord s'offrir un appartement et ensuite partir loin, très loin. Un safari en Afrique du Sud. Pourquoi ce pays ? Un vieux rêve né en prison, une chimère qui l'avait aidé à tenir le coup toutes ces années et qu'il s'était juré de réaliser à la fin de sa peine. Un voyage symbole en quelque sorte, un acte fort, qui aurait dû l'aider à tourner définitivement cette page sombre de son existence.

L'argent ? Il en possédait déjà plus que quiconque autour de lui et bien plus qu'il n'en fallait pour vivre comme un nabab jusqu'à cent ans. Il n'avait pas encore réalisé comment il l'avait gagné et refusait encore d'essayer de comprendre.

Aujourd'hui, cette voiture qui ramène Romain chez lui n'est pas un simple taxi : elle l'accompagne vers sa nouvelle vie, une vie qu'il espère sans histoires. Apaisé par cette vision réconfortante, il s'endort enfin, l'esprit engourdi par le long voyage qu'il vient de faire.

Lorsqu'il rouvre les yeux, le taxi est à l'arrêt. Le trafic s'est encore densifié à l'approche de la porte de la Chapelle. Un panneau lumineux avise les conducteurs d'un délai de vingt-cinq minutes jusqu'au périphérique. Romain ignore les remarques acerbes du chauffeur et attrape un journal plié dans le vide-poches. Il s'échappe en survolant les titres à la une : grèves, crises en tous genres, annonces tonitruantes de la déroute d'un gouvernement. Bienvenue en France !

Étranger à toute cette agitation, il feuillette le quotidien et s'arrête sur les faits divers, seul sujet pour lequel il éprouve encore un peu d'intérêt.

Un article en bas de page attire son attention. À la lecture des premières lignes, sa vue se brouille. Sa respiration change de rythme. Les battements de son cœur s'accélèrent.

TROIS *MORTS, DONT UN POMPIER VOLONTAIRE, DANS UN INCENDIE*

Un pompier volontaire a trouvé la mort hier, dans l'incendie d'une maison de Saint-Marcellin, Isère. Les raisons du sinistre sont encore inconnues à ce jour. Il semble cependant que la bâtisse, datant du siècle dernier, n'ait pas été dotée du système de sécurité réglementaire. Il aura fallu toute la nuit aux pompiers pour circonscrire le feu et dégager le corps du malheureux, le caporal Lestrade, âgé de vingt-quatre ans. Les propriétaires du domaine font également partie des victimes. M. et Mme Dentremont, selon les premières constatations, ont été asphyxiés pendant leur sommeil.

C'est le deuxième pompier qui perd la vie cette année dans l'exercice de ses fonctions. Le ministre...

Romain jette le journal au sol comme si le feu de la maison en avait gagné les feuilles. Il s'est arrêté de respirer. En une fraction de seconde, l'histoire de sa vie, qu'il croyait avoir effacée, lui saute à la figure, comme un petit diable s'éjectant d'une boîte jusqu'ici verrouillée

Dentremont... Sa mémoire lui joue-t-elle des tours ? « *Mes parents sont morts dans un incendie.* » Ces quelques mots réapparaissent en flash.

Ce n'est pas possible ! Son passé va-t-il le poursuivre indéfiniment ? Le visage d'une petite fille aux boucles brunes et aux yeux rieurs réapparaît comme dans ses pires cauchemars... Une frimousse adorable, un sourire malicieux, un irrésistible fantôme.

Cet article anodin rouvre un trou béant de son passé. Ce trou, il pensait pourtant l'avoir bouché avec une lourde trappe. Hermétiquement. Il n'en est rien. De cette gueule diabolique s'échappent un à un les éléments dramatiques qui avaient bouleversé le cours de sa vie. Ces événements tragiques qu'il pensait avoir oubliés lui sautent au visage comme des lutins maléfiques.

Les faits remontent à quinze ans. Romain habitait encore le domicile familial. Cette fameuse journée surgit dans son esprit telle l'arrivée de la lumière après une longue panne de courant. Il s'était disputé avec sa mère pour une raison futile, comme cela arrivait souvent à cette époque-là. Elle ne l'avait pas vu grandir et le traitait encore comme un gamin malgré ses vingt ans. Il se revoit claquant la porte de sa chambre et se jetant sur le clavier de son ordinateur. L'informatique était une passion qui l'avait happé à l'adolescence. S'abandonner sur la toile calmait ses velléités. Il rêvait souvent de s'échapper de l'emprise de ce tyran en jupon, mais son maigre salaire ne le lui permettait pas. Comme elle l'élevait seule, sa mère estimait qu'elle avait le droit de régenter sa vie de manière abusive. Elle trouvait toujours quelque chose à lui reprocher dans tout ce qu'il entreprenait. Malheureusement, cette fois, elle n'avait pas détecté le danger qui allait se transformer en véritable tragédie.

Le premier message lui était parvenu à cette période-là. Il émanait d'une jeune fille de son âge prénommée Marie. La missive était très différente de celles des contacts avec qui il avait l'habitude de correspondre. La forme, les mots employés, la date farfelue avaient attisé sa curiosité. Contrairement aux autres personnes qui fréquentaient ce site de rencontres, celle-ci montrait une originalité hors du commun. Elle faisait preuve d'esprit et possédait un humour ravageur. Dans ses délires – de quoi pouvait-il s'agir d'autre ? – elle prétendait vivre dans le futur.

Hameçonné, Romain, grand amateur de jeux de rôles, était entré dans la danse et leurs échanges étaient devenus réguliers. Étudiante à Lyon, elle possédait une telle connaissance en informatique qu'elle pouvait rivaliser avec les meilleurs hackers.

Elle déjouait toutes les procédures de sécurité du site sur lequel ils s'étaient rencontrés. Elle apparaissait à la manière d'un feu follet parmi ses autres abonnés. Elle prétendait qu'elle avait envoyé un message sur le réseau à la manière d'une bouteille à la mer et il semblait que lui seul avait été en mesure de le recevoir. Étrange entrée en matière !

Il avait obtenu le privilège d'obtenir une photo d'elle. Ah ! malgré son enthousiasme, elle restait méfiante. De son visage émanait une certaine élégance. Des traits fins, des cheveux coiffés à la garçonne, qui mettaient en valeur des pommettes saillantes. Son regard trahissait un caractère trempé. Seule coquetterie, un piercing discret ornait une de ses narines.

Romain avait très vite essayé de la rencontrer, mais, selon elle, c'était impossible puisqu'elle vivait dans le futur. Il en avait conclu que c'était sa façon à elle de se protéger des malfaisants qui hantaient la toile pour attirer des jeunes naïves dans leurs filets. De nombreuses affaires avaient défrayé la chronique, malgré les appels incessants à la méfiance. Le spectre du faux interlocuteur était à présent dans l'esprit de tous.

Au bout d'un certain temps, leur relation épistolaire avait changé de tournure. Leurs échanges étaient devenus plus profonds. Marie, qui selon ses dires commençait à se sentir en confiance avec lui, avait abandonné le ton potache pour celui de la confidence. Elle lui avait raconté des anecdotes plus intimes et, comme pour sceller de façon définitive leur amitié naissante, lui avait confié une nouvelle terrifiante : ses parents, qu'elle aimait par-dessus tout, venaient de périr dans un incendie.

Ainsi, sous une bonne humeur de façade se dissimulaient en fait une détresse et une peine incommensurables. Cette jeune fille, qui accaparait dorénavant toutes les pensées de Romain, lui était apparue soudain comme une pauvre orpheline abandonnée au milieu d'un océan de tristesse. Il était devenu son confident virtuel, un peu comme ces inconnus d'un soir à qui l'on raconte, accoudé au bar, ses problèmes les plus intimes. À la différence près que l'inconnu, normalement, disparaissait à la fin de la soirée. Elle, non.

Marie avait continué sa confession. Elle pensait avoir été adoptée. Fille unique, comme Romain, ne connaissant pas d'autre famille, cette possibilité la hantait. De plus, elle venait d'apprendre que l'incendie tragique était d'origine criminelle : ses parents avaient été assassinés. Eux si gentils, si discrets, sans histoires, c'était inconcevable. Son moral était au plus bas.

L'aventure devenait fascinante ! Marie était intarissable. Elle lui avait décrit son enfance dans un petit hameau proche de Saint-Marcellin, dans l'Isère. Elle faisait preuve d'une force certaine pour une personne en plein séisme émotionnel.

Romain, de plus en plus captivé par son récit, avait laissé son imagination façonner le reste de leur histoire. Marie était tellement mystérieuse, tellement envoûtante. Aucun superlatif n'atteignait le niveau du piédestal sur lequel il l'avait hissée. Ne possédant qu'une image de son visage, il l'imaginait grande, mince, avec un corps parfait. Intelligente, c'est sûr, elle l'était.

Serait-il à la hauteur, lui qui avait quitté le lycée à dix-sept ans ? Il devait tout faire pour la rencontrer. Aussi n'avait-il pas hésité une seule seconde lorsqu'elle lui avait demandé de l'aider.

Oh ! rien de bien compliqué, lui avait-elle assuré. Si seulement il avait pu être moins naïf !

Elle lui avait envoyé une photo qui la bouleversait beaucoup : un cliché d'elle, petite, en compagnie d'un couple. Elle voulait qu'il l'aide à retrouver ces deux personnes qu'elle imaginait être ses géniteurs au vu de la ressemblance flagrante entre l'enfant et la femme.

Romain avait accepté, malgré une certaine méfiance. Et si cette histoire n'était qu'une invention ? Qu'importait ! À cette époque, que n'aurait-il pas fait pour rencontrer une jolie fille ?

L'attirance et la curiosité avaient pris le pas sur la prudence. Ce jeu de rôles ne semblait pas si périlleux que ça. Son métier de livreur chez UPS lui laissait beaucoup d'après-midi libres. Il avait décidé de les consacrer à sa nouvelle amie.

Ces recherches étaient motivées par les encouragements de Marie. L'étrangeté de ses messages augmentait de jour en jour. Ils ne respectaient pas l'instantanéité de tous les e-mails habituels. Romain attendait parfois des heures avant d'en recevoir un qui était censé arriver dans la minute. Marie s'en justifiait avec humour en lui disant qu'un voyage de quinze ans ne pouvait pas s'effectuer aussi aisément.

Il aurait dû se méfier à cet instant précis. Il avait affaire à un redoutable *geek*. Cette fille était, pour sa malchance, la reine de ces férus d'informatique, capables de toutes les astuces pour assouvir leurs funestes desseins.

L'événement le plus fascinant avait été sa prédiction pour la prise en otages des enfants de Beslan. Comment avait-elle fait ? Romain n'en saurait jamais rien.

Comment avait-il pu être aussi candide ? Puisqu'elle vivait dans le futur, elle lui avait raconté les détails de cette boucherie quelques jours avant qu'elle ne se produise. Elle prétendait que c'était facile, il lui suffisait d'effectuer quelques recherches sur Internet pour savoir ce qui s'était passé dans le monde à une date précise. Et puis quoi encore ? Lui, le benêt de service avait tout gobé.

Ne flairant pas le danger, il s'était plongé à corps perdu dans sa quête et avait finalement retrouvé le couple des photos. Cela n'avait pas été très facile, mais il y était parvenu, à la grande joie de sa nouvelle meilleure amie.

Détail qui avait son importance, la petite fille existait bien. Comment pouvait-elle être Marie, puisqu'elle devait être âgée de cinq ans tout au plus et qu'elle n'avait pas le même prénom ?

Le processus, qui allait mener Romain à sa perte était enclenché.

Il avait commis à ce moment-là toutes les erreurs qu'on allait lui reprocher plus tard, lors de son procès. Il fallait être fou pour imaginer, ne serait-ce qu'un instant, que la petite fille qu'il avait retrouvée conversait avec lui au même moment, à l'âge adulte.

C'était pourtant ce qu'il croyait. Il avait accepté toutes les demandes de Marie, dont le souhait le plus cher était de prouver que cette enfant était bien elle.

Pour cela, Romain avait payé de sa personne. Afin de se rapprocher de la famille, il était devenu l'amant de l'employée de maison, une jolie Camerounaise de son âge, pour qui les subtilités de l'amour n'avaient plus aucun secret.

Joignant l'utile à l'agréable, il avait enquêté à l'intérieur même de la propriété familiale, disséminant ses empreintes et son ADN comme le petit Poucet semant ses cailloux et ce, jusque dans le lit de la petite fille.

Un jour, alors que l'enfant s'était blessée, Romain l'avait soignée à l'intérieur de sa voiture. Les infimes traces de sang retrouvées plus tard allaient peser lourd dans la conviction des jurés.

À la demande de Marie, il avait comparé une tache de naissance qu'elles possédaient en commun. Le doute n'était plus permis : aussi idiot que cela puisse paraître, les deux jeunes filles n'en formaient qu'une seule, malgré la différence d'âge et de prénom.

Emma, la gamine au sourire innocent, avait été kidnappée et la faute était retombée sur lui, le coupable idéal. Il faut dire que des preuves accablantes avaient attiré l'attention des enquêteurs aussi sûrement qu'un clocher de village attirait la foudre un jour d'orage.

La brigade criminelle l'avait arrêté chez lui lors d'une opération de grande envergure. Romain entend encore dans ses pires cauchemars les cris de sa mère, que les sirènes de police avaient de la peine à couvrir.

La période était néfaste. De nombreux cas de pédophilie avaient sensibilisé l'opinion publique et Romain avait été considéré comme l'un de ces criminels. Des méthodes assimilables à de la torture mentale lui avaient fait avouer un acte sordide qu'il n'avait jamais commis.

Seul aspect positif, s'il en était un, il avait gagné au Loto plus de quinze millions d'euros avec des numéros que Marie, vivant dans le futur, s'était procurés sans peine et lui avait communiqués : « Pour te payer les frais de ces recherches », lui avait-elle dit.

La petite Emma n'avait jamais été retrouvée et Romain avait été condamné à vingt ans de réclusion criminelle.

Chapitre 2

— Monsieur… Monsieur… On est arrivés… 18 avenue Bosquet… Ça fait cent douze euros… Cent sept au compteur plus cinq pour vos bagages.

— Euh ! Oui… Voilà deux cents euros… Gardez tout… Puis-je emporter ce journal ?

Sonné par ce qu'il vient de découvrir, Romain quitte le confort douillet du véhicule. Il ne sent même pas la chaleur d'été emprisonnée par les imposantes façades haussmanniennes de son quartier. Il regarde sa montre : dix heures. Les rayons du soleil auréolent Paris d'une lumière presque irréelle et annoncent une canicule insupportable. Romain ne s'en émeut point, pas plus qu'il ne s'aperçoit du sourire du chauffeur de taxi quand celui-ci lui tend ses bagages avec déférence. Le montant du pourboire octroyé a immédiatement propulsé Romain au rang des grands de ce monde.

Acheter un appartement de rêve à l'ombre de la tour Eiffel a été la première chose qu'il a faite en sortant de prison. Il n'a pas hésité ni discuté le prix en découvrant ce merveilleux six-pièces situé dans le septième arrondissement, un des quartiers les plus chics de la capitale. Avec ses deux cents mètres carrés et ses grandes baies vitrées, c'était l'endroit idéal pour oublier la cellule sombre et exiguë de la prison.

Désireux d'entrer dans les lieux immédiatement, il a payé cash, à la stupéfaction de l'agent immobilier. Ils sont rares les gens comme lui, en ces temps de crise.

Aussitôt dans les murs, il a doté son nouveau « chez lui » d'un matériel électroménager et informatique dernier cri, comblant un appétit compréhensible de modernité après tout ce temps perdu.

Romain compose le code lui permettant de déverrouiller l'accès de son palais et, après quelques déclics mystérieux, il pousse la lourde porte blindée.

L'odeur de renfermé ne le dérange pas le moins du monde ; son odorat n'a pas encore récupéré les réflexes d'un homme libre. Il laisse tomber son sac et se dirige vers la salle de bains. Il a besoin d'une bonne douche.

Tandis que l'eau chaude ruisselle sur son torse et balaye la fatigue accumulée ces dernières vingt-quatre heures, il revoit l'enfant timide et rêveur qu'il était quinze ans auparavant. Le petit pavillon de son enfance… Sa chambre encombrée d'objets hétéroclites… Les posters sur les murs… Son brave chien… Ces images apparaissent dans un songe éphémère.

Il s'enroule dans une serviette moelleuse et passe une main dans sa barbe naissante. Son visage dans le miroir est bien loin de celui du gamin innocent à la tignasse hirsute qu'il était à cette époque. La prison, ça vous change un homme ! Ses traits se sont creusés. Son regard bleu offre à présent un mélange de fermeté et de lassitude. Ses cheveux coupés très court lui donnent l'air de l'aventurier viril qu'il rêvait d'être autrefois. *Autrefois…*

Il reste un long moment immobile, à se regarder, et décide d'arrêter de se lamenter. Il allume sa chaine haute fidélité flambant neuve et choisit une play-list. La musique envahit le salon. Que fait un individu normal qui rentre chez lui après quelques jours de vacances ? Même ça, il l'a oublié.

Il cherche encore ses marques dans cet appartement trop grand, cet espace sans vie. Des choses anodines telles que défaire ses bagages et trier ses vêtements lui prennent toute la matinée. Il veut oublier les quelques lignes du journal découvertes dans le taxi, mais n'y parvient pas : *Dentremont... incendie... Marie.*

Romain éprouve une sensation étrange. Ses souvenirs lui paraissent à la fois proches et totalement étrangers, comme si sa condamnation et ces quinze horribles années avaient effacé tout un pan de sa mémoire. Mais aujourd'hui il se rend à l'évidence : cinq lettres font resurgir des sentiments qu'il croyait enfouis définitivement : *Marie.*

Doit-il laisser croupir à jamais ce nom maudit dans le lisier de son passé ? Romain serre les poings si fort que ses ongles laissent une trace violette sur ses paumes. Sa vie ne sera jamais plus comme avant ! Jamais ! Le garçon rêveur à la chevelure en bataille est bien mort et enterré !

Il s'efforce sans conviction de reprendre le cours normal de sa journée. Il prend connaissance des messages qui patientent dans sa boîte vocale. Rien d'important. L'un d'eux émane de sa mère : quelques mots sans chaleur pour lui demander s'il est bien rentré. À son grand désarroi, les quelques jours passés chez elle à Avignon, avant son départ pour l'Afrique, ne les ont pas rapprochés. Bien au contraire ! Au cours de ces quinze années, il a attendu des mots qui ne sont jamais venus. Un réconfort, une marque de confiance... mais rien ! Pour elle, il est et sera toujours coupable. Si elle joue encore son rôle de mère, ce n'est plus que pour la forme. Elle ne sera jamais plus la maman qu'il avait adulée étant enfant.

Romain appuie sur la touche dédiée à sa mère ; puis, après quelques secondes, il annule son appel. À quoi bon ? Il se dirige vers la cuisine dans laquelle il n'a encore jamais rien préparé et appuie sur le bouton de sa machine à café. Il patiente quelques secondes et fixe machinalement la mousse qui jaillit de la buse chromée. Il songe avec dégoût à l'abominable mixture servie en prison. Plus jamais ça !

Debout derrière la baie vitrée du salon, il déguste lentement le nectar, presque religieusement, en observant les va-et-vient des ascenseurs de la tour Eiffel.

Un peu plus tard, une certaine appréhension l'ayant gagné, il se résout à allumer son ordinateur. Dans sa messagerie, rien de neuf : quelques factures, des publicités, que des conneries... Comme attiré par un aimant, il appelle son moteur de recherche favori. Jamais il n'aurait pensé qu'il taperait à nouveau ce nom tellement honni : *Marie Dentremont.*

Après un tri rapide, il ouvre les pages susceptibles de lui être utiles. *Un inspecteur de police confirme que l'incendie de Saint-Roman est d'origine criminelle. Au moment du drame, plusieurs témoins ont noté des mouvements inhabituels dans ce hameau paisible. Deux voitures inconnues ont notamment été repérées. Les prélèvements effectués dans les décombres sont en cours d'analyse par la police scientifique. Les parents du pompier décédé se sont recueillis ce matin...*

En cliquant sur la page du *Dauphiné Libéré*, Romain défaille. Il découvre en haut de l'écran la photo d'une jeune femme brune. Ses traits sont tirés. Sa coupe de cheveux est laissée à l'abandon. Il n'y a aucune trace de maquillage sur ce visage qui reflète une immense tristesse. Son regard noir, intense, le projette dans le passé aussi violemment qu'un coup de poing dans l'abdomen.

Sans aucun doute, cette fille est celle qu'il avait rencontrée sur le Net. Pas la petite gamine kidnappée qu'elle prétendait être, non, la donneuse d'ordres, la manipulatrice, la malfaisante. On lui prêterait le Bon Dieu sans confession tellement l'expression de son visage reflète l'honnêteté. Le temps n'a eu aucun effet sur elle. Même le *piercing,* telle une mouche posée délicatement sur l'arête de son nez, est identique à celui de ses souvenirs. C'est comme si Romain se trouvait en face du diable en personne. En quelques secondes, ses épaules se voûtent, sa vue se brouille, son cœur s'emballe. Il a l'impression de devenir fou. Le souffle court, il poursuit.

La légende annonce : *Marie Dentremont, la fille des victimes, entendue par la police.* « Marie », murmure-t-il. Un flot d'images défile à nouveau dans sa tête… Une imposante grille en fer forgé… Une allée de hêtres… Un vieux pigeonnier… Un rire d'enfant… Une jeune fille à la peau noire… Une fillette chutant d'un toboggan… Un homme l'observant derrière la vitre teintée d'une Mercedes… Puis lui, Romain, les mains menottées et, comme dans un cauchemar, la voix de sa mère qui hurle : « Mais qu'est-ce que tu as encore fait, bon Dieu ? »

Le juge Soubeyrant, du parquet de Grenoble a été saisi de l'affaire et a immédiatement ordonné une autopsie des corps… Les conclusions sont attendues dans la soirée… Brillante étudiante en sciences politiques à Lyon, Marie Dentremont, la fille des victimes, était en stage à Paris au moment des faits. Elle a cependant été entendue hier dans les locaux de la PJ. Effondrée par ce drame horrible, la jeune femme a été incapable de trouver un mobile à un tel acte. « Mes parents », a-t-elle déclaré à la police, « étaient des gens sans histoires. Ils n'avaient aucun ennemi ! »…

Des larmes troublent la vue de Romain. Comme un automate, il attrape les clés de sa cave et se rend *illico* au sous-sol. Après un instant d'hésitation, il ouvre la porte et se saisit d'une caisse en carton. D'un geste presque religieux, il en sort un vieux computer. Hier encore, il ne voulait plus entendre parler de cette bécane d'un autre âge, source de tous ses malheurs. Il soulève la lourde caisse sans effort et se dirige vers l'ascenseur.

La gorge nouée par l'émotion, il connecte l'ancêtre, qui démarre dans un cliquetis familier. L'appareil lui avait été restitué longtemps après le procès, non sans avoir auparavant été ausculté, fouillé, violé… Aucun fichier n'avait été épargné.

Ils sont encore là, tapis dans un recoin de silice, sommeillant depuis quinze longues années. Romain découvre les fiches sur lesquelles il commentait ses rencontres amoureuses. Abby : 17 ans. Mignonne, très romantique, cherche l'homme de sa vie. Manque de fantaisie. Ou bien Johanna : 19 ans. Très cool, mais éprise d'un autre. À contacter dans trois mois… Période d'insouciance !

En cliquant sur différents dossiers, il trouve ce qu'il recherche. À son grand soulagement, elles sont encore là : les photos de Marie. Ici enfant avec son chien, près de cette Ford Mustang bleue, le temps du bonheur. Puis là, jeune adulte… Le visage crispé, Romain observe avec émotion ses traits fins et racés, le contraste entre ce sourire si doux et ce regard perdu. Tapant nerveusement sur son clavier, il compare à plusieurs reprises ces photos avec celle du *Dauphiné*. Il n'y a aucun doute : les deux Marie ne font qu'une. Sa mémoire ne l'a pas trahi. La réalité le frappe avec une telle violence qu'il arrache d'un geste rageur la prise d'alimentation de l'ordinateur.

Toute la soirée, Romain tente d'oublier cette histoire extraordinaire dans les bras de Paula, une call-girl dont il loue occasionnellement les services. Incapable pour l'instant d'une relation normale avec une femme, il trouve en elle un moyen commode d'assouvir ses besoins. Avec elle, tout est simple : elle lui prête son corps en échange de quelques billets. Pas de questions, pas de sentiments, pas d'états d'âme. Il ne désespère pas un jour de rencontrer celle qui l'acceptera tel qu'il est, mais il est encore trop tôt pour tout investissement sentimental. Il tourne tout ça dans sa tête en marchant jusque chez lui : tous les taxis sont pris d'assaut ; les transports sont en grève et la ville est paralysée. Qu'importe ! Cette balade nocturne lui fait du bien.

Sa mère lui a laissé un autre message. Il l'appellera demain sans faute ! Pour le moment, il est épuisé. Les émotions ont été grandes aujourd'hui. Il s'effondre dans son lit et s'enfonce dans un sommeil agité.

Au beau milieu de la nuit, Romain s'éveille en sursaut. Il est en nage. Plusieurs minutes sont nécessaires pour calmer les battements de son cœur. Toujours ce même rêve : un bruit de clés, des hommes sans visage qui pénètrent dans sa cellule où règne une atmosphère de mort. On lui enfile de force une chemise dépourvue de col et des bras vigoureux s'emparent de lui. Seule une vieille femme, les cheveux blancs rassemblés en chignon, pose sur lui un regard bienveillant.

Apaisé par les lueurs de la rue et le contact rassurant des draps de coton, Romain retrouve ses esprits. Il n'est plus en prison. C'est fini tout ça ! L'oreille tendue, il guette malgré lui un ronflement, un grincement de sommier métallique, un cri de désespoir. Non, rien, aucun de ces bruits qui ont habité son quotidien pendant si longtemps. Il se sent aussi ridicule que lorsque, enfant, il ne parvenait pas à s'endormir sans avoir jeté un coup d'œil sous son lit.

Avant que Romain sombre à nouveau, le visage de Marie vient se superposer au maelström de ses pensées, comme si ses terreurs nocturnes ne suffisaient pas. Pourquoi ne peut-il pas oublier cette histoire et repartir de zéro ? Il a tout pour réussir : de l'argent, des diplômes acquis pendant toutes ses années d'enfermement et une liberté totale d'entreprendre.

Pourquoi Marie ? Pourquoi ? Pourquoi refuser l'évidence ? Sa vie ne pourra pas prendre un nouveau départ tant qu'il ne connaîtra pas la vérité.

Chapitre 3 :

Romain téléphone à sa mère dans la matinée et comprend la raison de ses appels répétés : ce n'est pas qu'elle ait eu envie d'avoir des nouvelles de son fils – c'eut été étonnant –, mais son compagnon est sur le point de la quitter.

Tout semblait pourtant bien se passer avec Romualdo. Romain a toujours éprouvé de la sympathie, une certaine affection même, pour ce sexagénaire d'origine portugaise qui partage la vie de sa mère depuis de nombreuses années.

Romain promet de venir la voir dès que possible. Depuis son réveil, un tout autre projet avait pris forme dans sa tête : un voyage dans un village non loin de Grenoble. L'énigme est trop étrange, son besoin de comprendre, trop fort. Mais se rendre là-bas dans la précipitation serait une mauvaise idée. Cette fois, il doit prendre d'infinies précautions pour éviter de basculer à nouveau dans un piège. Finalement, cette visite chez sa mère, à Avignon, tombe à pic.

Les grévistes paralysent le pays, il est difficile de se déplacer autrement qu'en voiture. Romain en loue une. Durant ces quinze années passées dans un univers parallèle, il ne s'est pas rendu compte de la dégradation sociale. Les difficultés des travailleurs ne le concernent que très peu. Il n'y est confronté que lorsqu'il a besoin d'un service public. À chacun ses problèmes !

Malgré la puissance du véhicule, la durée du voyage lui paraît une éternité. Il découvre avec surprise le système de bridage des moteurs mis en place par la sécurité routière : 120 kilomètres à l'heure maximum sur une autoroute bien dégagée ; une vitesse qui s'adapte aux zones traversées, grâce au GPS ; plus aucune initiative. Le monde a bien changé.

Il pense avec nostalgie aux voyages de son enfance pendant les grandes vacances. La Côte d'Azur lui semblait si loin à l'époque. Malgré les embouteillages et la chaleur, il était heureux. Il allait passer un long mois avec sa mère, sans garderie. C'était le bonheur ! Aujourd'hui, même les haltes dans les stations-service ont perdu ce goût sucré d'autrefois. Des machines robotisées ont remplacé l'employé râleur, mais néanmoins sympathique.

Romain arrive à destination en fin d'après-midi. Sa mère est effondrée. Il remarque soudain à quel point elle a vieilli. Pour lui changer les idées, il l'emmène au restaurant. Elle tient son bras à présent, il est devenu son soutien. La conversation pendant le repas tourne autour d'elle et de son compagnon. Elle lui parle des côtés obscurs de Romualdo : ses colères, son égoïsme, cette ultime dispute où il a claqué la porte. Depuis, elle est sans nouvelles. C'est la première fois qu'il la quitte.

Sur le chemin du retour, Romain prend conscience de ce qu'à aucun moment elle ne lui a demandé comment il allait.

À peine rentrée, sa mère se retire dans sa chambre et le laisse seul. Il allume son ordinateur portable et prend connaissance de la revue de presse paramétrée par ses soins.

Il découvre une photo de Marie posant devant les murs noircis d'une vieille bâtisse.

Marie Dentremont à la recherche de ses souvenirs.

Visite aujourd'hui de la fille des victimes de Saint-Roman. Dans les lieux enfin laissés vacants par la police scientifique, Marie Dentremont a passé l'après-midi à chercher, dans les décombres de la maison de ses parents, quelques objets personnels épargnés par les flammes.

Très affectée, elle n'a pas souhaité faire de déclaration.

« Ouverture d'une instruction pour assassinat » :

Rebondissement dans l'incendie de Saint-Roman où deux personnes âgées et un pompier volontaire ont trouvé la mort. L'autopsie vient de révéler que les victimes ont été ligotées avant de mourir brûlées vives. Le caractère odieux de ce crime a plongé les habitants du hameau dans la peur et l'incompréhension. En effet, jamais une telle horreur n'a été commise dans le Vercors depuis la Seconde Guerre mondiale, où comme chacun le sait, la région a connu les plus sombres heures de son histoire.

Des témoins ont évoqué la présence de plusieurs voitures noires, étrangères au département, la nuit des faits. Ce mouvement inhabituel dans le hameau, déserté par ses habitants en cette période de vacances, a attiré l'attention de campeurs...

Les articles suivants ne lui apprennent rien de nouveau. Cette histoire sent de plus en plus mauvais et Romain est une fois de plus tenté de tout laisser tomber. Cela lui a coûté trop cher la première fois. Pourtant, presque malgré lui, il part à la pêche aux informations sur le réseau. Caché derrière un écran, il demeure anonyme.

Le mystère de la jeunesse arrogante de Marie reste entier. Aucune explication ne se dessine.

Il localise sur une carte le hameau de Malo qui est situé à quelques kilomètres de Saint-Marcellin, à côté d'un village qui s'appelle Saint-Roman. L'endroit du drame est isolé. On devine quelques bâtisses éparses non loin d'une colline inhabitée. Il tente de trouver un numéro de téléphone, sans succès. Les Dentremont devaient être sur liste rouge. Il note sans grande conviction l'adresse de l'école de la jeune femme à Lyon.

En éteignant son ordinateur, il ressent un vide immense. La solitude s'abat sur lui telle une chape de plomb. Certaines cicatrices de la prison ont du mal à se refermer. Combien de temps lui faudra-t-il pour se sentir comme un être normal ?

Il songe à ses compagnons d'infortune, avec qui, pour certains d'entre eux, il a noué des liens très forts, des liens qui lui ont permis de tenir le coup. Il est temps de reprendre contact, surtout avec Amar, son meilleur ami, qu'une remise de peine devrait libérer sous peu.

Un peu plus tard, il contacte Romualdo, qui accepte de le retrouver en catimini au Café des Sports, rendez-vous de la communauté portugaise. Romain quitte la maison en silence.

Les deux hommes sont heureux de se revoir et leur rencontre donne lieu à des effusions non feintes. Romualdo s'enquiert de sa santé. Il raconte ensuite sa version des faits sur son départ inopiné, l'égoïsme de sa mère, son irascibilité. De vrais enfants !

Romain n'a jamais eu l'occasion de remercier son beau-père pour les placements judicieux qu'il a effectués avec l'argent gagné au Loto. C'est un peu grâce à lui s'il est aujourd'hui à la tête d'un véritable pactole. Il aurait aimé avoir un tel père. Un beau-père, ce n'est déjà pas si mal !

Les jours suivants s'écoulent entre les plaintes incessantes de sa mère, la pêche aux renseignements et les footings de fin de journée. Écouteurs rivés aux oreilles, Romain apprécie tout particulièrement ces moments de détente où, l'espace d'un instant, ses fantômes s'évanouissent au son de bons vieux groupes de rock. En prison, quand il n'étudiait pas, il se réfugiait dans le sport comme d'autres se noyaient dans le haschich. À présent, son physique d'adolescent dégingandé a fait place à un corps sec et musclé qu'il continue d'entretenir dans des footings et de longues séances de natation. Depuis sa sortie, il ne rate pas une occasion d'aller à la piscine, où il a retrouvé le crawl fluide et puissant de sa jeunesse qui impressionnait tant les maîtres-nageurs.

Romain profite également de ce séjour pour élaborer les projets relatifs à sa future activité professionnelle. Il souhaite créer un service de dépannage informatique à domicile et devenir son propre patron. Surtout ne rendre de comptes à personne. Ses diplômes pourraient lui ouvrir de plus larges horizons, mais l'ambition n'est pas un trait de caractère prédominant chez lui. Quant à l'argent, il n'est définitivement plus un souci.

Tout pourrait être presque parfait. Même sa soif légitime de renseignements sur Marie commence à s'estomper. Pourquoi faut-il toujours que quelque chose vienne empêcher la roue de tourner ?

Ils sont cinq : deux en civil et trois en uniforme. Romain a droit à une arrestation en bonne et due forme. Il ne résiste pas. À quoi bon ? On l'emmène sans ménagement, menotté, sous l'œil des voisins. Sa mère ne prononce pas le moindre mot. Son regard noir en dit plus long que tout discours.

C'est seulement au commissariat d'Avignon, une fois installé dans le bureau d'un enquêteur, qu'on daigne retirer à Romain ses menottes. Avec un sourire malsain, un policier s'adresse à lui en employant le tutoiement dédié aux malfrats

— Dutreil, à peine dehors et voilà que tu recommences… Tu ne peux vraiment pas t'en empêcher.

Romain s'indigne. Il n'a rien fait.

— Ne fais pas l'innocent ! Une petite fille a été importunée à la sortie de la piscine. Les pervers comme toi, on devrait leur couper les couilles, c'est tout ce qu'ils méritent !

Le policier termine sa phrase en joignant le geste à la parole.

La femme qui suivait l'entretien calme son collègue.

— Monsieur Dutreil, les témoignages que nous avons ne sont pas en votre faveur. Alors, dites-nous ce que vous faisiez hier à 17 h 30 ? Cela nous fera gagner un temps précieux.

— Je vous dis que je n'y suis pour rien.

— Veuillez répondre à ma question, ce sera à nous de juger pour le reste.

— Je vais t'aider à te souvenir moi. Patron, laissez-moi seul avec lui. Ces mecs ne méritent pas qu'on les questionne ! Ce sont des malades. Ils recommencent toujours.

— Lieutenant Charrier, laissez le prévenu s'exprimer, je vous prie.

— J'ai passé l'après-midi avec ma mère, répond Romain avec lassitude. On a fait des courses et à l'heure dont vous parlez, on était chez l'opticien du centre-ville en train de choisir des lentilles de contact. Il pourra vous le confirmer. En outre, vous pourrez facilement suivre mon itinéraire avec ma carte bancaire. J'ai pratiquement tout payé par ce moyen. Interrogez également les services de sécurité des magasins. Avec toutes ces caméras de surveillance, ce serait bien le diable si je n'y apparaissais pas. Nous sommes rentrés vers vingt et une heures après avoir dîné à la Brasserie du Théâtre.

— Très bien monsieur Dutreil, nous allons vérifier.

— Charrier, prenez la carte de monsieur et appelez le service bancaire. Envoyez également une équipe chez l'opticien. Qu'ils embarquent les enregistrements !

— Commandant, on ferait mieux de le cuisiner. Je ne crois pas aux coïncidences. Un pointeur s'arrête en villégiature chez nous et hop ! des p'tites filles sont emmerdées !

— Charrier, s'il nous a embrouillés, je vous le laisse, c'est promis. En attendant, exécution ! Quant à vous, restez là le temps des vérifications. Vous avez intérêt à dire vrai, car, croyez-moi, mon collègue n'est pas un tendre.

— Ai-je vraiment le choix ? maugrée Romain

— Vous n'êtes pas en position de faire le malin, Dutreil !

Romain reste seul dans le bureau. Ce cauchemar ne va donc jamais s'arrêter. Le bonheur n'est-il réservé qu'aux autres ? À quoi bon avoir tant d'argent si c'est pour vivre dans sa propre prison ?

Les heures s'égrènent au son des va-et-vient des fonctionnaires. En cette période de festival, le commissariat est débordé et s'agite comme une ruche. Romain n'en mène pas large. La première fois aussi, il était innocent. Il se remémore la scène identique qui l'avait conduit dans ce long tunnel noir. Une malédiction semble avoir pris possession de sa vie.

Perdu dans ses pensées, il sursaute en entendant le commandant entrer dans la pièce : « Vous êtes libre, monsieur Dutreil. Vous nous avez dit la vérité. Nos vérifications vous innocentent et un exhibitionniste vient d'être arrêté. C'est notre homme. Désolée, mais nous faisons notre boulot, il fallait lever le doute. »

Sans un mot, Romain quitte l'hôtel de police et rentre à pied. Il a besoin d'air. Il fait un effort surhumain pour ne pas taper sur tout ce qui bouge. C'est tout juste calmé qu'il passe le seuil de la cuisine où il découvre sa mère en larmes devant une bouteille de muscat bien entamée. Elle le regarde et continue à soliloquer :

— Qu'ai-je fait au bon Dieu pour avoir un fils comme toi ? C'est à cause de ton père. Ah ! un sacré numéro celui-là aussi, un vrai gibier de potence.

— Je suis innocent, I.NNO.CENT ! Tu comprends ? Serait-ce trop que de te demander un peu de soutien ?

— Il n'y a pas de fumée sans feu. Et toi, tu n'imagines pas la honte d'une mère ! J'ai été obligée de déménager à cause de toi. J'ai changé de ville, tout recommencé à zéro.

— Il n'y a décidément que ta petite vie qui te préoccupe ! Moi je, moi je. Quand ouvriras-tu ton cœur ? Je comprends la fuite de Romualdo. Dix-sept ans à t'écouter geindre. Il doit être loin aujourd'hui.

— Tu n'as pas le droit de me parler sur ce ton. Je suis ta mère.

— Tu es ma mère quand ça t'arrange. Tu m'appelles uniquement lorsque tu as besoin de moi, comme un service après-vente.

— Quelle ingratitude ! Je t'ai élevé, t'ai donné ce que j'avais de meilleur, et toi, comme récompense, tu kidnappes une petite malheureuse et…

C'en est trop ! Romain se rue dans sa chambre, prend ses affaires, empoigne ses clés de voiture et sans prononcer une parole, démarre en trombe.

C'est une belle nuit d'été, chaude et étoilée, une nuit idéale pour refaire le monde entre amis à la terrasse d'un café, une nuit parfaite pour écouter un concert dans la cour d'un château, une nuit rêvée pour les amoureux.

Pour Romain, cette nuit est identique aux autres depuis quinze ans, elle est froide et humide comme l'intérieur d'un cachot.

Chapitre 4

Romain roule des heures avant de se calmer. La tempête qui l'agite le ramène à Marie, comme s'il était attiré inexorablement vers l'épicentre du séisme de sa vie. Cette fois, il doit en avoir le cœur net ! Il ne peut pas rester dans l'ignorance de ce qui s'est réellement passé, de ce qui l'a envoyé derrière les barreaux.

C'est parfaitement maître de lui qu'il atteint son but : Saint-Roman.

Une masse noirâtre se découpe dans le faisceau de ses phares. Çà et là, des rubans jaunes fluorescents sérigraphiés « GENDARMERIE NATIONALE » rehaussent d'une note de couleur cet ensemble gris et lugubre. L'endroit est parfaitement isolé. Le hameau de Malo n'est formé que de vieilles masures en pierre de taille. Une lune gibbeuse éclaire suffisamment la scène pour que l'on puisse se passer de torche.

Une des maisons est occupée : deux véhicules stationnent dans la cour et des vêtements sèchent sur un fil. Il ne manque que les aboiements d'un chien pour parfaire le décor.

Romain ne sait pas vraiment ce qu'il cherche, mais il pressent que sa quête débute ici. Il est tenu de faire éclater la vérité, sinon son passé le rattrapera indéfiniment. Au-delà de la prison, il est condamné à porter à vie l'habit d'un monstre, et cela, il ne peut plus le supporter.

Il se glisse dans la maison du crime entre deux châssis branlants et avance prudemment. Des poutres noircies jonchent le sol. Une odeur âcre lui pique les narines. Le silence est oppressant et le son de ses pas lui paraît assourdissant. Dans cette partie de la maison, le feu a tout dévasté. Romain progresse lentement jusqu'à l'aile la moins touchée. Il est encore loin d'en avoir fait le tour lorsqu'il doit rebrousser chemin. Des barrières empêchent d'aller de l'avant. Il comprend que c'est là que les pompiers ont trouvé les victimes. La pensée des deux cadavres ligotés le fait frissonner.

En sortant des décombres, Romain pressent que sa vie a un lien avec ces lieux. Quelque part à l'intérieur de ces murs noircis, un secret en rapport avec son histoire est enfoui. Il se jure qu'il découvrira les tenants et les aboutissants de cette tragédie.

Il reprend la route de Grenoble et passe la nuit dans un de ces hôtels anonymes où le client est accueilli par une machine : une clé contre un zip de carte de crédit.

Allongé dans la pénombre, il tente de retracer chronologiquement les événements depuis le début : ce premier message mystérieux, cet échange sur Internet, puis cette histoire à dormir debout… Si sa mémoire ne le trahit pas, il avait connu Marie juste après la mort de ses parents. Donc, s'il efface cette parenthèse de quinze ans, s'il considère que ce laps de temps n'a jamais existé, il peut en déduire que tous deux viennent d'entrer en contact… Impensable. Pourtant, leurs horloges ne semblent pas tourner à la même vitesse. Romain a, en quelque sorte, rattrapé son passé. Il a traversé la barrière du temps. C'est absolument inconcevable, mais les faits sont là.

Combien de jours exactement se sont écoulés entre l'incendie et le moment où Marie lui a écrit pour la première fois ? Confusément, des bribes de souvenir refont surface. Elle était triste et déprimée. À la mort des Dentremont, elle avait découvert qu'elle avait été adoptée, elle attendait que la justice lui rende les corps. En fait, dans son agenda à elle, elle vient de le contacter. Si cette absurdité est réelle, c'est le moment de la retrouver. Au pire, elle le prendra pour un fou, au mieux, Marie aura probablement des réponses aux innombrables questions qu'il se pose. Elle est finalement la seule et unique personne susceptible de l'aider. Il ne faut surtout pas laisser passer cette chance. Romain doit mettre tous les atouts de son côté, même s'il n'arrive pas à se faire à ce « détail » de quinze ans.

Plongé dans ses pensées, il tourne et retourne dans sa tête les événements des dernières heures, mesurant l'espoir de recouvrer un jour son honneur. Jamais plus il ne pourra vivre avec cette culpabilité, ce cancer qui le ronge avec la voracité d'un rat affamé.

Tard dans la matinée, il téléphone à l'école de sciences politiques de Lyon. Il comprend qu'il lui sera impossible d'obtenir le moindre renseignement sur Marie. Apparemment, des journalistes ont eu la même idée. Il se rend compte qu'il lui faudra évoluer au milieu d'une presse avide de sensations. Il ne pensait pas que cette affaire attirerait un si grand nombre de médias. Comment faire pour retrouver la jeune fille, au milieu de cet essaim de vautours ? Il décide de retourner au hameau, en plein jour cette fois.

L'agitation qui règne autour des décombres contraste avec le calme de la nuit précédente. Une camionnette bleue barre l'entrée de la zone. Les gendarmes procèdent toujours aux investigations. Marie ne s'y trouve pas. Romain ne distingue aucune femme dans le groupe. Allergique au moindre uniforme, il fait volte-face et se dirige vers la seule maison habitée. Il sonne à plusieurs reprises, jusqu'à ce qu'une dame d'un certain âge apparaisse dans l'embrasure de la porte.

— Puis-je voir votre portefeuille, je vous prie ? exige-t-elle après qu'il s'est présenté.

— Pardon, heu ! Mon portefeuille ?

— Vous avez bien entendu monsieur, votre portefeuille.

Surpris par cette demande saugrenue, Romain doute un instant de la santé mentale de son interlocutrice. Il lui tend malgré tout l'objet demandé.

Sans le quitter des yeux, la femme l'ouvre avec précaution.

— Bon ! Très bien, vous n'êtes pas journaliste. Les journalistes ont toujours leur carte bien en évidence et vous n'avez pas la tête d'un policier.

Son regard espiègle plaît à Romain.

— J'ai besoin de parler à Marie. C'est vraiment important. Savez-vous où je pourrais la trouver ?

— Hélas non !

— J'ai vu aux informations qu'elle vous connaissait bien. C'est pour cela que je me suis permis de m'adresser à vous.

— En effet, j'étais proche des Dentremont. J'ai connu la petite toute gamine, vous savez.

— Vous devez m'aider à la contacter, c'est très important.

— Désolée, mais je me dois de respecter sa tranquillité. Elle est très affectée et ne supporte plus ce battage. Pourquoi n'allez-vous pas demander aux gendarmes ?

— Heu ! Je ne souhaite pas vraiment leur parler. Écoutez, pensez-vous qu'elle reviendra ici dans les prochains jours ?

— Je ne sais pas. Mais si elle vient, soyez sûr que je lui ferai part de votre visite. Votre nom déjà ?

— Dites-lui que Romain la cherche. Cela devrait suffire.

— Sait-elle où vous joindre ?

— Heu ! Non, voici mon nouveau numéro de téléphone ainsi que mon adresse e-mail.

Lorsque Romain quitte le hameau, la brume matinale a laissé place à un soleil radieux.

Sans but précis, il rejoint Grenoble, où il erre tout l'après-midi. Logée dans une cuvette naturelle, la ville semble retenir son souffle. La température est caniculaire. Comme il n'y a rien de nouveau dans la presse et qu'il n'a aucune piste à explorer, Romain se dirige vers la piscine municipale pour y attendre des heures plus fraîches. En cherchant une place de parking, il avise un panneau signalant l'institut médico-légal. La morgue est attenante à l'hôpital. Serait-ce l'endroit où se trouvent les corps des suppliciés ? N'y aurait-il pas moyen d'y glaner quelques informations ?

Avec une certaine appréhension, il franchit le sas d'entrée. À l'intérieur règne une fraîcheur qui donnerait presque envie de s'y attarder. Romain frissonne. Est-ce l'effet de la climatisation ou l'étrange atmosphère du lieu ?

Contrairement aux images des films dont il était friand à l'adolescence, les murs de la pièce ne sont pas recouverts de carrelage blanc. La réception serait même plutôt accueillante s'il n'y avait pas cette odeur désagréable. Sur une table basse, des revues, dont des bandes dessinées pour enfants, sont mises à la disposition du public. L'irruption d'un jeune homme en jean et tee-shirt délivre Romain de ses pensées macabres.

— Monsieur, c'est pour quoi ? lance le quidam d'un air condescendant.

Sans détour, Romain s'enquiert de la présence des dépouilles des Dentremont.

— Vous êtes de la famille ? De la police ?

— Non, rien de tout cela, enfin si, de la famille… Un peu. Leur fille est ma cousine… Et…

— Journaliste ? coupe-t-il.

— …

— Journaliste ! J'en étais sûr. Vous devriez savoir que nous ne sommes pas autorisés à donner des informations, lâche-t-il sans grande conviction.

— Oui, hum, je sais, mais je sais aussi protéger mes sources… Et les remercier proportionnellement à la valeur des renseignements fournis… répond Romain, surpris par son propre aplomb.

Le jeune homme jette un coup d'œil méfiant vers la porte de service, puis demande :

— Combien le remerciement ?

— Suffisamment pour que tu ne regrettes pas d'avoir parlé.

— Vous me garantissez l'anonymat ?

— Garanti. En liquide et sans facture.

— O.K., rejoignez-moi à Saint-Étienne-de-Saint-Geoirs, un patelin proche de l'aéroport. Il y a un bar qui s'appelle le Mandrin. J'y serai à dix-neuf heures trente.

— D'accord, j'y serai.

En regagnant sa voiture, Romain exulte. Une telle audace ne lui ressemble pas. Cela a payé ! L'homme a mordu à l'hameçon. La sueur dégouline dans son dos. Il est tellement excité qu'il en a oublié la piscine. Une fois la tension retombée, il échafaude un plan. Il doit se préparer à l'entretien, seul lien concret qu'il possède avec les victimes. Il se rend immédiatement dans le village mentionné. Il veut répéter son rôle et repérer les lieux. Prévoyant, il retire également une grosse somme d'argent liquide.

Le Mandrin est un restaurant dont l'annexe attenante a été transformée en auberge. Le charme de l'endroit en fait un lieu idéal pour les rendez-vous discrets. Attablé à la terrasse ombragée, Romain observe les allées et venues des couples qui esquivent derrière leurs lunettes noires le regard des clients solitaires.

Il sursaute lorsque l'employé de la morgue surgit à ses côtés, discret comme un serpent.

— Vous avez mon petit cadeau ? attaque-t-il sans vergogne.

— Oui, mais les informations d'abord !

— O.K.. Vous bossez pour quel canard ?

— Désolé, mais je garde ça pour moi. Moins on en sait l'un sur l'autre, mieux c'est.

Cette preuve de discrétion met en confiance le carabin. Son regard fuyant balaye les environs.

— Écoutez bien, mes infos sont de premier ordre. Je suis étudiant en médecine légale. Je suis en stage à l'IML de Grenoble. Vous avez eu vraiment de la chance de tomber sur moi, ça aurait dû être une autre interne de service cet après-midi, une coincée du cul soit dit en passant. Je l'ai remplacée, car j'ai besoin de fric et seules les gardes nous en rapportent un peu. Le taulier est un pourri. Il nous file le strict minimum. Bref, c'est lui qui s'est chargé de l'autopsie. Moi, je n'étais pas invité. Il préfère être secondé par des assistantes aux gros seins, si vous voyez ce que je veux dire…

Romain a du mal à contenir un sourire.

— Oui, je vois très bien.

— Comme je suis un passionné, ça m'a un peu énervé. Et, comme je suis aussi plutôt débrouillard, je me suis procuré le rapport. Attention, en toute légalité, je n'ai rien cassé !

— J'en suis convaincu.

— Vous savez que je risque gros si je divulgue ces infos. Vous serez le premier… Un scoop, je vous dis ! Ça vaut cher !

Romain sort un billet de cinq cents euros et le glisse discrètement dans la main de son interlocuteur.

— J'en ai d'autres comme ça… Continue !

L'interne n'en croit pas ses yeux. Il n'avait jamais vu ce type de coupure jusqu'à présent.

— Les vieux sont morts asphyxiés. Leurs poumons étaient à moitié cramés. Ils ont respiré de l'air à mille degrés au moins. Avant, ils ont été torturés. Comme leurs corps n'ont pas brûlé entièrement, on a remarqué des marques au fer rouge sur leur dos, comme pour les vaches dans les westerns ! J'ai vu les photos. Les cicatrices faisaient au moins quinze centimètres de haut. Les brûlures étaient profondes.

— Quoi d'autre ?

— L'homme était tatoué sur la poitrine. C'était une espèce de croix avec un oiseau.

— Un tatouage ? Comme celui des prisonniers ?

— Non, le graphisme était de bonne qualité. Je vous ai amené une photo, regardez !

Romain détaille le tirage avec effroi. Bien que le derme soit brûlé, il reconnaît une croix à huit branches avec un oiseau en son centre. Des fleurs de lys encadrent l'ensemble.

— O.K., et puis ?

— J'ai du mal à me souvenir, par cette chaleur.

— Voilà de quoi t'éventer... dit Romain en lui tendant un autre billet.

— Merci, ça va mieux. Le vieux, il avait les ongles arrachés. Et le plus beau... Il marque un temps pour ménager ses effets... Il avait une clé dans l'estomac.

— Une clé ?

— Oui, une petite clé métallique. Il l'a certainement avalée avant de mourir pour la dissimuler à ses agresseurs.

— Tu peux me la décrire ?

— Mieux que ça, chef ! J'en ai fait un moulage.

— Quoi ? Mais ce sont des études de détective que tu aurais dû faire !

— Je sais. À ce propos, le moulage, c'est plus cher. En plus, il est fait avec un matériau de pointe, utilisé par les dentistes.

— Tout compte fait, c'est banquier que tu aurais dû choisir, grommelle Romain en cherchant un autre billet. Des surprises comme ça, tu en as encore beaucoup ?

— Non, c'est tout. Je vous l'avais dit : mes infos sont de premier choix.

— Quelque chose sur leur fille ?

— Un joli petit lot celle-là ! J'aimerais bien l'avoir sur ma table de dissection...

— Tu la connais ?

— Hélas non, je ne l'ai pas vue à la morgue, seulement à la télé, aux infos. Tenez ! Cadeau ! Les vieux vont être enterrés dans trois ou quatre jours, on vient de recevoir le permis d'inhumer.

Chapitre 5

La place de l'église est trop exiguë pour contenir le flot de curieux. C'est la première fois de toute son histoire que le petit village de Saint-Roman attire une telle foule. Des vacanciers, des journalistes, des habitants viennent s'imprégner de l'atmosphère de l'événement le plus tragique de l'été. Des policiers en uniforme, et d'autres, beaucoup plus discrets, veillent au bon déroulement de la cérémonie. Le maire, écharpe tricolore au vent, s'applique à présenter son meilleur profil à la presse. Malgré la retenue de chacun, le brouhaha s'amplifie au fur et à mesure que la foule se densifie.

Romain surprend le coup de téléphone d'un journaliste. Ce dernier hausse le ton pour se faire entendre. Il décrit la scène, souligne le caractère secret et peu liant des victimes. À la lumière des derniers événements, cette caractéristique paraît aujourd'hui très suspecte. Auraient-ils choisi ce hameau isolé pour se cacher, pour dissimuler quelque chose ?

Le bruissement continu s'arrête brusquement et fait place à un silence solennel. Deux corbillards abondamment fleuris se frayent un passage parmi les groupes colorés. Certains badauds portent casquettes et shorts bariolés. Ce sont les vacances, que diable !

Les véhicules stoppent devant la porte de l'église où les attendent curé et servants. Quelques mètres plus loin, une jeune femme, les cheveux en bataille, sort d'un troisième fourgon. Elle est grande et mince. Ses yeux sont dissimulés derrière des lunettes fumées. Sa robe et ses rangers noirs accroissent sa silhouette longiligne. Romain ne la reconnaît pas immédiatement. Ses traits sont tirés. En découvrant le piercing, il réalise qu'il a devant lui cette fille rencontrée sur Internet une quinzaine d'années auparavant : son pire cauchemar, sa pire ennemie. Cette fille qui lui a écrit, à cette époque, toute l'horreur d'une situation qu'elle était en train de vivre et dont le point d'orgue, l'enterrement de ses parents, se déroule aujourd'hui sous ses yeux. Un non-sens, une histoire impossible, un truc irrationnel et pourtant bien réel.

Et si elle ne lui avait pas menti ?

Le maire accueille avec compassion la jeune femme, qui refuse son bras pour pénétrer dans l'église. Après un bref échange avec le curé, elle disparaît à l'intérieur en ignorant totalement la foule.

Lorsque tout le monde est installé, les employés des pompes funèbres font entrer les deux cercueils au son des grandes orgues.

Romain trouve une place libre sur un banc bien situé où il peut observer Marie sans qu'elle s'en aperçoive. Comment le pourrait-elle ? Son visage est tourné vers l'autel. Elle a retiré ses lunettes. Son regard vide trahit le poids du chagrin. Pourtant, il émane d'elle une force inexplicable. Cette femme peut-elle être responsable de tous ses malheurs ? Ce qui se déroule devant lui fait vaciller les convictions de Romain. Où sont passées ses certitudes ? Il devient urgent d'avoir une bonne explication avec elle.

Comment signaler sa présence dans cette foule ? Cela ne va pas être facile sans éveiller la curiosité des policiers.

La cérémonie dure une heure environ. L'émotion est grande dans l'assemblée, surtout lorsque le curé relate des anecdotes de la vie des victimes. La jeune femme semble se protéger derrière une dignité de façade. Presque toujours immobile, sa jambe est parfois atteinte d'impatience.

Quand la foule commence à sortir, Romain se dissimule derrière un confessionnal prêt à saisir une opportunité pour parler à Marie. Une fois l'église vidée, quelque chose l'incite à rester caché. Les portes se referment sur un petit groupe qui s'approche des cercueils. Il s'agit de moines, la tête recouverte de larges capuches. Marie reste immobile à sa place, elle semble profiter de cet instant de calme pour se recueillir en toute intimité. Un frère habille un des cercueils d'une lourde étoffe.

Romain retient son souffle. À présent, les portes d'accès sont gardées par d'autres religieux. Une seconde cérémonie débute sous ses yeux, à laquelle on ne l'a pas convié. Cela ne dure que quelques minutes et les seules paroles qu'il distingue sont des prières en latin.

Les moines disparaissent aussi discrètement qu'ils sont arrivés. Les portes se rouvrent et inondent le chœur d'une lumière éclatante. Des officiants réintègrent l'édifice et permettent à Romain de sortir de sa cachette sans se faire remarquer.

Marie a regagné le perron de l'église. Elle fume une cigarette. Elle discute avec le curé et un couple. Romain reconnaît la voisine espiègle. C'est le moment. Il est sur le point de l'approcher quand soudain il découvre deux policiers en civil qui prennent des photos. Les criminels hantent souvent les obsèques de leurs victimes. Il devra encore attendre.

Dehors, les gens se détendent. Certains rient discrètement, heureux d'être bien vivants, eux.

Marie s'installe dans un corbillard où des couronnes de fleurs la préservent des regards. Personne n'ose la déranger. Romain, toujours sur le qui-vive, attend une occasion qui ne vient pas. Il brûle d'envie d'ouvrir la portière et de s'engouffrer dans le véhicule. Le convoi se met en route.

Il se précipite vers sa voiture lorsqu'un enfant de chœur essoufflé s'adresse à lui :

— Pardon, monsieur, vous allez au cimetière ?

— Oui !

— Pouvez-vous m'y emmener, cela m'arrangerait bien, le curé n'est pas très commode avec les retardataires.

— Monte !

Romain rejoint le convoi funèbre et s'efforce de rester à bonne distance. Il se creuse la tête. Il doit exploiter au mieux cette chance qui lui tombe dessus. Un vrai cadeau du ciel.

— J'ai un service à te demander moi aussi, commence-t-il. Il faut que tu donnes un message à la jeune fille qui enterre ses parents, mais attention, il faut le faire discrètement, je suis sûr que tu sauras faire ça. C'est vraiment très important.

— D'accord monsieur, mais, s'il vous plaît, accélérez un petit peu, je vais me faire excommunier.

En arrivant à destination, Romain griffonne à la va-vite un mot et le tend à l'enfant, accompagné d'un billet de vingt euros qui disparaît instantanément dans l'aube immaculée du garçon.

— Discret d'accord ?

— Pas de problème monsieur, Dieu m'en est témoin !

Les dés sont jetés. Il se demande si ce qu'il a écrit est suffisant : *je t'attends dans une Toyota bleue à l'extérieur du cimetière. Romain.*

Quelle sera la réaction de Marie ? Au pire, elle n'en aura pas, se disant qu'il y a erreur sur la personne. De toute façon, il n'a pas d'autre choix.

Les minutes s'écoulent lentement. Le moment est intense et l'attente douloureuse. Tendu comme un arc, Romain manque de se cogner lorsqu'il entend frapper à sa portière. Une tête rougeaude à la peau grêlée, coiffée d'une casquette bleue, se dessine derrière sa fenêtre. Il l'ouvre, haletant.

— Monsieur ! Gendarmerie nationale, puis-je voir vos papiers d'identité et connaître la raison de votre présence ici ?

Romain s'exécute, il n'en mène pas large, si près du but.

— Bonjour, euh… Je ne me sentais pas bien, l'émotion. Je suis de la famille.

— Bien, je vais vérifier votre identité. Restez là.

Cinq bonnes minutes s'écoulent avant qu'il revienne.

— Suivez-moi jusqu'à la gendarmerie, monsieur Dutreil. Laissez votre véhicule ici.

Se maudissant, Romain sort de sa voiture. Il va la verrouiller lorsqu'une haute silhouette apparaît au portail du cimetière.

— Romain ? Mais… C'est incroyable !

— Vous le connaissez ? demande le pandore.

— Oui, c'est un ami.

— Ah ! D'accord mademoiselle Marie. Nous pensions que M. Dutreil... Enfin, vous savez, quoi… L'enquête.

— Pas de souci, je m'en porte garante.

Le gendarme s'éloigne. Romain reste muet. C'est la première fois qu'il entend sa voix. Elle est un peu rauque, presque cassée. Il ne saurait dire si c'est à force d'avoir pleuré ou si c'est naturel. Elle ôte ses lunettes, comme pour s'assurer de la réalité de sa présence. Son regard en dit long, sa surprise est réelle. Elle lui intime l'ordre d'attendre.

Romain est abasourdi. Il n'arrive pas à se faire à la situation. Il ne la quitte pas des yeux, comme s'il avait peur que ce fantôme s'évapore. Si elle avait de mauvaises intentions, elle le cachait bien. Il doit malgré tout rester prudent et ne pas oublier qu'il a été emprisonné à cause d'elle.

Les quelques personnes qui ont participé à l'inhumation sortent du cimetière et entourent Marie. La voisine est là. Quand elle remarque sa présence, elle lui fait un signe de connivence. Chacun leur tour, ils serrent la jeune femme dans leurs bras. Marie revient rapidement vers la voiture en esquissant un léger sourire qui ne suffit pas à masquer son immense chagrin.

— Ma voisine m'a informée de ta visite. Je n'y croyais pas. Romain, dis-moi que ce n'est pas possible, que ce qui nous arrive est une blague.

— Hélas ! Je ne peux pas l'expliquer, mais c'est un fait : je te connais depuis plus de quinze ans…

— Et moi à peine un mois… C'est incroyable. Tu as vieilli, comparé à la photo que tu m'as envoyée. Il n'y a pas de trucage, tu en es sûr ? Tu ne m'as pas menti ?

Il ne répond pas, perdu dans ses pensées. Ce détail était sorti de sa mémoire. Par où commencer ?

— Démarre, tu me gênes à me regarder comme ça.

Il appuie sur le bouton qui lance le moteur électrique du véhicule et roule au hasard. Quelle étrange sensation ! Cette femme lui est étrangère tout en étant familière. Ce fantôme qui n'existait que dans ses cauchemars et dont le souvenir s'était estompé se trouve à ses côtés. Elle ne semble pas dérangée par sa présence, au contraire.

— J'attendais de tes nouvelles depuis une semaine au moins, attaque-t-elle. J'étais loin de m'imaginer que tu viendrais en personne. Que s'est-il passé ?

— Ce qu'il s'est passé ? Oh ! Presque rien. En fait, moi, cela fait quinze ans que j'attends le moment de te rencontrer.

— Quinze ans ! J'ai du mal à le croire.

— Aussi fou que cela puisse paraître et jusqu'à preuve du contraire, il existe une anomalie temporelle dans notre relation.

— C'est extraordinaire. J'avoue que je m'en amusais sans trop y croire. Ces échanges avec toi m'ont fait beaucoup de bien, de plus, les infos que tu m'as données sur mon enfance m'ont profondément troublée. Je n'arrête pas d'y penser. Enfin, quand j'arrive à m'échapper de ce cauchemar.

Elle fait un geste en arrière, en direction du cimetière.

— Qu'as-tu fait tout ce temps ?

— Je t'ai kidnappée, violée, et assassinée. J'ai ensuite passé quinze ans en prison. Mes plus belles années envolées, mon existence détruite.

Marie blêmit.

— Tu vois, ta vie est très liée à la mienne. Je ne sais pas si t'avoir à côté de moi me réjouit ou me donne envie de t'étrangler. Ce qu'il y a de sûr, c'est que je suis venu pour comprendre.

— Ce n'est pas vrai… Romain, que me dis-tu là ? Je nage en pleine science-fiction. Arrête, tu vois bien que je ne suis pas en état. S'il te plaît !

— Hélas, tout est véridique. Je vais tout t'expliquer, mais avant, dis-moi où l'on va. La campagne est très belle dans le coin, mais je n'ai pas du tout l'âme bucolique.

Ils décident d'aller récupérer des affaires que Marie a entreposées chez une amie, puis de se rendre à Lyon. Elle n'a plus rien à faire dans les parages et ils seront mieux chez elle pour réfléchir à tout ça. Romain lui raconte tout, depuis le début. Cela prend du temps et le voyage passe très rapidement. Avec moult détails, il insiste sur l'horreur de ce qu'il a vécu. À mesure que le récit avance, Marie se tasse sur son siège. Elle ne masque plus son désarroi.

Romain, jusqu'à présent, ne s'était jamais plaint à quiconque tellement était grande sa peur d'être pris pour un fou. Il gardait cette rocambolesque histoire pour lui. Elle était enfouie dans sa mémoire depuis si longtemps. Comme une bonne vieille bouteille de vin répand son arôme après qu'on la débouchée, ses paroles inondent Marie. Il ne peut plus s'arrêter. Enfermées depuis si longtemps, ses rancœurs avaient un grand besoin de prendre l'air.

Marie écoute en silence. Le poids de cette terrible journée devient subitement trop lourd. Elle s'effondre brutalement. Les larmes viennent de très loin. Romain est surpris par cette explosion. Il cesse de parler et s'arrête sur une aire de repos. Il va chercher une bouteille d'eau dans un distributeur sans quitter des yeux la jeune femme. Et si elle le manipulait ?

— Excuse-moi, dit-elle à son retour, il fallait que ça sorte. Je me suis trop retenue. J'ai l'impression que ça ne va jamais s'arrêter. C'est horrible ! Tout ça à cause de moi. Je ne pensais pas faire de mal ; c'était comme un jeu. J'étais tellement perturbée de découvrir ces photos ! Comment vais-je pouvoir rattraper ça ?

— C'est à ton tour de m'aider. Et puis il n'y a pas que du négatif, je suis riche grâce à toi.

— Tu plaisantes. Ça aussi, ça a marché ? Putain, quinze ans enfermé, comment peux-tu être si conciliant ? Moi, j'aurais préféré mourir.

— Moi aussi, il y a eu une époque où j'aurais préféré mourir. Mais je n'en ai pas eu le courage. Nos vies sont étroitement liées et je ne sais toujours pas pourquoi. Si tu veux faire quelque chose pour moi, il faut que tu m'aides à comprendre et à prouver mon innocence. La vie est insupportable. J'attire la suspicion partout où je passe. Si tu n'étais pas sortie du cimetière tout à l'heure, j'aurais certainement été embarqué.

— Je ferai tout pour ça. J'ai une dette envers toi et je dois découvrir le mystère de mon enfance, l'explication est là.

Ils arrivent à Lyon. L'appartement de Marie est petit et fonctionnel. Elle lui propose de dormir dans sa chambre alors qu'elle prendra le canapé du salon.

Après maintes tergiversations, il hérite du canapé en lui promettant d'aller à l'hôtel si le matelas devenait trop inconfortable. Un peu cynique, il ne peut s'empêcher d'annoncer qu'il a l'habitude, mais cela ne la fait pas rire. Il l'aide à ranger le capharnaüm ambiant afin d'acquérir un peu d'espace vital.

— Avec ces événements, j'ai zappé le ménage, dit-elle. En plus, je dois trouver de la place pour toutes les affaires que j'ai récupérées chez mes parents.

Ces gestes simples détendent l'atmosphère. Ils ont passé l'un et l'autre une journée difficile. Marie esquisse quelques sourires. À ce moment-là, son visage s'illumine et reprend vie. Malheureusement, pas pour très longtemps. Comme s'il lui était interdit d'être heureuse, sa figure retourne vite au masque de la douleur.

Romain ne cesse de l'observer en catimini. Ses sentiments sont confus. Il retrouve chez la jeune femme les qualités qui l'avaient séduit au tout début. Il n'imagine à aucun instant cette fille capable de lui mentir. Son regard est franc, ses grands yeux ténébreux ne trompent pas. Elle n'est pas responsable de ses ennuis. Il y a autre chose. Ils cessent de parler de leur histoire. La pause est bénéfique.

Un peu plus tard, Marie troque ses habits de deuil pour un jean troué et une paire de tongs. Elle a rejeté ses cheveux mouillés en arrière. Coiffée de la sorte, son visage est étonnamment pur. Sa grande beauté n'est pas ternie par ce style que Romain n'arrive pas à définir : un mélange de punk et de gothique.

Ils dînent sur le petit balcon de l'appartement, accroché à une façade vieille de plus de deux siècles. Ils essayent de capter le moindre souffle de fraîcheur en dégustant une salade de tomates mozzarella accompagnée d'une bouteille de vin rosé.

— Je serai toujours la plus heureuse des femmes devant une carafe de rosé et un ami avec qui la partager.

L'alcool lui fait reprendre vie, ses joues se colorent d'un ravissant vermillon. Des pigeons atterrissent sur la rambarde pour quémander des miettes de pain, que Marie, habituée, leur lance, provoquant un chahut indescriptible. Le bruit des ruelles étroites monte jusqu'à eux dans une musique apaisante. Au-delà des toits veille Notre-Dame de Fourvière, la splendide basilique qui domine la capitale des Gaules.

— Tu fumes ? lui demande-t-elle en sortant un joint.

— Non, mais je crois que ce soir je vais me laisser tenter.

Elle lui explique, entre deux profondes bouffées, ses études ici à Lyon, sa vie de célibataire depuis plus d'un an.

— Je ne veux pas être indiscret, mais comment une fille comme toi peut-elle rester sans homme si longtemps ?

— Je ne veux pas t'embêter avec ça, cela n'a rien de captivant.

— Tu ne m'ennuies pas du tout.

Le cannabis allume une petite lueur dans les yeux de Marie et augmente le débit de ses paroles.

— Contrairement à beaucoup de filles de mon âge, j'ai déjà rencontré le prince charmant, le vrai... Je veux dire, celui des contes de fées. C'était au lycée. Il était beau comme un dieu. Toutes les nanas en étaient dingues. J'étais sa préférée, plutôt sa favorite. Je me serais damnée pour lui.

— Que s'est-il passé ?

— On a fini par sortir ensemble en terminale. Ça a duré un an, puis, sans raison, il a arrêté ses études pour aller s'installer à Paris faire du théâtre. J'étais folle de rage. Il ne m'a donné des nouvelles que six mois plus tard. Il a été la cause de ma première fugue. Je suis partie le retrouver. Ne ris pas, il travaillait chez Disney, je te le donne en mille... comme prince charmant dans la parade, ça ne s'invente pas. Il était encore plus beau que dans mes souvenirs. J'aurais étripé à vif la Cendrillon qui défilait accrochée à son bras.

— Et alors ?

— Je n'exagère pas, j'étais possédée par ce mec. Je le voulais rien qu'à moi... Un peu plus tard, j'ai découvert son secret en me rendant chez lui. Je suis arrivée avec un peu d'avance et son coloc m'a accueillie... J'ai très vite compris qu'ils étaient amants. Il y avait plein de photos d'eux sur le frigo, bras dessus, bras dessous, et vas-y que je te serre dans mes bras. Bref, un vrai petit couple !

— C'est une histoire très drôle !

— Sur le moment, je n'ai pas trouvé ! Mais maintenant que tu le dis... Un prince charmant gay, pas mal comme expérience, non ? Il y a de quoi alimenter quelques séances chez le psy.

— Je comprends maintenant ton célibat.

— Les bras m'en sont tombés. J'ai pris une grande claque dans la gueule et depuis il ne faut plus me parler du parc Disney, ni d'arriver en avance à un rendez-vous. J'étais folle de rage et quand ça a commencé à me passer, les ennuis que tu connais ont débuté. Et toi ?

— Moi ?

— Oh pardon ! J'oubliais, excuse-moi. Tu n'as eu personne depuis ?

— Peut-on passer à autre chose ?

— Oui, bien sûr. En fait, j'évite de parler de notre affaire pour m'offrir un petit break. Dès demain, on fera le point. Mais, j'y pense : je suis vivante. Rouvrir ton dossier en vue d'un procès en révision ne devrait pas être difficile.

— N'oublie pas que la petite fille qui a disparu s'appelait Emma Mallesan, toi, tu t'appelles Marie Dentremont. Malgré vos ressemblances, rien ne prouve que tu sois cette personne. Les circonstances de notre rencontre, bien qu'absolument extraordinaires, ne prouvent en rien ta parenté avec cette enfant. Il y a certes des éléments plus que troublants. Quand bien même tu serais cette petite, connaissant l'esprit tordu des flics, ils trouveraient une explication à ta disparition pendant si longtemps. Ils diraient que tu es devenue ma complice par la force des choses, ce qu'ils appellent le syndrome de Stockholm.

— Je ne voyais pas les choses sous cet angle-là, effectivement.

— Je ne pense qu'à ça depuis des jours. Non ! La seule solution est de découvrir qui était vraiment cette enfant kidnappée. Qui a fait ça et pourquoi ? À ce moment seulement, je pourrai prétendre à une révision de mon procès et retrouver mon honneur.

— Que proposes-tu ? On commence par quoi ?

— D'abord par une bonne nuit de sommeil. Ensuite, demain, on met en commun nos éléments et on attaque notre enquête.

— Tu as raison, je tombe de fatigue. Je vais profiter de l'effet de la fumette pour m'endormir au plus vite.

Chapitre 6

Une explosion réveille le quartier. Des alarmes se mettent à hurler dans la rue tandis qu'une fumée à l'odeur âcre envahit les appartements. Romain a été éjecté du lit sous l'effet de la déflagration. Il reste pétrifié quelques secondes, assis sur le sol. Où est-il ? Tout redevient clair lorsque Marie surgit dans la pièce, uniquement vêtue d'un simple tee-shirt :

— Que se passe-t-il ? Ça va Romain, tu es entier ?

— Ça va, oui. Ça vient de l'extérieur.

Ils se ruent sur le balcon. La fumée est trop épaisse pour que l'on puisse apercevoir quoi que ce soit. Ils voient juste des flammes s'élever d'une voiture.

— J'y vais, crie Romain en enfilant un jean et des baskets.

Il se précipite à l'extérieur où déjà des riverains déambulent, l'air hébété. Il se dirige vers le brasier avec un pressentiment qui se transforme peu à peu en certitude : la voiture qui a explosé, c'est la sienne. L'amas incandescent ne lui permet plus de la reconnaître, mais son emplacement, si. Des flammes épaisses s'en échappent dans un crissement monstrueux. Le toit a été projeté et repose au milieu de la chaussée. Les véhicules voisins ont souffert. Leurs vitres brisées laissent échapper des brandons qui brillent comme autant de lumignons de fête foraine.

Soudain, Romain devine une forme noirâtre qui se consume à la place du conducteur. L'odeur de chair carbonisée mélangée à celle du plastique fondu ne laisse aucun doute. La vision apocalyptique aimante le jeune homme de façon dangereuse. Il s'approche de plus en plus. Un homme le ceinture pour l'empêcher de prendre feu à son tour. Il ne sent plus la chaleur, il ne sent plus rien, hypnotisé par ce spectacle.

Les sirènes des secours le sortent de sa torpeur. Marie se trouve à côté de lui. À son regard, il comprend qu'il ne rêve pas.

— Viens vite ! lui dit-elle en lui prenant la main.

Elle le guide à travers la foule des badauds et ils remontent chez elle. À peine entré, Romain se rue dans les toilettes et vomit son repas du soir.

Silencieuse, Marie allume la radio. Romain se rend sur la terrasse pour reprendre ses esprits.

Deux heures plus tard, il ne reste plus dans la rue qu'une épave totalement calcinée entourée de policiers et de spécialistes œuvrant dans un ballet sordide. Les deux amis suivent en silence les opérations du haut de leur balcon. Marie insiste pour empêcher Romain de se manifester. Il y a mort d'homme, encore beaucoup de soucis en perspective.

Ils décident d'aller au plus vite déclarer le véhicule volé dans un autre quartier, pour brouiller les pistes. Vu l'état de la Toyota, il faudra du temps avant que la police remonte jusqu'à lui.

— Tu crois aux coïncidences, Marie ?

— Non, pas plus que toi.

Elle a les yeux dans le lointain.

— Tu sais, après l'assassinat de mes parents, plus rien ne m'étonne. Tout ça ne me plaît pas.

— Moi non plus.

Avant de poursuivre, ils attendent que le hurlement d'une sirène de pompiers s'estompe. Les lueurs de l'aube poignent au-dessus des immeubles.

— Quel pourrait être le rapport entre ces deux événements ? demande Marie.

— Je n'en ai pas la moindre idée, mais notre rencontre a l'air de déranger.

— Nous aurions dû être dans la voiture à la place du mort, n'est-ce pas ?

— Sûrement. Le bougre qui a grillé devait installer la bombe. Il aura fait une fausse manip.

— Mais comment ont-ils su que l'on se connaissait ?

— Aucune idée ! Peut-être au cimetière.

— Mais pourquoi ?

Marie perd pied.

— C'est ce que l'on va devoir découvrir, dit Romain. Il est grand temps de faire le point sur cette histoire et de convenir d'une stratégie.

— Par quoi commence-t-on ?

— Le mieux, c'est de reprendre par le début. Tu as un bloc de papier ? On va prendre des notes.

— Tiens, j'ai ça.

Romain s'installe sur le canapé les jambes croisées.

— O.K. ! Donc, une petite fille de cinq ans se fait kidnapper, puis disparaît. Un jeune homme est accusé à tort et emprisonné pendant près de quatorze ans. À sa sortie, il retrouve cette petite fille, devenue femme. Ils ne peuvent aller crier la vérité, car la femme a changé d'identité et plus rien ne prouve qu'après tout ce temps elle soit bien la même personne. Qui l'a donc enlevée ? Les gens qui se sont substitués à ses parents et qui l'ont élevée toutes ses années ?

— Non, je ne peux pas te laisser dire ça ! Je te rappelle que tu parles de mes parents, que j'ai enterrés hier. J'ai été très heureuse avec eux. Ils m'ont aimée, bien éduquée. Je les connais bien, ils n'auraient jamais pu faire une chose pareille. Et ils sont morts maintenant…

Des sanglots montent dans sa voix. Romain l'observe. Peut-elle jouer la comédie ?

— D'accord, excuse-moi, mais nous devons éliminer toutes les hypothèses une à une. D'ailleurs, ces gens sans histoires et si gentils ont forcément une part d'ombre pour avoir été supprimés de la sorte. Que faisaient-ils comme métier ?

— Mon père était expert en art. Il était spécialiste de la peinture du XVIIIe siècle. Il écrivait des articles dans des revues spécialisées. C'était un homme de l'ombre, qui n'aimait pas parler de lui. D'ailleurs, tout le monde dans le voisinage le prenait pour un prof à la retraite. Ma mère, elle, s'occupait de nous.

Romain hésite à lui révéler ce qu'il a découvert à la morgue. Il ne sait pas si elle a été informée des actes de torture. Finalement, il préfère s'abstenir.

— Tu n'as vraiment aucune piste ?

— Non, je t'assure, cette mort est une surprise totale. S'il y avait des gens qui n'avaient pas d'ennuis, c'était bien eux. Ils étaient tellement gentils, toujours là pour m'écouter, pour m'aider. Non, ils ne pouvaient pas être mauvais. C'étaient des intellectuels. Ils n'étaient pas intéressés par l'argent.

— Continuons alors… Sans entrer dans le détail de ces quinze ans qui n'ont duré qu'un mois, nous apprenons que dans ton ancienne vie – appelons-la comme ça – tu t'appelais Emma Mallesan. Tu vivais dans les Yvelines. Bien sûr, si cette petite fille était bien toi.

— Je te rappelle que tu l'as identifiée de façon formelle, avec la tache de naissance, tu ne te souviens pas ? crie-t-elle en soulevant son tee-shirt.

— Marie, ça fait quinze ans que j'essaye d'oublier cette histoire et tu veux que je me souvienne de tout comme ça, à la seconde ?

— O.K., O.K. ! Excuse-moi. Reprenons, on va y arriver.

— As-tu les photos que tu m'avais transmises ?

— Oui, attends, j'en ai même trouvé d'autres.

Elle saisit une boîte en carton dans le tas d'affaires amoncelées dans un coin de la pièce.

— Tiens, ce sont les deux que tu connais, et là, dans cette enveloppe, d'autres clichés que j'ai retrouvés dans la vieille armoire de ma mère, avec des dossiers personnels.

Romain les observe avec attention. Elles montrent Marie à l'âge de cinq ans, souvent en compagnie de son chien, dans le jardin d'une propriété. Des instants de bonheur figés sur papier.

— Il n'y a pas de doute, c'était bien cette petite fille, ajoute Romain, ému par ces images qui réveillent un passé douloureux. Tiens, voilà la nourrice, je la reconnais. Comme je lui en ai voulu ! Elle ne m'a pas beaucoup aidé lors du procès. Elle a menti pour m'enfoncer. Te souviens-tu de cette fille ?

— Non, hélas, pas du tout. J'ai un vague souvenir de mon chien, c'est tout.

Romain feuillette un album où Marie est plus âgée. Ses parents figurent souvent sur les photos. Elle ne leur ressemble pas. Il compare avec des clichés pris dans leur jeunesse : aucun détail physique ne vient contredire l'hypothèse de l'adoption.

Il s'attarde sur les objets qui se trouvent au fond de la boîte : une vieille montre, quelques bijoux en or dont une chevalière avec des armoiries, un briquet en argent, un médaillon ancien qu'il manipule machinalement. Lourd, épais, il représente un calice entrelacé de branches d'arbre.

— C'est étrange, dit-il en reposant la pièce, il n'y a pas de photos d'autres gens, de famille, d'amis. Tu sais, ce que l'on trouve pêle-mêle dans ce genre de boîte.

— Mes parents sortaient très peu. Ils étaient réservés et voyaient peu de monde. Ils étaient comme ça. Cela ne m'a jamais choquée. N'en tire pas de conclusions hâtives.

— Je trouve ça étrange, c'est tout.

— Ma mère a une sœur beaucoup plus âgée qu'elle, qui vit dans une maison de retraite. On allait la voir régulièrement, elle est un peu folle. Quant à mon père, je me souviens qu'il se rendait de temps en temps à Paris pour son travail. Il logeait chez un copain.

— Pourtant, il y avait du monde à l'enterrement.

— Ce n'était qu'une foule de voyeurs.

— Qui étaient ces moines, ceux qui sont intervenus en fin de cérémonie ?

— Tu les as vus ? Je ne les connaissais pas. Le prêtre m'a parlé d'eux en arrivant. Mon père avait l'habitude de leur envoyer de l'argent tous les ans et ils souhaitaient lui dire au revoir à leur façon. Je n'ai rien compris de leur cérémonial, mais ils avaient l'air d'y tenir.

— Et bien, tout cela ne va pas beaucoup nous avancer. Allons voir la sœur de ta mère et essayons d'obtenir des renseignements, puis trouvons cet ami parisien.

— La tante, je sais où elle est. Quant à l'ami parisien, je ne connais ni son nom ni son adresse.

— Dommage ! Autre chose : on va faire quelques recherches sur la famille Mallesan, des fois qu'ils soient vraiment tes vrais parents.

— Bonne idée, mais utilise le mot de géniteurs. Mes parents sont morts.

Un très léger changement dans sa voix trahit son humeur fragile. Romain comprend à quel point Marie lutte. Elle a besoin de paraître forte. Montrer ses sentiments n'est pas chose facile pour elle. Il ne l'a vue pleurer qu'une seule fois. En prison aussi, les gens se protègent derrière une armure d'insensibilité, pour montrer leur force. Mais là, pourquoi se comporte-t-elle de la sorte ?

— Il est joli ton piercing, c'est quoi ? lui demande-t-il pour changer de conversation.

— Un cadeau de mon père. Cette minuscule perle provient d'un bijou qui a appartenu à Marie-Antoinette, l'épouse de Louis XVI.

— Merci, je sais qui est Marie-Antoinette.

— Excuse-moi ! Il l'a fait sertir sur une broche moderne et me l'a offerte. Je l'ai transformée en piercing à son grand désarroi, il semblait tenir beaucoup à cette pièce.

— Très joli.

— Merci.

Marie allume son ordinateur pendant que Romain fouille dans les autres cartons, à la recherche d'indices.

— Tu n'aurais pas trouvé un coffret ou une boîte, un truc dans le genre, avec une serrure ? demande-t-il.

— Non, pourquoi ?

— Pour rien, une idée comme ça.

Romain ne veut pas en rajouter, la situation est suffisamment pénible pour son amie. Il garde le moulage de la clé pour plus tard. Marie ne relève pas. Elle consulte ses nombreux messages. La vue de l'un d'eux la contrarie.

— Romain, je ne t'ai pas tout dit, avoue-t-elle sans quitter son écran des yeux. Il faudra bien que tu l'apprennes un jour, alors autant que ce soit tout de suite. J'ai contacté une autre personne que toi dans le passé.

— Quoi ? Comment ? Tu veux dire que je n'étais pas le seul dans cette combine ? s'emporte-t-il.

Elle opine du chef, embarrassée.

— Que lui as-tu dit exactement ?

— À peu près la même chose qu'à toi, à quelques détails près.

— Mais ce type pourrait être ton ravisseur ! S'il t'avait retrouvée… et qu'il… enfin, cela pourrait être n'importe qui…

Bon sang, mais c'est trop stupide ! Putain, Marie, c'est trop important…

— Eh, tu n'es pas mon père pour me parler comme ça.

— O.K., ça va ! Continue !

— D'accord, effectivement, après tous ces événements, tout est possible. J'attendais aussi de ses nouvelles depuis plusieurs jours. Voyons ce qu'il a à raconter.

— C'est son pseudo ça ? Cornélius. Pas très original, ajoute-t-il en se penchant par-dessus son épaule.

Marie, désolé de ce retard. J'ai été très occupé et j'avais des choses à vérifier. Les événements se sont un peu précipités. J'étais sur le point de retrouver la petite fille de la photo. Je l'avais localisée, ce ne fut pas très difficile. Or, une chose énorme est arrivée, qui m'empêche d'enquêter et qui pourrait compromettre mon avenir. Cette enfant a été kidnappée.

Je suis convaincu que cette fille est notre personne.

Je comprends ton envie de découvrir ton passé. Mais autant cette histoire d'amitié dans un autre temps que cet enlèvement me dépassent.

Rester dans les environs me rendrait suspect. Cela devient trop dangereux. Aussi, j'arrête le jeu.

C'est dommage, j'aimais bien cet échange.

J'espère qu'un jour peut-être…

Cornélius

— Incroyable ! Il y avait un type qui connaissait cette histoire ! s'exclame Romain. Un type qui a dû suivre mon procès, et qui n'a rien dit.

— Que voulais-tu qu'il fasse ? Toi-même, tu m'as expliqué que les autorités t'auraient enfermé dans un asile si tu avais insisté là-dessus.

— D'accord, mais ce type aurait pu confirmer mes dires. Cornélius est un suspect à ne pas négliger. Que vas-tu lui répondre ?

— Je ne sais pas encore. J'ai le temps. L'acheminement du message prend parfois quelques jours. C'est loin quinze ans, tu sais !

— Ce n'est pas loin, c'est long.

Romain a du mal à contenir sa colère. Curieux, il décortique ce fameux site par lequel on peut passer de l'autre côté du miroir. Étrange est le mot qui le caractérise le mieux. Mélange de blog, de forum et de chat, c'est un lieu de rencontre d'hurluberlus de toutes sortes. Certains rapportent les dialogues qu'ils ont eus avec Charles de Gaulle ou bien Victor Hugo. Un véritable concentré de fantasmes et de rêves.

À l'heure du laitier, il lâche l'ordinateur pour aller s'occuper de sa voiture. Enfin, ce qu'il en reste.

— J'aimerais me rendre à la maison de retraite cet après-midi pour poser quelques questions à cette vieille tante.

— Dans ce cas, essaye de ne pas revenir trop tard, il faut repartir en Isère et je ne sais pas jusqu'à quelle heure les visites sont autorisées.

— Je vais faire de mon mieux, je ne veux pas attirer l'attention de la police lorsque je déclarerai la voiture volée. Je vais me faire déposer en taxi dans une commune voisine afin d'éviter les recoupements avec les événements de cette nuit. Au fait, en parlant de recoupements, tu n'as pas peur que la police fasse le rapprochement avec toi et l'assassinat de tes parents ? Vu que l'explosion a eu lieu dans ta rue.

— Non, je ne suis pas chez moi ici. Je sous-loue à un copain qui est parti aux États-Unis pour faire un *master*. Rien n'est à mon nom.

— Donc, si personne ne connaît ton adresse, l'hypothèse la plus probable est que nous ayons été suivis jusqu'ici, alors sois prudente si tu dois sortir.

— Jc nc pcnsc pas, jc voudrais fairc lc tri dans lcs affaircs que j'ai rapportées.

Chapitre 7

Le nouveau duo, uni à présent par le pire, atteint le château de Fontvielle en fin d'après-midi. L'énorme bâtisse transformée en maison de retraite quelques années auparavant offre à la vue des nouveaux arrivants quatre étages de chambres rénovées. Perdu dans un vaste parc orné de chênes centenaires et de noyers, le domaine respire un luxe qui ne correspond pas à la tante de Marie. Cette dernière ressemble plus à une paysanne qu'à une aristocrate, contrairement aux quelques locataires croisés dans le jardin, qui prennent encore grand soin de leur apparence.

Romain et Marie découvrent Eulalie dans sa suite devant un vieux feuilleton allemand. Un sourire éclaire son visage lorsqu'elle découvre les visiteurs, même si elle ne reconnaît pas sa nièce.

Au préalable, l'infirmière de service a informé Marie de son état général. La santé de la vieille pensionnaire se dégrade de jour en jour. La maladie d'Alzheimer ne laisse aucun espoir. Malheureusement, Eulalie a appris la mort tragique de sa sœur et de son beau-frère par la télévision. Toujours selon l'infirmière, le drame l'a bouleversée dans un premier temps, puis son esprit s'est réfugié dans les méandres torturés de sa mémoire défaillante.

Pendant que Marie tente une conversation avec sa tante, Romain promène son regard dans la chambre. Le tic-tac de l'horloge comtoise d'un autre temps accompagne les silences. Il observe les deux femmes, à la recherche d'une hypothétique ressemblance.

— Eulalie, vous souvenez-vous de mon enfance, de ma naissance ? répète inlassablement sa complice sur un ton enjoué.

L'œil de la tante cligne imperceptiblement. La question semble l'embarrasser.

— Tu sais, je n'ai plus beaucoup de mémoire… Il y a longtemps. Ma sœur n'était pas… D'accord, j'ai… On mange à quelle heure ? Parce que la dernière fois, ils ont oublié le pain. Vous n'oublierez pas le pain, Magali !

— Elle n'était pas d'accord avec quoi ? Eulalie, faites un effort.

— Voyons, t'adopter, c'était une idée de Charles encore.

Marie accuse le coup. Entendre ce mot de la bouche même de sa tante lui fait un choc.

— Ma pauvre sœur était stérile. Mais toi, ma petite, qui es-tu ? Une nouvelle infirmière ? Le directeur sait que je n'aime pas les changements. Où est Magali ? Magali ! Magali !

Cette fois, simulé ou non, son dérapage arrive à point nommé. Malgré l'insistance de Marie, rien n'y fait. Eulalie part dans d'autres directions. Romain pointe du doigt un album de photos, posé sur la commode.

Marie s'en empare et s'approche avec douceur de son interlocutrice. Elle l'ouvre lentement. Les yeux d'Eulalie se mouillent au fur et à mesure que les pages défilent. Romain découvre des instants de vie auxquels il est totalement étranger. Sur un cliché en noir et blanc, il se demande qui sont les deux hommes qui posent tout sourire en compagnie du père de Marie devant ce qui semble être une échoppe d'antiquaire. L'un est coiffé en brosse, l'autre, grand, sec, dégarni sur le sommet du crâne, empêche de lire entièrement le nom de la boutique : *Le Saint*… quelque chose.

Des larmes perlent soudain sur les joues d'Eulalie.

— Oh Jean ! sanglote-t-elle en pointant du doigt le plus chevelu des deux. Je l'aimais. C'était le meilleur ami de ton père. Il a préféré ouvrir ce magasin à Paris… et me laisser.

— Eulalie, quel est son nom, où pourrait-on le trouver ? Et l'autre, qui est-ce ? demande Marie.

La vieille dame reste silencieuse, le regard noyé dans des larmes d'amertume. Même en utilisant toute sa douceur, Marie ne parvient pas à obtenir la moindre parole.

Finalement, elle prend congé en embrassant doucement sa tante. Empochant discrètement la photo des trois hommes, Romain lui emboîte le pas.

— J'ai vu ce type, attaque Romain une fois à l'extérieur, en tendant à Marie son larcin.

— Lequel ?

— Le grand sec, à gauche de ton père. Je ne sais pas où, mais ce visage émacié, ce regard sournois ne me sont pas inconnus.

— Quel dommage qu'Eulalie ne nous ait pas aidés ! Elle a été bizarre quand même ! J'ai l'impression qu'elle a très bien compris nos questions et que sa maladie lui a servi de prétexte pour éviter d'y répondre.

— Effectivement ! Tu as fait de ton mieux. Pas de regret !

— Ainsi donc, j'ai été adoptée.

— Il semblerait que ce soit le cas.

— L'entendre de la bouche même de quelqu'un de ma famille me fait un drôle d'effet.

— Ce Jean, était-ce l'ami de ton père ?

— Oui, probablement. Comme je te l'ai dit, Papa avait une véritable passion pour les œuvres d'art. Quand je pense à tous ces trésors qui ont brûlé dans la maison ! Je me souviens maintenant de ces voyages à Paris. Ils correspondaient toujours à l'arrivée d'un nouveau tableau, d'une sculpture, d'un meuble. Ce magasin, sur la photo, devait être son point de chute. Quant à l'autre personnage, il ne me dit rien.

— Dommage ! Où ai-je bien pu le rencontrer ? Dès que nous serons rentrés, je rechercherai des traces de cette boutique. Il faut impérativement retrouver l'ami de ton père. Tu ne l'as pas vu à l'enterrement ?

— Je n'ai vu personne, j'étais dans un état second. Il doit bien y avoir ses coordonnées quelque part dans les affaires que j'ai récupérées. Il s'appelle Jean, on sait déjà ça.

Ils passent la soirée à fouiller sur Internet. Romain se concentre sur les Mallesan. Il n'oubliera jamais le regard haineux de ce couple lors de son procès. Si Marie et Emma ne font qu'une, il y a de fortes chances pour qu'ils soient ses vrais parents.

Louis-Antoine Mallesan est le grand patron d'un groupe industriel mondial. À ce titre, de nombreux articles lui sont consacrés. Les photos le montrent toujours dans des endroits luxueux aux côtés de belles femmes.

— Ce gars serait mon père ? interroge Marie, l'air plutôt effrayé par le personnage. Tu vois une ressemblance ?

— Ce n'est pas flagrant ; si, peut-être… Ce sourire carnassier…

— Oh ! arrête de te foutre de moi ! regarde ça :

Mallesan Industrie cherche son successeur.

Louis-Antoine Mallesan, après vingt ans à la tête du groupe éponyme, a confié récemment son regret de ne pas avoir d'héritier à qui transmettre son empire. Il se murmure, dans les milieux financiers, que celui que l'on surnomme LAM souhaite se retirer des affaires et observe dans son entourage la personne qui serait la plus apte à prendre les rênes d'une si grande puissance.

Nous rappelons que l'héritière, sa fille unique, a disparu de façon tragique il y a de nombreuses années et que son épouse est également décédée à la suite de ce drame. Seul aux commandes, il a noyé son chagrin dans le travail en hissant son groupe à la première place mondiale.

Nouveau dans le milieu de la jet-set, sa liaison avec Miranda – la veuve du magnat libanais Asim Malouf – sort cet homme discret de l'ombre dans laquelle quinze années de malheur l'ont plongé.

— Ma génitrice serait morte ?

— Attends, Marie, rien ne confirme que tu sois leur fille !

— Rien ne l'infirme non plus, tu me l'as dit toi-même. Tant pis, cela ne fera qu'une mauvaise nouvelle de plus en quelques jours. Je t'avoue que celle-là ne me touche pas vraiment. Je n'imagine pas ces étrangers être mes parents, c'est tout. Par contre, je dois rendre visite à ce monsieur pour savoir ce qu'il en est.

— C'est une bonne idée. Pour ma part, je vais enquêter sur ce Jean, l'antiquaire. Il y a quelques boutiques qui s'appellent *Galerie Saint…* quelque chose à Paris, il faut les visiter. Prépare tes affaires, on change de crèmerie. Je t'invite chez moi. Prends tout ce qui peut nous être utile.

Chapitre 8

L'immense tour, entièrement revêtue de verre, renvoie à l'infini les rayons de soleil. Sa hauteur vertigineuse fait d'elle la plus imposante du quartier de la Défense, à Paris. Marie a délaissé son jean troué pour une robe et troqué ses rangers contre une paire de tennis en toile. Cette visite est trop importante pour négliger les détails. Une punkette dans le quartier ne passerait pas inaperçue et perdrait toutes ses chances de pénétrer dans le Saint des Saints.

Sa silhouette attire l'attention de nombreux cadres en costume sombre qui se retournent sur son passage. Marie ne s'en rend pas compte, elle n'a pas encore pris conscience de son pouvoir de séduction.

Le déménagement à Paris lui a changé les idées. Romain lui donne de la force. Elle apprécie de plus en plus sa présence. La volonté d'aboutir de son nouvel ami est communicative. Cette force l'entraîne dans l'action, ce dont elle a le plus besoin pour s'éloigner au plus vite de son propre drame. L'addition de leurs deux malheurs a quelque chose de positif, un peu comme cette règle mathématique qui stipule que moins plus moins équivaut à plus.

Malgré ces pics bénéfiques, son humeur atteint aussi quelques bas. Ce matin, par exemple, des idées noires la clouaient au lit. Elle y serait bien restée jusqu'à midi, mais entendre Romain préparer le petit déjeuner l'a forcée à se lever. Devant la superbe table dressée en son honneur, elle a vite retrouvé le sourire.

Le bonheur de partager un moment de tranquillité leur a offert un réconfort mutuel. Un bon signe chez Marie : l'appétit est revenu. Il était temps, car ses vêtements commençaient à flotter.

Un court instant, l'odeur de crêpes l'a renvoyée dans son Vercors natal. Elle a revu en flash sa mère lui souriant, une poêle à la main. Elle a vite effacé cette image, pour ne pas laisser la mélancolie s'installer. Avancer en se concentrant sur la tâche à accomplir, voilà ce à quoi elle doit s'attacher.

Les derniers conseils de Romain en tête, Marie pénètre dans le siège social de la *Mallesan Holding Corporation.* Elle mesure l'incongruité de sa mission lorsque le vigile la questionne sur la raison de sa visite. Elle joue avec le plus de sincérité possible le rôle répété avec Romain. Elle demande à se rendre à la Direction générale pour se renseigner sur un stage de fin d'études.

Le stratagème fonctionne. Après avoir reçu un badge visiteur, elle emprunte un ascenseur immaculé. À la vitesse d'une fusée, l'appareil la propulse en quelques secondes au sommet du gratte-ciel sans qu'elle ait à appuyer sur le moindre bouton. La porte coulisse silencieusement sur un hall richement décoré où une hôtesse sylphide l'accueille de façon professionnelle.

— Bonjour mademoiselle, on vous attendait. Veuillez vous asseoir, Mme Rivasi va vous recevoir.

Surprise, Marie s'entend répondre des banalités. Elle réfléchit à toute vitesse. On doit la prendre pour une autre. Qu'importe ! Elle n'aime pas du tout le regard de Barbie, qui la reluque comme si elle était une mendiante. L'endroit transpire le luxe et elle comprend vite que sa tenue est très éloignée des habitudes vestimentaires du lieu. Très rapidement, une seconde femme vient la chercher et l'accompagne dans un bureau moderne aux parois transparentes. Son élégance confirme l'impression de Marie.

— Ravie de vous rencontrer, mademoiselle Abadie. Votre oncle nous a chaudement parlé de vous, nous sommes très heureux de vous accueillir pour ce stage d'assistante de direction.

Marie ne cherche pas à savoir qui est cet oncle visiblement très influent.

— Heu ! Excusez-moi madame, mais je crois qu'il y a erreur en la personne. Je ne suis pas là pour un stage, mais pour rencontrer M. Mallesan.

— Oh ! Vous n'êtes pas Mlle Abadie ? Je suis confuse ! Mais comment êtes-vous entrée ? C'est très sécurisé ici. Je... enfin... Que voulez-vous à M. Mallesan ?

— J'ai des révélations très importantes sur sa vie privée. Je… cela m'ennuie d'en parler à quelqu'un d'autre que lui, vous comprenez ?

— Oui ! mais savez-vous que M. Mallesan ne se rencontre pas comme ça ? C'est un homme très occupé. Je vous suggère de prendre rendez-vous.

— Désolée madame, je dois m'entretenir avec lui au plus vite, il s'agit d'une affaire de la plus haute importance. Je suis même certaine que ne pas faire suite à ma demande mettrait M. Mallesan très en colère.

Marie devine la crainte que suscitent de telles menaces. Elle insiste. Elle sent qu'elle est sur la bonne voie.

— Bien, ne bougez pas. Je vais en référer à mon supérieur. Ne pouvez-vous pas m'en dire un peu plus ? J'aurais plus de chances de faire aboutir votre requête, vous savez ?

— Il s'agit de sa fille, celle qui a été enlevée.

L'effet est immédiat, la collaboratrice perd son assurance et fonce vers la sortie.

— Ne bougez pas !

L'élégante disparaît. Marie se relâche. Elle prend une longue inspiration et peaufine son discours. Elle n'a pas le temps d'admirer la vue extraordinaire qui s'offre à elle ; c'est bien dommage.

Un homme entre dans le bureau. Il est jeune, de petite taille, et visiblement important au sein de la société. Il porte un costume de bonne coupe et des chaussures impeccablement cirées.

— Bonjour, je m'appelle Arnaud Forel, je suis le principal collaborateur de M. Mallesan. À qui ai-je l'honneur ?

— Marie Dentremont, lui répond-elle en lui tendant la main.

Elle plante son regard dans le sien et y lit de la surprise. Le nabot détourne le regard. Il se reprend tout de suite en arborant un sourire hypocrite.

— Ma collaboratrice m'a informé de votre désir de rencontrer M. Mallesan. Hélas, ce n'est pas possible. Il est absent en ce moment, mais soyez sans crainte, tout ce que vous me direz lui sera transmis. De quoi s'agit-il mademoiselle, vous êtes bien mystérieuse !

Marie réfléchit un court instant. Voyant que rien de mieux ne lui sera offert, elle se lance :

— Et bien, ma démarche n'est pas très aisée et ce que j'ai à annoncer est assez difficile à formuler. Il s'agit de la fille de M. Mallesan. La petite qui a été kidnappée il y a quinze ans. J'ai des raisons de croire que cette fille… c'est moi !

— Attendez, vous plaisantez ? Vous n'avez pas toute votre tête ! Madame Rivasi, appelez la sécurité !

— Non, laissez-moi terminer ! Ce n'est pas par plaisir que je suis là devant vous, mais bien parce que je possède des informations sérieuses.

— Mademoiselle, cette enfant est morte. Vous n'imaginez pas la douleur que de telles allégations pourraient provoquer chez son père. Nous ne pouvons pas accepter de vous laisser en rajouter. Franchement, vous n'avez rien trouvé de mieux pour vous faire de l'argent facile ? Allez, ouste ! Sortez d'ici !

— Je sais ce à quoi je m'expose, monsieur. Ce que je vous dis est vrai ! Montrez-lui ces photos et rapportez-lui cette tache de naissance que j'ai là, dans le dos.

Elle se tourne et ouvre un pan de sa robe. Désarçonné par tant d'assurance, l'assistant reste sans voix. Madame Rivasi, le pouce sur une touche d'un combiné téléphonique, est prête à faire intervenir la sécurité. Un seul geste de son chef et elle déclenche l'intervention de la cavalerie.

Forel lève la main en signe d'apaisement. Il gagne quelques secondes pour mieux réfléchir.

— Me permettez-vous de vous prendre en photo ? demande-t-il.

— Oui, bien sûr !

Marie ne peut cacher sa satisfaction. Le jeune homme s'empare de son smartphone et fait quelques clichés d'elle, sans oublier la marque de fabrique gravée dans son dos de manière inaltérable.

Arnaud Forel promet de faire son rapport dès que possible à l'illustre personnage qu'est son patron et de la recontacter au plus vite. Il note ses coordonnées et appelle l'hôtesse pour la raccompagner.

Cette dernière se comporte cette fois de façon obséquieuse, surprise par le comportement de son chef. Pourquoi tant d'égards envers cette souillon ? Marie ignore les tentatives de rapprochement pendant le trajet de retour vers la terre et quitte la poupée blonde sans même un au-revoir.

L'air frais de cette matinée lui fait le plus grand bien. Elle n'a jamais été aussi mal à l'aise. Elle a les mains moites et sent de la sueur couler de ses aisselles. Elle ne pensait pas que l'épreuve serait aussi difficile. Elle hait ce genre d'endroit, ce genre de personnes, surtout ce nain. Quelle vipère ! Elle ne l'encaisse pas du tout. Elle devra trouver une autre astuce pour approcher Mallesan. Elle se dirige avec hâte vers le RER pour rejoindre Paris, désireuse de rendre compte à Romain de son entrevue.

En entrant, elle devine immédiatement au visage de son compagnon d'infortune qu'il y a du nouveau.

— Alors ? Comment ça s'est passé ? attaque-t-il, avide.

— Plutôt bien, et toi, tu as l'air satisfait.

— La galanterie veut qu'on laisse parler les dames en premier.

Marie s'affale sur le canapé et ôte ses tennis. Elle s'exécute après avoir posé langoureusement ses longues jambes sur la table basse. Elle lui raconte tout sans omettre aucun détail.

— À toi maintenant ! lui dit-elle une fois son récit terminé.

— Le troisième homme de la photo, je sais de qui il s'agit.

— Qui est-ce ?

— J'ai fait un pèlerinage aux Loges-en-Josas, ton ancien domicile, là où tout a commencé. J'avais besoin de m'immerger dans ce passé afin de raviver mes souvenirs. J'ai marché sur les traces des scènes que j'avais vécues il y a quinze ans. Tout est encore en place : le café, l'école, ton ancienne demeure, excepté les propriétaires qui ne sont plus les mêmes. Soudain, je me suis souvenu de l'homme. Il vivait là, dans la maison de ton enfance. Comment ai-je pu occulter de ma mémoire un tel visage ? C'était le jardinier. Je l'avais rencontré la première fois que j'ai été invité à entrer dans votre domicile par ta nourrice. Il n'avait pas l'air commode. Ce regard méchant qu'il m'avait lancé lors de ma visite dans la maison en disait long sur ses intentions. Cet individu est le lien entre ton ancienne et ta nouvelle vie. C'est lui qui a dû fomenter ce piège dans lequel je suis tombé. Comment a-t-il pu travailler pour tes présumés géniteurs et en même temps être ami avec tes parents ?

Marie blêmit.

— Insinues-tu que mes parents auraient pu être dans le coup ?

— Ouvre les yeux, Marie, regarde cette photo, je ne l'ai pas inventée ! Ce type était un ami de ton père.

— Non, non et non ! Je ne veux pas le croire. Il y a forcément autre chose. Pas mes parents. Je ne veux plus rien entendre à leur sujet, c'est compris ?

— O.K., O.K. ! Calmons-nous ! Nous disputer ne servira à rien. Nous devons retrouver cet homme à tout prix. Il est forcément lié aux événements passés et connaît certainement la vérité.

— Comment ? Tu as une idée ?

— Peut-être ! Il semble un peu prématuré de questionner Louis-Antoine Mallesan. Par contre, ne pourrais-tu pas demander ce service à Cornélius ? Nous avons un agent dans l'autre temps, nous avons l'adresse de ta maison, il ne reste plus qu'à le pcrsuadcr d'allcr y fairc un tour. Pour ça, jc tc fais confiancc.

— Je te rappelle qu'il a rompu tout dialogue.

— Essaye quand même et arrête de faire cette tête, je ne suis pas ton cnncmi. Jc vcux justc comprcndrc cc qui m'a cnvoyé en taule pendant quatorze ans.

Marie se détend. Elle lui offre un sourire timide.

— D'accord, je vais lui envoyer un message.

— Ça marche. Je vais en profiter pour me doucher.

La rédaction du courriel n'a pas calmé Marie. Elle est encore perturbée par les propos de Romain. Ne tenant pas en place, elle décide de descendre acheter des victuailles pour se changer les idées. Elle en informe Romain, qui est toujours sous l'eau.

— Attends-moi ! lui crie-t-il, mais elle ne l'entend pas.

Quand il sort de la salle de bains, il trouve l'appartement désert. « Quelle furie ! » pense-t-il en souriant.

Il aperçoit alors le porte-monnaie de Marie sur la table. Il enfile en vitesse sur sa peau mouillée un short et un tee-shirt. Il a encore le temps de la rattraper. Il saute dans une paire de chaussons et part à sa poursuite.

En chemin, il réalise à quel point, lui, le loup solitaire, s'est habitué à la présence de cette fille. Elle lui apporte chaleur et gaieté, des choses dont il a été privé depuis bien trop longtemps. Elle tend à s'imposer à lui aussi sûrement que le printemps après l'hiver. En dehors de l'aspect extraordinaire de cette rencontre, la tournure des événements prend un chemin insoupçonné.

En sortant de l'ascenseur, il entend deux claquements secs, comme des pétards de 14-Juillet. Un pressentiment l'étreint. Il se rue à l'extérieur aussi vite que ses pantoufles le lui permettent. Il traverse la cour, s'engage dans le corridor d'accès et stoppe net. Marie est allongée sur le sol. Un homme muni d'un revolver se tient accroupi à ses côtés. Une mare de sang se forme autour d'elle. Sans réfléchir, Romain se jette sur le tireur en hurlant. L'homme se retourne, leurs regards se croisent. Romain n'en croit pas ses yeux. Il reconnaît le jardinier.

Ce dernier, vieilli, décharné, la peau anormalement blanche, a l'air aussi surpris que lui. Romain lui tombe dessus avant qu'il n'ait le temps d'ajuster son tir. Une lutte violente s'ensuit. Romain réussit à s'emparer de l'arme de l'agresseur, mais celui-ci, un vrai géant, lui décoche au visage un direct qui l'assomme.

Quelques secondes plus tard, l'agresseur s'est échappé.

Groggy, Romain reprend peu à peu ses esprits. Il entend soudain un hurlement à côté de lui. C'est la gardienne de l'immeuble. Il se rend compte de la situation embarrassante dans laquelle il se trouve une fois de plus : du sang sur ses vêtements, une arme à la main et un corps à ses pieds. Tant pis, il y a plus important. Vite ! Marie ! Il se précipite sur elle et la prend dans ses bras. Elle respire faiblement. Son joli teint hâlé a laissé place à une pâleur cadavérique. Elle est en train de mourir ! Il implore la gardienne d'appeler les secours. Il murmure des encouragements à l'oreille de Marie. Elle doit résister. Elle ne doit pas le quitter, pas comme ça. Une méchante blessure à l'abdomen imbibe de carmin son tee-shirt et laisse échapper un gargouillis sinistre. Il couvre de la main le magma sanglant. Marie est inconsciente.

La suite se déroule très vite. Dans un concert de sirènes et une grande agitation, la blessée est prise en charge. Elle est entourée, palpée, intubée et finalement emmenée en ambulance sous le regard fiévreux de son compagnon, menotté.

Romain se retrouve ensuite dans une cellule du commissariat du quartier. Assez rapidement, il est transféré au 36, quai des Orfèvres, à la brigade criminelle de Paris, où deux policiers avides d'en savoir plus se chargent de son cas.

Son inquiétude sur l'état de santé de Marie l'empêche d'élaborer une défense crédible. Il explique du mieux qu'il peut le fil des événements, même si tous les éléments l'accusent.

Pour une fois, l'un des policiers qui l'interrogent semble le croire. Romain ne sent pas l'habituelle suspicion liée à son passé. L'officier pose les bonnes questions et se comporte d'une façon différente de ses confrères.

Oui, Marie est une amie en visite chez lui. Oui, il a vu l'agresseur. Romain est d'accord pour faire un portrait-robot. Aider la police à faire la lumière sur cette histoire ne peut qu'être à son avantage. Cependant, il n'ose pas avouer qu'il détient une photo de l'homme lorsque ce dernier était plus jeune. Comment pourrait-il l'expliquer ?

Sans grand étonnement, il est placé en garde à vue.

En ce qui concerne Marie, les nouvelles ne sont pas rassurantes. Elle a passé des heures au bloc opératoire et son pronostic vital est engagé.

Les vingt-quatre heures suivantes sont très éprouvantes pour Romain. La peur de perdre la jeune femme dépasse tous les autres problèmes. Ses temps morts sont consacrés à ressasser les derniers événements.

Le passé est en train de se réveiller. Marie est devenue une cible gênante. C'est elle qui est visée. La bombe dans la voiture leur était destinée. Le vieux jardinier est une des pièces maîtresses du puzzle. Romain se demande combien d'éléments il devra trouver pour avoir une vue précise du tableau.

Chapitre 9

Marie ouvre les yeux. Elle essaye de bouger, sans succès. Où est-elle ? Pourquoi a-t-elle si mal ? La douleur est lancinante. Elle part du ventre et remonte le long de son cou pour résonner dans sa tête comme le bourdon d'une cathédrale. Ses membres sont retenus. Même déglutir lui est difficile, un objet est enfoncé dans sa gorge tel un pieu dans de la terre. Seule note agréable au milieu de toutes ces souffrances : une odeur étrange mais pas désagréable, un délicat mélange de jasmin et de vanille qui ravit ses narines.

Que s'est-il passé ? Sa mémoire lui restitue quelques bribes de ses derniers instants de conscience. La faim, le corridor, les coups de feu, le sang, puis plus rien. Si ! Cette voix l'implorant de rester avec lui, de ne pas lâcher prise : Romain !

Quelqu'un a essayé de la supprimer, comme ses parents. Pourquoi ? Qui veut l'éliminer ? Quel est encore ce nouveau cauchemar ? Elle bouge les yeux pour tenter d'en savoir un peu plus sur le lieu où elle se trouve. Un bip régulier rythme les battements de son cœur. La lumière est douce. L'endroit respire le calme et la sérénité. Elle essaye de bouger un peu plus lorsqu'elle sent une main saisir délicatement la sienne. Le parfum subtil se fait plus précis. Apparaît alors dans son champ de vision une chevelure blanche, très soignée. Un visage inconnu, mais familier, se dessine à présent. Cette figure sourit, découvrant des dents parfaites. Louis-Antoine Mallesan en personne est penché sur elle. Son regard est humide, son expression se veut rassurante.

Étrangement, Marie se sent apaisée au contact de cette main. Elle cesse de s'agiter et ferme les yeux afin de prolonger cet instant d'une extrême douceur.

— Emma, ma douce ! Emma mon ange, tu es enfin là, tu te réveilles ma beauté. C'est ton père, ton papa.

Marie entend les bips, reliés à son cœur, accélérer.

— J'ai tant et tant espéré cet instant ! Je suis tellement heureux. Toute ma vie ne s'est déroulée que pour que je puisse vivre ce moment où nous serions enfin réunis. Tu n'as pas à t'inquiéter. Tu es sortie d'affaire. Je suis là maintenant. Ton père va s'occuper de toi et ne plus t'abandonner.

Elle jurerait qu'il sanglote tant le son de sa voix est caverneux.

Elle rouvre les yeux, essaye de dire un mot, mais le tube de plastique enfoncé dans sa gorge ne laisse échapper qu'un borborygme incompréhensible.

Un médecin entre dans la chambre. Il demande avec déférence à l'important homme d'affaires de sortir, puis commence à observer le moniteur relié à la jeune fille.

— Alors Emma, je suis très heureux de vous revoir parmi nous. Voyons vos enregistrements… Bien, ça m'a l'air très bon tout ça. Encore quelques jours avec nous et vous pourrez repartir dans votre foyer…

— AAArie… ee aaeelle aarie, gargouille-t-elle.

— Pardon, je… je vous ai mal compris. Voyons comme ça, dit-il en lui ôtant le tube de plastique qui lui obstruait l'œsophage.

— Marie, je m'appelle Marie, pas Emma, réitère-t-elle en se raclant la gorge.

Des examens supplémentaires lui sont imposés. À l'obséquiosité du personnel, Marie réalise qu'elle a changé de statut ; elle a franchi ce mur qui sépare l'humain moyen de l'être de caste supérieure.

Justement, en parlant d'êtres supérieurs, en voilà un spécimen qui entre dans la chambre sans frapper.

— Emma, c'est moi, ton père. Tu es venue me chercher à la société, tu te souviens ?

— Oui… Quelle surprise de vous rencontrer comme ça !

— Quand j'ai vu les photos, j'ai su immédiatement que c'était toi. Tu as beaucoup changé, mais tu as toujours les mêmes yeux. C'est un miracle ! Je n'ai jamais cessé d'espérer. Si ta pauvre mère nous voyait. Tu lui ressembles tellement.

— Elle… elle est décédée, n'est-ce pas ?

— Oui. On en reparlera plus tard. Pour l'instant, je suis sur un nuage. On a tellement de choses à se raconter, tellement de temps à rattraper.

— Heu… Laissez-moi me faire à cette idée s'il vous plaît.

— J'attendrai avec impatience ce moment-là. Repose-toi bien. Prends soin de toi. As-tu besoin de quelque chose en particulier ?

— J'ai besoin de Romain, mon ami ! réplique-t-elle sans hésiter.

— Heu ! Oui, enfin on verra ça ! Tu dois te remettre vite. Je repasserai dans la soirée.

Timidement, il lui donne un baiser sur le front. Il l'observe longtemps, ne pouvant détacher ses yeux des siens. Marie a envie de le questionner, mais l'effort est trop pénible. Elle ressent un sentiment bizarre : un mélange d'envie et de peur d'aimer cet homme qui, elle en est sûre, va désormais compter dans sa vie.

— Ne dis rien, Emma. Repose-toi. Nous avons tout le temps maintenant.

Il disparaît derrière la porte où l'attendaient deux autres personnes. Ce type peut-il être mon père ? se demande-t-elle. Il est tellement éloigné de moi.

Elle a encore mal, même si la morphine qu'on lui injecte atténue la douleur. Elle ferme les yeux et s'enfonce dans un sommeil peuplé de rêves où s'entrecroisent des êtres maléfiques. Heureusement, dans ces songes noirs, Romain la sauve toujours si elle se trouve dans une mauvaise passe.

Lors d'une de ses phases d'éveil, elle reçoit la visite de policiers, le commandant Manuel et le capitaine Évrard. Malgré sa faiblesse, elle accepte de répondre à leurs questions. C'est la troisième fois que les deux hommes tentent de la rencontrer. Elle est avide de savoir ce qu'a découvert la police et écoute avec attention leurs informations. Malheureusement, comme elle le craignait, ils soupçonnent Romain. Selon eux, il est l'auteur des coups de feu. Elle dément leurs allégations avec force. Il faut arrêter au plus vite les vrais coupables, ceux qui ont attenté à sa vie par deux fois.

— Je vous assure que vous faites fausse route, messieurs.

— Comment pouvez-vous en être sûre mademoiselle, insiste l'inspecteur ! Vous avez vu votre agresseur ? Vous dites que vous ne vous souvenez que des coups de feu et de la terrible douleur qui s'est ensuivie.

— Je sais que ce n'est pas lui, c'est tout.

Elle n'aime pas du tout le ton de ce flic à la chemise plus que douteuse.

— Quels sont vos rapports avec Romain Dutreil ?

— C'est un ami.

— Avouez que cette histoire est étrange. L'homme qui vous a enlevée il y a quinze ans quand vous n'étiez qu'une enfant vous retrouve et tente de vous tuer. On peut dire qu'il a de la suite dans les idées. Pourquoi le couvrez-vous ? Permettez-nous d'être perplexes sur la nature de vos rapports.

— Pourtant, c'est la vérité. L'histoire peut paraître étrange, mais c'est comme ça. Par contre, comment êtes-vous certains que je suis bien la fille de Louis-Antoine Mallesan ?

— Votre ADN. Votre père a fait rouvrir le dossier. Des tests ont été pratiqués par deux laboratoires indépendants qui ont donné des résultats identiques. Tenez, nous venons de recevoir le deuxième rapport d'expertise. Vous pouvez le lire, si vous le souhaitez.

La comparaison des deux structures moléculaires ne laisse apparaître aucun doute : les deux ADN sont identiques. L'ADN A, provenant du rapport d'autopsie de Mallesan Michèle, et l'ADN B, analysé du sang de Mallesan Emma, comportent suffisamment de similitudes pour déclarer qu'il n'existe qu'une chance sur trois milliards pour que ces deux personnes ne soient pas de la même famille. Signé : Docteur Trackoen, chef de service, etc., etc.

Marie pose le document sur son lit. La nouvelle la secoue, même si elle s'y attendait.

— Vous ne faites qu'une avec la petite fille kidnappée, poursuit le policier. Votre cas est unique. La probabilité de retrouver un enfant après dix ans de disparition est proche de zéro. Si votre père n'avait pas verrouillé l'information, vous feriez déjà la une des journaux et une armée de journalistes feraient le pied de grue à l'entrée de l'hôpital.

— Ah ! je comprends maintenant pourquoi Louis Mallesan semblait si sûr de lui. Croyez-moi sur parole. Romain et moi recherchons les vrais coupables, les vrais responsables de mon kidnapping. Et nous devons déranger, car nous avons déjà été victimes d'une tentative de meurtre à Lyon. C'est facile à vérifier.

Elle leur conte leur mésaventure et les raisons pour lesquelles ils n'ont pas porté plainte.

— Je ne sais pas pourquoi, mais j'ai envie de vous croire, réplique Manuel en esquissant son premier sourire. Ce Romain Dutreil a de la chance d'avoir une alliée comme vous. Il faudra m'expliquer un jour comment il a fait pour vous retrouver là où toutes les polices d'Europe ont échoué. Ce doit être un sacré devin pour avoir découvert votre nouvelle identité.

— Oui, je sais, ça peut paraître étrange, mais un concours de circonstances extraordinaire a permis cette rencontre.

— Extraordinaire doit être le mot juste, dit le policier en arborant une mine énigmatique.

Quel drôle de personnage ! pense-t-elle. Ce flic a l'air de lire dans mes pensées. Son regard est semblable à celui d'un oiseau, un rapace, toujours sur le qui-vive, à l'affût du moindre mensonge.

Un médecin entre et met fin à l'échange. Marie transpire, la fièvre la gagne, mais elle veut tellement aider Romain, qui, par sa faute, s'est fourré dans une situation des plus difficiles.

Les deux policiers rejoignent le 36. Ils vérifient immédiatement les dires de Marie. Le compte rendu demandé aux collègues de Lyon leur est envoyé dans la minute. Un autre dossier leur parvient au même moment. Ce dernier, le rapport de la balistique, leur réserve une grosse surprise : les deux balles retrouvées dans le corps d'Emma Mallesan, alias Marie Dentremont, ne correspondent pas au revolver trouvé dans les mains de Romain Dutreil.

— Ça ne prouve rien, je suis sûr qu'il a un complice, annonce le subalterne de Manuel.

— Je ne crois pas. On n'a trouvé aucune trace de poudre sur ses mains.

— Tu es trop gentil avec ce tordu, je te le dis depuis le début.

— Non, il n'y est pour rien. Je le sais.

— C'est toi le chef, mais je désapprouve.

L'enquêteur principal, le commandant Yannick Manuel, trente-six ans, a rejoint la crim' il y a quatre ans, après plusieurs affectations. Excellent flic, bon psychologue, un flair hors du commun, voilà ce qui était inscrit sur son dossier, entre autres, lorsqu'il a rejoint la célèbre unité. Rien ne prévaut sur son instinct, même les évidences trouvées çà et là sur les scènes de crime. Depuis le début, il n'imagine pas Romain dans la peau d'un tueur. Habituellement, il sent les psychopathes. Ce ne sont pas forcément des bêtes féroces, mais il y a toujours chez eux une étincelle de folie qui les accuse. Dans ce cas, c'est l'inverse, son unique suspect transpire l'honnêteté ; et puis, il n'a jamais vu un assassin sur le lieu d'un crime en pantoufles. L'image ne colle pas.

À la fin de la lecture du rapport balistique, il se rend compte une fois de plus qu'il ne s'est pas trompé. Il peut dorénavant reconsidérer sérieusement les termes de la déposition du prévenu. L'enquête reste très confuse, pleine de zones d'ombre, et ça, il s'en délecte d'avance.

Il fait monter Romain du « frigo » et lui annonce la nouvelle. Le prévenu n'en croit pas ses oreilles. Certes, il est heureux de retrouver la liberté après ces deux jours d'horreur, mais cette nouvelle innocente aussi le jardinier. À moins d'avoir un complice, il n'est plus le bras armé qui a fait feu. Le mystère s'épaissit, car, dans ce cas, que faisait-il là ? Finissait-il le travail ? Pourquoi a-t-il eu cet air surpris en croisant le regard du jeune homme ? Cet homme a un rapport avec l'enlèvement, c'est sûr, mais quelle preuve tangible possède Romain, sinon des faits que lui seul peut corroborer ? Ce n'est malheureusement pas assez consistant pour intéresser la justice et rouvrir son dossier.

— Vous ne me demandez pas de nouvelles de Marie ? ajoute le policier.

— Heu ! Si bien sûr.

— Je vois ça. Eh bien, elle est sortie d'affaire. Ses blessures sont sérieuses, mais elle est solide.

— J'en suis très heureux. Cela m'ôte un poids énorme, croyez-moi.

— Vous feriez mieux de l'appeler dès à présent Emma, la preuve de son identité a été faite. C'est bien la fille Mallesan, mais pour ça je ne vous apprends rien, n'est-ce pas ?

Romain accuse le coup. Le flic le sonde. Il ne sait que répondre.

— Je ne peux rien vous reprocher, car vous avez effectué votre peine. Nous ne pouvons pas vous punir deux fois pour le même crime. Cette histoire est très étrange, elle m'échappe, mais, jusqu'à preuve du contraire, vous n'avez rien fait de condamnable depuis votre sortie de prison. Un conseil, Romain : soyez prudent. Emma m'a expliqué votre quête d'innocence. Je ne peux vous en empêcher, mais attention, restez dans la légalité. Si vous en avez besoin, n'hésitez pas à me contacter.

Cette offre surprend Romain. Quel étrange personnage ! Pas franchement sympathique au premier abord, un peu froid même, or, cette fin d'entretien laisse entrevoir une certaine humanité.

Un long silence permet aux deux hommes de se jauger. Romain a envie de faire confiance à ce singulier personnage. Pour la première fois de sa vie, il serre la main d'un flic. Il quitte le commissariat, non sans avoir obtenu l'adresse où se trouve Marie. Une seule chose lui importe à présent : retrouver la jeune femme et faire le point avec elle.

Il entre dans le hall de l'hôpital américain, à Neuilly. Comme il le pressentait, le bureau d'accueil n'a aucune trace d'une Marie Dentremont. Il essaye avec Emma Mallesan. La réceptionniste, après un instant d'hésitation, lui répond qu'elle n'est pas en mesure de divulguer ce genre de renseignement. Des consignes ont été données, c'est certain. Elle refuse même de lui transmettre un message. Romain perd patience.

Il quitte le bâtiment en repérant sur un plan d'autres entrées. Il en choisit une, dérobée. Déterminé à aller jusqu'au bout, il réussit à pénétrer dans les lieux sans encombres.

L'ascenseur le dépose à l'étage de chirurgie. Il se retrouve en quelques secondes parmi les visiteurs. Le couloir est encombré de chariots de soins et de familles un peu perdues. Çà et là, des vases remplis de fleurs ornent l'entrée des chambres. Romain emprunte l'un d'eux et se cache derrière pour ressembler à un livreur. Il vérifie chaque pièce en prétextant une erreur de destination. Aucune trace de Marie.

Il aperçoit soudain un accès réservé. Un boîtier de contrôle en autorise l'ouverture. Une aide-soignante franchit le sas avec un chariot chargé de nourriture. Il se précipite à sa suite en arborant son plus beau sourire et en lançant un sonore « Livraison ! ».

— C'est pour quelle chambre ? lui répond-elle, désarmée.

— Emma Mallesan, vous connaissez ?

— Ah ! ce n'est pas pour moi ! Dommage. Elle est dans la 204.

— Merci. Une prochaine fois peut-être, rétorque-t-il.

La jeune femme lui rend son sourire et retourne à ses occupations, enchantée de cette parenthèse imprévue.

L'endroit respire le calme et offre des chambres plus spacieuses. Romain comprend qu'il a atteint l'aile VIP. Il trouve facilement la chambre 204 et frappe discrètement. Personne ne répond. Il ouvre la porte et découvre Marie profondément endormie. Il s'approche à pas de loup, le regard rivé sur son visage. Son cœur bat la chamade. Elle lui a tant manqué !

Malheureusement, deux types surgis de nulle part lui tombent dessus. Marie ne se réveille même pas, tant ils sont discrets et efficaces. En quelques secondes, Romain se retrouve dans un bureau attenant.

Les deux malabars le fouillent et récupèrent ses papiers d'identité. L'un d'eux rend compte par téléphone, pas le moins du monde embarrassé.

Le second engage enfin la conversation et lui explique qu'il n'est pas permis de voir la pensionnaire de la chambre 204.

Romain proteste vigoureusement, sans grand espoir. Ces hommes sont des professionnels. Ils ont des ordres et il commence à deviner d'où ils proviennent. Il affirme avec force qu'ils n'ont pas le droit de l'empêcher de voir son amie. Il se lève brutalement pour sortir. Cette fois, le plus maigre des deux, qui n'a rien à envier à un première-ligne de rugby, le saisit par les épaules et le plaque sur sa chaise. Romain comprend qu'il est inutile d'insister. Ils lui rendent ses papiers et le raccompagnent à l'extérieur avec juste ce qu'il faut de brutalité pour lui faire comprendre qu'il ne doit pas réitérer l'expérience.

Romain est fou de rage. Comment va-t-il avancer maintenant ? Il a besoin de Marie, non seulement pour l'aider dans sa quête, mais parce qu'il réalise que son absence lui pèse. Jusqu'à présent, il n'avait jamais souffert de la solitude, mais cette fois la frustration devient douloureuse. Il a vraiment besoin de la voir, de lui parler. Personne ne pourra remplacer ce vide qu'elle a créé involontairement. Dépité, il rentre chez lui. Le combat va devenir de plus en plus complexe.

Le lendemain, après une nuit difficile, peuplée de ses habituels cauchemars, il essaye tant bien que mal de remettre de l'ordre dans ses idées. Un solide petit déjeuner recharge ses batteries. Il passe en revue tous les documents et objets que Marie a entreposés dans un carton, ce qui représente un gros volume – il ne lui a pas laissé le temps de tout trier en quittant Lyon. Il se souvient des quolibets qu'il lui a lancés en rangeant tout ce barda dans la voiture. Avec émotion, il l'entend encore lui répondre avec véhémence. Quel sacré caractère !

Il ne s'attarde pas sur les photos, qu'il connaît déjà. Il étudie les différents documents : des relevés bancaires, des factures, des magazines d'art, des catalogues de vente aux enchères. C'est quand il feuillette l'un d'eux qu'une lettre se détache. Elle est à l'en-tête de la galerie Hallbond, dans le quartier Saint-Paul à Paris. Elle semble être passée au travers des multiples fouilles.

Cher Monsieur Dentremont

En réponse à votre courrier, j'ai l'honneur de vous confirmer que votre proposition nous intéresse. Notre clientèle étrangère est avide du bien que vous nous proposez. Comme vous le savez, nous sommes, pour ce genre de transaction, parmi les meilleurs sur la place de Paris.

Après avoir étudié les photos, il semble que la rareté du produit soit en accord avec le prix demandé. L'objet devra bien sûr être expertisé par une personne de notre choix afin de lever le doute et prouver son authenticité.

Je comprends et j'approuve votre souci de discrétion, qui est de mise dans notre commerce.

J'attends maintenant votre visite avec la hâte de découvrir le chef-d'œuvre.

Bien à vous

Albert Hallbond

Pour un homme simple, Charles Dentremont cachait bien son jeu. De quelle transaction s'agissait-il ? À quel prix ? Une grosse somme d'argent attise forcément le désir des crapules. Mais pourquoi s'en prendre à Marie ? Que cache-t-elle ?

Romain décide de se rendre dans cette galerie afin d'en apprendre un peu plus. Au moment où il se prépare à quitter son nid douillet, la sonnerie du téléphone l'extirpe de ses réflexions. Il répond, intrigué. Le numéro affiché lui est inconnu.

— Louis-Antoine Mallesan. Je suppose que vous savez qui je suis.

Pour la première fois depuis son procès, Romain réentend cette voix. Il l'aurait reconnue parmi des dizaines d'autres.

— Heu ! Je suis un peu surpris, parvient-il à balbutier.

— Je vais être bref, Dutreil, vous avez fait un mal inextinguible à ma famille. Pour moi, les quinze années de prison qui vous ont été infligées ne sont rien comparées au calvaire que j'ai enduré. Vous méritiez perpétuité ou la mort, si cette peine n'avait pas été injustement abrogée.

— Mais je…

— Taisez-vous ! Vous avez la chance d'être libre maintenant. Si vous voulez le rester, laissez ma fille tranquille. Oubliez-la ! Oubliez toute cette histoire et partez loin ! C'est mon dernier avertissement. Sinon, je vous briserai. Faites-moi confiance. Je vous casserai comme du bois mort. Est-ce bien compris ?

— Vous vous trompez. Je ne suis pas celui que vous croyez…

— Est-ce bien compris, Dutreil ?

— Vous ne m'empêcherez pas de trouver qui est derrière tout ça.

— Libre à vous. Vous êtes prévenu.

Voyant qu'aucune discussion n'est possible, Romain n'insiste pas. L'image de cet homme brisé, assis devant lui dans la salle d'audience, lui revient.

Son interlocuteur est aveuglé par la haine, il ne pourra rien en tirer, au contraire. Cet appel l'accable pendant de longues minutes. Marie lui semble maintenant encore plus inaccessible. Il revoit avec nostalgie les quelques jours passés avec elle et regrette de n'avoir pu les apprécier à leur juste valeur. Comment un être si haï a-t-il pu prendre tant de place dans sa vie ? Il en oublie presque les conditions si particulières de leur rencontre. Que faire ? Il est condamné à aller de l'avant. Seule la vérité dévoilée au grand jour leur laissera une chance d'être réunis. « Allez ! En avant. Restons confiants et battons-nous », se dit-il en quittant son appartement. Son esprit de conquête est décuplé par la hargne que lui a inspirée Louis-Antoine Mallesan.

Il trouve rapidement l'échoppe de la rue Saint-Paul. Ce quartier dédié aux boutiques d'antiquaires et aux galeries d'art est l'un des plus anciens de Paris. Les façades ouvragées témoignent du génie des architectes d'autrefois. Les petites fenêtres, conçues pour garder la chaleur, cachent aujourd'hui des intérieurs bourgeois. Ce quartier chic, véritable village, sent bon l'art de vivre.

La galerie Hallbond dégage une impression de luxe et de prospérité. Sa devanture expose des tableaux en majorité anciens. En parfait néophyte, Romain apprécie leur beauté. Monsieur Hallbond est présent et le reçoit avec gentillesse. Romain lui explique le but de sa visite.

— Ah ! Je vois, vous êtes de la police ! Je m'y attendais. L'attentat contre Charles Dentremont n'est-ce pas ?

— Pas du tout. Je travaille pour sa fille, Marie. Elle souhaite simplement connaître quel était l'objet de la transaction effectuée entre vous et son père.

— Écoutez monsieur…

— Dutreil.

— Monsieur Dutreil… Notre société est respectable, et toutes ses transactions se font dans la légalité et la transparence. Cependant, vous comprendrez que nous devons à nos clients, vendeurs comme acheteurs, une certaine discrétion.

— Je comprends et respecte votre éthique. Seulement, suite à la mort de son père, Mlle Dentremont souhaiterait savoir de quoi il retourne. Si vous souhaitez garder secrète cette transaction, libre à vous. Il serait dommage de perdre notre temps en faisant intervenir son notaire.

— Ah ! bon… Dans ce cas, je ne vois pas ce qui m'empêche de vous montrer l'objet. De toute façon, la vente va être publique. Je viens de recevoir le catalogue de Sotheby's où il figure en bonne place. Nous n'avons rien à cacher. Suivez-moi s'il vous plaît.

Ils descendent dans une cave voûtée, éclairée parcimonieusement. Rien ne trouble le regard, laissant à l'amateur une vision épurée des tableaux exposés. Romain reconnaît des noms célèbres.

Ils s'arrêtent devant une toile de taille moyenne représentant un homme. La légende stipule : Comte Louis David Collenot d'Angremont, et la signature : Élisabeth Louise Vigée-Lebrun. Romain reste interdit. Le galeriste entame une explication :

— Avez-vous quelques connaissances en peinture ?

— Pas trop, je dois l'avouer.

— Cette femme est une des rares artistes-peintres du XVIIe, époque où cette discipline était plutôt réservée aux hommes. J'aurais dû vivre dans ce siècle, ajoute-t-il avec malice. Bref ! L'histoire de cette dame est étonnante. Elle a dû s'exiler lors de la Révolution française, car elle était royaliste. Elle risquait le même sort que les illustres personnages qu'elle peignait : un passage par la guillotine. Ses portraits de la famille royale sont célèbres, notamment un magnifique tableau de Marie-Antoinette, dont elle était une amie intime. On a répertorié quelques centaines de portraits disséminés çà et là dans les musées mondiaux et les collections privées. Hélas, un bon nombre ont disparu lors des troubles de cette période. Quelle n'a pas été ma surprise lorsque j'ai découvert cette toile, inconnue, parfaitement authentique ! Elle est belle n'est-ce pas ?

Le galeriste, comme tout passionné, aimait partager ses connaissances. Il offre à Romain une photo de l'œuvre, celle qu'il avait choisie pour le catalogue des ventes.

— Qui était cet homme ? demande Romain.

— D'après feu M. Dentremont, il s'agissait de son aïeul. Ce portrait a résisté au temps et a été conservé religieusement par ses descendants.

— Les noms se ressemblent : *Dentremont, d'Angremont*. Pourquoi ce changement d'orthographe ?

— Les noms ont évolué au fil des siècles, mais je ne suis pas spécialiste en généalogie. Si vous le souhaitez, nous pourrions en discuter devant un verre, qu'en dites-vous ?

Romain décline l'invitation aussi poliment que possible. L'intérêt du galeriste pour les hommes est manifeste et Romain semble à son goût. De regards appuyés en contacts furtifs, les messages envoyés ont été clairs. Des images que Romain aurait aimé oublier surgissent dans son esprit. Elles le projettent quelques années en arrière, dans les douches de la prison. Il en a des frissons.

Rapidement, il s'échappe de la boutique, les poings serrés dans les poches de son blouson. Vite ! Oublier tout ça et profiter du beau temps.

Toute passionnante que soit l'histoire de France – il a obtenu une licence de cette matière en prison –, cela ne l'avance pas beaucoup dans son enquête. Une question reste cependant en suspens : pour quelles raisons M. Dentremont s'était-il séparé d'un tableau conservé religieusement depuis des décennies, si ce n'était pour en tirer un prix très élevé ? D'après Hallbond, l'affaire s'était conclue très vite. Dentremont refusait de s'occuper lui-même de la vente aux enchères. Il disait ne pas avoir le temps d'attendre. Il avait besoin d'argent rapidement. La clé du mystère se trouve là. Pourquoi pas, même, le mobile du meurtre ? Beaucoup d'argent, de la torture, une clé avalée. Si seulement il pouvait partager ses découvertes avec Marie !

Romain passe la soirée à continuer ses recherches. Les Dentremont descendaient d'une famille noble. Le détail morbide des fleurs de lys tatouées sur le torse lui revient en mémoire. Il ne trouve aucune signification à ce tatouage si ce n'est le motif similaire ornant les manchettes du portrait du comte. Est-ce que Marie porte elle aussi un tatouage identique ? En connaît-elle la signification ?

Il utilise une loupe pour étudier la bague que portait l'homme. Ces armoiries ne lui disent rien. Un déclic le fait se ruer sur les affaires de Marie. Il y retrouve un bijou identique. Il manipule l'anneau avec respect et le range de côté, se promettant de l'étudier plus tard. Toutes ces questions tourbillonnent dans un cercle infernal au centre duquel se trouve invariablement son amie.

Soudain, il avise l'ordinateur portable de Marie. Est-ce l'envie de se rapprocher d'elle ou une curiosité malsaine, mais il l'allume. Aucun mot de passe ne le protège. Il entre dans son intimité pour la retrouver et se jure de ne regarder que les photos. À peine la page d'accueil s'affiche-t-elle qu'il voit l'avertissement : *« Vous avez du courrier. »* Il clique sur l'enveloppe stylisée et quelques messages apparaissent.

L'un d'eux attire immédiatement son regard. Il est signé *Cornélius*.

Chapitre 10

Encore très fatiguée, Marie a été transférée dans l'immense appartement de Louis-Antoine Mallesan. Son repaire parisien est niché au dernier étage d'un immeuble de l'île Saint-Louis.

La jeune convalescente s'éveille dans une chambre bien différente de celle de l'hôpital. Dans ce nouvel endroit, le mélange de boiseries et de murs peints à la chaux crée une atmosphère de détente propice au repos. Un écran de télévision de grande taille contraste avec les tableaux anciens qui ornent la pièce.

Ce déménagement lui fait du bien ; son séjour dans l'institution médicale commençait à trop durer. En outre, elle n'est pas mécontente d'en apprendre davantage sur sa famille de sang.

La curiosité l'emporte sur tout, notamment sur ce sentiment d'abandon à l'égard de ses parents. Leur absence se fait de plus en plus douloureuse.

Elle se lève avec précaution ; son ventre est encore douloureux. Elle fait la grimace en découvrant la robe de chambre déposée à son intention. Enfiler ça, jamais !

L'appartement est silencieux, hormis un léger cliquetis s'échappant du fond du couloir. Traînant les pieds, Marie se dirige vers ce bruit. La décoration ressemble à celle de sa chambre. Sur la gauche apparaît, à travers des vantaux de verre, un vaste séjour qui pourrait accueillir cent personnes. Un peu plus loin, une bibliothèque aux murs emplis de rayonnages regorge de volumes luxueux.

Dans la pièce suivante, Marie découvre une dame d'un certain âge en train de préparer un plat dans une cuisine qui ne déparerait pas un magazine de décoration. Une chaleur odorante se dégage d'un piano digne d'un grand restaurant. Avec beaucoup d'énergie, la cuisinière bat une pâte épaisse à l'aide d'un fouet. Elle n'a pas remarqué Marie, qui se tient dans l'embrasure de la porte.

— Bonjour, lance-t-elle.

— Oh ! Bonjour Mademoiselle. Excusez-moi, je ne vous avais pas entendue. Mais que faites-vous debout ? Vous devriez vous reposer. Votre père m'a ordonné de prendre soin de vous.

— Ça va bien, ne vous inquiétez pas. Excusez-moi, vous devez être Irène ?

— Oh ! Je perds la tête, oui, bien sûr, je suis Irène, l'employée de maison. Si vous avez besoin de quoi que ce soit, faites appel à moi. Votre père m'a chargée de vous dire qu'il serait de retour vers midi trente.

— Enchantée, moi c'est Marie. Ça sent bon ce que vous faites…

— C'est de l'osso buco, et là, je prépare des pâtes fraîches. Je suis d'origine italienne si vous ne l'avez pas deviné avec mon accent. Je termine ça et je m'occupe de vous. Retournez dans votre chambre, je vous sers votre petit déjeuner.

— Je vais le prendre ici, avec vous, si ça ne vous dérange pas. Je n'ai pas envie de rester seule.

— Ça ne me gêne pas, au contraire, j'avais hâte de vous connaître. Prenez ce qui vous fait plaisir !

Marie se jette sur les croissants, encore dans leur sachet. Elle lorgne aussi la salade de fruits frais. Malgré son traitement privilégié à l'hôpital, la nourriture servie là-bas était sans commune mesure avec ce qu'elle découvre sous ses yeux.

— Vous travaillez ici depuis longtemps ?

— Plus d'une dizaine d'années. Votre père m'a engagée après la mort de votre mère. Oh ! pardon… Je ne voulais pas…

— Ce n'est rien.

— Si ce n'est pas malheureux : mourir si jeune. Ma pauvre petite, vous avez tant souffert. Apprendre ça en plus.

— Je n'ai jamais connu ma m… génitrice. J'aimerais bien voir des photos d'elle. Savez-vous où je pourrais en trouver ?

— Je préférerais que vous attendiez le retour de votre père. Lui seul sait où se trouvent tous ces souvenirs.

Marie aurait bien commencé à s'imprégner de ce passé sans personne autour d'elle. Tout est si nouveau ici !

Ces nouvelles sensations s'imposent à elle avec une certaine violence. Tout va tellement vite.

Elle a reçu la visite de LAM tous les jours. Sensible à tous ses efforts, elle commence à s'habituer à sa présence, même si ce n'est pas un homme chaleureux de nature. Cependant, avec elle, il est charmant. Ils s'apprivoisent mutuellement, malgré des émotions qui s'entrechoquent et qui la contrarient : elle n'est pas encore prête à remplacer ses parents qu'elle vient juste d'enterrer, ces « inconnus » qui l'ont choyée toutes ces années.

Un soir, LAM lui a raconté la mort de sa femme : sa mère.

L'enlèvement de la petite Emma avait été le déclencheur qui avait tout fait basculer. Aucun parent n'est préparé à un tel séisme. C'était un cauchemar qui n'en finissait pas. Les événements se succédaient, rythmant leur quotidien de mauvaises nouvelles en faux espoirs. Puis cette terrible réalité : la mort supposée de leur enfant, le corps introuvable malgré les aveux du coupable. Puis le procès et cette sentence, qui auraient dû leur offrir un second souffle de vie. Malheureusement, l'effet salvateur n'avait pas eu lieu.

Quelques années plus tard, lorsque tout espoir de retrouver leur fille avait disparu, Michèle Mallesan avait sombré insidieusement dans une profonde dépression. Lui-même s'était noyé aveuglément dans le travail jusqu'à cette fameuse veille de Noël. Ce coup de téléphone des services de police : asphyxiée par les gaz d'échappement de sa voiture.

Après cette terrible révélation, Marie a ressenti au plus profond d'elle même la douleur de son père. Elle n'a pas eu le courage de lui parler de Romain. Le problème restait en suspens. Elle comprenait la haine que Louis éprouvait.

Elle devait attendre de récupérer tous ses moyens pour lui faire face. Mais surtout, au fond d'elle-même, elle avait envie de prolonger cette lune de miel.

« Comment peut-on avoir deux pères ? » Elle adresse silencieusement cette prière à celui qui l'a si bien élevée. Comment réagirait-il s'il voyait cet homme, ce presque inconnu, la couvrir d'attentions et l'appeler par un autre prénom ?

Elle refuse que Louis l'appelle Emma. Elle a beau lui tenir tête, il n'en a cure. Il n'entend pas ses requêtes. C'est comme s'il pensait qu'à la longue son enfant retrouverait la mémoire. Comment lui imposer le prénom de Marie ? D'autres l'avaient peut-être usurpé, mais c'était le sien.

Elle lutte, mais il faut se rendre à l'évidence : petit à petit, cette petite fille inconnue qui a été enlevée prend tout doucement place dans son corps.

Elle cherche dans ses affaires son mobile. Elle veut profiter de l'absence de LAM pour contacter Romain, mais son smartphone a disparu. Pourquoi n'a-t-elle aucunes nouvelles ? Elle ne comprend pas ce silence. Pourquoi son ami ne lui a-t-il pas rendu visite à l'hôpital ? Elle veut l'appeler avec un autre téléphone, mais elle ne trouve pas son numéro dans l'annuaire. Maudite liste rouge ! Elle ne peut pas non plus lui envoyer d'e-mail, puisque son adresse est enregistrée dans son ordinateur portable et que celui-ci est resté dans son appartement. Seule solution : se rendre en personne là-bas, mais son état physique ne le lui permet pas. Elle n'a plus qu'à patienter.

Elle se promène dans son nouveau logement, furète, farfouille, s'extasie devant tant de beauté : un vrai musée, mais pas d'ordinateur où elle pourrait au moins prendre son courrier au cas où Romain lui aurait laissé un message.

La bibliothèque mériterait qu'on y passe des heures. Il y a là beaucoup d'œuvres anciennes. Des originaux, des manuscrits. Une lettre de Jean-Jacques Rousseau, encadrée, trône sur un guéridon. Les murs regorgent de toiles dont Marie reconnaît quelques signatures : Watteau, David, Pissarro. Un buste en bronze signé Belmondo domine la pièce.

Tous ces noms ne lui sont pas inconnus, car depuis sa plus tendre enfance son père les lui a fait découvrir dans des histoires merveilleuses. Le visage de Charles Dentremont lui apparaît soudain : ce regard bienveillant qu'elle lui connaissait si bien…

Une boule monte de son ventre et vient se bloquer dans sa gorge. Elle n'a pas le temps de verser quelques larmes : LAM pénètre dans la pièce. Elle rougit comme une petite fille prise la main dans le pot de confiture.

— Je ne voulais pas te faire peur, dit-il en guise de bonjour. Il l'embrasse. Je suis heureux de te voir debout. Qu'y a-t-il ? Tu as pleuré ?

— Ce n'est rien, des souvenirs qui passent.

— Il te faudra du temps. Je serai là, ne t'inquiète pas. La maison te plaît ?

— Oui, elle est fabuleuse.

— Tout cela t'appartient. Et encore, tu n'as rien vu.

— Et toi, ta journée ? répond-elle, gênée par cet étalage de générosité.

— Pas mal, c'est le rythme d'été. À ce propos, j'ai une excellente nouvelle. Mon amie Miranda a eu la bonne idée de t'inviter sur son yacht. Nous avions planifié une croisière il y a quelque temps déjà. Il est inconcevable que je te laisse seule. Quinze jours dans les Caraïbes sur un des plus beaux bateaux du monde. Comme convalescence, on ne fait pas mieux, tu ne trouves pas ? Deux longues semaines à redécouvrir ma fille. Si j'avais pu imaginer cela il y a seulement dix jours. Qu'en penses-tu ?

— J'ai l'impression de m'être endormie Cosette et de me réveiller princesse.

— Tu ne crois pas si bien dire.

— Pourquoi pas ? C'est une super-proposition. Cela fait très longtemps que je ne suis pas allée à la mer. C'est vraiment une chouette idée.

— À la bonne heure ! Je vais l'appeler pour lui annoncer la bonne nouvelle.

— Non, attends ! Avant de lui répondre, je souhaiterais te parler d'un sujet délicat. Je sais qu'un jour ou l'autre il faudra y faire face. Alors, avant de te donner ma réponse pour la croisière, parlons de Romain.

— Ah ! Je redoutais ce moment.

— Oui, moi aussi. Je suis très inquiète. Je n'ai pas de nouvelles de lui. Romain est mon ami. On a attenté à notre vie. J'aimerais le contacter.

— Je vais être dur avec toi. Il m'en coûte, mais cela est nécessaire. Si ça te rassure : ce bandit est toujours en vie. Personnellement, je préférerais le voir mort. Un monstre pareil ne mérite pas de vivre. Je ne comprends pas un tel attachement de ta part.

Le cynisme de son père transforme son visage en masque de pierre.

— Tu te trompes, cet homme ne m'a jamais fait de mal.

— Mais que t'a-t-il dit pour que tu croies ça ? Ouvre les yeux. Il t'a enlevée, soustraite à ta famille pour te caser dans une autre, et maintenant te guide vers moi après avoir essayé de t'assassiner. Ce type est un manipulateur et un fou dangereux.

— Pour quelles raisons ferait-il ça ? Marie sent monter la colère.

— Pour l'argent, voyons, la rançon qu'on lui a donnée il y a quinze ans ne doit pas être suffisante, alors maintenant il revient à la charge. Retour sur investissement. Je ne le laisserai plus faire cette fois. Je m'en suis tant voulu, il y a quinze ans. Aujourd'hui, malgré ta majorité, je ne le laisserai plus s'approcher de toi.

— Comment ça, une rançon ?

— Ah ! Il ne t'a rien dit ? Nous avons versé deux millions d'euros à un complice. Bien sûr, sans en informer la police, à la demande expresse des ravisseurs. Quant à ton agression, on a retrouvé Dutreil penché sur toi un revolver à la main. Ça ne te choque pas ? Et tu veux que je te laisse le fréquenter ? Le psychiatre me l'avait bien dit, tu es en plein syndrome de Stockholm.

— Tu veux dire que tu as caché cette information au procès de Romain ? Mais c'est criminel, tu as menti aux assises.

— Dutreil arrêté, en payant ses complices, nous étions sûrs de te récupérer rapidement. Ta mère m'avait fait jurer de ne jamais rien dire.

— J'ai la tête qui tourne.

Louis-Antoine Mallesan enlace sa fille. Il a retrouvé soudain sa bienveillance. Marie se laisse guider dans sa chambre. Elle tremble de tous ses membres. Est-ce possible ? Toute cette histoire… Serait-elle donc si naïve ? Une somme gagnée au

Loto ? Évidemment. Cela n'existe que dans les films, pas dans la vraie vie. Et si cet argent provenait de la rançon ? Oh mon Dieu ! Quel mal de tête !

Pourquoi ? Pourquoi aurait-il fait ça ? Pourquoi lui aurait-il menti ? Cette pensée devient insupportable. Sa douleur dépasse celle que ses blessures lui ont infligée. Elle ne peut pas être trahie par un homme auprès duquel elle se sent si bien. Pas lui ! Pas Romain !

Son aventure avec le prince charmant lui revient. Lui aussi l'avait trompée en lui cachant son homosexualité.

Maintenant, ce terrible doute pénètre dans son esprit comme le ver dans la pomme.

Alors que son corps commence à aller mieux, son esprit vacille. Le cauchemar prend une tout autre tournure, celle d'une énigme diabolique.

Chapitre 11

Cornélius ! Romain n'en croit pas ses yeux. Un message en provenance du passé. Un message d'un homme qui a peut-être joué un rôle dans toute cette histoire.

Il n'aurait jamais dû allumer ce maudit ordinateur. Maintenant, il brûle de curiosité. Ouvrir ce fichier laissera forcément des traces. Marie s'en rendra compte inévitablement. Comment expliquera-t-il qu'il a lu son courrier ? Il n'en a pas le droit. Et puis zut ! C'est pour les besoins de l'enquête. Il y a urgence ! Elle comprendra… Elle doit comprendre… Clic !

Chère Marie,

J'avais pourtant juré de ne plus te parler. Cette fois, ça sera mon dernier message.

Je connais le jeune homme qui a été arrêté pour ton enlèvement. Lors de ma recherche, je l'ai aperçu. Il discutait avec la baby-sitter et jouait avec toi.

Comprends que je ne peux pas aller témoigner. Ma présence paraîtrait suspecte. Je ne pourrais en aucun cas la justifier. Cela nuirait à mes études. Comme je m'en veux de n'avoir pu empêcher une telle abomination ! Mais comment aurais-je pu le deviner ?

J'ai la réponse à ta question concernant le jardinier.

Son nom est Géraud Montmaurin. À l'occasion, il sert de chauffeur à ton père.

Maintenant, je t'en prie, ne me demande plus de t'aider.

Ceci est mon dernier message.

Au revoir. Sûrement dans une autre vie…

Cornélius

Incroyable ! Cet homme était présent ! Comme lui, il savait !

Romain ferme les yeux et se plonge dans les méandres de son passé. Sa mémoire renferme probablement des détails dont il ne se souvient plus. Il repasse le film de tous ces moments qu'il a vainement tenté d'oublier. Autour du bac à sable dans lequel il a joué avec la petite, soudain une silhouette se dessine. Elle est assise sur un banc et lit un journal.

Et si derrière cette feuille de papier se cachait Cornélius ? Romain a beau se concentrer, il ne voit pas son visage. Malgré ce que l'homme prétend, n'aurait-il pas joué un rôle dans l'enlèvement de l'enfant ?

Qu'importe ! Aujourd'hui, il a un nom. Un nom et une photo. Plus qu'une piste : un boulevard.

Il hésite à appeler Manuel. Admettons qu'avec les moyens puissants dont dispose la police l'inspecteur retrouve l'ancien jardinier. Il pourrait le confondre pour la tentative de meurtre de Marie, mais à aucun moment cela ne l'aiderait dans son affaire. Non, il doit le retrouver lui-même et lui faire cracher le morceau.

Il tape son nom dans différents moteurs de recherche ainsi que sur des annuaires européens : aucune trace. Cela aurait été trop beau. Il cherche des heures sur le Net, en vain. Dépité, il décide de faire appel à un détective privé. Il a entendu dire en prison qu'ils faisaient des miracles. Il choisit au hasard une agence qui a pignon sur rue et dont le nom anglais lui inspire confiance. Son interlocuteur lui demande de passer.

À sa demande, il rassemble tout ce qui pourrait être utile et l'entasse dans l'une des boîtes en carton apportées par Marie.

La chance est avec lui, un taxi libre passe par là. Il arrive en avance. Il erre dans le quartier de la Bastille en attendant l'heure du rendez-vous.

Une patrouille de militaires en maraude contrôle le contenu de son paquet. Les menaces terroristes n'ont fait qu'augmenter ces quinze dernières années ; l'armée est très présente dans les villes. Il n'est pas étonnant qu'un homme avec une boîte sous le bras attire l'attention des soldats.

Dans une petite rue donnant sur la place des Vosges, il remarque une boutique de philatélie et numismatique. Il se souvient du médaillon du père de Marie. Quelle aubaine ! Il pénètre dans le magasin, tenu par un vieil homme à la barbe taillée à la mode d'autrefois. Sa bonhomie lui inspire confiance.

Romain lui montre l'objet et, tout de suite, une lueur d'intérêt brille dans les yeux du spécialiste, qui chausse une loupe d'horloger sans attendre. Il examine le médaillon avec la plus grande attention, puis frotte le métal avec un chiffon jusqu'à le rendre brillant. Il y verse ensuite quelques gouttes d'un liquide acide.

— Où avez-vous trouvé ça ?

— Dans les affaires d'un ami décédé.

— Mmmmm ! Intéressant !

Il attrape un gros livre dans lequel il feuillette des pages cornées par des années d'utilisation. Il s'arrête sur une photo et compare la médaille :

— Cette pièce rare, propriété du musée Dobrée à Nantes, a été découverte dans le portefeuille du général de Charrette après son arrestation lorsqu'il commandait l'armée vendéenne… L'étrangeté de cette pièce réside dans le message caché évoqué dans sa gravure : le côté gauche du pied du calice représente le profil du roi Louis XVI et le côté droit, celui de la reine Marie-Antoinette. Les branchages au-dessus d'eux ont été calqués sur les profils des enfants survivants à cette époque : Madame Royale et le dauphin Louis XVII.

— Pas évident, rétorque Romain, qui se contorsionne pour apercevoir quelque chose.

— Posséder un tel médaillon permettait aux conspirateurs de se reconnaître en tant que royalistes. C'est la première fois que j'en ai un en main. Vous le vendez ?

— Hélas non ! Il ne m'appartient pas. Mais si la propriétaire veut s'en séparer, je vous fais signe, c'est promis. À ce propos, l'ancien possesseur avait également un tatouage représentant une croix avec des fleurs de lys, cela vous inspire quelque chose ? Tenez ! Regardez ! J'ai un cliché.

L'homme s'empare de la photo et s'aperçoit avec dégoût qu'elle a été prise sur un cadavre.

— Eh bien ! Je dirais que cette personne avait un très sérieux penchant royaliste ! Je ne vois rien d'autre. Un de mes clients est spécialiste de cette période, peut-être pourra-t-il mieux vous renseigner.

— Ça m'intéresse. Où puis-je le contacter ?

Romain quitte la boutique, de plus en plus intrigué. La personnalité de Charles Dentremont ne colle vraiment plus à l'idée qu'il s'en faisait.

Il arrive chez le détective à l'heure du rendez-vous. Le jeune homme qui l'invite à entrer dans un bureau moderne ne ressemble pas à l'image que Romain se faisait des « privés », comme on dit dans les films américains. Le détective arbore une coupe de cheveux à la mode, un jean et une chemise orange.

Il lui explique en préambule que le cabinet tourne au ralenti en cette période de vacances. Ils entrent vite dans le vif du sujet.

Romain réitère ses explications et lui tend des copies de photos.

— Comme je vous l'ai expliqué au téléphone, je recherche cet homme. Il s'appelle Géraud Montmaurin. Il est un peu plus âgé que sur les photos.

— Êtes-vous sûr qu'il est vivant ?

— Oui, je l'ai croisé récemment. Notre contact a été... disons... brutal.

— Si je comprends bien, cet homme est un ennemi, n'est-ce pas ?

— Exactement.

— Est-il de votre famille ?

— Non, pas du tout. Il ne doit en aucun cas découvrir que je le recherche.

— Question de routine : s'il existe un contentieux entre vous, pourquoi ne pas demander l'aide de la police ?

— Je ne souhaite pas mêler la police à tout ça... Enfin, pas dans l'immédiat.

— Bon, eh bien, dans ce cas, remplissez ce formulaire de renseignements et donnez-moi votre carte d'identité pour que j'en fasse une photocopie. Nous commencerons notre enquête quand nous aurons reçu une première avance de deux mille cinq cents euros. Vous paierez le solde de deux mille cinq cents euros lorsque nous aurons retrouvé la personne. Cette somme est un forfait de cinquante heures de travail. Si nous le dépassons, vous serez averti et chaque heure supplémentaire vous sera facturée cent cinquante euros.

— Quelles sont vos chances de succès ?

— Le cabinet a un excellent taux de réussite. Cependant, en cas d'échec, vous ne payez pas le solde.

— Marché conclu.

En quittant le bureau, Romain appelle le client du philatéliste, le fameux spécialiste de la royauté. Une voix métallique et caverneuse, pareille aux voix informatiques des standards automatisés, lui répond immédiatement. Il s'agit bien d'un être humain. Au fur et à mesure que la conversation avance, l'homme manifeste de l'intérêt. Il lui explique qu'il est effectivement historien. Son nom est Jacques Lefrancois. Sa curiosité attisée, il fixe à Romain un rendez-vous pour le lendemain à son domicile.

En rentrant chez lui, une mauvaise surprise attend Romain. Les deux cerbères rencontrés à l'hôpital viennent récupérer les affaires de Marie. Ils planquaient dans leur voiture et lui ont emboîté le pas dès qu'il est entré dans l'immeuble. Romain comprend que résister ne servirait à rien. Ces types ont la tête aussi dure que leurs biceps. Il connaît ce genre d'homme qu'il n'a que trop côtoyé en prison. Il sait qu'il vaut mieux éviter la confrontation directe. Il les accompagne dans la pièce où sont entreposés les cartons. Sans dire un mot, Romain regarde disparaître le seul lien qui le reliait à la jeune femme.

Voilà ! Marie s'est une nouvelle fois envolée. Cette fille a la fâcheuse habitude de s'évanouir en laissant derrière elle des dégâts indescriptibles.

Le cœur gros, il allume son ordinateur et entame un message à son intention. Puisqu'elle va retrouver le sien, autant qu'il en profite.

Chapitre 12

Marie referme le troisième album, les mains bien à plat sur la couverture. Le contact charnel du cuir la rassure. Les yeux dans le vague, elle se surprend à éprouver un certain plaisir à retrouver ses racines !

Sa mère était d'une grande beauté : mince, une cambrure de danseuse, un port de reine. Marie a remarqué les ressemblances, mais elle se juge moins élégante, même si elle note, malgré tout, certaines attitudes familières.

De sa naissance jusqu'à l'âge de sa disparition, elle a retrouvé les événements qui rythment n'importe quelle famille normale : fêtes de Noël, anniversaires, vacances au bord de la mer, photos de classe…

Elle se découvre sur une majorité d'images. En second plan, son père ou sa mère. Les images d'un bonheur bel et bien terminé.

Chose étrange, Michèle Mallesan avait toujours dans le regard une certaine tristesse, une sorte de retenue ombrageuse. Elle semblait mélancolique. Elle souriait rarement devant l'objectif. Était-ce pour ajouter à sa grande beauté une part de mystère ?

Son père, lui, arborait toujours le même sourire. Une grimace de commande, sans spontanéité. Marie se rappelle avoir vu le même dans *Paris-Match*, lors de ses recherches.

Trois disques de données glissent d'une pochette en dernière page. Marie a encore du pain sur la planche. Elle se promet de les visionner bientôt. Certainement des centaines d'images beaucoup moins réussies, mais pas moins intéressantes.

Elle revient à une page qu'elle avait remarquée : une photo d'elle dans les bras de sa mère. À leurs côtés, un gros chien tenu en laisse par un certain individu : le fameux jardinier.

Un bruit la sort de ses pensées : son père. Il est accompagné de deux hommes qui poussent un chariot. La vue de son barda la fait se lever d'un bond, réveillant la douleur de son ventre. LAM la rattrape *in extremis*, au moment où elle vacille, des étoiles plein les yeux. Il la raccompagne jusqu'à son lit, avec amour. Elle réalise soudain que la possibilité de revoir Romain s'éloigne à grands pas. Elle aurait aimé s'occuper elle-même de rapatrier ses affaires, histoire d'avoir une bonne explication avec lui les yeux dans les yeux, mais LAM en a décidé autrement.

Les porteurs poussent le chariot dans le vestibule qui jouxte sa chambre. Elle remarque avec soulagement que la sacoche de son ordinateur fait partie de la livraison.

Son père met un terme à ses pensées en lui montrant les photos du bateau de rêve qui les attend. Il est prévu d'aller chercher Miranda à Milan, en avion privé, et de s'envoler ensuite vers une île des Bahamas où le *Syriana* mouille depuis quelques jours.

Marie a du mal à comprendre ce qui lui arrive. La perspective de cette croisière l'enchante. La vie monacale commence à lui peser. Elle a des fourmis dans les jambes. Elle aurait adoré se balader dans les boutiques pour dénicher des tenues adaptées à un tel voyage, mais la douleur se rappelle régulièrement à elle.

Le chirurgien passe souvent la voir. Il espère qu'elle sera parfaitement rétablie dans un mois.

Une fois seule, elle se précipite sur son ordinateur. Le démarrage trop lent à son goût accroît son impatience. Dès que c'est disponible, elle clique sur sa messagerie, où elle découvre de nombreux e-mails en attente, dont un message de Romain :

Marie,

Je suis troublé par ce silence. Cela ne te ressemble pas. J'ai eu beaucoup de mal à avoir de tes nouvelles. Heureusement, j'ai appris que tu allais bien : c'est le principal.

J'ai eu tellement peur quand je t'ai découverte baignant dans ton sang. Je suis arrivé juste après les coups de feu. Le jardinier était penché sur toi.

Je n'ai rien pu faire. Il m'a assommé et m'a laissé sur la scène du crime afin de me faire une nouvelle fois porter le chapeau.

Le plus étrange est que le revolver qu'il a abandonné sur place n'est pas l'arme qui t'a tiré dessus. Heureusement pour moi, car mon compte était bon. J'ai bien sûr été arrêté, tu t'en doutes. Fait relativement nouveau pour moi, j'ai été rapidement innocenté. Y aurait-il des flics intelligents ?

Mon enquête avance doucement, mais ta perspicacité me manque.

Pourquoi ce silence ? Tu es maintenant gardée comme un chef d'État.

Je n'ai pas pu t'approcher à l'hôpital, car tes gardiens n'étaient pas très conciliants. Ils ont emporté tes affaires. Selon eux, tu ne reviendras plus...

Que s'est-il passé ? Je crains le pire et imagine aisément que ton père y est pour quelque chose.

J'ai également bien besoin de tes tomates-mozzarella.

Alors, fais-moi signe !

Sois prudente.

Romain

Un sourire éclaire le visage de Marie. Elle lève le nez de son écran en rêvant. Malheureusement, les révélations de son père la ramènent brutalement à la réalité. Et si tout cela n'était qu'une sordide machination ?

Cette incertitude lui est difficilement supportable. Elle n'a vraiment pas besoin de ça. Son état physique nécessite du calme et ce qu'elle vit est tout l'inverse.

Que doit-elle penser du fait que le jardinier soit dans le coup ? Doit-elle croire Romain ou ment-il comme un arracheur de dents ? Cette situation est vraiment impossible. Elle enrage d'être trop faible pour aller retrouver son compagnon afin de lui arracher le fin mot de l'histoire.

Elle ouvre d'autres courriels qui revêtent moins d'importance : des amis de Science-Po, des publicités diverses.

Soudain, l'un d'eux attire son attention : Cornélius. Étrange ! Le message a été ouvert. Elle découvre le nom du jardinier. Les paramètres d'envoi sont farfelus, rien d'anormal puisque ce message est censé provenir du passé. En revanche, la date d'ouverture indique la période où elle était encore à l'hôpital. Elle est absolument certaine de ne pas avoir fait de fausse manipulation. Son ordinateur étant chez Romain à ce moment-là, elle doit se rendre à l'évidence : ce dernier l'a fouillé sans le lui dire.

Elle sent de la colère monter en elle. Le bénéfice du doute s'estompe et laisse place à un immense désespoir. Pourquoi ? Que lui cache-t-il ? LAM a-t-il raison ?

Avant le dîner, Marie dépose sous le nez de son père l'album de photos ouvert à la page du jardinier.

— Il me semble reconnaître cet homme, dit-elle. Je me demande si je ne l'ai pas déjà rencontré. Qui est-il ?

— Géraud ? Bien sûr que tu l'as déjà rencontré ! Il est au service de la famille depuis plus de… vingt ans au moins. Il t'a emmenée plus d'une fois à l'école lorsque tu étais petite.

— Ah ! C'est peut-être ça… Heu ! En fait non. J'ai reçu un message de Romain. Il me certifie que c'est cet homme qui m'a tiré dessus. Il l'a vu !

— Encore lui ! Mais c'est une obsession. Qu'insinue-t-il, cette fois ? Je me porte garant de Géraud comme de moi-même. Ça suffit ! Je vais faire taire ce Dutreil d'une façon ou d'une autre. Explique-moi, Emma, pourquoi, il n'a rien dit à la police. Pourquoi il ne l'a pas dénoncé ?

— Je ne…

— Emma, je t'en conjure, oublie cet homme. Tu es sous son emprise. Je vais te fournir toute l'aide nécessaire ! Les psys font du très bon travail de nos jours.

— Je dois t'avouer que je ne peux pas en effet répondre à toutes les questions que je me pose.

— Fais-moi confiance Emma, je ne pensais pas que je tiendrais un jour de tels propos, mais oublie cet homme. Il ne te veut que du mal.

— Je… je… ne sais plus où j'en suis.

— Comment a-t-il connu Géraud ?

— Dans notre enquête, nous avons trouvé une photo de mon pè… Pardon, de mon tuteur, en compagnie de Géraud et d'un autre homme. Attends… je vais te montrer.

Elle s'éclipse dans le vestibule et revient avec une photo à la main.

— Voilà ! Qu'en penses-tu ?

LAM observe avec attention. Une ride d'inquiétude lui barre le front.

— Effectivement, cet homme lui ressemble. Ça ne date pas d'hier. Je ne vois pas le rapport. Laisse-moi ce cliché, je vais me renseigner.

— Il travaille toujours pour toi ?

— Bien sûr. Il devrait être à la retraite depuis longtemps, mais nous sommes sa seule famille. Il garde notre résidence de campagne à Montfort-l'Amaury. Tu auras l'occasion de le rencontrer. J'imagine sa tête quand il te verra. C'est quelqu'un de bien. Il a été énormément touché par la mort de ta mère.

— Je suis impatiente de le rencontrer.

Une fois de retour dans sa chambre, Marie se jette sur son clavier. La colère s'est estompée, mais pas la déception. Sa décision est prise. La pression est trop forte. Elle veut oublier tous ces malheurs. Elle a payé assez cher. La découverte de la vérité est du ressort de la police, maintenant. Ici, elle est en sécurité. Elle a encore beaucoup de chemin à parcourir pour retrouver son équilibre psychologique. Un médecin de l'hôpital l'a prévenue des effets catastrophiques d'une dépression post-traumatique. Elle doit faire attention. Le deuil des personnes qu'elle a profondément aimées continue de la déstabiliser. Elle a l'impression que sa tête va exploser.

Tous ces mystères auront un jour une explication, mais se reconstruire doit être dorénavant sa priorité. Elle en a assez de ce moral qui fait du Yo-Yo et la fait passer du rire aux larmes en quelques secondes.

Chapitre 13

Le carillon émet une mélodie qui copie une vieille chanson des années 1980. Romain attend le cœur battant devant une lourde porte fraîchement repeinte en rouge vermillon. L'œilleton s'assombrit quelques secondes, puis le cliquetis du verrou retentit.

L'homme qui l'accueille est petit, vieux, tout rabougri. Il invite son visiteur à entrer et s'excuse du capharnaüm ambiant. Partout, des livres. Ils débordent des bibliothèques, jonchent le sol, encombrent la table du bureau. Non seulement ça sent le renfermé, mais en plus une odeur de chou envahit l'appartement.

De sa voix à la tessiture étrange, Jacques Lefrancois invite Romain à s'asseoir.

— René, le philatéliste, m'a informé de votre visite. Il m'a parlé du médaillon. Intéressant, n'est-ce pas ?

— Très, je l'avoue. En fait, j'aimerais en savoir un peu plus sur la signification d'un motif avec des fleurs de lys. Il était tatoué sur la poitrine du propriétaire du médaillon, décédé depuis peu. Voici son dessin.

Romain, dans un souci de discrétion, a cette fois reproduit le graphisme du tatouage sur une feuille de papier.

— Cela est fort étrange, répond le vieillard après quelques secondes de réflexion.

— Étrange ?

— Oui, jeune homme. Tout d'abord, concernant ce médaillon : sa possession était la marque d'un attachement sans faille à la famille royale.

— C'est ce que m'a expliqué le philatéliste.

— Au-delà du fait que ce médaillon refasse surface, vous me dites que le propriétaire dudit objet portait un signe que je croyais disparu depuis deux cents ans.

— C'est-à-dire ?

— Ce dessin représente la croix de l'ordre du Saint-Esprit.

— L'ordre du Saint-Esprit ?

— Oui, c'était une très vieille organisation de chevalerie créée par Henri III au XVIe siècle. Sa caractéristique était de donner à ses membres une fidélité inaltérable à l'égard de leur foi et de leur grand maître. Je dis « était », car elle n'existe plus aujourd'hui. Elle a été officiellement abolie par la Commune, pendant la Révolution.

— Qu'est-ce que cela signifie alors, si cet ordre a disparu ?

— En fait, il n'avait pas tout à fait disparu. Les Cordons Bleus – on les appelait comme ça – sont revenus sur le devant de la scène sous Louis XVIII, à la Restauration, mais ont totalement disparu de nos jours. L'ordre a été définitivement aboli par Louis-Philippe.

— Pourquoi pensez-vous à eux dans ce cas ?

— Parce que le fait qu'une personne possède ces deux caractéristiques, ces deux signes forts d'un royalisme pur et dur, ne peut pas relever du simple hasard. De plus, j'ai entendu dire que l'ordre ne s'était pas éteint, qu'il était resté en sommeil, qu'il subsistait encore de nos jours des chevaliers, mais je ne suis pas partisan de ces thèses d'historiens en mal de reconnaissance. Enfin, jusqu'à aujourd'hui. Vous me mettez devant un fait plus que troublant. Pourriez-vous m'en dire plus sur cette personne ?

— Oui, bien sûr, le propriétaire, Charles Dentremont, était le père d'une amie. Je pense qu'il était d'origine noble, car j'ai découvert qu'il possédait un tableau du comte Collenot d'Angremont, tableau qu'il a vendu récemment en le présentant comme une œuvre familiale.

— Comte Collenot d'Angremont ! Attendez.

Romain est ébahi par ce qu'il est en train d'apprendre. Un chevalier d'un ordre disparu. Il est en plein film de Spielberg. Charles Dentremont réserve bien des surprises.

Le vieil homme revient, essoufflé, avec dans les mains un ouvrage poussiéreux.

— Excusez-moi, depuis mon cancer de la gorge, je n'ai plus de forces et je fatigue vite. Enfin bref ! Voyons voir ! Collenot… Voilà ! *Collenot d'Angremont : Louis David, avocat… premier homme politique à avoir été décapité par guillotine.* Et bien, voilà une raison pour laquelle je n'aimerais pas être célèbre. Les deux noms sont très proches, certainement changés à la Révolution. C'était son aïeul.

— Bon, admettons ! Est-ce pour autant une bonne raison de faire partie d'une secte ou d'un ordre ?

— Ne confondez pas ordre et secte. Les règles pour entrer dans ce club étaient très strictes. Il fallait être noble depuis au moins trois générations, avoir plus de trente-cinq ans, et le nombre des chevaliers était limité à cent. Ils portaient tous avec fierté cette croix, qui est une croix de Malte avec en son centre une colombe, accrochée avec un ruban bleu, d'où ce surnom : les Cordons Bleus. Par contre, c'est la première fois que j'entends parler d'un tatouage. Admettons que Charles Dentremont ait possédé les qualités requises pour faire partie de cet ordre royal, par quel roi aurait-il été nommé ? Seul le souverain avait ce pouvoir.

— Qu'est-ce qui le motiverait aujourd'hui ? Les rois sont morts !

— La famille Bourbon, oui. Il y a bien encore de vagues cousins qui se prétendent monarques. En tout cas, je ne leur connais pas de velléités politiques. Ils ont bien assez à se chamailler entre eux. Non, je ne vois pas ce qui motiverait les chevaliers de l'ordre du Saint-Esprit de nos jours. Ce Charles Dentremont était-il pieux ?

— Du peu que j'en sais, oui. J'ai assisté à sa messe d'enterrement. À la fin, il y a eu une petite cérémonie tout en latin conduite par des moines.

— Cela va bien avec le personnage. Les chevaliers servaient leur foi comme leur roi jusqu'à la mort. Je ne suis donc pas surpris. Cet homme semblait être un pur. N'avez-vous pas trouvé dans ses affaires un chapelet en ivoire ?

— Non ! Mais je l'ai vu. À l'église, un moine l'a béni et l'a déposé sur le cercueil.

— Comment était-il ?

— Il était blanc, enfin couleur ivoire. Ses boules étaient enfilées sur un fil bleu. Il semblait avoir une grande importance lors des obsèques.

— Il l'était. Cela s'appelle un dizain. C'est un chapelet sacré donné à chaque chevalier en plus de la croix et d'une cape de cérémonie. Parmi ses obligations, l'élu du roi devait faire une dizaine de prières par jour. Savez-vous qui étaient ces moines ?

— Pas du tout. Ils ont fait une apparition furtive. Ils étaient dissimulés sous des capuches.

— Comment était le cercueil ?

— Il n'avait rien de particulier, si ce n'est lors de la seconde cérémonie, où il a été recouvert d'une étoffe. J'ai trouvé ça étrange, car seul le cercueil du père de mon amie en a été pourvu, alors que celui de sa mère était nu.

— Pouvez-vous me décrire cette étoffe ?

— Je n'ai pas prêté attention aux détails. Il me semble qu'elle était blanche, bordée de franges d'or. Il y avait... des fleurs de lys brodées, je m'en souviens maintenant.

— C'est extraordinaire ! Vous êtes en train de me décrire la cérémonie d'enterrement d'un chevalier de l'ordre du Saint-Esprit. Je ne pensais pas qu'un jour cela me serait permis. Qui a pu ordonner cet homme puisque seul le roi de France en avait le pouvoir ? Si cet ordre n'est pas dissous, il y a fort à parier que d'autres chevaliers étaient présents. De quoi est-il mort ?

— Il a été tué avec son épouse... torturé et brûlé.

— Quelle horreur ! Rien ne leur aura donc été épargné.

— Y aurait-il un rapport entre sa mort et son appartenance à cet ordre ?

— Ça, je ne le sais pas. Il y a deux cents ans, je vous aurais dit oui. La Révolution française ne leur a pas fait de cadeaux à cette époque. Mais aujourd'hui, je ne vois pas comment. Je suppose que la police fait son enquête.

— Oui, mais je n'en sais pas plus.

— Il y a fort à parier que c'est un acte crapuleux lié à une affaire de gros sous. Je ne vois pas, historiquement parlant, quel serait le mobile d'un tel acte de nos jours.

— Vous avez probablement raison.

— Je vais creuser un peu. Restez en contact avec moi. Si je peux vous aider de quelque manière que ce soit, excepté avec mes muscles, n'hésitez pas.

— Merci, je m'en souviendrai.

Romain quitte le vieillard la tête pleine d'interrogations. Décidément, ses recherches l'emmènent dans une direction inattendue. Rien, pour l'instant, qui serve ses intérêts, mais il doit aller de l'avant. Il découvrira bien un rapport un jour ou l'autre.

Il se rend chez Gibert Joseph, la grande librairie du Quartier latin. Là, il trouve son bonheur. Il a une assez bonne connaissance de la Révolution française, qui figurait dans le programme de la licence qu'il a obtenue en prison, mais les dernières révélations ont attisé en lui une telle curiosité qu'il achète une dizaine de livres, impatient de se retrouver dans le calme de son appartement pour les ouvrir.

Une fois chez lui, il cherche avec avidité dans ces ouvrages des informations sur l'ordre du Saint-Esprit. Une croix d'or et d'argent s'étale sur la couverture d'un volume. Il sort de sa poche la photo du tatouage et compare les deux clichés. Il n'y a pas de doute. Le graphisme de cette croix à huit branches est identique.

La lecture confirme ce que lui a appris Lefrancois au sujet des conditions d'admission très restrictives. Les princes de sang y étaient intégrés d'office. Quelques religieux en avaient fait partie. Romain survole une liste de noms de personnalités qui ne lui dit rien. Il s'arrête sur des photos prises dans une galerie du Louvre consacrée à cet ordre. La cape d'apparat attire son attention. Elle ressemble à s'y méprendre au linceul recouvrant le catafalque de Charles Dentremont.

Il étudie ensuite un livre sur la bataille de Vendée, véritable conflit franco-français qui fit plus de cinq cent mille morts. Les noms de Hoche, Kléber, Marceau reprennent vie sous ses yeux. Leurs faits et méfaits pendant cette guerre fratricide montrent à quel point la violence et la barbarie avaient pris le pas sur la pseudo-démocratie défendue à cette époque-là.

Le mot terreur revient souvent, définissant la politique de Robespierre et de la Commune. Toute personne aux idées contre-révolutionnaires était condamnée à mort. Cette doctrine avait entraîné l'exécution de soixante-dix mille innocents en France, chaque citoyen étant incité à dénoncer ses voisins ou ses amis au moindre doute.

Il trouve enfin ce qu'il cherche, un passage sur Charrette :

François Athanase Charrette, seigneur de la Contrie, militaire qui s'opposa à la République. Il défendit la famille royale aux Tuileries, échappant au massacre qui en résulta, puis entra dans la clandestinité dans sa région de Vendée.

Commandant une armée de paysans, porté sur les femmes et aimant la fête, il tint tête aux soldats républicains deux années durant, alimentant une guérilla autonome. Rattrapé, il fut fusillé et mourut bravement, ordonnant lui-même au peloton d'exécution de faire feu.

Romain ferme les yeux. Bizarrement, il fait le lien avec ses cauchemars habituels. Il a le pressentiment que la clé du mystère se trouve enfouie dans ces pages. Quelqu'un ne l'aurait-il pas choisi pour servir un dessein des plus mystérieux ?

Chapitre 14

Marie se réveille en sursaut, le souffle court. Elle constate qu'elle transpire comme après une longue course. Un rayon de lumière filtre à travers les volets. Où est-elle ? Ah oui ! Dans ce palais, en sécurité. Elle attrape sa montre : cinq heures quarante-sept.

Son rêve lui revient en mémoire : un homme était à ses trousses et elle ne retrouvait pas son chemin. Elle courait à perdre haleine, espérant trouver son domicile au bout de la rue. Mais là, une autre voie similaire s'ouvrait devant elle. Dans son dos, toujours ce bruit de pas. Elle repartait de plus belle, encore et encore… Jusqu'à son réveil.

La gorge desséchée, elle se lève et se dirige en silence vers la cuisine. En passant le long du corridor, elle perçoit une voix contenue : son père. Il est en pleine conversation téléphonique. Son ton sec et cassant révèle une colère froide.

Marie toque discrètement à la porte. N'entendant aucune réponse, elle entre. Son père raccroche immédiatement, comme si son irruption inopinée l'avait dérangé. LAM ne la laisse pas aller au bout de ses excuses, il lui sourit et la prend dans ses bras. Cela fait bien longtemps qu'elle n'a pas été l'objet d'autant de tendresse. Cet homme dur et froid se transforme en boule de douceur en sa présence.

Il l'installe dans un gros fauteuil en cuir et part lui chercher un oreiller et une couverture. Qu'il est bon de se faire dorloter ! pense-t-elle.

Après qu'elle lui a exposé les raisons de ce réveil matinal, il l'abandonne quelques minutes, le temps de presser deux oranges et de lui préparer un petit déjeuner.

Une odeur de chocolat chaud la transporte quelques années en arrière, quand sa mère lui servait sa boisson favorite avant le départ pour l'école. Il faisait encore nuit et la neige tombait, habillant de pureté les contreforts du Vercors.

L'irruption de Louis, un plateau chargé de victuailles dans les bras, empêche la mélancolie de s'installer. Marie s'attendrit à la vue de cet homme si important, en bas de pyjama et tee-shirt, prenant mille précautions afin de ne rien renverser.

Ils déjeunent en tête à tête dans le bureau. Ce doit bien être la première fois que son père utilise cette pièce à une autre fin que le travail.

En pensant à la réaction d'Irène, la gouvernante, ils sont atteints d'un fou-rire. Louis singe la grosse dame en prenant l'accent italien. Il est désopilant. Marie se sent de plus en plus proche de cet homme. Un sentiment s'installe doucement, même si une part d'elle-même s'y refuse, un peu comme lorsqu'elle était enfant, quand elle désirait très fort quelque chose que sa conscience lui interdisait.

— Que faisais-tu si tôt dans ton bureau ?

— Je travaillais, ma chérie. Tu sais, ma société a des affaires dans le monde entier. En tant que patron, je me dois d'être partout à la fois, tant pis pour le décalage horaire. Il faudra que je te montre tout ça à notre retour de vacances.

— Tu avais l'air rudement en colère ?

— Tu as entendu ce que je disais ?

— Non, mais tu avais une tête de tueur quand je suis entrée. Tu faisais peur à voir.

— Le business est parfois difficile et, dans ce métier, il faut laisser les sentiments de côté. En parlant d'affaires, je dois aller me préparer. Mon chauffeur arrive dans vingt minutes pour m'emmener chez le ministre du Budget. C'est un rendez-vous important à cause duquel, ou plutôt grâce auquel, je suis encore à Paris et pas en vacances. Je m'en serais voulu de ne pas avoir été là quand tu avais besoin de moi.

Il lui fait un clin d'œil et l'embrasse. Il disparaît trop vite à son goût. Elle aurait bien aimé prolonger cet instant délicieux. Une longue journée l'attend, rythmée de siestes et d'émissions débiles à la télé. Cette passivité lui ressemble si peu.

Plus tard, elle profite de l'absence d'Irène pour fouiner dans l'appartement. Elle ne sait pas ce qu'elle cherche au juste, mais jouer les curieuses casse l'inactivité et tue le temps. Elle se dirige vers un grand cagibi où Irène range des ustensiles de ménage. Sur le haut du placard sont entreposés divers cartons et chemises de couleur.

La tournée d'Irène chez les commerçants du quartier dure bien une heure, Marie a le temps. Elle commence par les étagères qu'elle avait repérées. Elle grimpe sur un escabeau et ouvre les caisses sans même prendre la peine de les descendre. Les chemises renferment pour la plupart des factures diverses, des relevés de compte bancaire, de mutuelle, de santé. Rien de très intéressant. Soudain, elle déniche une liasse d'articles de journaux qui relatent son enlèvement. Elle les dépose par terre, bien décidée à les lire un à un, tranquillement, dans sa chambre. Elle trouve également un gros dossier contenant les documents personnels de sa mère, notamment son carnet scolaire. Il correspond à la terminale d'un lycée de Versailles. Avec émotion, elle découvre les notes des professeurs. Elles étaient bonnes, mais le comportement ne suivait pas. Sa mère était une rebelle intelligente et insolente. Elle sait maintenant de qui elle tient ! Une phrase de son professeur de français l'intrigue : *Souhaiterait être Catherine dans* Jules et Jim*, mais n'est pas Jeanne Moreau qui veut.* Marie avait adoré ce film où deux hommes étaient amoureux de la même femme, au début du XXe siècle. Pour quelles raisons ce professeur évoquait-il ce classique du ménage à trois ?

Deux albums de photos sont également rangés là. Ils datent de l'adolescence de sa mère. Elle était vraiment belle ! Même à seize ans, on devinait une grande distinction. Des photos de plage montrent une jeune fille au corps parfait. Comparée aux autres ados qui posaient en sa compagnie, elle était d'une classe supérieure. Elle découvre LAM au milieu d'un groupe, portant sa mère, un pied dans le plâtre. Le regard qu'il lui lançait déjà ne laissait aucun doute sur ses sentiments. Quant à sa mère, son sourire éclatant témoignait cette fois d'un bonheur sans faille.

Marie a découvert Jules, mais lequel de ces jeunes hommes était Jim ? Celui-ci, le grand aux dents blanches et à la coupe de petit-bourgeois ? Ou celui-là, beau ténébreux aux cheveux gominés ?

Qu'il est merveilleux d'entrer dans l'intimité d'une mère que l'on n'a pas connue ! Marie, sans rejeter l'amour de la maman qui l'a élevée, ressent une certaine fierté d'être la fille d'une telle personne.

Quelques clichés montrent celle qu'elle nomme sa génitrice aux côtés de ses parents, des gens visiblement aisés. Sont-ils encore vivants ? Sa mère avait-elle des frères et sœurs ? Il faudra qu'elle le demande à Louis.

Une enveloppe marron a été insérée entre la couverture et la protection de l'album, en dernière page. Marie arrête immédiatement ses investigations lorsqu'elle entend le cliquetis de la serrure. Elle se précipite dans sa chambre avec ses trésors, jalouse de son butin, et les glisse sous le drap, le cœur battant. Elle ne sait pas pourquoi, mais elle craint de se faire prendre la main dans le sac. D'où vient cette peur irraisonnée qui la fait agir comme une petite fille ?

Le visage bienveillant de la gouvernante apparaît dans l'encadrement de la porte.

— Bonjour ma petite, je vous croyais endormie.

— Bonjour Irène, non, je me suis levée tôt, je commence à aller beaucoup mieux.

— J'ai vu ça dans le bureau de votre père.

— Oh, zut ! J'ai complètement oublié de débarrasser.

— Ne vous inquiétez pas, je m'en occupe. Je suis payée pour ça.

— Non, je m'étais juré de le faire. Laissez ça, je vais tout ramener.

— C'est vous qui voyez, mais ne forcez pas trop. Vous êtes convalescente, je vous le rappelle.

— Promis.

Irène disparaît dans la cuisine, son laboratoire de gastronomie.

— En voulant rapporter le plateau, Marie heurte et brise un cadre posé sur le bureau : une photo de Miranda. Ennuyée, elle essaye de réparer l'objet. Sa mère a dû trôner là, elle aussi, peut-être dans ce même cadre, des années plus tôt. La page est bel et bien tournée. Combien de temps lui faudra-t-il, à elle, pour effacer ce passé tumultueux ? Son deuil va-t-il être long ? Va-t-elle seulement un jour retrouver le bonheur ? Son père avait bien réussi, lui. Il a l'air tellement heureux maintenant.

Elle cherche dans un placard du ruban adhésif pour tenter de rafistoler le cadre. Un autre objet tombe par terre, manquant de lui écraser le pied. Décidément, ce n'est pas son jour. Il s'agit d'une plaque en étain. Marie lit le texte en relief.

Nous avons de la tyrannie
Repoussé les derniers efforts ;
De nos climats, elle est bannie ;
Chez les Français les rois sont morts.
Chez les Français les rois sont morts.
Vive à jamais la République !
Anathème à la royauté !
Que ce refrain, partout porté
Brave des rois la politique.
M.R.

M.R. ? Qui est-ce ? Elle sourit en pensant au même type de plaque qui était accroché au mur de l'entrée, chez elle. Elle récite la citation qu'elle avait lue des milliers de fois : *« L'égalité entre les hommes est une règle qui ne compte que des exceptions. »*

Étrange phrase d'accueil ! Ainsi étaient ses parents !

Elle range l'étain sur son socle et décide d'arrêter ses fouilles. Elle a assez fait de bêtises comme ça. Elle dépose le tout sur le bureau de Louis, sûre d'être pardonnée.

Deux questions reviennent sans cesse : pourquoi a-t-elle été enlevée ? et qui veut la supprimer ? Sans compter la question subsidiaire sur la longueur du chemin de la vérité, ce chemin qu'elle imagine bourré de fondrières.

Elle prend une douche salvatrice en prenant soin de ne pas décoller ses pansements. Elle adore cette petite cabine dotée de plusieurs jets puissants. Cela lui donne de l'énergie pour la journée.

Les douleurs s'atténuent peu à peu et elle en profite plus longtemps. Les médecins ont fait des miracles : ils ont utilisé de nouvelles techniques accélérant la cicatrisation.

Elle s'installe ensuite au bureau de sa chambre, la porte fermée pour signifier qu'elle ne veut pas être dérangée, et s'octroie sa première cigarette depuis « l'accident ». Elle ouvre l'enveloppe mystérieuse et étale les photos qu'elle contient. Voilà Jim ! Un des clichés représente sa mère entourée de sa classe. Elle tient Louis et un garçon par le cou. Tous trois rient de bon cœur. Sur les deux autres photos, Jim est seul. C'est un très bel homme, comme on peut l'être à vingt ans : mince, bronzé, les cheveux dans le vent. Marie ne l'a jamais vu dans les autres albums. Elle lit les coupures de journaux jaunies par le temps qui accompagnent les photos.

UN JEUNE HOMME SE TUE DANS UN ACCIDENT DE MOTO

Dramatique accident dans la nuit de vendredi. Un homme de vingt-cinq ans a trouvé la mort au guidon de sa moto sur la N118.

Les conditions du drame sont encore inconnues, mais, d'après les premières constatations, le motard, dont l'identité ne nous a pas été révélée, roulait trop vite. La barrière de sécurité lui a été fatale. La victime a été décapitée sous le choc.

C'est le troisième accident de la sorte dans notre département. La police lance un appel à témoins…

Et dans l'autre article

DÉCÈS DE BRUNO, FILS DE NOTRE REGRETTÉ JOSEPH BOVILLIER.

La malédiction a encore frappé la famille Bovillier. C'est au tour du fils de mourir dans un dramatique accident de moto. (Voir nos éditions d'hier.) Nous rappelons que son père, notre directeur de la publication, a lui aussi disparu avec son épouse, dans des conditions dramatiques, l'été dernier, sur son bateau entre la Corse et la France.

Leur fils unique les aura rejoints prématurément.

Marie détaille longuement le visage du jeune homme. Elle comprend soudain le drame qu'a vécu sa mère, la raison de ce regard perpétuellement mélancolique. Les seules fois où elle a l'air heureuse sont celles où ce Bruno est présent.

Marie aimerait tant parler de cette période à son père. Accepterait-il de réveiller des souvenirs sans doute douloureux ? Elle ferme les yeux et s'identifie à sa mère. Elle imagine un amour impossible à l'issue atroce. Quelle horreur ! Perdre son amour de jeunesse !

Romain apparaît dans ses pensées. Il lui sourit. Elle avait décidé de ne plus le revoir. Le pourra-t-elle ? Elle finira bien par l'oublier et rencontrer un homme digne d'elle, un homme qui aura le courage de ne jamais lui mentir, lui.

Elle sent son moral défaillir lorsqu'Irène frappe à la porte. L'inspecteur Manuel souhaite lui parler.

Elle arrange ses cheveux et chausse des baskets. Elle ne veut pas apparaître diminuée. Elle va mieux. Il faut que ça se voie.

Le policier est debout dans le salon. Après un timide échange de politesses – ce n'est visiblement pas le fort du policier –, elle l'invite à s'asseoir. Le fonctionnaire entre dans le vif du sujet : Géraud Montmaurin. Il sort une photo et lui demande si elle l'a vu lors de son agression.

— Non, je n'ai aucun souvenir, monsieur. Comment êtes-vous au courant ? Romain vous a-t-il contacté ?

— Non, c'est votre père qui m'a rapporté vos doutes, alors j'enquête. Je n'ai pas pu trouver Dutreil. Il ne répond plus au téléphone.

— Je n'ai pas de nouvelles non plus. Nous sommes en quelque sorte… brouillés.

— À cause de cet attentat ?

— Euh ! non. Disons que c'est un peu plus personnel.

— Pourquoi avez-vous soupçonné Géraud Montmaurin ?

— Ce serait trop long à expliquer. L'enquête de notre côté l'a mis sur notre route.

— Ah bon ! Et bien, j'irai poser quelques questions à ce monsieur Montmaurin.

— Mon père se porte garant, mais moi non.

— Cette enquête est très complexe. J'ai assisté à une vidéoconférence ce matin avec les gendarmes de Saint-Marcellin. Eux comme moi n'avons aucune piste sérieuse. En revanche, il semble que les deux affaires soient liées.

— Ah ! Vous pensez aussi que les tueurs sont les mêmes ?

— Oui, je ne crois pas trop aux coïncidences. En attendant, le ou les tueurs courent toujours. J'aimerais vous offrir une protection, mais votre père s'entête à refuser notre aide.

— Oui, je sais, il a ses propres hommes, en qui il a une totale confiance. Les gendarmes n'ont rien trouvé, alors ?

— Non, ils fouillent dans toutes les directions. J'espère qu'à votre retour de vacances ils auront quelque chose de sérieux. Nous travaillons de concert et je suis sûr que nous aurons également de bonnes nouvelles à vous annoncer après votre voyage. Laissez-nous un peu de temps ! Cela m'a fait plaisir de constater que vous alliez beaucoup mieux.

C'étaient les premières paroles aimables du policier. L'ambiance se réchauffait au fur et à mesure de leur échange. Son regard d'oiseau sur le qui-vive commençait à s'adoucir.

— Soyez très prudente, Emma.

— Je le serai, inspecteur. Je suis entre de bonnes mains maintenant.

— Vous me feriez très plaisir si vous m'appeliez Yannick.

— D'accord, mais à la condition que vous cessiez de m'appeler Emma. Mon prénom est Marie.

— Je ne suis pas sûr que votre père apprécierait !

— Ne me dites pas que vous faites partie de ceux qui courbent l'échine devant lui.

— En effet, ce n'est pas mon genre.

Chapitre 15

De retour chez lui, Romain retire ses baskets et dépose ses achats dans la cuisine. Commencerait-il à prendre ses marques dans sa nouvelle vie d'homme libre ?

Il décapsule une bière et interroge ensuite sa boîte mail. Il avale de travers en découvrant le courriel de Marie :

Romain

Pourquoi as-tu fouillé dans mes affaires ? Pourquoi as-tu lu mon courrier ? Il y a une face de toi que je ne comprends pas et qui me fait peur.

Tous ces événements qui ont bouleversé ma vie, qui ont même failli me la faire perdre, me font douter de tout, me font douter de toi... Pour être tout à fait honnête, j'ai perdu confiance en notre relation. Mon état de santé physique et mentale ne peut plus se le permettre.

J'ai rencontré en la personne de mon père l'être qui, j'en suis sûre, va me faire remonter cette pente savonneuse qui me ramène toujours vers le bas. Avec lui, je commence à apercevoir la lumière au bout de ce long tunnel dans lequel toi et moi nous nous sommes engagés.

Je découvre petit à petit mon enfance. C'est une sorte de renaissance. Je compte la vivre pleinement et tu n'y as pas ta place.

Je te suis reconnaissante, car sans toi je n'aurais pas retrouvé mon passé.

Je connais le prix que tu as payé et j'aurai toujours cette dette envers toi. Je suis malheureuse de ne pouvoir t'aider plus dans ta quête comme je te l'avais promis.

C'est au-delà de mes forces.

Je réalise à quel point tu as été important dans ma vie. Peut-être plus que tu ne le crois.

Maintenant, hélas, nos chemins se séparent.

Qui sait si un jour ils ne se croiseront pas à nouveau ?

En attendant, donne-moi la force de me reconstruire en n'intervenant plus dans ma vie.

Ne m'écris plus, ne cherche plus à me contacter.

Laisse-moi du temps
Au revoir, Romain
Marie Mallesan
P.S. Tu as fait fausse route avec Géraud Montmaurin.

Romain reçoit ces quelques mots comme un coup de poing au plexus solaire. Ils lui coupent toute respiration. L'air ne pénètre plus dans ses poumons. Il vacille. Non ! Pas maintenant ! Ce n'est pas possible. La personne qui compte le plus dans sa vie le jette comme un malpropre. Il est maudit. Les erreurs commises lui donnent un profond sentiment de culpabilité.

Maintenant que le couperet est tombé, il est anéanti. La donne a changé. Les cartes ont été rebattues sans son accord. Sans l'aide de Marie, son avenir s'assombrit. Comment pourra-t-il atteindre son but sans elle ?

Il brûle d'envie de lui répondre. Auparavant, il doit retrouver son souffle. Par expérience, il sait qu'il est préférable de réagir une fois l'événement digéré, de manière froide et réfléchie.

Submergé par une rage sourde, ne pouvant plus se contrôler, il sort s'aérer. Qu'a-t-il de mieux à faire ? Au moins, prendre un bain de foule pourra peut-être le laver de toute cette colère.

Il déambule dans le quartier des Champs-Élysées. À plusieurs reprises, il s'arrête dans un bar pour boire de l'alcool. Du cognac. Cette boisson l'enivre rapidement. Il remonte le long du jardin des Tuileries et rejoint les bords de la Seine, transformés en plage à cette période de l'année. Il ne s'arrête que pour s'enivrer encore plus aux terrasses des bars installés sur le quai.

La vision de couples enlacés ravive la douleur de sa solitude.

Il appelle Paula, sa bouée de sauvetage, son issue de secours, celle qui répond toujours oui, celle qui ne le trahit jamais, la seule qui finalement mérite tout l'amour qu'il est capable de donner, en plus de sa gratification en cash, bien sûr.

Il la rejoint aussitôt, profitant des deux kilomètres de marche qui les séparent pour se remettre les idées en place, et s'abandonne dans ses mains expertes jusqu'à se sentir apaisé.

Une fois de retour chez lui, il avale une double dose d'Aspirine et, avant de s'effondrer, ouvre en grand la baie vitrée. Dans un vieux réflexe, il retourne ses chaussures, habitude prise en prison pour éviter que les cafards ne s'y logent.

La sonnerie du téléphone le sort brutalement de sa torpeur. Il jette un coup d'œil à son réveil : dix heures vingt. Le correspondant insiste. L'esprit embrumé, Romain décroche le combiné.

— Allô, monsieur Dutreil ?

— Oui.

— Ici Mortimer Fortuné, de *World Seeking People*, l'agence de détectives. C'est au sujet de votre recherche. J'ai une bonne nouvelle : votre homme est localisé.

— Co… comment ? Mon homme ?

— Oui, Géraud Montmaurin !

— Ah ! Pardonnez-moi, je me réveille. Je n'ai pas les idées en place.

— Pourriez-vous passer à l'agence à quatorze heures afin que l'on vous remette toutes les informations ? J'ai localisé l'endroit ou il vit. Je l'ai encore vu ce matin.

— Euh ! Bien ! Quatorze heures, ça me va !

Ses synapses se reconnectent doucement : la volte-face de Marie… Sa soirée…

Il reste plus longtemps que de coutume sous la douche et se fait couler un double expresso bien serré.

Il prend enfin conscience de l'extraordinaire nouvelle que le détective vient de lui apprendre. Que va-t-il faire de cette information ? Se présenter chez Montmaurin et lui arracher de force une vérité qu'il connaît forcément ? Non ! Trouver une bonne stratégie s'avère nécessaire, mais avant toute chose il doit répondre à Marie et lui faire comprendre que sa décision est une véritable trahison.

Romain rédige un courriel en pesant bien ses mots, lisant et relisant son texte afin de ne permettre aucune erreur d'interprétation.

Une fois satisfait du résultat, il tape sur la touche « Envoi » d'un doigt rageur.

Il attaque ensuite la lecture de son courrier personnel, négligé après le choc du message de Marie. Avec une grande joie, il découvre un mot d'Amar, son ancien codétenu. Bonne nouvelle, il a bénéficié d'une remise de peine.

Il enregistre immédiatement son numéro de téléphone et l'appelle dans la foulée. Amar va avoir besoin de lui ! Le sentiment de vide qui envahit le prisonnier à sa sortie, Romain l'a vécu sans personne pour l'accueillir. Il veut épargner cette solitude à son ami. Le crime pour lequel il a été condamné est impardonnable, mais lui ne l'a pas jugé. Il a appris à aimer cet homme. Sa gentillesse et sa bonne humeur ont égayé pendant des années sa détention dans le quartier des « pointeurs », ce secteur de la prison où l'on parque les délinquants sexuels pour les protéger des sévices des autres détenus.

Amar répond aussitôt. La chaleur de sa voix fait instantanément le plus grand bien à Romain. La conversation est brève. Ils décident de se retrouver dans un café près de la place de la Nation.

Romain découvre également un message de l'inspecteur Manuel qui demande de le rappeler. Plus tard ! se dit-il. Avant cela, il doit reprendre son enquête.

Les livres achetés chez Gibert l'attendent sur la table basse. Il doit percer le secret qui relie Charles Dentremont, Géraud Montmaurin et Marie. Quelque chose lui dit que la réponse se trouve dans ces ouvrages d'histoire. Il doit trouver un possible héritier encore en vie du trône de France, seule chose qui puisse expliquer la survivance de cet ordre du Saint-Esprit. Il décide de reprendre la généalogie de Louis XVI, le dernier roi des Français.

Marie-Antoinette, son épouse, lui a donné quatre enfants, dont trois ont disparu avant l'âge adulte. La seule qui ait résisté, Marie-Thérèse, leur fille aînée, est décédée au bel âge de soixante-treize ans. Romain creuse dans cette direction, se souvenant vaguement de l'extraordinaire destin de celle que l'on appelait Madame Royale. Enfermée à la prison du Temple avec son petit frère, ses parents et sa tante, elle a été sa vie durant un objet de convoitise politique. Exilée dans divers pays, elle s'est mariée à son cousin germain, mais, stérile, ne lui a pas donné d'enfant.

Romain abandonne cette branche sans descendance. Il remonte en amont et détaille la vie de Louis XVI.

Fils du dauphin de France et petit-fils de Louis XV, il a eu six frères et sœurs. Deux sont montés également sur le trône à la Restauration : Louis XVIII, puis Charles X. Se pourrait-il qu'il y ait eu des descendants de ce côté-là ? Louis XVIII, bien que marié, n'a pas eu d'enfant. En revanche, son frère, Charles X, a eu deux garçons. C'est le plus âgé, le dauphin, qui a épousé sa cousine germaine, Madame Royale. Cette fille de roi a donc été mariée à celui qui aurait dû devenir Louis XIX. Un juste retour des choses pour une princesse de sang qui a tant souffert. Mais l'Histoire était en marche. Le parlement a appelé Louis-Philippe d'Orléans, branche cousine des Bourbons, pour occuper le trône de France sous le nom de Louis-Philippe Ier. Puis la République a été adoptée de façon définitive. Fausse route !

Il faut étudier les autres branches de l'arbre généalogique très complexe de la royauté française. Romain finira peut-être par trouver un lien et se promet de continuer plus tard. « Montmaurin détient la vérité, se dit-il, le faire parler devient impératif. Pour quelle raison Marie pense-t-elle que je fais fausse route avec lui ? Pourquoi ne m'en a-t-elle pas dit davantage ? »

Avant de se rendre à son rendez-vous, il passe à la banque retirer une grosse somme d'argent liquide. Qui sait si Montmaurin n'est pas un homme vénal ? Ce qui est sûr, c'est qu'Amar, lui, en aura besoin.

Mortimer Fortuné l'accueille dans une salle d'attente où s'entassent des piles de vieux magazines. Romain est tellement impatient qu'il ne peut se concentrer sur aucun article. Derrière la cloison, une femme pleure. Un murmure incompréhensible traverse la fine paroi. L'attente est brève. La cliente se fait raccompagner et, quelques secondes plus tard, la porte s'ouvre sur un détective tout sourire.

— Merci d'être venu si vite, monsieur Dutreil.

— Mon impatience m'a donné des ailes. J'avoue être étonné par votre efficacité.

— Les gens rechignent à s'adresser à des professionnels. Ils ont tort. Nous avons d'excellentes méthodes. La preuve. Asseyez-vous !

Il ouvre une chemise cartonnée et en sort des photos. Il n'y a aucun doute, c'est bien le jardinier. Le voilà en train de prendre son courrier, ici il manœuvre la grille d'une bâtisse, là il caresse un gros chien. La qualité des prises de vues est excellente.

— C'est bien lui, il n'y a pas de doute.

— À la bonne heure !

— Où avez-vous pris ces photos ?

— Monsieur Dutreil, je suis désolé, mais notre agence a des règles strictes : les renseignements après paiement.

— Ah ! Pardon, je n'ai pas l'habitude.

Romain paye la note convenue et se saisit du dossier. Une surprise de taille l'y attend. L'homme qui le hante habite une maison de gardien dans la propriété familiale des Mallesan. Il travaille toujours pour cette famille.

Les mots de Marie lui reviennent immédiatement en mémoire : « *Tu fais fausse route avec Géraud Montmaurin.* »

Il quitte l'agence le dossier sous le bras, satisfait. Le métro est encore perturbé et la circulation est infernale, chose inhabituelle en cette période estivale. Des manifestations monstres sont prévues dans la journée. Romain est insensible aux problèmes de la rue. Cela ne le touche pas, car il est à l'abri du besoin et sa dette envers la société a été payée au centuple.

La France atteint son paroxysme en matière de blocage. Elle s'enfonce dans la crise. Les prix s'envolent. Le peuple souffre et les inégalités sont de plus en plus flagrantes. Le chômage explose, ce qui explique le grand nombre de personnes restant à Paris pour les vacances d'été.

Le gouvernement tente des mesures pour pallier la crise, provoquant la colère de ceux qui sont lésés. Les grèves se succèdent et les réactions des uns et des autres sont de plus en plus violentes. Il est rare de voir une manifestation se passer dans le calme. Les heurts avec la police sont systématiques. On compte beaucoup de blessés et même parfois des morts.

C'est dans ce contexte tendu, sous une chaleur suffocante, que Romain arrive à Nation. Il emprunte le tramway automatique surchargé, un des seuls moyens de transport encore en fonctionnement. Un défilé se prépare sur la place. Les nombreux cars affrétés par les syndicats y déposent des manifestants bruyants, ce qui augmente la pagaille ambiante.

Romain entre dans le café où Amar l'attend déjà, accoudé au bar devant un demi bien entamé. Ils s'embrassent avec chaleur. Qu'il est bon de se retrouver ! Ils se donnent des nouvelles après ces quelques mois de séparation.

Amar compte vivre de petits boulots en attendant d'avoir assez d'argent pour monter sa propre entreprise de rénovation. C'est un touche-à-tout très doué et ses talents de bricoleur lui ont fait gagner la sympathie de ses codétenus.

En prison, Romain a toujours caché sa situation financière. Ce genre d'information est à proscrire derrière les murs. Il décide aujourd'hui d'en révéler un peu plus à son ami. Il lui explique son intention d'enquêter sur son affaire.

Au fur et à mesure qu'il se raconte, un plan se dessine dans sa tête. Amar, avec ses doigts d'or, lui sera d'une grande utilité. Il lui demande sans détour de l'aider :

— Si tu acceptes, je te paierai une jolie somme. Il faut pénétrer chez un homme et fouiller jusqu'à ce qu'on trouve des preuves de son implication dans l'enlèvement de cette enfant.

— C'est risqué ! J'ai pas envie de replonger, lui répond Amar.

— T'inquiète pas ! On va bien repérer les lieux et nous agirons lorsqu'il sera absent. J'ai besoin de tes lumières pour déjouer les alarmes éventuelles et ouvrir les portes récalcitrantes. Pour le reste, tu pourras attendre dehors et faire le chouffe.

— Tu me garantis qu'à la moindre alerte on dégage ?

— Oui, tu as ma parole. Il n'y aura pas de problème. Tiens, voilà une avance.

Il sort discrètement quelques billets et le visage de son interlocuteur s'illumine.

— Quand veux-tu opérer ?

— Il faut d'abord faire des repérages.

— O.K., tiens-moi au courant le plus tôt possible. J'ai besoin d'un nécessaire.

— Ça marche. J'étais sûr que tu ne me laisserais pas tomber.

— Que comptes-tu faire si tu ne trouves rien ?

— Je n'ose pas y penser. Il faudra que je m'attaque à cet homme frontalement, et là, ce sera une autre histoire.

— J'ai des contacts dans ma banlieue pour ce genre de bizness. C'est cher, mais fiable.

— J'aimerais éviter d'en arriver à une telle extrémité. Restons optimistes et concentrons-nous sur la première étape. À ce propos, il est l'heure de te quitter. Je dois traverser Paris. Avec ce bordel ambiant, ça ne va pas être facile.

Chapitre 16

Le Falcon 7X décolle en douceur de l'aéroport de Milan en direction de Nassau, dans l'archipel des Bahamas. Marie, le nez au hublot, admire les nuages aux formes cotonneuses qui se confondent très vite avec les sommets enneigés des Alpes. Le tourbillon dans lequel elle a été entraînée se poursuit.

Les deux jours en Italie ont été inoubliables. Miranda l'a prise sous son aile et lui a fait découvrir des endroits magnifiques : boutiques de mode, spas, coiffeur, restaurants branchés, bien loin des friperies et fast-foods qu'elle avait l'habitude de fréquenter. Marie a accepté les conseils de mode de son hôtesse et a choisi un style vestimentaire très éloigné du sien. Une nouvelle existence commence. Si elle doit faire table rase du passé, autant changer de look.

Elle s'est retrouvée sans aucune préparation projetée dans une vie de princesse. Sous le regard de nombreux hommes et de ces femmes qui l'ont dorlotée, elle a apprécié le bonheur égoïste de ne penser qu'à soi. Elle a goûté à une vie où rien n'est trop beau ni trop cher.

Miranda est une femme pleine de gentillesse, à l'éducation de reine. Il lui a suffi d'une journée pour adopter Marie et devenir sa meilleure amie, sous le regard bienveillant d'un père ravi d'une telle complicité.

Marie n'imaginait pas que l'on pouvait dépenser en si peu de temps autant d'argent en choses futiles. Miranda lui a offert de quoi remplir un dressing complet, chaussures et accessoires compris.

Gênée au début, se figurant sans peine ce qu'en auraient pensé ses parents, la convalescente qu'elle était encore s'est laissé emporter dans ce mouvement tellement naturel chez les gens riches. Elle a décidé de mettre ce voyage à profit pour se reconstruire et recouvrer sa santé. Ah ! si seulement elle pouvait refermer certains tiroirs de sa mémoire, y accrocher un cadenas et jeter la clé dans l'océan !

Les valises bouclées, prête à partir, quelle n'a pas été sa surprise de voir arriver Arnaud Forel, l'assistant de LAM, traînant deux gros sacs de voyage !

Le jeune homme semblait ravi de revoir Marie. N'en faisait-il pas trop ? Son père lui a expliqué qu'il ne pouvait se séparer de son bras droit, même pendant les vacances. Il l'avait donc invité à venir partager ce séjour avec eux.

Elle n'était pas sûre que cela ait été une bonne idée, mais avait-elle le choix ? L'irremplaçable Arnaud se retrouve donc dans leur avion, confortablement installé dans le fauteuil mitoyen au sien, un verre de whisky à la main.

Plus tard, à quatorze mille mètres au-dessus de l'océan, ils entament un dîner digne d'un restaurant trois étoiles. Marie s'autorise un peu de vin rouge : un côtes-du-rhône exceptionnel selon Louis.

L'instant est magique et irréel. Arnaud est plein d'attentions envers elle. Il essaye de se rattraper après leur première rencontre, qui n'avait pas laissé un bon souvenir à la jeune femme.

Il est évident à présent que son père l'a choisi pour lui succéder à la tête de l'empire familial. C'est exactement le même genre d'homme à une génération d'écart. L'élève emprunte les gestes du maître, notamment cette façon particulière de tenir sa tasse de café par les bords, en négligeant l'anse, ou encore cette position assise dans le fauteuil, bien calé en arrière, utilisant tout l'espace.

À la fin du repas, détendu, il dévoile un aspect plus touchant de sa personnalité. Il raconte son enfance, ses brillantes études. Il fait preuve de modestie et d'autodérision, ce qui les fait beaucoup rire.

Marie revient petit à petit sur son impression première. En général, elle déteste ce genre de type qu'elle a croisé trop souvent dans son entourage estudiantin. S'il avait entamé une entreprise de séduction, il n'aurait pas agi différemment. Il a l'air sincère, et pourtant, quelque chose la dérange. Il ne vient pas d'une famille riche et, si ce qu'il dit est vrai, il a gravi les échelons un à un. À son âge, il est à la veille de se retrouver dans le club très fermé des grands patrons. On peut imaginer aisément combien difficile a été son parcours et quelles embûches il a dû surmonter pour arriver où il en est aujourd'hui. Et, du jour au lendemain, une jeune femme apparaît, venant de nulle part, héritière légitime qui risque de réduire à néant tous ses efforts. Marie n'a pas besoin d'être une fine psychologue pour comprendre que cette situation ne peut pas être anodine quand on a autant d'ambition. Elle représente forcément un danger. Un proverbe arabe qu'elle a retenu d'un essai philosophique lui revient en mémoire : « *Embrasse la main que tu ne peux couper.* » Cette phrase convient parfaitement à Arnaud. Malgré ses airs de jeune homme bien élevé, ce garçon possède tous les attributs d'un serpent venimeux.

Son père aussi se laisse aller à quelques confidences. Comme Arnaud, il vient d'un milieu modeste. Tout ce qu'il a, il l'a construit de ses mains, avec l'aide de la famille de son épouse, qui lui a donné la chance de réussir son projet professionnel.

Maître et élève se sourient en totale osmose.

Soudain, Marie comprend dans quel piège Louis essaye de l'entraîner. C'est limpide ! Comment lui faire oublier Romain sinon en créant les conditions rêvées d'une rencontre avec un homme « bien sous tous rapports » ? Non, désolé ! C'est touchant et elle peut comprendre la démarche d'un père, mais l'époque des mariages de raison est bel et bien révolue. On est au XXIe siècle ! Arnaud est pas mal, certes, mais ce n'est pas son genre.

Prétextant la fatigue, elle quitte les deux hommes, occupés à se raconter leur enfance, et rejoint Miranda à l'arrière de l'appareil.

Elle s'allonge sur un sofa et ressasse longtemps les desseins qu'elle vient de soupçonner, en se demandant quelle sera la meilleure attitude à adopter.

Aidée par le saint-joseph dont elle a un peu trop abusé, elle s'endort sans trouver de réponse.

L'avion se pose à Nassau Paradise Island, où un hélicoptère les attend, prêt à décoller. Après des formalités de contrôle allégées, apanage du VIP, ils s'arrachent rapidement de la terre ferme envahie par un tourisme de masse.

En quelques minutes, ils survolent la mer des Caraïbes et sa palette de bleus infinie. La vue est extraordinaire. L'engin se déplace à faible altitude, ce qui leur permet d'apercevoir des bancs de dauphins et les détails des yachts de luxe qui naviguent sous leurs pieds. Marie répond aux signes amicaux des plaisanciers en agitant le bras.

Ils atteignent Cat Island, une langue de terre très étroite où les couleurs semblent sorties tout droit de la palette de Gauguin. Ne pouvant se poser sur le *Syriana*, le pilote vise un bout de plage où l'accès à la mer est facilité par un ponton de bois.

Marie, pour son premier voyage en hélicoptère, a la chance de s'asseoir à l'avant, à côté du pilote. Elle s'émerveille du spectacle. Elle adore voler et n'a jamais peur lorsqu'elle se retrouve suspendue dans les airs comme un oiseau ivre de liberté.

L'annexe du bateau est amarrée à la jetée. Le *Syriana* mouille à quelques encablures. Marie n'ose croire qu'elle y est attendue. Au fur et à mesure qu'elle s'en approche, elle mesure sa magnificence. Elle distingue plusieurs ponts, de grandes baies vitrées, de larges plages de teck équipées d'un accastillage scintillant. Les dix membres d'équipage, habillés de blanc, forment une haie d'honneur à leur arrivée. Impressionnée, ne sachant que dire, Marie félicite Miranda et la remercie à nouveau chaleureusement pour cette invitation. Tout le monde semble heureux de son bonheur et de son émerveillement.

La gouvernante, une Espagnole, l'aide à s'installer dans une splendide cabine possédant sa propre terrasse. Marie s'allonge sur le grand lit, ferme les yeux quelques minutes et refait son voyage à l'envers. Que de chemin parcouru depuis Saint-Roman ! Que penseraient ses amis d'enfance en la voyant ainsi ? Et ses pauvres parents ? Marie Dentremont, la petite provinciale devenue une vraie princesse. Non, il ne faut pas se laisser enivrer par tout ça. « Garde les pieds sur terre, ma petite », pense-t-elle. « Ta santé d'abord, puis retour à tes études. Bon ! Un peu de bon temps malgré tout, tu ne l'as pas volé. »

Elle rejoint les autres, qui sont déjà en maillot de bain. Arnaud est perché sur une rambarde. À son arrivée, il se jette dans la mer dans un plongeon au style parfait.

En dépit de son envie, Marie évite l'eau salée, car ses cicatrices sont encore fraîches. Arnaud évolue comme un poisson dans l'eau. Il fait comme chez lui, se comporte en propriétaire, ce qui l'agace profondément, elle qui ose à peine se servir un verre de limonade sans demander la permission. Ce garçon a vraiment l'art de la crisper.

Son père – LAM, comme l'appelle ouvertement Arnaud – est détendu. Il montre l'image de l'homme le plus heureux du monde, à la grande joie de Miranda, qui, très éprise, fait tout ce qu'elle peut pour le bien-être de ses invités. Cette femme est un concentré de savoir-vivre. Pour beaucoup, cela semblerait exagéré, mais le charme et l'éducation orientale de cette belle dame opèrent de telle sorte que l'on se sent honoré d'une telle sollicitude.

Le bateau fait du cabotage, jetant l'ancre d'île en île. Tout l'attrait touristique de l'archipel réside dans sa beauté sauvage. Quand ils quittent le navire, l'accueil des insulaires est inoubliable. Miranda choisit avec soin les denrées qui composent les menus. Maurizio, le cuisinier, agrémente les légumes et les fruits exotiques de façon admirable, utilisant les multiples secrets gastronomiques accumulés au cours de ses années de croisière au service des puissants de ce monde.

Marie adore faire halte dans sa cuisine pour le voir travailler. Il la fait rire aux larmes. En plus de manier extrêmement bien les épices les plus délicates, il exécute des tours de magie avec ce qui lui tombe sous la main. Tous deux ne communiquent que par gestes, car – fait étonnant pour un bourlingueur – Maurizio ne parle pas d'autre langue que l'italien.

C'est de lui que vient la première fausse note dans cette symphonie idyllique. Le troisième soir, à la fin du dîner d'une finesse rare, Maurizio, comme il a coutume de le faire, amène lui-même le dessert : un magnifique plateau de fruits exotiques.

Pour amuser les convives, il exécute des tours de magie qui les enchantent. Le vin aidant, l'humeur est à la fête. Ce soir, Maurizio réquisitionne Marie pour une manipulation. Il la serre par deux fois d'un peu près, avec beaucoup d'élégance et ce charme dont les Italiens ont le secret. C'est un illusionniste, et tout cela fait partie de son numéro. Il n'y a aucune malice dans ce comportement et tout le monde rit de bon cœur. Tout le monde, sauf Arnaud ! Soudain, ce dernier s'emporte et s'en prend au pauvre Maurizio, qui ne sait plus où se mettre. Cette crise de jalousie plombe l'ambiance de la soirée.

Étrangement, Louis-Antoine ne s'interpose pas. Il semble même amusé par la réaction de son fils spirituel. Miranda utilise ses talents de diplomate pour sauver la soirée, ce qu'elle réussit en partie, mais Maurizio n'apparaîtra plus en fin de repas. Il gardera ses distances pendant le reste du voyage, au grand dam de Marie.

Ces derniers jours, Arnaud avait été pourtant d'une parfaite courtoisie, redoublant d'attentions à l'égard de Marie. Elle reconnaissait qu'il avait de nombreux atouts pour la séduire, notamment sa décontraction, quoique celle-ci pouvait être à double tranchant. Parfois, touchante, elle mettait à l'aise ses interlocuteurs ; parfois, à la limite du sans-gêne, elle devenait agaçante.

Le lendemain, Arnaud accompagne Marie pour sa première plongée. La combinaison protégeant sa cicatrice, elle n'a plus peur de l'effet du sel sur sa peau meurtrie. Il redouble de gentillesse et de galanterie, en chevalier des plus charmants. Il ne lui reparle pas de l'incident de la veille. Il n'y reviendra que beaucoup plus tard, quand il la rejoindra dans sa cabine.

Marie est seule sur sa terrasse. Elle vient de finir une cigarette lorsqu'il frappe à la porte. Elle l'invite à la rejoindre.

Avec son air penaud et ses cheveux coiffés en pétard, il ressemble à un adolescent attardé.

— Emma, je voulais te dire que j'étais profondément désolé pour hier soir. Je ne sais pas ce qui m'a pris, le cocktail chaleur plus alcool sans doute. D'habitude, je suis plutôt modéré.

— Je vais être franche avec toi, Arnaud : c'est bien ce qui me fait peur. Ta modération en toutes circonstances et ces quelques échappées en *freestyle* qui m'empêchent de te cerner.

— Je sais, cela fait trop longtemps que j'évolue dans un monde aseptisé plein de requins qui n'attendent qu'une erreur de ma part pour me croquer. Je suis toujours en représentation.

— Crois-tu que c'est comme ça qu'il faut se comporter avec moi ?

— Non, je m'en suis bien rendu compte. Tu es tellement différente. Je me perds en ce moment.

— Tu n'as rien à craindre de moi. Une fois les vacances terminées, j'ai bien l'intention de reprendre ma vie d'étudiante. Je ne vais pas faire d'ombre à tes ambitions. J'adore ce luxe, c'est vrai, mais juste pour un temps. Je n'ai pas été élevée comme ça. Je pense pouvoir concilier les deux, être une étudiante normale au cours de l'année et une petite fille riche pendant quinze jours l'été.

— Merci pour ta franchise, Emma !

— Alors, sois toi-même maintenant. Tu n'as aucune raison de te méfier de moi. Je ne suis pas une ennemie.

— O.K. ! Je vais essayer de me détendre. Les gens comme toi, avec une telle écoute, sont rares.

— À la bonne heure.

— Incident pardonné alors ?

— Pardonné, mais pas oublié. On aurait dit une crise de jalousie… Tu es toujours comme ça avec les femmes ? Tiens, d'ailleurs, tu ne m'as jamais parlé de ta vie amoureuse.

— Et bien, tu n'y vas pas par quatre chemins…

Pour la première fois, Arnaud s'exprime sans fard. Il raconte la trahison qui l'a meurtri quelques années auparavant et qui a abouti à un divorce douloureux. Cela explique son accès de jalousie de la veille, mais ne le l'excuse pas pour autant. De plus, son rival était italien. Avec humour, il avoue que cet accent lui donne encore aujourd'hui des envies de meurtre.

Après cette soirée, leurs rapports s'améliorent. Marie apprécie de plus en plus sa présence et l'ambiance des vacances ne s'en porte que mieux, jusqu'à ce fameux soir où une migraine insoutenable qui l'empêchait de dormir lui fait surprendre, bien malgré elle, une étrange conversation…

Chapitre 17

Romain a choisi une casquette à grande visière et des lunettes de soleil. Approcher le jardinier le rend nerveux. La chaleur suffocante ne l'aide pas à maîtriser son anxiété. En revanche, Amar affiche la gaieté d'un pinson la veille du printemps. Il déambule comme un touriste en goguette. Romain ne lui en veut pas, son ami ne mesure pas l'importance de cette visite.

Ils décident de faire le tour du domaine comme deux joggeurs du dimanche, moyen le plus discret pour repérer les lieux.

La maison du gardien se situe à l'entrée de la propriété, qu'un mur de pierre ceint sans discontinuité. Quelques brèches provoquées par l'usure du temps permettent d'apercevoir, çà et là, la demeure principale : un manoir de trois étages parfaitement entretenu. Les volets clos trahissent l'absence des propriétaires. Dommage ! Au fond de lui, Romain aurait espéré découvrir Marie allongée sur un transat, au bord de la piscine. Il repousse cette idée.

Le tour leur prend trente minutes. Seule la maison de l'entrée est animée par une présence. Du linge pend sur un fil, les volets sont ouverts et une porte-fenêtre est entrebâillée. Un bouvier bernois profite de l'ombre d'un tilleul pour faire la sieste.

Les deux hommes se glissent derrière un transformateur électrique situé à un jet de pierre de l'entrée principale. Romain compare une fois de plus les lieux avec les photos achetées à prix d'or. Cela ne fait aucun doute ! La boîte aux lettres est bien là, ainsi que l'imposante grille. D'après l'angle de prise de vue, le détective a dû se trouver au même endroit. Il ne manque plus que Montmaurin !

Ils font le guet une bonne heure. Rien ! Seuls le piaillement des oiseaux et la stridulation des grillons perturbent le calme ambiant. Amar montre des signes d'impatience, d'autant plus qu'ils ont oublié d'acheter de l'eau, oubli stupide par cette chaleur.

Soudain, il a une idée. Il se saisit du dossier et compose le numéro de téléphone qui s'y trouve.

Une sonnerie stridente leur parvient, surprenant le molosse dans son sommeil. Impossible de manquer un appel avec un tel vacarme ! Une… deux… trois… quatre... sonneries. Un homme surgit du garage attenant : Montmaurin ! Il s'essuie les mains en maugréant. Étouffant un rire, Amar raccroche juste au moment où il franchit le pas de la porte.

— Putain, t'es un vrai gosse ! lui reproche Romain.

Géraud Montmaurin ressort, furieux, emmenant ce qui semble être un téléphone sans fil.

Romain n'en croit pas ses yeux. Enfin ! Il est là… devant lui… à sa merci…

Quinze minutes plus tard, ils voient leur homme sortir une voiture du garage et la garer dans la cour devant la bâtisse. Il est sur le point de partir ! Ils observent en silence l'homme qui verrouille les issues de la maison, caresse le chien, ferme le portail, puis s'éloigne sur le chemin d'accès vers la route principale.

Quelques minutes plus tard, ils quittent leur cachette et regagnent la voiture qu'ils ont louée pour l'occasion. Ils décident d'agir à la nuit tombée.

Ils se rendent dans un supermarché des environs et achètent le nécessaire. Amar est inquiet pour le chien. Romain sourit.

— Je me suis toujours mieux entendu avec les chiens qu'avec les hommes. Ne t'en fais pas, je me charge de la bête.

— C'est un pitbull ?

— Non, un bouvier bernois. Un clebs très gentil, impressionnant, mais adorable si tu sais lui parler.

— Et toi, tu connais le langage des chiens ?

— Oui, je vais lui acheter de quoi manger, juste au cas où.

— Qu'est-ce qu'on fait si le type rapplique ?

— On revient demain. Il est hors de question de l'affronter pour le moment. Je veux juste farfouiller un peu dans son intimité.

— Ça me va !

Ils se rendent ensuite dans un restaurant et s'attablent à une terrasse verdoyante. Le menu est alléchant et la nuit encore loin. Ils commandent des spécialités. Cette campagne chic pour Parisiens fortunés est plutôt calme en ce début août. Le village est délaissé par ses occupants, certainement au profit des plages de sable fin.

— Quelle différence entre ma banlieue et ce coin ! s'exclame Amar.

— C'est ce qui fait la richesse de notre si beau pays, le contraste des lieux et des populations.

— C'est justement ce contraste, comme tu dis si bien, qui est en train de tout faire péter. T'es bien un hypocrite, comme tes congénères ! Personne ne vient en villégiature dans le Neuf-Trois. Par contre, ici, tout est beau, tout sent bon, on se croirait dans une pub pour lessive.

— Tu as raison ! Je suis aveugle sur ce qui se passe autour de moi en ce moment. Je suis trop obnubilé par mes problèmes.

— Le plus déprimant, c'est qu'on ne voit pas à l'horizon celui qui va venir changer tout ça.

— Je peux t'affirmer que lorsque cette histoire sera terminée je ne te laisserai pas tomber. Tu ne le regretteras pas. Je ne pourrai rien faire pour tes amis, mais par contre, je ferai tout pour que tu te réinsères vite.

— Il est évident que le salut ne viendra pas de nous.

— Nous avons déjà payé assez cher, tu ne crois pas ? Occupons-nous dorénavant de notre propre vie.

— Ouais ! Mais ce genre d'endroit m'énerve.

L'heure tournant, la tension remonte. Romain touche à peine au vin qui leur a été conseillé. Amar, par contre, en boit pour deux.

À la nuit tombée, ils regagnent leur poste d'observation. Rien n'a changé. L'intérieur de la maison est sombre. La seule lumière provient d'un luminaire au-dessus du perron. Il indique à coup sûr que le jardinier rentrera dans la nuit.

Amar se poste en contrebas de la route, d'où il lui sera plus facile de repérer le moindre mouvement et donner l'alarme. Il appelle son ami pour vérifier le bon fonctionnement des téléphones portables, puis le rejoint.

Après s'être assurés une dernière fois que la maison est vide, ils s'approchent de la lourde grille. Elle n'est pas verrouillée à clé ; l'énorme chien de garde suffit à éloigner les rôdeurs.

D'ailleurs, il apparaît immédiatement. Il se jette sur eux avec un aboiement rauque. Amar fait un bon de deux mètres en arrière, mais Romain ne bouge pas d'un pouce. Tout en parlant gentiment au chien, il sort de sa poche le papier enveloppant la viande et le lui glisse à travers le portail. Le molosse change d'attitude et agite la queue. C'est gagné !

Romain pénètre dans le domaine tout en caressant l'animal. Au signal, Amar entre à son tour. Il s'attaque immédiatement à la serrure de la maison. Romain en profite pour jeter un coup d'œil au garage. Il observe ensuite les alentours et définit un itinéraire de repli. Le côté nord de la propriété est suffisamment vaste et feuillu pour qu'il puisse facilement disparaître à la faveur de la nuit. Traverser ensuite le mur d'enceinte en utilisant une brèche ne sera qu'un jeu d'enfant.

Une fois la porte de la maison crochetée, Romain donne ses dernières consignes à son ami. Il lui indique le chemin qu'il prendra en cas de retour du jardinier. Le temps que Montmaurin ouvre le lourd portail, qu'il range la voiture, et il sera déjà de l'autre côté du domaine.

Amar repart vers son point de guet et Romain commence sa fouille. L'intérieur est vétuste et sent le pipi de chat. Son pied heurte une litière qui a besoin d'être changée. Un canapé en velours élimé trône devant une télévision d'une autre époque. La table de la salle à manger est recouverte d'objets divers. Un journal où est relatée la tentative d'assassinat de Marie repose à côté d'un bol à moitié plein d'un liquide noirâtre.

Romain ouvre les tiroirs du vaisselier et commence ses recherches. Il passe également au crible l'intérieur du meuble ainsi que les placards de la cuisine. Dans le compartiment congélation du réfrigérateur, il découvre une liasse de billets de banque soigneusement emballée. Sans hésitation, il s'empare de l'argent. La visite d'un rodeur n'en sera que plus crédible.

Méthodiquement, il passe au peigne fin tous les recoins de la pièce. L'homme n'est pas soigneux. La cuisine est crasseuse. Il est évident qu'il vit seul. Romain n'imagine pas une femme dans un lieu aussi sale. Dans une boîte en fer-blanc dénichée au-dessus d'une armoire poussiéreuse, il trouve un revolver enveloppé dans un chiffon gras. Il le range immédiatement dans son sac à dos ainsi qu'un étui de cartouches. Qui sait ? Ça peut toujours servir ! Il sourit en découvrant la marque de la boîte : Kinder Surprise, ses confiseries préférées quand il était petit.

La fouille du bureau lui prend davantage de temps. Le tri n'est plus possible. Il fourre dans son sac des coupures de journaux et divers documents. La tension est grande. Un maroquin de cuir trône au centre du bureau. Il l'ausculte sous toutes les coutures jusqu'à ce qu'il découvre une lettre manuscrite :

Mon cher Géraud,

Nous avons été trahis. Le temps presse.

La plus grande prudence est de mise. Dorénavant, n'utilisons plus nos voies de communication habituelles, codons nos informations.

Charles est mort avant de m'avoir dit ce que contenait la lettre. Sa prudence ne l'aura pas épargné, le pauvre homme. Toute cette énergie et cet argent pour finalement perdre la vie d'une aussi horrible manière. Maudits soient-ils, que Dieu les envoie en enfer !

Charles attendait notre réunion pour nous transmettre le contenu de la lettre. Il m'a juste laissé entendre que ce document était extraordinaire.

Combiné à notre plan, le rendre public au moment opportun aura l'effet d'une bombe. L'investissement en valait le coup.

Malheureusement, « qui tu sais » a retrouvé notre trace. Nos vies, et plus encore notre dessein, sont en grand danger.

Rencontrons-nous. Nous devons élaborer un nouveau plan et reprendre possession cette lettre. Connaissant Charles et son goût prononcé pour le secret, ce ne sera pas simple. Il m'a dit que tu avais des indications.

Tant d'années de lutte, tant de sang, tant de mensonges... Serons-nous enfin récompensés ?

Ferons-nous enfin éclater la vérité ?

Aidez-nous, mon Dieu, ne nous abandonnez pas si près du but !

Je suis fatigué et ma fin est proche. S'il m'arrivait malheur, sache que j'aurai été fier d'être ton ami.

Encore plus grande aura été celle de LE servir jusqu'à la mort.

F. Jean

Romain fait quelques clichés du document et le replace dans sa protection. Le voler ne servirait à rien ! Son cerveau mouline. Et si ce « Charles » cité dans la lettre était Charles Dentremont ? Géraud Montmaurin ferait-il lui aussi partie de cet ordre d'un autre temps ? Ces valeureux chevaliers qui n'ont pas hésité à s'attaquer à une enfant et à faire porter le chapeau à un innocent. Et ce F. Jean ne serait-il pas le troisième homme qui figure sur la photo volée chez la tante de Marie ? Mais pourquoi s'en prendre à Marie ? Et que vient-il faire là-dedans, lui, Romain Dutreil, un pauvre livreur ?

« *Tu fais fausse route avec Géraud Montmaurin* » *:* ces mots résonnent comme un leitmotiv. Marie sait quelque chose. Fait-elle aussi partie de cette conjuration ? Lui a-t-elle menti ?

Il poursuit sa fouille, de plus en plus troublé. Il consulte l'agenda et lit à la date d'aujourd'hui : *Dîner J...* Serait-ce encore Jean, le troisième lascar ? En marge de la semaine passée, il découvre sa propre adresse griffonnée dans un coin, preuve que l'homme ne s'est pas trouvé près de chez lui par hasard. Tout était bien prémédité.

Il jette un coup d'œil à sa montre : minuit moins le quart. La menace du retour de Montmaurin grandit. Évoluer dans une maison dans laquelle on est entré par effraction n'a rien de naturel. Romain prend une longue inspiration et constate que son cœur bat à tout rompre. Un sportif tel que lui n'est pas habitué à ça. Pour ajouter à son angoisse, la sonnerie du téléphone retentit telle une alarme assourdissante. Il reste immobile, comme si quelqu'un était dans la pièce d'à côté. Au bout de douze coups, le supplice s'arrête net. Étrange… Malgré son envie de mettre les voiles, il reprend ses recherches. Il photographie les pages de l'agenda dont plusieurs numéros correspondent à un « Jean ». Il fera le tri plus tard. Il laisse de côté les nombreux livres. Il lui faudrait la nuit entière pour tout passer au crible !

Il monte à l'étage et s'introduit dans la chambre à coucher, qu'il illumine avec le faisceau de sa lampe torche. Il découvre immédiatement la preuve que Montmaurin est un chevalier de l'ordre du Saint-Esprit. Tel un serpent autour de sa proie, un dizain, ce fameux chapelet d'ivoire dont lui a parlé Lefrancois, s'enroule autour d'un immense crucifix pendu au mur. Un prie-Dieu termine le tableau. « Sacré paroissien ! », se dit Romain en se remémorant les coups de poing reçus.

Il ouvre l'armoire qui empeste l'antimite, odeur qu'il déteste. Il se force à soulever une pile de linge pour examiner le fond du meuble. Bien lui en prend, il trouve une boîte pleine de photos. Mais le temps lui manque. Il vide le tout dans son sac.

Soudain, il entend le chien détaler en aboyant. Romain regarde son téléphone : personne n'a appelé. Il vérifie une nouvelle fois le réglage sur vibreur et éteint sa lampe. Le chien aboie encore plus fort. Est-ce un animal ? Probablement. La forêt est si proche ! Romain se concentre sur les bruits extérieurs, gêné par les battements de son cœur. Il s'approche doucement de la fenêtre de la chambre, l'entrouvre et balaye le parc du regard en prenant bien soin de rester invisible.

Une ombre bouge : le chien ? L'aboiement déchire le silence de la nuit. Soudain, un éclair. L'animal s'effondre dans un halètement sinistre. Deuxième éclair. Cette fois, il est accompagné d'un chuintement que Romain identifie avec terreur : une arme à feu munie d'un silencieux. Ses intestins se tordent.

Deux ombres sortent à découvert et donnent un coup de pied au molosse, inerte. Ils s'approchent maintenant de la demeure. Romain est paralysé. Sa retraite est coupée. Il discerne nettement deux ombres.

Il compose le numéro d'Amar et balbutie ce qu'il peut tout en s'engouffrant dans le dressing. Dans l'affolement, il se cogne violemment le front sur une aspérité. Il referme le vantail sur lui juste au moment où deux détonations font sauter la serrure de la porte d'entrée. « À quoi bon ? », pense-t-il. Il ne l'avait pas verrouillée.

Chapitre 18

Marie, allongée langoureusement à la proue du bateau, se laisse aller à la caresse de la brise du soir. Les pieds bien calés sur le bastingage, bercée par le tangage du navire, elle contemple les étoiles en attendant le sommeil.

Avant le dîner, le capitaine a repris la barre pour la nuit. Il est prévu de contourner Cuba par l'ouest afin de rejoindre Grand Caïman. Le soleil est descendu sous l'horizon et habille le ciel de couleurs moirées.

Des notes de musique filtrent en provenance du salon où ont émigré Louis et Miranda. Sous prétexte d'un début de migraine, Marie s'est éclipsée un peu plus tôt qu'à l'accoutumée.

Arnaud passe prendre de ses nouvelles. Il lui apporte des cachets de Paracétamol et une carafe d'eau. Finalement, il sait comment l'amadouer. La guerre fratricide n'a pas eu lieu. Un début d'amitié pointerait même le bout de son nez. À l'instant présent, Marie apprécie sa présence à ses côtés. Comme un fait exprès, il s'est aspergé de la même eau de toilette que son père. Trop craquant ! Si elle s'écoutait, elle se laisserait bien enlacer… Juste comme ça… Pour voir… Pour combler le manque d'affection qu'elle ressent, parfois, depuis la disparition de ses parents.

Arnaud perçoit son trouble. Elle vient de frissonner. N'est-ce pas le moment pour lui de la prendre dans ses bras, comme ça, de façon quasi naturelle ?

De son côté, ce soir, Marie n'a pas envie de réfléchir. Jour après jour, qu'elle le veuille ou non, la magie du voyage opère. Pourquoi ne pas se laisser aller contre lui, se blottir comme une petite fille ?

Il la prend dans ses bras. Elle s'y laisse glisser. De peur de briser ce moment, Arnaud n'esquissera pas le moindre autre geste. Ils continuent leur discussion dans cette position jusqu'à une heure avancée.

Sa gaucherie émeut Marie, qui découvre une nouvelle facette de sa personnalité. Lorsqu'il la raccompagne à sa cabine, il garde sa main dans la sienne jusqu'à sa porte. Si la migraine ne s'était pas déclenchée à nouveau, Marie l'aurait certainement invité pour « un dernier verre », et la soirée aurait pris une tout autre tournure. Jamais elle n'aurait découvert quelques heures plus tard ce qui allait lui gâcher le reste de la croisière…

Il est trois heures du matin quand elle se relève. Elle ne se sent pas bien du tout. Le bateau est à présent en pleine mer et son tangage lui donne la nausée. Elle avale un comprimé et s'allonge à nouveau. Malheureusement, elle ne peut pas se concentrer sur autre chose que sur ce va-et-vient lancinant : le fameux mal de mer tant décrit par Louis. C'est la première fois qu'elle en est victime.

Les vagues deviennent plus viriles, sans commune mesure avec celles rencontrées lors de leur cabotage. Elle se rappelle que, selon son père, le pont arrière est l'endroit où l'on subit le moins leur assaut. N'y tenant plus, le cœur au bord des lèvres, elle se dirige vers la poupe du navire en se cramponnant au bastingage. Des paquets d'eau soulevés par l'étrave rendent le passage glissant. Ce n'est pas une tempête à proprement parler, mais une grosse mer, comme l'appellent les marins. Le contact de l'eau et la fraîcheur inhabituelle de l'air lui font le plus grand bien. En atteignant la plage arrière, Marie se sent déjà mieux.

Elle s'assoit par terre et regarde le bouillonnement du sillage disparaître au loin. L'écume blanche qui découpe la mer noire accentue la sensation de vitesse. Le rugissement des moteurs dévoile la puissance inouïe du yacht.

Marie ne peut s'empêcher de penser qu'il serait facile de la faire disparaître dans cette nuit sans lune. Hop ! Un petit plouf et ni vu ni connu ! Ce n'est pas le vieux capitaine sud-africain qui s'en rendrait compte… Heureusement que Louis est là pour la protéger. Quelle étrange histoire que la sienne ! Ces moments de solitude sont propices pour revenir sur ce qui lui est arrivé. Elle est toujours agitée de sentiments contradictoires. Elle revoit parfois en songe ses parents, Saint-Roman… Tous ces secrets… La vie ne l'a pas épargnée !

Quand elle se sent capable de regagner sa chambre, elle emprunte le chemin qui lui semble le plus sûr. Une lueur se reflète sur le teck mouillé. Le hublot du bureau est entrouvert. Ils sont incorrigibles, ces deux-là ! pense-t-elle avec affection. Arnaud et son père sont sûrement en train de travailler. Elle s'approche pour leur faire signe et se fige. Arnaud est en pleine conversation téléphonique. La dureté du ton de son ami est à mille lieues de la voix qu'elle a entendue un peu plus tôt. Ce n'est pas son genre d'écouter aux portes, mais des mots attirent son attention. Elle n'a pas rêvé, il a bien prononcé « Grenoble ». Elle tend l'oreille, de plus en plus intriguée.

— Vous vous êtes tellement mal débrouillés que les vieux sont morts sans cracher le morceau ! Alors, ce coup-ci, je ne veux rien savoir. Démerdez-vous et retrouvez-moi cette putain de lettre !

—…

— Rien à foutre… Vous avez carte blanche, bien sûr.

—…

— Ce salaud est un traître, on en a eu la confirmation. Alors, allez-y, pas de quartier et surtout pas de traces.

—…

— Oui, comme d'habitude, à la même heure avec la ligne sécurisée.

—…

— J'attends votre rapport.

Marie est pétrifiée. De qui parle-t-il ? Qui sont ces vieux, morts à Grenoble ? Cela ne peut pas être vrai ! Elle a mal entendu ! Pas de quartier, pas de traces. Cela ressemble à s'y méprendre à un ordre d'exécution.

Elle reste prostrée. Il n'y a plus de mal de mer, plus de vacances, plus d'amis, plus de famille… Seulement une énorme souffrance, autrement plus douloureuse que celle des balles d'un revolver.

Combien de temps reste-t-elle immobile, hébétée, hagarde ? Elle ne saurait le dire. Elle finit néanmoins par rejoindre sa cabine et verrouille la porte à double tour. Incapable de trouver le sommeil, elle se met à gamberger. À qui peut-elle faire confiance maintenant ? À son père ? N'est-il pas dans le coup lui aussi ? En réfléchissant bien, ne serait-il pas capable de faire supprimer ceux qui lui avaient enlevé sa fille ? Arnaud agit-il de son propre chef ? Comment réagirait son père si elle allait le trouver, là, maintenant ? Est-elle en danger ?

Les questions s'entrechoquent. Si elle ne parvient pas à les chasser de son esprit, sa tête risque d'exploser : « Reste calme Marie ! Raisonne de façon pragmatique. Tu es au bout du monde, entre des mains qui ne sont peut-être pas si amicales que ça. Il serait tellement facile de se débarrasser de toi... Pas de gaffe, surtout ne fais pas n'importe quoi. Tu as un avantage certain : personne ne sait ce que tu viens d'apprendre. Il faut absolument que tu restes naturelle afin de ne pas éveiller les soupçons. Ta priorité est de rentrer en France saine et sauve. Ensuite, tu verras... Mon petit papa, ma petite maman chérie, aidez-moi, je vous en supplie, j'ai tellement besoin de vous, vous me manquez tellement. »

Le lendemain, malgré ses résolutions, Marie a beaucoup de difficultés à dissimuler son embarras. Lorsqu'elle rejoint les autres au petit déjeuner, elle prétexte le mal de mer et une mauvaise nuit.

Arnaud, détendu, lui sourit comme si de rien n'était. Sans laisser le temps à la gouvernante de le faire, il lui sert une tasse de café.

La mer s'est calmée et leur destination n'est plus très loin. C'est la dernière escale avant le terme de ce fabuleux voyage : Cancún, au Mexique, où l'avion du retour les attend.

Marie a du mal à apprécier l'endroit... Le ciel s'est assombri, la mer est devenue moins bleue, son enthousiasme s'est éteint...

Elle reste dans sa cabine un peu plus longtemps que d'habitude. Miranda est partie à terre faire quelques courses en compagnie de Maurizio. Marie sent un grand vide l'envahir. Elle a entendu parler de dépression, mais cela n'a rien à voir avec ça. Un cyclone l'a frappée de plein fouet, aussi violent que ceux qui dévastent régulièrement les Caraïbes. Elle a tant besoin de se confier. La « chose » devient trop lourde à porter sur ses frêles épaules. Elle aimerait tellement se connecter avec un ami avec qui elle pourrait discuter. Maudit soit ce bateau qui ne capte que trop rarement un réseau Internet ! Quel paradoxe : elle vit dans une abondance matérielle proche du paradis terrestre et elle est malheureuse à en crever… Elle ne se reconnaît plus… Où est donc passée la fille qui se contentait de peu, qui avait dans les veines du bonheur coulant à l'état naturel ?

Romain réapparaît dans son esprit. Le Romain du début, celui qui ne l'avait pas trahie. Celui-là lui manque beaucoup, mais à quoi bon y penser ? Elle ne peut plus lui faire confiance. Il est comme Arnaud.

En fin de matinée, elle se décide à rendre visite à Louis, juste pour tâter le terrain. Elle n'a pas l'intention de lui révéler ce qu'elle a appris. Après une longue réflexion, elle s'est rendue à l'évidence que son père ne pouvait pas la trahir… C'est impossible !

Elle frappe à la porte du bureau et entre. En la voyant apparaître, Louis abrège une conversation téléphonique. Une gêne habille brièvement ses yeux, vite effacée par un sourire.

— Que se passe-t-il, ma chérie ? Tu en fais une tête ?

— Je n'ai pas trop le moral aujourd'hui.

— Je m'attendais un peu à ce que tu accuses le coup à un moment ou à un autre.

— Oui, peut-être !

— Tu as besoin de quelque chose ?

À ce moment-là, Arnaud apparaît. Il était dans la cabine voisine. Il tient une liasse de documents fraîchement imprimés à la main.

— Ah ! Emma ! Quelle agréable surprise ! Enfin un rayon de soleil dans cette réunion de travail.

Instantanément, l'envie de discuter avec son père s'évapore. Elle rend son sourire au traître de la façon la plus hypocrite qui soit et, après quelques banalités, prend congé des deux hommes. Elle décline une invitation pour une plongée et regagne sa cabine avec une grosse déprime en perspective.

Après un rapide tour d'horizon de ses connaissances, elle doit bien admettre qu'il n'y a plus grand monde autour d'elle à qui elle puisse accorder une confiance aveugle. Elle n'a plus le choix : elle doit attendre leur retour en France pour avoir une discussion sérieuse avec LAM. Elle ne doit surtout pas se laisser gagner par la paranoïa ! Seule, déprimée, en danger de mort… Géniales les vacances ! pense-t-elle un brin sarcastique.

Comme pour déjouer le sort, elle se fait particulièrement belle pour le dîner. Elle choisit une des robes offertes par Miranda. Finalement, c'est la seule personne à qui elle a envie de faire honneur. Aux autres, elle doit juste montrer qu'elle va mieux, la dernière chose à faire étant d'attirer la suspicion.

Drapée de cette manière, elle découvre dans le miroir une femme étrangère qu'elle ne reconnaît pas. Elle prend conscience qu'Emma, petit à petit, prend place dans le corps de Marie. Cette schizophrénie ne va pas arranger les choses, pense-t-elle. Des talons hauts allongent encore plus sa silhouette et un maquillage subtil enterre définitivement le dernier détail punk de son passé.

Son arrivée au salon fait sensation. Elle se sent dans la peau d'une espionne russe des années 1960 qui aurait décidé de passer à l'Ouest. Elle accepte deux coupes de champagne qui achèvent de lui donner le courage nécessaire. La discussion tourne autour des fabuleuses îles Caïman et de leurs attractions touristiques. Ils décident d'aller y passer la journée du lendemain, de visiter le musée d'histoire à George Town ainsi que la fameuse ferme aux tortues.

Marie ne participe pas à la discussion. Elle ne peut détacher les yeux d'Arnaud. Elle l'imagine en train d'assassiner ses parents. Elle est incapable de chasser cette effroyable image de son esprit. Et lui, l'assassin, lui sourit, à l'aise dans ses mocassins de luxe portés sans chaussettes. Son silence l'accompagne jusqu'au dîner.

— Que se passe-t-il Emma, tu ne manges pas ? lui demande Miranda.

— Je suis désolée, je n'ai pas faim. Certainement le mal de mer…

Elle s'aperçoit qu'elle n'a pas touché à sa langouste. Son père ajoute :

— Il ne faut pas être triste parce que les vacances se terminent, ma chérie. On refera des dîners tous ensemble à Paris.

— Je serai très heureux de vous inviter à la Tour d'Argent. Il paraît que le nouveau chef est extraordinaire, coupe Arnaud.

— Tu n'aimes pas ? Tu veux que je fasse ouvrir une boîte de caviar ? interroge Miranda.

C'en est trop ! La boule qu'elle a en travers de la gorge lui envoie des larmes plein ses yeux. Une force trop longtemps emprisonnée s'expulse de son corps qui se conduit comme une bouteille de champagne agitée. Elle hurle :

— Arrêtez ! Laissez-moi ! Je n'en peux plus ! Ne comprenez-vous pas ? Je ne suis pas comme vous. Je suis une fille de la campagne. En plus, je suis en deuil, ce poids est très dur à porter et on a essayé de me tuer. Savez-vous ce que ça veut dire : ASSASSINER ? C'en est trop ! Je suis perdue ! Alors ce n'est ni votre caviar ni votre champagne qui me remettront sur pied.

Elle s'essuie les joues avec la serviette en dentelle, se lève d'un bond et, sous le regard médusé de l'assistance, quitte la somptueuse salle à manger. Avant de franchir la porte, elle se retourne, toise les trois paires d'yeux qui la dévisagent et murmure d'une voix étranglée :

— J'ai juste envie d'une salade de tomates mozzarella et d'un verre de rosé.

Son « bonne nuit » se perd dans un sanglot.

Sur le pont, elle retire ses escarpins et les jette dans l'océan. Elle regagne sa cabine et s'effondre sur le lit. Des larmes trop longtemps contenues inondent les draps. Les forces lui manquent. Le combat est inégal. Elle pensait être assez solide, mais il n'en est rien. Elle s'en veut de pleurer comme une petite fille, mais c'est tellement bon.

Plus tard, son père frappe timidement à la porte. Il est si confus qu'il lui fait de la peine. Sans un mot, il lui tend les bras. Elle a une hésitation, puis finalement s'y blottit longuement. Elle ferme les yeux et imagine l'étreinte de l'homme qui l'a élevée dans la tendresse. Ce silence lui fait du bien. Quand ses paupières deviennent lourdes, Louis s'éclipse sans un mot. La crise est passée.

Le lendemain, quand elle décide de rester sur le bateau, personne n'insiste. Elle évite Arnaud et s'excuse auprès de Miranda pour sa conduite de la veille. Comme à l'accoutumée, celle-ci trouve les mots justes pour la rassurer.

Elle a la journée devant elle, tout le monde ayant décidé d'aller à terre. Elle est enfin seule, ou presque, quelques membres d'équipage restant à bord.

Maurizio, le cuistot magicien, rattrape le temps perdu en lui offrant un feu d'artifice de tours en tout genre. Cette dernière journée sur le *Syriana* lui fait beaucoup de bien. Se retrouver avec des gens simples lui remonte le moral. C'est une véritable bouffée d'oxygène que ce moment de relâche.

Le lendemain, il est prévu qu'ils accostent au Mexique pour s'envoler vers la France.

Dans l'après-midi, Johanna, la gouvernante, vient la chercher. Elle a besoin de son aide pour répondre à une communication téléphonique. L'interlocuteur ne parle que le français.

— Allô, bonjour, ici Marie Mallesan. Qui est à l'appareil ?

— Marie ? Emma ? Euh ! C'est vous ?

— Qui êtes-vous ?

— Yannick… Yannick Manuel, de la crim'.

— Yannick ? Quelle surprise ! Je suis heureuse de vous entendre !

— Comment allez-vous ? J'ai régulièrement de vos nouvelles par votre père, mais vous n'êtes jamais disponible.

— Je… je ne savais pas que vous aviez appelé.

— Si, presque tous les jours, votre père ne vous en a pas informée ?

— Non, il a probablement voulu me laisser tranquille avec tout ça.

— D'après votre voix, vous avez l'air d'avoir bien récupéré. M. Mallesan m'a dit que ce voyage vous faisait le plus grand bien. J'en suis vraiment très heureux.

— Sur le plan physique, on va dire qu'il a raison. Par contre, sur le plan mental, ce n'est pas tout à fait ça... D'ailleurs, à ce propos, j'aimerais vous rencontrer à mon retour pour faire le point et discuter avec vous de détails qui me sont revenus.

— Pas de problème, mais pourquoi ne pas en parler maintenant ?

— Non, pas au téléphone, vous comprendrez. Je rentre demain. Disons, avec le décalage, dans deux jours. Vous serez libre ?

— Je suis de service le matin et ne bouge pas de Paris. Appelez-moi dès que vous êtes rentrée, peu importe l'heure ! Vous avez toujours mes coordonnées personnelles ?

— Oui, pas de problème.

— Vous m'intriguez, Emma !

— Hier encore, je me demandais à qui je pouvais faire confiance sur cette planète. Vous, Yannick ! Vous êtes probablement un des seuls...

— Je suis impatient de savoir ce qui vous met dans cet état.

— Vous ne serez pas déçu, mais chut, j'ai peur des écoutes, je suis devenue parano. Et puis, s'il vous plaît, n'avait-on pas convenu de m'appeler Marie ? L'autre prénom n'est pas le mien. Au fait, vous avez des nouvelles de mon agresseur ?

— Comment ? Votre père ne vous a rien dit ?

— Non, quoi ? Que se passe-t-il ?

Chapitre 19

Le battant de la porte est projeté contre le mur dans un fracas épouvantable. Les deux hommes ne semblent pas s'apercevoir que quelqu'un est passé avant eux. Ils commencent une mise à sac de la pièce sans aucune précaution. Le vacarme des tables et des chaises renversées tétanise Romain. Comprimé dans ce réduit qui sent l'antimite, il a peine à respirer.

L'instant de panique passé, il reprend peu à peu ses esprits et les battements de son cœur s'apaisent. Certes, il a fait de la prison, mais il n'est pas pour autant un caïd habitué aux coups tordus. Les choses prennent une tournure imprévue et il a du mal à rassembler ses idées. Il doit pourtant trouver une solution coûte que coûte. Ce n'est pas le moment de lambiner ! Dans quelques minutes, les deux hommes seront dans la chambre. Romain devine que ce ne sont pas de simples voleurs. La manière dont ils se sont débarrassés du chien ne laisse planer aucun doute.

Un filet de sang coule le long de son front et lui chatouille le coin de l'œil. Il s'essuie au revers de sa manche. Ah ! si Amar pouvait avoir un éclair de génie et venir voler à son secours ! Soudain, il se souvient du revolver trouvé dans la boîte de Kinder. Il s'en empare avec précaution et ôte le chiffon qui le protège. À tâtons, il reconnait le modèle qu'il possédait en jouet lorsqu'il était enfant. À l'époque, il adorait se prendre pour un agent secret. Combien de fois avait-il vécu cette scène quand il avait dix ans ? À l'aveugle, il charge le barillet en s'efforçant de ne pas trembler. Comme dans ses souvenirs, il relève le chien du revolver et se tient prêt à faire feu. Est-ce vraiment le moment de se remémorer son enfance ? C'est mauvais signe… Il paraît que l'on revoit toute sa vie avant de mourir ! « Ferme-la Romain, un peu de courage, que diable ! »

Quelques instants s'écoulent, puis il entend distinctement quelqu'un monter les escaliers. Les pas se rapprochent… C'est la fin. Ces hommes sont des professionnels, Romain en est convaincu. Il décide de tirer sans sommation. Ça sera eux ou lui ! Méthodiquement, il se met à calculer ses chances de survie. S'il fait mouche du premier coup, la moitié du boulot sera faite. Ne pas trembler ! Viser le ventre ! Dans un instant, il va basculer dans le camp des meurtriers, ceux qu'il apercevait dans la cour de l'unité 5.

Le ronronnement d'un moteur de voiture lui donne un peu de répit. L'homme de l'escalier fait volte-face et redescend au rez-de-chaussée. Pendant de longues minutes, un silence de mort emplit la maison.

Le grincement du portail se confond avec les vibrations de son portable… Le jardinier ! Romain aurait aimé parler à Amar, mais c'est bien trop dangereux. De toute façon, que lui dirait-il ? Il est trop tard pour échafauder un plan. Il devra se débrouiller tout seul, cette fois.

La voix du jardinier résonne dans la nuit. Il appelle son chien. N'ayant pas de réponse, il coupe son moteur sans prendre la peine de rentrer la voiture. Il réitère ses appels. Romain note que le portail est resté ouvert. Une quinzaine de mètres et c'est la rue. La fenêtre, malheureusement, ne donne pas du bon côté. Sauter ? Impossible dans cette vieille maison aux hauts plafonds. Il se romprait le cou ! Une minute plus tard, des hurlements inhumains déchirent le silence. Romain frissonne. Les bandits passent à l'attaque !

Le bruit de la bagarre lui offre l'opportunité de quitter discrètement son placard. Il s'approche prudemment de la fenêtre et aperçoit dans la lumière des phares les trois hommes enchevêtrés dans une indescriptible mêlée. Malgré la force de Montmaurin, les deux intrus prennent rapidement l'avantage. Ils l'agrippent et le traînent dans la maison. Trop tard pour Romain ! Il n'a plus aucune chance de s'échapper. Serrant fortement la crosse de son revolver, il regagne son réduit.

Au rez-de-chaussée, une grande activité débute. Les hommes déplacent des meubles, font couler de l'eau. Que peuvent-ils bien manigancer ? Romain n'a pas besoin de tendre l'oreille pour les entendre parler.

— Ce n'est pas la peine de t'agiter comme ça, tu es solidement attaché.

— Qui êtes-vous ? Que voulez-vous ?

— Nous sommes ceux qui ont passé la nuit chez ton ami Charles, tu nous situes ?

La voix du géant hésite :

— Je ne vois pas de quoi vous voulez parler !

— Nous si ! Et ce beau tatouage sur ta poitrine nous prouve que tu es bien la bonne personne.

— Soyez maudits pour ce que vous avez fait à ce saint homme ! Vous périrez en enfer !

— Avant de périr, nous aimerions que tu nous dises où est cachée la lettre. Dentremont a eu la bêtise de résister, tu vois où ça l'a mené !

— Comment avez-vous su ?

— Ton ami a manqué de discrétion en négociant le document. Et cela nous est revenu aux oreilles.

— Et moi ? D'abord, dites-moi qui m'a trahi !

— Personne ! Disons que tu t'es approché d'un peu trop près de la jeune fille. Cela nous a mis la puce à l'oreille. Bon, maintenant, fini la discussion ! Où est la lettre ?

— Je ne l'ai pas. C'est ce Dutreil qui m'a retrouvé, n'est-ce pas ?

— Dutreil ? Celui-là a eu beaucoup de chance à Lyon ! On a bien failli lui régler son compte, à lui et à la fille ! S'il n'y avait pas eu cet abruti de voleur de voiture…

— Comment ça ? Il n'est pas dans votre camp ?

— Non ! Et visiblement pas non plus dans le vôtre… On croyait que c'était une de vos recrues. Intéressant ! On découvrira bien assez tôt pour qui il travaille, et ce coup-ci, on ne fera pas comme à Lyon… on ne le ratera pas !

— Bon, assez bavardé ! Où est la lettre ? Je vais commencer à m'impatienter, crie le deuxième homme.

— Je ne l'ai pas.

— Dino, le briquet ! Monsieur n'a pas compris.

Romain frémit. Il entend distinctement le chuintement d'un chalumeau, suivi d'un hurlement atroce. Une odeur de chair brûlée monte jusqu'à lui. La photo du cadavre des parents de Marie lui revient en mémoire. Ces monstres remettent ça ! Ces hommes sont des meurtriers de la pire espèce. Si le scénario se reproduit, ils feront brûler la maison et moi avec, se dit-il avec horreur.

— Parle et tu auras la vie sauve !

— Ô, mon Dieu, donne-moi la force de rejoindre mon roi bien aimé.

— Tiens ! Prends ça ! Tu vas voir si ton roi va venir t'aider.

Les cris reprennent, insupportables. Le téléphone de Romain vibre à nouveau. Profitant du vacarme, il décroche.

— Je suis devant la porte. J'ai cru qu'ils t'avaient eu. Sauve-toi !

— Je ne peux pas ! Je suis planqué au premier. Je dois tenter quelque chose. J'ai trouvé une arme. Viens m'aider !

— Tu es fou ! Ces types sont des malades !

— Dès que je les tiens en joue, rejoins-moi !

— Arrête tes conneries, Romain !

— Je ne peux pas faire autrement. Ne me lâche pas, s'il te plaît ! Pas maintenant !

— O.K. ! O.K. ! On les met en joue et on se tire au plus vite, d'accord ?

— Je ferai de mon mieux Amar. Allons-y vite sinon ils vont le massacrer !

Romain descend les escaliers à pas de loup, les hurlements du supplicié couvrant les grincements du bois vermoulu. Il prend une profonde inspiration, puis, à la manière d'un apnéiste qui plonge d'un seul coup, agrippé à sa gueuse, il jaillit dans la salle de torture, revolver au poing.

Le tableau est écœurant. Torse nu, le jardinier est scotché aux accoudoirs d'un fauteuil. Sa peau est luisante et cloquée, ses yeux sont exorbités par la souffrance. Les deux hommes se tiennent de part et d'autre du supplicié, l'un tient un chalumeau et l'autre une bouteille de plastique. Son irruption les fait sursauter.

— Personne ne bouge ! Posez vos armes ! crie-t-il.

Presque simultanément, Amar entre dans la pièce. Il s'empare du pistolet d'un des bandits et le braque à son tour.

Il suffit parfois de quelques secondes pour que tout bascule. Profitant de l'ouverture de la porte, un chat tigré s'engouffre dans la maison. Le plus grand des deux agresseurs, en professionnel aguerri, profite de cette diversion providentielle pour jeter la bouteille dans leur direction et se ruer sur Romain.

Au contact du liquide – de l'acide –, Amar pousse un cri et, dans un mouvement réflexe, appuie sur la détente de son arme. Romain sent également des brûlures. Moins touché que son ami, il tire sur l'homme au moment où celui-ci arrive sur lui. Trop tard ! Le bandit dévie l'arme. La balle le rate de peu. Déséquilibré par son plongeon, il s'affale par terre, laissant à Romain le temps d'ajuster son deuxième tir. Hélas, le mécanisme s'enraye. Le second type se jette sur Amar, qui se tortille en hurlant. D'autres coups de feu fusent. La confusion est totale. Amar se relève, les yeux brûlants de peur et de rage. Un des agresseurs est étendu, la moitié du visage manquante. L'autre homme, voyant la tournure que prennent les événements, se précipite dehors et s'enfuit. Romain arrache le revolver des mains d'Amar et vide le reste du chargeur dans sa direction. Les détonations résonnent dans la nuit, suivies en écho par des aboiements dans le lointain.

À l'intérieur règne une odeur de poudre et de mort. Romain s'occupe d'Amar, dont la peau commence à cloquer. Il l'emmène dans la salle de bains, où il nettoie les brûlures d'acide à grande eau. Ne possédant aucune notion de secourisme, ils utilisent ce qu'ils trouvent pour calmer la douleur.

En regagnant le living, ils découvrent avec stupéfaction que le jardinier est inconscient. Une énorme tache de sang couvre sa peau nue. Dans la confusion, une balle l'a perforé au centre de la croix tatouée sur sa poitrine.

Romain réalise avec horreur la bévue. Il se penche sur lui. Montmaurin respire faiblement. Il est vivant !

— Vous m'entendez ? articule-t-il.

Les yeux clignent. Au début, Romain croit qu'il s'agit d'un râle, mais en s'approchant encore il comprend que l'homme essaye de lui dire quelque chose.

— sssiffi… embbrre…

— Comment ? Je ne comprends pas.

— ucifi… hambre… ettre.

— Quoi ? La chambre ? La lettre ? La lettre est dans la chambre ? Où ça ? Où est-elle ?

— rucifix.

— Le crucifix ?

Le moribond cligne des yeux.

— Ne t'en va pas tout de suite ! Résiste ! Dis-moi pourquoi moi, pourquoi cette histoire, pourquoi tu as enlevé Marie et tu as tout fait pour qu'on m'accuse.

L'homme ferme les yeux. Romain s'énerve, il hurle :

— Pourquoi ? Pourquoi ?

— aaarie… otège aaarie.

Sa voix se perd dans un dernier râle. Romain observe ce visage figé dans un masque de souffrance. Cette grimace le nargue. Devant lui se trouve l'homme qui détient la clé de son destin, la réponse à toutes ses questions. Et il est mort ! Le comble de ce gâchis : lui, Romain, est sans doute le responsable de cette catastrophe.

Des larmes de rage, de désespoir et de découragement coulent sur ses joues. Amar l'observe en tartinant de pommade sa peau boursouflée.

— Tu en veux ? J'ai trouvé ça dans la cuisine.

— Non ! Ça va, c'est bon. Merci !

— Faut pas traîner Romain. Faut y aller. On a dû nous entendre.

— Prend ça ! Surveille les abords. Je reviens.

Il lui tend l'arme et se précipite au premier étage. Cette fois, il allume. D'un regard, il balaye la pièce. Avisant le crucifix, il le décroche, détache le dizain et le jette au sol. Il examine la croix sous toutes les coutures sans découvrir la moindre cachette. Il secoue l'objet. En vain ! C'est un grand crucifix en bois sur lequel un christ en métal est fixé. Romain l'attrape à pleine main et le bouge dans tous les sens. Soudain, la statuette glisse de quelques millimètres, l'encourageant à persévérer. Il force et la fait pivoter de quatre-vingt-dix degrés, découvrant une cache taillée dans la matière. Un rouleau de papier y est dissimulé. Nom de Dieu : la lettre !

— Romain, dépêche-toi !

— J'arrive.

Il dévale les escaliers, range le billet dans son sac, puis, se ravisant, le glisse dans la poche de son jean. Avec dégoût – il aperçoit de la matière cervicale sur le mur –, il fouille le bandit étendu sur le sol, sans rien trouver d'intéressant. Des pros !

Avant de quitter les lieux, pressé par Amar, Romain observe le corps supplicié de Géraud Montmaurin. Il détaille le tatouage en essuyant le sang qui recouvre la blessure. Il n'y a aucun doute, ce symbole est celui l'ordre du Saint-Esprit.

— Putain, Romain, grouille-toi ! Ça craint ici !

Après un dernier regard, Romain emboîte le pas de son ami. Pour gagner du temps, ils empruntent la voiture du jardinier, dont les clés sont restées sur le contact. Ils font le tour de la propriété par la route en surveillant les abords. Alors seulement ils récupèrent leur voiture et quittent ce lieu de cauchemar.

Romain conduit en silence. Amar, pour cacher son embarras, continue d'étaler de l'onguent sur sa peau douloureuse.

Au moment de s'engager sur la route nationale, ils croisent trois véhicules de police toutes sirènes hurlantes. Le silence se fait de plus en plus lourd et durera jusqu'aux portes de Paris.

Chapitre 20

Géraud Montmaurin assassiné ! Marie tressaille sous l'effet de la nouvelle.

Yannick continue son récit :

— Nous avons été prévenus dans la nuit par la P.J. de Versailles. J'ai immédiatement appelé votre père. La nouvelle l'a ébranlé. Montmaurin travaillait pour lui depuis de nombreuses années.

— Mon Dieu ! Quelle horreur ! Voilà que ça continue !

— J'avais un besoin urgent de renseignements sur la victime et seul votre père pouvait m'en fournir.

Marie se remémore la tête de son père quand elle était entrée dans son bureau, la veille.

— Il y avait un autre cadavre sur les lieux, tué par balle également. Nous ne l'avons pas encore identifié, poursuit le policier.

— Vous avez une piste ?

— Mieux que ça ! Un film ! Il y avait une caméra de surveillance au-dessus du portail de l'entrée. Le système a tout enregistré.

— Et ?

— À ce niveau de l'enquête, je préfère rester discret… et vous tenir éloignée de…

— Yannick ! Je suis également une victime ! Vous devez tout me dire, coupe-t-elle sur un ton sans réplique. Arrêtez de me prendre pour une gamine, ça devient vraiment très chiant.

— O.K. ! O.K. ! C'est bon ! Nous avons identifié Romain Dutreil accompagné d'un ex-codétenu. Sur la bande, on les voit entrer dans la propriété et s'enfuir avec la voiture de la victime. L'heure correspond à celle où les coups de feu ont été tirés. J'attends les résultats des prélèvements.

— Romain ? Vous êtes certain ?

— Sans aucun doute et les analyses le confirmeront, j'en suis sûr !

— Je n'arrive pas à le croire. Serait-il possible que…

— Que quoi ?

La jeune femme se tait.

— Il s'est fourré dans de sales draps. Le juge a déjà lancé un mandat d'arrêt. Pour le moment, lui est son complice sont introuvables. Marie ? Vous êtes toujours là ?

— Écoutez, j'ai surpris une conversation ici, sur le bateau. Il faut que je vous en parle impérativement à mon retour. Je suis certaine qu'elle a un lien avec ce meurtre.

À ce moment-là, le capitaine du bateau entre dans le bureau. Il s'excuse à peine en anglais et fouille dans un placard, semblant n'accorder aucune attention à leur conversation.

— Pourquoi ne pas m'en parler maintenant ? Vous en avez trop dit.

— Je ne peux pas. Je n'ai pas confiance, ajoute-t-elle en baissant la voix.

— Je ne vous entends plus. Parlez plus fort.

— Je ne peux pas ! crie-t-elle en fixant le vieux skipper.

— Dommage… Vous avez attisé ma curiosité.

L'intrus quitte la pièce.

— Je suis désolée. Il faut que je fasse le point. Il y a forcément une explication ! Malgré notre brouille, j'ai du mal à imaginer Romain en meurtrier. Pas le Romain que je connais !

— Je vous comprends. Pourtant, les faits sont là… Bon sang, ouvrez les yeux, Marie ! Tout l'incrimine.

Marie observe l'horizon sans le voir. Jamais personne ne l'a autant intriguée que ce garçon. Soit c'est un comédien de génie, soit un schizophrène de la pire espèce, soit…

— Nous ne tarderons pas à apprendre la vérité, faites-moi confiance !

— Je l'espère. Il faut que ce cauchemar cesse au plus vite, marmonne-t-elle.

— Soyez très prudente ! Je m'en voudrais s'il vous arrivait quelque chose.

Abasourdie par cette nouvelle, Marie raccroche sans même s'en rendre compte. Pas un instant elle ne peut imaginer Romain capable de telles horreurs. Pourtant, les preuves s'accumulent contre lui. Qu'a-t-elle fait pour être punie de la sorte ? Pour quelles raisons toutes les personnes qu'elle aime la trahissent-elles ?

À ce propos, Romain connaît-il Arnaud ? Sont-ils en rapport ? N'auraient-ils pas élaboré ce complot ensemble ? Elle n'a pas rêvé, elle a bien surpris cette conversation téléphonique ce fameux soir. Arnaud a ordonné l'élimination de quelqu'un. S'agissait-il de Montmaurin ? Et qui était à l'autre bout du fil ? Et si c'était Romain ?

N'y tenant plus, elle profite de l'absence d'Arnaud pour se glisser dans sa cabine. Le reste de l'équipage se trouve de l'autre côté du bateau. Elle a un peu de temps devant elle.

La première chose qui la frappe, c'est l'ordre qui y règne. Étonnant pour un célibataire, pense-t-elle. Elle ouvre les placards où pendent des vêtements. Ses chaussures sont soigneusement alignées avec leurs embauchoirs en bois. Il faut être sacrément dérangé pour apporter des formes en vacances, se dit-elle. Le bureau est vide, à l'exception d'un ordinateur extra-plat, qu'elle allume. Une fenêtre apparaît, exigeant un code d'accès. Elle réfléchit un instant en se glissant dans la peau du jeune homme. Ils ont été suffisamment proches au cours du voyage pour qu'elle puisse deviner le précieux sésame. Elle tente *Biscotte*, le nom du chat qu'il a eu dans son enfance et auquel il tenait beaucoup, sans succès. Puis *Arnaud.* Cela aurait été plausible pour un mégalomane comme lui… Échec. D'autres tentatives erronées risquent de bloquer le système et de révéler son intrusion… Marie s'octroie un dernier essai en ajoutant le chiffre 1 au prénom qu'elle commence à détester. Bingo ! La page d'accueil s'affiche.

Là où, d'habitude, de splendides couchers de soleil égayent l'écran, une photo d'un autre genre s'étale : Arnaud, habillé d'un élégant costume sombre, tient une sorte de parchemin à la main. Intriguée, Marie utilise le zoom jusqu'à pouvoir déchiffrer les mots inscrits à l'encre rouge :

« Nous avons de la tyrannie
Repoussé les derniers efforts ;
De nos climats, elle est bannie ;
Chez les Français les rois sont morts.
Chez les Français les rois sont morts.
Vive à jamais la République !

Anathème à la royauté !
Que ce refrain, partout porté,
Brave des rois la politique. »
M.R.

Où a-t-elle lu cette poésie ? Elle y réfléchira plus tard. Le temps presse ! Elle passe rapidement en revue les différents documents, sans relever le moindre indice intéressant.

Elle est interrompue par le Klaxon de l'annexe qui annonce le retour des passagers. Elle rejoint prestement sa cabine après avoir pris soin de tout replacer dans l'ordre. Cette visite, aussi risquée soit-elle, ne l'a pas beaucoup avancée. Vivement le retour à Paris ! Ce voyage devient de plus en plus pesant.

Lors du dernier dîner à bord, Marie s'applique à faire bonne figure. Elle découvre avec plaisir que personne dans l'équipage n'a relaté l'appel du commandant Manuel, qu'elle omet de signaler à son géniteur.

Elle questionne poliment les convives sur leur journée. Enchantés par leur visite, ceux-ci ne se font pas prier et décrivent l'île avec force détails colorés, déplorant son absence.

Tout se passe pour le mieux dans le meilleur des mondes, un monde où l'assassinat d'un proche ne modifie en rien le bon déroulement d'une soirée. Miranda, imperturbable, reste concentrée sur la qualité du repas. Arnaud Forel soigne son attitude de dandy, accordant plus d'importance aux plis de sa chemise qu'au sort de l'homme qu'il a condamné, et Louis-Antoine Mallesan demeure égal à lui-même : il arbore ce sourire de circonstance qui devient de plus en plus énigmatique.

Deuxième partie

Chapitre 21

La péniche tangue au rythme lent du passage d'une barge chargée de sable. Comme un métronome déréglé, elle rebondit quelques secondes contre le ponton auquel elle est amarrée. Ces coups sourds se répercutent à l'intérieur du bateau et arrachent Romain à un sommeil agité. Toujours ces songes cauchemardesques ! Il s'extrait de la cabine, non sans se cogner vu l'étroitesse du lieu. Il n'a pas encore acquis les bons réflexes. Le choc ravive la douleur de sa blessure au front.

Amar a miraculeusement trouvé cette planque deux jours plus tôt. Pour un prix exorbitant, le propriétaire leur a garanti tranquillité et discrétion.

La péniche est amarrée à un petit débarcadère de la Seine : le port Van Gogh, situé au pied du pont de Clichy. Autour d'elle se pressent des bateaux de toute sorte. Beaucoup ont été transformés en habitations, d'autres en bureaux. Ce capharnaüm coloré est très éloigné de l'Oise, qui a inspiré le célèbre peintre dont le lieu a tiré son nom.

Malgré le trafic routier et le passage incessant du métro au-dessus de leurs têtes, le confort est étonnant. Les deux cabines sont équipées de couchettes plus adaptées à des enfants qu'à des gaillards comme eux. Le salon ressemble à celui d'une maison de poupée. Tout ce dont ils ont besoin est là, comme en modèle réduit. Le bruit est atténué par les parois de métal doublées d'isolant dernier cri.

Son ami l'accueille, une tasse de café en offrande. Depuis le carnage de l'autre soir, Romain ressemble à un zombie. Heureusement, malgré les brûlures qui le font encore souffrir, Amar a pris les choses en main. Il a effacé toutes les traces qui pourraient les relier au massacre, a trouvé cette planque avec tout le nécessaire pour tenir un siège, et a promis de nouvelles identités pour lui et son compagnon d'infortune.

La nuit d'errance, après les événements, a donné à Romain l'occasion de tout lui expliquer. Toute cette ténébreuse histoire qui a commencé il y a bientôt deux décennies.

— Que ferais-je sans toi ? lâche-t-il après une première gorgée de liquide brûlant.

— Nous voilà dans la même galère.

Amar sourit de son bon mot au moment ou la coque se met à tanguer. Il veut sortir son ami de cette torpeur malsaine qui l'entraîne vers le fond.

— Amar, à aucun moment je n'aurais pensé à une chose pareille. Je me sens tellement coupable !

— Ce qui est fait est fait. Regardons devant nous, maintenant. J'ai décidé d'être confiant. Pendant que je cherchais de l'aide, j'ai revu un marabout sénégalais que je connaissais dans le temps. Il m'a prédit un bel avenir et une grande réussite

— Et t'y crois toi, à ces types ?

— C'est parce que je crois à ce genre de sornettes que justement je crois en toi. Je ne te prends pas pour un fou... Et il y aurait matière, non ? Une discussion avec une fille qui se vit dans le futur, avoue que c'est un peu dur à avaler.

— Je t'admire. Quand tout s'effondre autour de toi, tu trouves l'énergie de rebondir. Ce n'est pas mon cas !

— Les petites rivières font les grands fleuves. Je m'accroche à toutes les petites choses qui mises bout à bout deviennent un solide pilier sur lequel on peut s'appuyer.

Romain lève les yeux au ciel.

— Je suis responsable de la mort de deux types, tu te rends compte ? Je suis un meurtricr. Comment vais-je pouvoir vivre avec ça ?

— Tu sais, Romain, il ne se passe pas un jour sans que je pense à cette fille à qui j'ai fait tant de mal. Je n'ai toujours pas trouvé l'explication qui m'a poussé à commettre un tel crime. J'ai eu le temps pendant toutes ces années de réfléchir, d'analyser mon comportement. J'ai longtemps cherché les raisons de mon dérapage. J'ai survécu à ça, alors que j'ai souvent pensé à en finir.

— Je ne sais pas si j'aurais eu ton cran.

— Je croyais à un manque de courage, mais en fait non ! Une force m'a été insufflée. Je pense que les lettres de soutien que j'ai reçues de ma mère, les mots d'encouragement des quelques amis, dont toi, y ont été pour beaucoup.

Romain pioche un croissant dans le sac en papier et le tend à son ami, un peu gêné par ses confidences.

— Tu es un des seuls à ne pas m'avoir jugé. À me regarder comme un homme, pas comme un violeur, poursuit Amar.

— Parce que pour moi tu n'en es pas un.

— Si, Romain ! Je suis un violeur, et je porterai ça sur la conscience toute ma vie. Je l'ai accepté, fin de l'histoire !

— Pour moi, tu es le meilleur des amis.

— Merci ! Tout pareil.

Ils se donnent une accolade virile pour atténuer leur émotion, ce qui arrache un cri de douleur à Amar : les brûlures de l'acide. Ils éclatent de rire.

Romain attaque une viennoiserie avec appétit. Il n'a rien avalé depuis des jours. Il sort enfin de son apathie. L'optimisme d'Amar est contagieux.

— Quels sont tes plans, maintenant que tu as l'air d'émerger ?

— La question est de savoir si la police a une piste. Tu es bien sûr d'avoir effacé toutes les traces de notre équipée ?

— Oui, pas d'inquiétude. Maintenant, les flics ont de bons experts. Dans le doute, le mieux est d'attendre que ça se tasse, bien au chaud jusqu'à la réception des faux papiers. À ce propos, il va falloir rallonger. Les prix ont grimpé.

— Pas de problème, j'ai une bonne réserve.

— Et encore plus pour se tirer à l'étranger.

— Amar, il est hors de question pour moi de quitter la France. Par contre, si tu souhaites te barrer, je te donnerai tout ce dont tu as besoin.

— Tu m'étonneras toujours, Romain. Je ne veux pas savoir d'où vient cette oseille, mais ton aide ne sera pas de refus.

— Que tu me croies ou non, ce blé a été gagné honnêtement. Je te le répète, je l'ai gagné au Loto.

— Ton histoire est vraiment trop dingue. S'il n'y avait pas ces gus qui te courent après, je serais mort de rire. À ce propos, il faudra éviter de se retrouver devant leurs petits camarades.

— Je sais, je me débrouillerai seul, tu en as déjà assez fait comme ça.

Les deux hommes terminent leur petit déjeuner, perdus dans leurs pensées. Amar rompt le silence lorsqu'il se lève pour ranger son bol dans le lave-vaisselle.

— Je vais m'occuper des papiers, cela nous donnera du temps pour réfléchir.

— O.K., moi, je vais trier ce que j'ai ramassé chez Montmaurin et lire la presse sur le Net afin de deviner où en sont les flics, lui répond Romain.

— Je dois partir une partie de la journée pour m'occuper des documents. Peux-tu me tirer des photos d'identité avec ton matériel ?

— Il faudra passer chez moi pour récupérer tout le nécessaire.

— C'est trop risqué, je te l'ai déjà dit. Attendons quelques jours que ça se tasse.

— Pas d'inquiétude, mon appart a une entrée de service qui donne dans la rue adjacente. Si la porte principale est surveillée, nous passerons par là.

— On a les flics au cul, mais aussi les gars de l'autre soir. Sans oublier les collègues de Montmaurin, s'il en a. Ça commence à faire beaucoup, non ?

Romain regarde son ami en opinant du chef. Il sait tout ça.

— Ils ont parlé de moi avant que j'intervienne. Chacun des groupes pensait que je faisais partie du clan opposé. C'est étrange, non ?

— Comment comptes-tu expliquer la mort de ces deux hommes ?

— Ce n'était pas délibéré, c'était eux ou nous. Ça va me hanter toute ma vie. On était obligés. Et Montmaurin… c'était un accident ! Tu as vu ? Avant de mourir, il a essayé de m'aider. Moi qui croyais qu'il voulait me tuer.

— C'était plutôt les autres qui t'en voulaient.

— C'est vrai, la bombe à Lyon, c'était eux.

— Montmaurin a compris que tu ne faisais pas partie de ses ennemis.

— C'est exact. Je suis obligé de retrouver le fameux Jean : c'est le dernier lien connu avec Montmaurin et Dentremont. Lui seul pourra me fournir les pièces manquantes de cette histoire insensée.

— Je sens que ça va être encore sportif.

Romain contemple la haute silhouette de son ami qui s'éloigne à grandes enjambées en direction du pont de Clichy. Sur cet artefact de béton et de poutrelles d'acier se superposent voitures et rames de métro. L'énergie d'Amar agit comme un catalyseur. Romain réalise qu'il a touché le fond et qu'il est temps de rebondir.

Il commence à faire chaud dans le bateau ; en outre, ça sent le renfermé. Il ouvre en grand les écoutilles pour aérer la cale et pour chasser les ondes qui l'ont cloué dans cette apathie malveillante. Il décide d'enlever la mauvaise odeur qui lui colle aussi à la peau en prenant une douche. L'eau fraîche le purifie des derniers remugles associés à sa descente aux enfers. L'optimisme finit par l'emporter. C'est pleinement réveillé qu'il se rue sur ses affaires pour reprendre le combat. Avec tout ça, il en a même oublié le document découvert dans le crucifix. Il fouille partout pour retrouver son blue-jeans. Malheureusement, Amar s'est débarrassé de tous les vêtements qui pouvaient les relier à la nuit du drame. Zut ! Ce papier semblait avoir une importance capitale.

Il vide son sac à dos et sursaute en percevant le bruit sourd du revolver. Il l'avait complètement oublié. Il l'observe longuement sans le toucher. Une fois de plus, le film qui les a transformés en meurtriers se projette en songe hostile. Le canon exhale encore l'odeur de la poudre, synonyme de parfum de mort.

Il s'en saisit brusquement, le démonte et le nettoie avec un torchon de cuisine. Il l'enduit d'huile trouvée dans la boîte à outils du bateau, jusqu'à le faire briller. Il ouvre le barillet, le fait tourner et remplace les douilles vides. Au point où il en est, sa détermination à aller jusqu'au bout est sans limites. Quitte à se resservir de l'arme, cette fois, il faut qu'elle fonctionne correctement et ne le lâche pas en cours de route.

Il déplie ensuite les feuilles de journal emportées avec son butin. Il s'agit d'un vieux numéro des *Nouvelles de Versailles*. Il parcourt les quelques articles de la page sans y trouver le moindre intérêt. Au recto, il découvre quelques annotations en regard d'une brève :

ÉLAGAGE ROYAL AU CHÂTEAU DE VERSAILLES

C'est aujourd'hui que les bûcherons du parc de Versailles ont débité le chêne de Marie-Antoinette, devant un public nombreux venu assister à ce triste événement.

En effet, les branches de ce monstre de 5 tonnes menaçaient de se casser et de blesser les promeneurs. Malgré tous les efforts d'Alain Baraton, le chef jardinier, pour sauver cet ancêtre, sous lequel Marie-Antoinette faisait la sieste, l'arbre a rendu l'âme à un âge estimé de 325 ans. La canicule de 2003 lui aura été fatale.

« C'est une grande perte pour Versailles », a déclaré le spécialiste, très affecté par ce combat perdu contre les services de sécurité du parc, qui voyaient d'un très mauvais œil ce mastodonte menacer les touristes.

« Les billes de bois les plus importantes seront distribuées à des sculpteurs qui auront pour tâche de redonner une seconde vie à ce monument. Un retour dans quelques années est prévu au Grand Trianon pour une exposition définitive », a-t-il ajouté, heureux que ce compromis ait été accepté par le conservateur.

Sur une seconde coupure de la même publication, Romain découvre un article traitant du sujet :

ÉTRANGE DÉCOUVERTE CHEZ UN SCULPTEUR

Berthold Jung, un des sculpteurs choisis pour travailler une des billes de bois du chêne de Marie-Antoinette, abattu il y a quelques années, a fait une étonnante découverte : il a mis au jour une cavité naturelle où se trouvait un petit coffret. Difficile de dater la période à laquelle l'objet a été dissimulé dans cette étrange cachette. Selon l'artiste, Dame Nature avait entièrement recouvert la petite boîte de sa gangue de bois.

D'après le sculpteur, bien que scellé, ce coffret métallique semblait vide. La découverte a été immédiatement transmise au conservateur du domaine, qui nous a déclaré que ce genre de trouvaille était fréquent sur une surface aussi vaste.

Après analyse, les objets ou documents trouvés ici sont habituellement remisés dans les caves du château ou exposés dans les musées.

Nous aurions aimé prendre en photo le coffret, mais celui-ci était déjà parti au laboratoire.

L'article est illustré d'un cliché montrant les restes de l'arbre après son tronçonnage.

Ce texte faisant référence à la royauté trouvé chez un chevalier de l'ordre du Saint-Esprit, un homme qui a juré fidélité au roi, ne peut pas relever d'une simple coïncidence.

Romain allume son ordinateur portable et transfère les quelques photos qu'il a prises ainsi que le cliché de la missive signée F. Jean, le troisième larron. Il semble évident maintenant, au vu de cette lettre, que F. Jean est aussi un chevalier. Mais quel est ce fameux dessein qu'il mentionne dans cet écrit ? Pour qui travaillent-ils ?

Il étudie les numéros de téléphone de l'agenda en mettant de côté les *Jean*, les J quelque chose. En revanche, il ne trouve aucun F. Jean. Soudain, il découvre les différents contacts de Louis-Antoine Mallesan. Cela pourra lui servir ultérieurement.

Il surfe ensuite sur Internet pour en apprendre un peu plus sur ce coffret.

Étrangement, il n'y a rien, si ce n'est l'article qu'il a sous les yeux. De nombreuses informations sur le fameux chêne de Marie-Antoinette y sont relatées, mais rien sur le coffret. Probablement rien d'important. Un cul-de-sac. Dans ce cas, pour quelles raisons Montmaurin gardait-il ces coupures ? Les bandits recherchent une lettre, ils ont même assassiné les Dentremont pour en prendre possession. D'après le sculpteur, le coffret semblait vide… Semblait seulement… Le document dans le crucifix ? Impossible, c'était une feuille pliée de fabrication récente. Comment pourrait-il en savoir plus ? Même en retrouvant Jean, le troisième homme, comment pourrait-il gagner sa confiance ? Et Marie dans tout ça ? Pourquoi a-t-elle été visée par deux fois ?

Dépité, il étale les photos volées dans le placard de Montmaurin. L'une d'elles attire immédiatement son regard : trois jeunes hommes souriant, l'un montre une boutique d'antiquaire. C'est un cliché identique à celui dérobé chez la vieille tante de Marie. Sur une autre photo, Romain reconnaît Louis-Antoine Mallesan, posant à côté de Géraud Montmaurin, devant la dépouille d'un chevreuil ; fin de partie de chasse probablement.

Une autre encore attire son attention : le portrait d'une femme d'une grande beauté. Il s'y attarde. Ses cheveux longs et la finesse de ses traits lui rappellent Marie. Il se souvient d'avoir rencontré cette dame des années auparavant : Michèle Mallesan. Ils s'étaient croisés il y a quinze ans, lorsqu'il était venu chercher la baby-sitter de l'enfant. Il l'avait vue également lors du procès retentissant de son affaire. Posséder ce portrait n'avait rien d'étrange pour un homme travaillant dans la famille depuis de nombreuses années.

L'étude du reste de son larcin n'apporte rien de plus, sauf peut-être un cliché d'un individu qui pourrait représenter le fameux Jean. Romain compare les portraits : quarante ans au moins les séparent, mais l'idée que ce soit le même homme est plausiblc. Aucunc indication, hélas ! au dos de la photo.

Il range tout dans un tiroir. Il faut agir, maintenant. L'inaction n'a que trop duré. Pour limiter les risques et ne plus exposer Amar, il décide de se rendre seul à son domicile ; il doit récupérer du matériel, notamment sa petite imprimante, mais surtout les quelques cartes de crédit qui sont associées à des comptes d'épargne qu'il a ouverts à l'étranger dans le cadre de la diversification de ses placements.

Si la police le soupçonne, la première chose qu'elle fera sera de pister ses achats avec ses cartes de retrait françaises. De plus, il détient dans son coffre une grosse somme d'argent liquide. Il doit rassembler aussi tous les éléments ayant un rapport avec l'affaire, notamment le moulage de la clé retrouvée dans l'estomac de Dentremont : elle revêt forcément une grande importance.

Il passe une bonne heure à lire les articles relatifs au crime de l'autre nuit. Les autorités restent circonspectes. Elles déclarent avoir une piste. Oui, mais laquelle ? Les journalistes penchent pour une bande de détrousseurs ultra -violents qui vident les demeures de caractère en privilégiant les antiquités et les œuvres d'art. Selon eux, aucun témoin ne s'est fait connaître.

Il fouille dans les achats d'Amar, faits en prévision d'une longue planque, et trouve sa casquette. Il chausse des lunettes noires et se rend à la station de taxis la plus proche. Marcher au grand air en toute liberté renforce sa détermination et son envie de se battre.

À sa demande, le chauffeur passe par l'avenue Bosquet sans s'arrêter. Les abords de son immeuble sont vides. C'est seulement en tournant dans la rue adjacente, celle de l'entrée de service, qu'il repère deux hommes dans une voiture. Ils n'ont rien à faire là, surtout par cette chaleur. Rien n'indique qu'il s'agisse de policiers. Il se fait déposer à quelques pâtés de maisons, l'esprit en ébullition. Au loin, il aperçoit la voiture, garée de telle sorte qu'elle offre à ses occupants une vue sur les deux accès de l'immeuble. Bien renseignés les gars !

Il est sur le point de renoncer lorsqu'il distingue un livreur de pizza juché sur son scooter. Une telle opportunité ne se présentera pas deux fois. Il y va à l'instinct. Il aborde le gamin au moment où celui-ci monte le deux-roues sur sa béquille. L'échange est bref. Un billet de banque change de main en un éclair et deux minutes plus tard Romain se retrouve avec le casque de l'adolescent sur la tête. Il démarre le scooter, encore surpris par son audace, et effectue les cinquante mètres qui le séparent de l'entrée.

Le livreur, pour qui une telle aubaine ne se représentera probablement pas de sitôt, allume une cigarette et se dirige vers un banc ombragé, un sourire béat sur le visage.

Romain, avec des gestes assurés, ôte la boîte isotherme du porte-bagages et s'engouffre dans le hall. Il profite de l'instant de répit dans l'ascenseur pour retrouver son souffle.

Le palier est calme. Il compose le code de l'alarme sur le boîtier, véritable espion dernier cri, qui n'indique aucune intrusion pendant son absence. La voie est libre. Il pénètre dans son salon et, en quelques minutes, bourre la boîte à pizzas des objets dont il a besoin. Voir tout ce confort qui lui appartient et dont il a si peu profité attise son amertume. En passant devant la chambre d'ami, il a un pincement au cœur : le lit est encore défait. Il s'y allonge sur le ventre et ferme les yeux. L'odeur de Marie le plonge dans une mélancolie dévastatrice.

Vite ! Il ne doit pas traîner. Il se relève à contrecœur, puis fait le chemin en sens inverse. Dans l'ascenseur, le fumet de la pizza lui chatouille les narines. La porte s'ouvre en silence sur le hall désert. Son cœur accélère au moment de quitter l'immeuble. Sans précipitation, il dépose la boîte sur le porte-bagages et démarre sans un regard sur le véhicule des policiers. Un des deux hommes l'observe distraitement en mastiquant un sandwich, l'autre s'est endormi.

Il rejoint le gamin qui termine une autre cigarette, lui tend un deuxième billet qui disparaît aussi sec, et transfère ses affaires dans un grand sac.

Sans demander son reste, il s'éloigne du côté opposé. Cent mètres plus loin, il s'arrête à une station de taxis et sourit nerveusement. Aujourd'hui était un jour de chance.

Il se fait déposer à Asnières. Les émotions et l'odeur de la pizza lui ont ouvert l'appétit. Il en commande une dans une camionnette proche du port et termine son voyage à pied.

Amar n'est pas encore rentré. Il se met à l'aise, ouvre une canette de bière et s'installe sur le pont du bateau.

Chapitre 22

Le restaurant que Marie a choisi fait face au pont Louis-Philippe. Le stationnement y est facile, condition *sine qua non* de son garde du corps pour la laisser aller seule à son rendez-vous. Malgré la faible distance qui la sépare de son nouveau domicile, son père exige qu'une voiture soit prête à la rapatrier en cas de coup dur.

Après lui avoir ouvert la porte, le *man in black*, comme elle le surnomme, s'adosse au véhicule, face à la terrasse, afin de garder un œil sur elle.

Elle pénètre à l'intérieur de la brasserie, agacée par cette glu qui ne la quitte plus depuis son retour de vacances. Il a été convenu qu'elle pourra aller et venir à sa guise et rencontrer qui elle veut uniquement si elle respecte les consignes de sécurité. Heureusement, cette garde rapprochée cesse devant la porte du domicile de Louis. Ce lieu ultra-protégé reste un sanctuaire où, selon son père, elle ne craint rien.

Dans les sacrifices personnels qu'elle lui a également accordés, il y a la reprise de ses études qui se fera à Paris. Elle va quitter définitivement Lyon, en échange de quoi il lui fournira un appartement où elle pourra commencer sa nouvelle vie. Abandonner ce qu'elle a entrepris dans cette école l'ennuie, surtout les projets annexes qui lui tenaient à cœur. Il se trouvera certainement quelqu'un qui sera heureux de reprendre le flambeau. Rien ne l'empêchera de recréer ici ce qu'elle a mis en place dans la capitale des Gaules, la priorité des priorités restant sa santé et sa sécurité.

Les gardes du corps sont censés s'occuper d'elle juste le temps nécessaire à la police pour écarter toutes menaces. Dans la bouche de Louis, cela sous-entend : quand on aura arrêté Romain Dutreil, l'ennemi juré de la famille Mallesan. L'épisode de Montfort-l'Amaury est loin d'avoir calmé les velléités de son père.

Toutes ces décisions ont été prises au retour des Bahamas, au cours d'un face-à-face houleux. Elle a défendu bec et ongles sa liberté, en échange de quelques concessions dont elle mesure le prix aujourd'hui.

Cette situation ne devrait pas s'éterniser, pense-t-elle, elle ne le supporterait pas. Malgré le fait qu'elle est majeure et indépendante financièrement – elle est la seule héritière des Dentremont –, elle se comporte devant Louis comme une petite fille qui demande la permission de minuit. Pourtant, quand il s'adresse à elle, il laisse son autorité au bureau. Il arrive à la persuader par la douceur et les sentiments. Sur ce plan-là, il est très fort. Il veut surveiller sa fille pour pouvoir la protéger au mieux. Qui pourrait l'en blâmer ?

Quant à Arnaud, les soupçons de Marie à son égard n'ont fait que s'amplifier. Elle campe sur sa première décision : faire profil bas et attendre que cela se décante. Solution certes difficile ! Aussi, sa joie de rencontrer le commandant Manuel est non feinte quand elle pénètre dans ce restaurant, lieu de leur premier rendez-vous.

Le policier est déjà là. Il se lève à sa rencontre et lui tend une main chaleureuse.

Pour l'occasion, Yannick s'est rasé et a passé une chemise propre. Ils échangent les banalités habituelles, celles qui servent à couvrir le petit trouble que l'on ressent quand on retrouve quelqu'un après une longue période d'absence.

— Vous avez commandé ?

— Heu ! Non, je vous attendais.

— Voyons voir… Eh bien, une salade de tomates mozzarella.

— La même chose, excellent choix, et pour boire ?

— Un pichet de rosé, ça vous convient ? répond-elle en souriant.

Ils passent commande et restent silencieux quelques instants, se fixant du regard.

— On commence par quoi ? entame-t-il.

— Vous d'abord, j'ai trop faim pour parler. Quelles sont les avancées de l'enquête ? Avez-vous retrouvé des traces de Romain ?

— Non, il a disparu de la circulation. Nous avons lancé une recherche dans tout le pays, mais il doit se terrer quelque part. Il finira bien par sortir de sa tanière.

— Il m'a envoyé un e-mail touchant qui date d'avant mes vacances. J'ai longtemps hésité à lui répondre ; il ne comprendrait pas, car je lui ai demandé de me laisser tranquille. Où en êtes-vous avec lui ?

— Nous avons trouvé ses empreintes et son ADN dans la maison de Montmaurin. Les analyses sont sans appel. Par contre, nous ne connaissons toujours pas l'identité du deuxième homme qui a été abattu cette nuit-là. Il n'avait pas de papiers et n'est répertorié dans aucun de nos fichiers.

— Et la vidéosurveillance ?

— Pas de doute non plus, on reconnaît bien Dutreil et son complice Amar.

— Je n'arrive toujours pas à le croire.

— Bon sang, Marie, ouvrez les yeux, nous avons des preuves. C'était une véritable boucherie. Montmaurin a été torturé, puis achevé d'une balle en plein cœur.

— Une telle violence ne ressemble pas à Romain ! Je sais, j'ai l'air un peu naïve, mais j'ai du mal à me faire à cette idée. Pourrait-il avoir deux personnalités distinctes, une sorte de schizophrénie ?

— J'en ai bien peur. De plus, la méthode employée ressemble à s'y méprendre au meurtre des Dentremont. Ils ont été torturés de la même façon.

Cette nouvelle la trouble au plus haut point. Elle lutte pour cacher son émoi.

— Je ne savais pas que mes pa… enfin… qu'ils avaient été torturés.

— Désolé, Marie ! Je croyais que vous en aviez été informée.

— Non… ça ira. Poursuivez !

— Il y a une chose plus grave que je gardais pour la fin.

— J'écoute.

— Les balles qui ont été retirées de votre corps et celles des deux victimes proviennent de la même arme.

— Qu'est-ce que vous insinuez ?

— Si Romain a supprimé ces deux hommes, il y a de grandes chances que ce soit également lui qui vous ait tiré dessus.

Elle ne s'attendait pas à ça. Yannick ne cherche pas à la déstabiliser. Il semble même très ennuyé de lui annoncer une telle nouvelle. Il la fixe de son regard de rapace, ne sachant que faire pour lui redonner le sourire.

— Dans ce cas, pourquoi n'avez-vous pas retrouvé l'arme sur lui quand vous l'avez arrêté ?

— N'oubliez pas qu'il a un complice. Peut-être plusieurs.

— Je vois, il aurait remis le flingue à son complice avant l'arrivée de la police et aurait ensuite joué la comédie. Ça ne tient pas debout. Pourquoi ? Pourquoi ne m'a-t-il pas achevée ?

— Je n'ai pas encore la réponse, mais je trouverai. Nous avons retiré également deux balles identiques dans le corps du chien de Montmaurin et une autre d'une arme différente dans la porte du vaisselier de la cuisine… Ça va, Marie ? Vous tenez le choc ?

Yannick aurait bien pris les mains de la jeune femme pour la soutenir, mais, sans qu'il sache trop pourquoi, une force l'en empêchait.

— Servez-moi un verre de rosé, j'en ai bien besoin.

— D'accord. Ensuite, vous me raconterez ce qui semblait tellement important sur le bateau.

— Donnez-moi cinq minutes pour me remettre.

Elle file aux toilettes non sans faire un petit signe de connivence au *bodyguard*. Elle s'asperge d'eau fraîche, respire un bon coup et observe son reflet dans la glace. Qu'est-elle devenue ? Elle n'arrive pas à gérer ce cataclysme. Elle a horreur de ne pas maîtriser une situation, et là, elle se sent au bord du précipice. Tant bien que mal, elle tente de reprendre la maîtrise de ses émotions et repart affronter le policier.

— Connaissez-vous Arnaud Forel, le bras droit de LAM ? attaque-t-elle en plantant ses yeux dans ceux de Yannick.

— Je l'ai rencontré une fois, au bureau du siège lors d'un rendez-vous avec votre père, pourquoi ?

— Il a passé ses vacances avec nous.

Yannick accuse le coup. Il tait que cet homme lui a été antipathique dès la première seconde.

— Une nuit, celle précédant le meurtre de Montmaurin, j'ai surpris une conversation téléphonique. Je l'ai nettement entendu citer « Grenoble », ainsi que « des vieux qui sont morts sans cracher le morceau ». Je suis sûre qu'il parlait de mes parents.

— C'est une accusation grave, Marie. En êtes-vous vraiment certaine ? Vous avez dû confondre.

— Arrêtez de me prendre pour une petite sotte, je vous assure que je ne me suis pas trompée.

— Excusez-moi ! Cette information est tellement… surprenante…

— Il a ajouté ensuite : « Vous avez carte blanche, mais retrouvez-moi cette lettre » et : « Ce salaud est un traître, pas de sentiments et pas de traces. »

— Vous n'avez aucune idée de qui était à l'autre bout du fil ?

— Hélas non, vous pensez bien !

— La coïncidence est étrange. En avez-vous parlé à LAM ?

— J'ai vraiment failli le faire et me suis ravisée à la dernière seconde. Vous savez, les deux hommes sont très liés. Se pourrait-il que mon père soit impliqué dans cette abomination ? Si le fameux « traître » était Montmaurin et si Louis l'avait appris, ainsi que l'identité de mes « geôliers », n'aurait-il pas eu envie de se faire justice lui-même ?

— C'est effectivement une possibilité… Quoiqu'une question de timing me gêne dans cette hypothèse.

— Comment ça ?

— Vous avez retrouvé LAM par vous-même, n'est-ce pas ?

— Oui.

— Vos parents étaient déjà morts ?

— Exact.

— Alors ça ne tient pas, voyez-vous ? Qu'il les tue avant de vous avoir retrouvée me semble improbable ! Cela aurait changé les choses si c'était lui qui vous avait retrouvée en premier.

— Je vois où vous voulez en venir.

— À moins que…

— À moins que quoi ? Marie fixe son interlocuteur comme Bernadette la Sainte Vierge.

— C'est une hypothèse comme une autre, d'accord ? Imaginons qu'il ait téléguidé votre recherche. Des professionnels très discrets. D'ailleurs, comment avez-vous retrouvé votre père ?

— C'est une longue histoire… À l'aide de vieilles photos de famille que j'ai récupérées après l'incendie. Romain m'a beaucoup aidée pour ça.

— Romain… Encore lui ! D'où le connaissez-vous ? Où l'avez-vous rencontré ?

— Hum ! C'est aussi une longue histoire. J'ai l'impression de toujours l'avoir connu en fait !

— Si l'on se réfère au pourquoi de sa condamnation, c'est un peu le cas, non ? Il vous fréquente depuis que vous avez cinq ans.

Marie est très ennuyée par l'inquisition du policier.

— Ne vous inquiétez pas. Ceci n'est pas un interrogatoire. Tout juste une discussion amicale. J'essaye juste de comprendre.

— Continuez !

— Un instant, vous me faites penser à quelque chose…

— Quoi ?

— Si Arnaud Forel a effectivement donné l'ordre à une personne inconnue d'assassiner Montmaurin… L'enquête nous démontre que le bras armé ayant effectué cette besogne est Romain Dutreil, vous me suivez ?

— J'en ai bicn pcur.

— Ce bras armé est soupçonné également de vous avoir tiré dessus avec la même arme. Et vous me dites que c'est encore cette même personne qui vous a aidéc à rctrouvcr votrc pèrc.

—…

— Cela fait un peu beaucoup pour un seul homme, non ?

— C'est terrible !

Les arguments du policier sont implacables.

— C'est tout bonnement le chaînon manquant ! Donc, pour répondre à votre première question : oui, votre père a très bien pu manigancer tout ça.

— C'est horrible.

— Cela n'est qu'une hypothèse parmi tant d'autres, Marie.

— D'accord, alors dans ce cas trouvez les réponses à mon enlèvement pour lequel Romain a fait quinze ans de prison, notre tentative d'assassinat à Lyon, et les traces de balles à peine cicatrisées que j'ai sur le corps.

Yannick reste accroché aux arguments de sa jolie vis-à-vis. Elle est désemparée. Il sent cependant monter en elle une colère froide.

— D'accord, admettons que Romain ait été condamné à tort, on peut facilement imaginer qu'il ait un intérêt commun avec votre père : retrouver le ou les kidnappeurs. Il est probable qu'ils soient entrés en relation et aient échafaudé un plan dans ce sens.

— Et les tentatives d'assassinat sur ma personne à Lyon, à Paris ? Vous avez une idée ?

— Je ne sais pas encore. La résolution d'une enquête ne se fait pas en quelques minutes. Je vais faire des vérifications sur tous ces gens et je vous garantis que je trouverai des réponses. Je vais essayer de remonter la conversation téléphonique de Forel, l'autre soir, je ne sais pas si nous avons des accords avec les îles Cayman.

— En attendant, que me conseillez-vous ?

— Occupez-vous de vos études, ouvrez les oreilles, les yeux, restez prudente et surtout appelez-moi si vous avez des nouvelles de Romain. D'ailleurs, appelez-moi quand vous le souhaitez, de jour comme de nuit. Bavarder avec vous est un réel plaisir.

— Vous êtes ironique ?

— Non, non ! Je vous assure.

— Dans ce cas, merci, ça me touche. Je n'ai plus d'amis, plus de famille. Vous êtes la seule personne en qui j'aie confiance.

— Vous m'en voyez très honoré.

— Et vous ne me tutoyez même pas.

Yannick sourit.

— Je n'osais pas te le demander.

Ils se séparent en se promettant de s'appeler rapidement. Afin d'éviter toute indiscrétion, ils décident de ne faire le point que face à face. Cette dernière consigne n'est pas pour déplaire à Yannick. Sans se l'avouer, il est tombé sous le charme de Marie. Depuis son divorce douloureux, il n'a pas réussi à se lancer dans une nouvelle relation. Ses aventures habituelles restent sans lendemain. Il refuse tout début de liaison, par peur de replonger dans cet océan de douleur que seuls l'alcool et les petites pilules données par son médecin arrivent à estomper.

Marie aurait préféré effectuer les huit cents mètres qui la séparent de son domicile en flânant un peu, afin de profiter de cet air doux et de ce soleil de fin d'été. Elle se trouve dans le Paris historique, le Paris où chaque pierre transpire une histoire extraordinaire jaillie du passé.

Elle n'en fait rien. Elle doit préserver le rapport de confiance qu'elle a tissé avec ses gardes. Il est évident qu'ils rapportent ses faits et gestes à LAM. Si elle veut obtenir quelques moments de liberté sans trop attirer l'attention, il faut qu'elle fasse preuve de bonne volonté. Son rôle de jeune fille sage vivant dans une prison dorée ne va pas être si simple à interpréter.

Chapitre 23

Amar gravit la passerelle du bateau avec la souplesse d'un félin. Ce n'est que lorsqu'il est à quelques centimètres de Romain qu'il manifeste sa présence, faisant sursauter son ami.

— Et bien, c'est comme ça que tu gardes la boutique ?

— Oh ! Je m'étais assoupi. Quelle heure est-il ?

— Dix-neuf heures et quelques. Je comprends maintenant pourquoi tu as tant de mal à dormir la nuit. Bon, j'ai du nouveau, nous aurons un jeu de faux papiers dans une semaine, à condition que je dépose les photos demain. Je t'ai prévenu, c'est pas donné : sept mille pour les deux. Et encore, les gars me font un prix parce que je suis de la cité.

— C'est pas grave.

— Pour à peine plus cher, ils m'ont fourni ça, ajoute-t-il d'un air malicieux. Il ôte de sa poche deux smartphones en mimant un magicien qui sort un lapin de son chapeau.

— Génial, s'exclame Romain, j'ai presque le même.

— Peut-être, mais ceux-là ont la particularité de ne pas être à notre nom. Comme je te le disais l'autre soir, mais tu ne m'écoutais pas, la meilleure façon de se faire repérer par les flics, c'est d'utiliser son portable. Avec celui-là, on sera peinards.

— Bien vu. Et pour sept mille euros, tu as eu les numéros ?

— Arrête tes sarcasmes. Tu ne m'amuses plus. Pour info, je les ai jumelés. Tu actives la fonction et tu découvres exactement où je me trouve. Moi pareil. On pourra se rejoindre en utilisant le GPS intégré en cas de nécessité. Regarde ! En deux clics, la carte apparaît avec la localisation des deux appareils. Il n'y a plus qu'à suivre les flèches.

— Je ne connaissais pas cette appli.

— On en apprend tous les jours.

— Ils sont beaux, répond Romain en palpant les objets.

— On peut se débarrasser de nos anciens modèles, pour ce qu'ils servent, maintenant.

Ils testent leurs nouveaux jouets comme des enfants le matin de Noël.

— Au fait, j'ai dépensé l'avance que tu m'as faite.

— Tiens regarde dans ce sac.

Amar siffle devant les liasses de billets neufs.

— J'en avais jamais vu autant de ma vie. Quand je pense que j'ai discuté le prix comme un marchand de tapis pour les faux passeports. Tu les as eus où ?

— Chez moi.

— Quoi ? Tu es passé chez toi ? Putain, mais tu es taré. Je t'avais dit de ne pas bouger. Je ne marche plus si tu n'en fais qu'à ta tête.

— Oui. Je sais, je n'aurais pas dû !

— Comment ça s'est passé ?

Romain lui raconte l'épisode.

— Tu l'as échappé belle. Au mieux c'étaient les flics et tu terminais en taule, au pire nos ennemis et tu finissais au fond de la Seine avec une paire de pompes en béton.

— Il fallait que je bouge. L'immobilité ici est insupportable.

— Romain ! C'est sérieux. Restons planqués le temps que ça se tasse. Que tu le veuilles ou non, j'ai pris des risques pour toi et j'ai mon mot à dire, alors ne fais pas n'importe quoi.

— Amar, je n'ai aucun doute sur ta loyauté. Je te fais confiance, et la meilleure preuve est ce fric. Tu l'utilises à ta guise. Tu peux même te barrer avec si le cœur t'en dit. Si par malheur je disparaissais, casse-toi loin avec, O.K. ? Ce fric est à toi. Tout ce qui m'appartient est à toi.

— Ça n'arrivera pas si tu me fais confiance.

Ils se servent une bière en rigolant, heureux de se retrouver. La tension disparaît et ils se mettent à rêver à ce que serait leur vie sur une île lointaine.

— Au fait, Amar, quand tu t'es débarrassé des vêtements l'autre soir, as-tu fait les poches avant ?

— Oui ! J'ai soigneusement tout vidé.

— Et ensuite ?

— J'ai tout jeté…

— Merde…

— Dans la poubelle de ma cabine, réplique-t-il l'air goguenard.

— Tu ne pouvais pas le dire plus tôt ! s'exclame Romain en se précipitant vers le fond du bateau.

Il fouille dans la corbeille frénétiquement et trouve ce qu'il cherchait. Il déplie soigneusement le papier et lit à haute voix :

— *SOBEK.* KOJRD BITX NW QMESP 4655. Eh bien ! on est bien avancés avec ça. Qu'est-ce que ça peut bien vouloir dire ?

— Fais voir !

Ils tournent les mots dans tous les sens sans trouver la moindre ébauche de solution. Romain passe la soirée penché sur l'énigme. Il découpe des bouts de papier sur lesquels il note chaque lettre, pour ensuite les glisser en différentes positions à la manière d'un scrabble géant. Résultat : néant.

Il interroge à tout hasard Google, sans succès. Seul *SOBEK*, le premier mot, correspond à quelque chose : un dieu crocodile égyptien. Très utile ! Amar insiste pour qu'il laisse tomber ses recherches et vienne dîner avec lui sur le pont de la péniche. La température est douce, la lumière d'été, superbe. Le couscous royal acheté dans un restaurant d'Asnières n'attend qu'eux.

Romain n'a pas faim. Toutes ces vies perdues pour rien. Tous ces efforts pour en arriver là. Son enquête n'avance pas. Le problème est insoluble.

Autant il peut être habité d'un grand optimisme quand ses recherches le font progresser, autant il peut être atteint d'une grande déprime dès qu'il fait un pas en arrière. De plus, Marie n'a pas répondu à son mail. Le contact est rompu. C'est probablement ce qui le mine le plus. Il se fait violence pour ne pas se laisser anéantir par ses propres émotions et rejoint son ami. C'est à ce moment-là qu'une idée le traverse.

Il retourne sur ses pas et compose le numéro de Romualdo, le compagnon de sa mère. Au bout de cinq sonneries, le sexagénaire répond et coupe court à tout échange.

— Romain ? Peux-tu me rappeler dans un quart d'heure au café de l'autre fois, tu te souviens ?

— Heu ! Oui, mais pourquoi ?

— Ne dis rien ! À tout de suite.

Intrigué, Romain consulte immédiatement l'annuaire électronique. Amar, qui l'a rejoint, lui demande ce qu'il se passe.

— Rien, mon beau-père a eu un comportement bizarre.

À l'heure dite, il compose le numéro du Café des Sports. Une voix à l'accent portugais le fait patienter. Romain entend au loin le son d'une télévision. Elle retransmet un match de football. Des cris lui parviennent : Pourtougal ! Pourtougal !

— Allô, Romain ?

— Oui, que se passe-t-il, Romualdo ? Pourquoi tant de mystère ?

— Les flics nous ont rendu visite hier. Ils te cherchent partout. Ils ont perquisitionné la maison. Je pense que tous nos téléphones sont sur écoute.

— Merde !

— Tu l'as dit. Tu sais, j'ai travaillé comme radio quand j'étais sous-marinier. J'ai gardé l'oreille entraînée et il y a des déclics sur la ligne qui ne trompent pas.

— Tu es retourné vivre à la maison ?

— Non, mais je revois ta mère. Elle a beau être chiante, elle m'est indispensable. C'est peut-être ça, l'amour. La pauvre est dans tous ses états. Dès qu'elle voit un flic, elle panique.

— Mais toi, tu ne les crains pas en me parlant comme ça ?

— Que veux-tu qu'ils me fassent ? Ils vont venir me questionner. Donc ne me dis pas où tu es, je ne veux rien savoir. Tu es un bon gars. Je sais que tu n'as rien fait et que tu n'as pas eu de chance dans ta vie.

— Merci, Romualdo.

— L'autre soir, notre conversation m'a fait le plus grand bien. Je n'avais pas le moral. Je croyais que tu allais me reprocher d'avoir quitté ta mère.

— Ça ne risquait pas. Je ne la connais que trop.

— Je sais aussi que tu lui es très attaché, mais au fait, pourquoi m'as-tu appelé ?

— J'ai une question à te poser. Toi qui as travaillé dans la marine, dans le chiffre, as-tu des notions de décodage ?

— Oui, c'était mon boulot en tant que radio, pourquoi ?

— J'ai trouvé un message codé que je n'arrive pas à comprendre et il est très important pour moi.

— Tu me garantis que cela n'a rien d'illégal ?

— Sûr ! J'enquête sur la piste négligée par la police il y a quinze ans.

— D'accord. Je vais t'aider. De quoi s'agit-il ?

Romain dicte dans le détail la suite de lettres qu'il commence à connaître par cœur à force de la manier dans tous les sens.

— Y a-t-il des signes ou des formes particulières ? demande Romualdo.

— Seul le mot *SOBEK* est écrit en italique, pas le reste.

— O.K., c'est peut-être important. Je l'ai noté. Vu comme ça, ça ne me dit rien, mais je vais étudier la chose et je te rappelle.

— Si ça ne t'ennuie pas, je préfère te rappeler, moi. Demain, c'est bon ?

— Je ne sais pas si j'aurai suffisamment le temps. Appelle au même endroit à la même heure. Si je suis absent, c'est que je n'ai pas la réponse. Rappelle le lendemain, ainsi de suite, d'accord ?

— Ça marche, je compte sur toi, c'est vraiment très important.

Cette voix familière apaise Romain. Amar, qui a suivi la conversation, attaque :

— Putain, les flics nous ont repérés. J'étais sûr d'avoir effacé toutes nos traces. C'est vraiment une tuile. J'espérais être passé au travers. Il va falloir être vraiment prudents en attendant les faux papiers.

— Ça devait être les flics devant chez moi, alors.

— Oui, toi qui dis ne jamais avoir de chance, cette fois-ci, elle était de ton côté. Tu les as bien bernés.

— Je n'appelle pas ça avoir de la chance. J'ai eu de l'audace et ça a payé, c'est tout. Mais rien n'indique que toi, tu sois repéré. Pour l'instant, c'est moi qu'ils recherchent.

— Ah ! Si tu pouvais dire vrai.

— Il va falloir accélérer pour les faux papiers. Crois-tu que ce soit possible ?

— Je vais voir.

— Je me fous de savoir ce que ça coûtera. Je n'imagine pas rester cloîtré ici une semaine. Et trouve-nous deux scooters. Des légaux, avec documents, ce serait trop con de se faire arrêter pour ça.

— Bonne idée, il faut éviter les transports en commun, ils ont des logiciels de reconnaissance faciale couplés aux caméras de surveillance.

— Je sais. À scooter, on aura au moins un casque sur la tête.

— Tu devrais commencer par te laisser pousser la barbe.

— Pourquoi pas ? C'est un bon camouflage. Et toi ?

— Une barbe sur une gueule d'Arabe, c'est comme agiter un foulard rouge devant un taureau ; les flics m'arrêteront à tous les coins de rue. Je ne pense pas que ce soit une bonne idée.

— Dis plutôt que tu as peur que ça abîme ta belle petite gueule de voyou.

— Oh ! Arrête, j'ai pas envie de rigoler. Sors ton matos et fais plutôt les photos. Il nous en faut six chacun.

— C'est parti.

Chapitre 24

Les journées défilent à grande vitesse sans laisser le temps à Marie de s'appesantir sur son sort. Son inscription en seconde année de Sciences Po à Paris a été grandement facilitée par l'intervention de l'omnipotent Louis-Antoine Mallesan.

Elle doit cependant passer un test de niveau afin de respecter la procédure interne de l'institution. Se replonger dans ses cours se révèle être un puissant antidépresseur. Ses problèmes personnels peuvent enfin passer au second plan.

L'entretien avec le doyen, un homme bienveillant préoccupé par la réputation de son école, se déroule à merveille. Une petite remarque non dénuée d'humour fait comprendre à Marie l'importance de reconsidérer sa tenue vestimentaire. En dehors de son look, le hiérarque est agréablement surpris par la jeune étudiante. À la fin de l'entretien, il se sent pleinement rassuré, ce genre de transferts n'étant pas chose courante.

Pour plus de discrétion et pour éviter toutes jalousies, ils décident de conserver comme nom officiel le patronyme Dentremont. Il est encore trop tôt pour révéler sa filiation avec les Mallesan.

Marie commence aussi à visiter des appartements dans le centre de Paris, toujours accompagnée d'un garde du corps armé. Elle reconnaît parfois le côté pratique de la chose : bénéficier de deux bras costauds pour porter ses paquets après des courses, par exemple. En revanche, la présence de son cerbère est moins drôle lorsqu'elle rencontre un charmant jeune homme, comme l'autre jour devant un immeuble où un logement était proposé à la location. L'arrivée de la masse de chair enveloppée dans un costume noir a fait fuir immédiatement le quidam, au grand désespoir de la jeune fille. Elle a une nouvelle vie à construire et un nouveau carnet d'adresses à garnir. Les deux balourds qui lui collent aux basques ne vont pas faciliter les choses.

Elle voit assez peu son père, qui a repris ses occupations professionnelles. Il délègue sa tendresse à Irène, qui la couvre de toute l'affection dont elle est capable, en l'occurrence une farandole de petits plats qu'elle concocte avec amour.

À présent totalement guérie de ses blessures physiques, Marie doit maintenant soigner son âme encore abîmée. Malgré ses visites régulières chez le psychiatre, des sautes d'humeur fréquentes la font passer du rire aux larmes en quelques secondes. Il suffit d'une musique, d'une photo ou d'une odeur pour la replonger dans son ancienne vie, dans le souvenir d'une existence bel et bien finie.

Mais sa rage de vivre reprend le dessus. Elle fait confiance au temps et à Yannick pour aller au bout de cette énigme dont la solution, elle en est sûre, la fera basculer définitivement du côté lumineux de la vie.

Une autre épine dans ce bouquet s'appelle Arnaud. La reprise du travail a accaparé tout son temps. Il s'est peu manifesté jusqu'à présent. Tout juste quelques SMS de politesse. Marie évite d'y répondre. Elle choisit la solution de facilité en le fuyant. Mais, en découvrant un nouveau message, elle devine qu'elle va être rapidement confrontée au problème : il l'invite à dîner pour le vendredi qui vient. Bien sûr, elle pourrait toujours refuser, mais ce serait se priver d'une source de renseignements inestimable. Elle a un avantage certain : il est découvert et ne le sait pas. C'est une technique bien connue des animaux sauvages dans la savane : au lieu de se sauver le plus loin possible des prédateurs, ils restent proches afin de ne jamais les perdre de vue et ainsi d'éviter la surprise d'une attaque meurtrière. Certes, en guise d'animal sauvage, Arnaud est à classer parmi les reptiles venimeux et, pour le dompter, Marie devra user de tous les atouts d'un charmeur de serpents. Pour le charme, elle n'a aucun doute, mais pour la force, c'est une autre paire de manches.

Elle appelle Yannick, qui répond aussitôt. Comme convenu, ils parlent peu et se donnent rendez-vous dans le même restaurant.

L'heure de la rentrée a bien sonné et déjà les nuages d'automne s'amoncellent sur la capitale, redonnant à Paris sa couleur terne. Le trafic routier, le stress, les soucis ont eu raison des bonnes mines des habitants qui ont repris leur course éreintante.

Marie n'a pas encore adopté son nouveau look d'étudiante parisienne. C'est tout de noir vêtue qu'elle quitte l'appartement, ses Doc Martens pourpres favorites aux pieds.

Devant l'entrée de l'immeuble, elle sourit à Franck, le garde du corps, et, de son air le plus enjôleur, négocie un trajet à pied avec dix mètres de distance entre eux deux.

Elle tourne un peu dans le quartier, fidèle à sa résolution de ne plus arriver en avance à un rendez-vous. Le nez sur sa montre, elle attend midi trente pétantes pour pénétrer dans le restaurant. Elle pose immédiatement les yeux à l'endroit de leur dernière rencontre. Yannick est absent. Elle choisit une table un peu à l'écart, toujours en vue de son boulet, et commande un Martini. Elle n'a pas l'habitude de boire aussi tôt, mais elle ressent le besoin d'ingérer un peu d'alcool.

Elle observe autour d'elle, faisant involontairement baisser les yeux de ceux dont elle croise le regard. Le travail, les pauses déjeuner, le bureau, elle envie ces gens normaux : cette bande de copines qui rigolent de la dernière remontrance de leur chef, ce couple en plein rituel amoureux, ce groupe en costume uniforme qui se donne de l'importance en ennuyant la serveuse sur la qualité du vin. Perdue dans ses pensées, elle ne voit pas le policier arriver. De surprise, elle manque de renverser son verre.

— Ça fait bien longtemps que je n'ai pas fait autant d'effet à une femme, commence-t-il.

— Ah ! c'est malin ! Je suis toute rouge maintenant.

— Cette couleur te va très bien, ne t'inquiète pas.

— Quel baratineur ! J'ai horreur des gens en retard.

Yannick s'installe sur le siège en face de Marie et fait signe au serveur.

— Désolé, mais j'ai rencontré mon chef juste au moment de partir, dit-il. J'ai l'impression qu'il me guettait. Lui qui est plutôt du style à te convoquer sur le champ, là, il tournait autour du pot.

— Et que voulait-il ?

Yannick regarde autour de lui. Il baisse le ton.

— Me questionner sur notre enquête. Il a pris des nouvelles, l'air de rien. Je suis resté vague. S'il savait que l'on se voit de façon officieuse, je pense que j'en entendrais parler.

— Mais, monsieur le Commissaire, il n'y a rien d'officieux dans notre relation, ajoute-t-elle un brin moqueur.

— Appelle-moi commandant, veux-tu ? répond-il en lui faisant un clin d'œil.

— À vos ordres, mon commandant ! En attendant, dépêchez-vous de choisir avant que je ne sois entièrement saoule, ce charmant serveur n'a pas trouvé mieux que de m'offrir un deuxième verre pour me faire patienter.

— Décidément, tu ne peux pas rester seule cinq minutes sans avoir une cour à tes pieds.

— N'y aurait-il pas un soupçon de jalousie dans cette remarque ?

— Oh ! Excuse-moi. Je ne voulais pas… Enfin, tu es libre… Je n'ai rien à dire à tout ça. C'est moi qui vais rougir à présent.

— Un à un, balle au centre ! répond-elle en dévoilant son plus beau sourire. À propos de drague, je suis très embêtée, Arnaud m'a invitée demain soir au restaurant.

— Évite-le à tout prix… On n'en sait pas encore assez sur lui.

— Qu'as-tu appris jusque là ?

— Forel est un garçon brillant. Il a fini major de promo dans son école de commerce, ce qui est pas mal, j'en conviens, pour un boursier qui vient d'un milieu modeste. Mais il a aussi un passé trouble

— Pour ses origines, je le savais. Qu'entends-tu par passé trouble ?

— Il a été impliqué dans un meurtre jamais élucidé. Un étudiant a été découvert mort noyé lors d'une fête que son bureau des étudiants organisait à Nantes. D'après des témoins de la scène, la victime se battait avec un autre homme, puis est tombée dans la Loire après avoir reçu un coup de couteau.

— Et cet autre homme ?

— Arnaud a été accusé, mais il a bénéficié d'un non-lieu. Il a embauché deux grands avocats parisiens.

— Comment a-t-il pu se les payer s'il était boursier ?

— Ça m'a tout de suite intrigué. Le dossier n'en parle pas. J'ai appelé le policier en charge de l'enquête. J'ai l'impression qu'il sait des choses qui ne sont pas enregistrées. Il a pris sa retraite, mais a finalement accepté de me rencontrer. Je prends le train tout à l'heure.

— Connaissant Arnaud, je ne serais pas surprise qu'il se soit rendu coupable d'un tel acte. Il est tellement ambitieux. Jusqu'où pourrait-il aller pour arriver à ses fins ?

— C'est ce que je m'efforce de découvrir, alors attends un peu pour le rencontrer.

Marie regarde dehors, l'air pensive.

— Yannick, j'ai la sensation que je ne crains rien pour le moment. Il aurait pu se débarrasser de moi très facilement sur le bateau, tu sais ?

— Et prendre le risque de fâcher ton père. Effectivement, je ne pense pas qu'il tente quoi que ce soit directement. Ce n'est pas le genre à se salir les mains.

— Et sur LAM, tu as appris quelque chose ?

— Non, tout semble correct dans sa vie. Brillantes études, lui aussi venant d'un milieu défavorisé. Il doit tout à ta mère et à sa famille. Il a monté ses premières affaires avec leur argent. Par la suite, il les a développées avec succès et s'est taillé une réputation de pitbull. Il se dit que ses malheurs, ta disparition suivie de la mort de ta mère, l'ont rendu encore plus hargneux.

— C'est drôle, ce n'est pas l'homme que je connais, répond-elle avec en tête l'image de son père en pyjama.

— Il a levé le pied, et semble prendre du bon temps depuis qu'il a rencontré sa nouvelle compagne.

— Je confirme. Et il lorgne sur Arnaud pour conduire ses affaires.

— Donc rien de rien en ce qui le concerne. Un truc m'a étonné : il ne fait partie d'aucun de ces groupes qu'affectionnent souvent les grands patrons.

— Tu penses à quoi ?

— La franc-maçonnerie, le Lions Club, tu vois, des structures comme ça.

— Effectivement, je ne l'ai jamais entendu en parler.

— Quand tu ouvres une fiche, il est rare de constater qu'un homme puissant n'appartienne pas à une confrérie quelconque. Et ne me demande pas pourquoi.

— Pourquoi ? répond-elle le regard espiègle.

— Je ne sais pas, moi, pourquoi les gens puissants ont besoin de…

— Je te taquine, le coupe-t-elle, j'ai bien compris. Et Arnaud ?

— Il est membre d'un club qui s'appelle « la Table ronde ». Une sorte d'antichambre pour le Lions. Ils font à peu près la même chose, des œuvres caritatives, sauf que c'est réservé aux moins de quarante ans. D'ailleurs, sans être méchant, il ne devrait pas tarder à en sortir, la cloche va sonner pour lui.

— Ne devrait-elle pas sonner pour toi également ?

— Non, mademoiselle, j'ai encore quatre ans avant cette échéance.

— Ah ! Ça ne se voit pas, dit-elle d'un air taquin.

Éludant la remarque, Yannick reprend :

— Je suis surpris qu'un gus comme Arnaud Forel, avec une telle ambition, ne soit pas grand chef dans ce club.

— Effectivement, ce n'est pas le genre à rester sous-fifre.

— C'est pourtant le cas. Il n'est pas très assidu aux réunions, ni très actif dans ce groupe.

Leur conversation dérive lentement vers des sujets plus légers. Marie est en grande forme et, l'alcool aidant, rit beaucoup. Ils se séparent avec regret. Elle rassure le policier en lui promettant de refuser ce dîner. Ils font quelques pas ensemble jusqu'au pont Louis-Philippe, arc de pierre majestueux qui enjambe la Seine, toujours sous les yeux du garde du corps, qui, même dix mètres derrière, n'en rate pas une.

Marie fait un dernier geste d'adieu en direction de son nouvel ami et s'en va flâner un peu avant de rejoindre sa résidence.

Elle en oublie presque son gorille, qui la surprend lorsqu'il pénètre derrière elle dans le hall de l'immeuble. Cette frayeur lui fait réaliser qu'à tout moment elle peut être la cible des inconnus qui ont attenté à sa vie.

Son protecteur la salue et rejoint une ancienne loge de concierge qui est réservée aux gardes du corps, de telle sorte que, nuit et jour, il y a toujours quelqu'un prêt à l'accompagner.

Marie passe le reste de la soirée à travailler. Elle a hâte de reprendre les cours. C'est pour elle la meilleure façon d'effacer petit à petit le drame de sa mémoire. Soudain, son portable vibre. Arnaud. Il est inutile de retarder la confrontation.

— Bonjour Arnaud !

— Bonjour Emma ! N'ayant pas de réponse à mon message pour le dîner de demain soir, je me permets de t'appeler. Tout va bien ?

— Oui, très bien, excuse-moi, j'ai été très occupée avec l'inscription à Sciences Po, j'ai un peu zappé ta proposition.

— Je m'en doutais.

— Ne m'en veux pas, mais je suis crevée en ce moment. Ne pourrait-on pas remettre ce dîner ?

— Si, bien sûr, mais j'avais réservé un restaurant italien et fait mettre de côté du homard de Sicile. Une pure merveille, rarissime !

— C'est trop gentil. Ne peux-tu vraiment pas trouver un ou une autre convive ?

— Bon d'accord ! Je vais vendre la peau de l'ours : ton père et Miranda seront là. Cela devait être une surprise pour ton anniversaire.

— Mais on a le temps.

— Avec un peu d'avance, certes. Nous avons des semaines très chargées à venir et Miranda devra s'absenter de Paris. Elle tenait beaucoup à être là.

— Je n'ai pas le choix, alors.

— Ça les décevrait.

— Bon, O.K., je cède.

— Je ne t'ai rien dit, d'accord ?

— Évidemment !

— Bien. Je laisserai des consignes. Sois prête pour vingt et une heures.

Elle raccroche dépitée. Comment ces gens opèrent-ils pour faire accepter tous leurs désirs ? Ce n'est pas elle. Elle ne se reconnaît plus. Ses parents ne se sont jamais comportés de la sorte.

Elle appelle Yannick pour l'en informer. Sa voix sur sa boîte vocale est tellement accueillante qu'elle raccroche immédiatement. Elle réitère l'appel et lui annonce, cette fois, la soirée dans laquelle elle a été conviée. Elle termine en s'excusant de n'avoir pu tenir parole.

Elle se penche ensuite sur la succession de ses parents. Le courrier s'amoncelle de jour en jour de façon préoccupante. Malgré l'aide d'un notaire, tous ces papiers lui font horreur. De plus, elle commence à culpabiliser. C'est comme si elle abandonnait son ancienne famille à son triste sort. Elle s'installe dans le bureau de Louis en étalant une partie de ses documents.

Tout en écoutant une radio musicale spécialisée dans le rap, elle trie les dossiers en attente. Elle regarde cette photo qui ne la quitte jamais : les Dentremont. Elle n'avait jamais remarqué à quel point le visage de son père était énigmatique. Elle les embrasse et leur adresse une prière silencieuse.

Soudain, le téléphone du bureau s'anime. Comme habité d'une vie propre, il s'éclaire de l'intérieur et vibre harmonieusement. Elle répond instinctivement.

L'interlocuteur laisse passer quelques secondes avant de prononcer ses premières paroles.

Chapitre 25

Romain pousse un long soupir. Une journée de plus à attendre. Le manque d'action lui tape sur les nerfs. Mettant à contribution cette inactivité forcée, il établit un plan de bataille. Méthodiquement, il compose un par un les numéros recopiés dans l'agenda de Montmaurin. Sous des prétextes futiles et variés, il entreprend de questionner ses interlocuteurs. En vain ! Rien dans ces échanges ne suscite le moindre intérêt, pas une seule hésitation dans la voix, aucun silence suspect. Tout est normal ! De tous les Jean répertoriés dans le petit carnet, aucun ne correspond à celui qu'il cherche.

Se munissant d'un plan, Romain repère l'emplacement des boutiques d'antiquité. Il se limite à Paris *intra-muros*. Rien ne prouve que l'officine se situe dans cette zone, mais il faut bien démarrer quelque part. Il établit une liste en commençant par le Village suisse, endroit de Paris où se concentrent de nombreux antiquaires.

Ce travail achevé, il allume son ordinateur et part à la découverte des sites spécialisés répertoriés quelques jours plus tôt. L'un d'eux, dont les membres semblent être, sinon des historiens confirmés, du moins des férus d'histoire de France, retient particulièrement son attention. Pour être en mesure de communiquer avec ces passionnés, il doit s'inscrire et choisir un surnom. Il hésite un instant, puis opte pour SOBEC. Qui sait si ces cinq lettres qu'il tourne et retourne dans son esprit ne lui porteront pas chance ? Il commence sa consultation par un post intitulé : « Qui était le dernier roi de France ? » Il ne reste plus qu'à attendre les réponses.

Il jette ensuite un coup d'œil à sa montre. Dix-huit heures trente ! Et Amar qui n'est pas rentré… Il attrape son téléphone et introduit le code de localisation. La réponse est quasi immédiate : son ami est toujours à Aulnay-sous-Bois, dans la banlieue nord. Un peu inquiet malgré tout, Romain compose son numéro.

— Romain ? J'allais t'appeler.

— Que se passe-t-il ?

— J'ai failli me faire choper.

— Merde, ils t'ont repéré, toi aussi ?

— Oui, ça y ressemble… Je sortais de la station de métro « Porte de Pantin » pour attraper un bus quand j'ai vu deux gus qui me fonçaient dessus.

— Les caméras ?

— Certainement ! Leur voiture était au milieu de la chaussée, moteur tournant. J'ai immédiatement fait demi-tour et couru droit devant. En débouchant sur le quai, deux autres flics en tenue m'y attendaient. J'étais bon !

— Et alors ? Ensuite ? Accouche !

— Un réflexe… J'ai sauté sur la voie au moment ou une rame de métro arrivait. Je suis passé de l'autre côté. J'ai bien cru que j'allais me faire écraser. Le temps pour eux de faire le tour par les escaliers et j'étais loin.

— Tu as eu une sacrée chance.

— Non, l'ami, de l'audace ! C'est comme ça que tu l'appelles, non ?

— Oui, si tu veux, répond Romain inquiet.

— J'ai ensuite pris un taxi. C'était finalement le moyen le plus sûr.

— Je ne m'en serais pas remis s'il t'était arrivé quelque chose !

— Ah ! Au fait, j'ai une bonne nouvelle ! Nous aurons les papiers sous vingt-quatre heures. Passeports et permis de conduire.

— Excellent !

— Et j'ai récupéré aujourd'hui le premier des scooters. Avec un peu de chance, tu pourras aller prendre l'air demain soir.

— Je n'en peux plus. L'inactivité me rend dingue ! Je ne comprends pas comment j'ai pu tenir le coup enfermé toutes ces années !

— Je ne sais pas. Ce qu'il y a de sûr, c'est que je ne reconnais pas le Romain que j'ai connu en prison. Tu étais si calme avant.

— Je me suis tout simplement réveillé. Mets-toi à ma place.

— J'aimerais beaucoup être à ta place. Dans mon cas, hélas, il n'y a pas de machination qui alimente mes espoirs.

La voix d'Amar baisse d'un ton.

— Tu as payé, Amar. Tu ne dois plus rien à la société. Maintenant, vis ta vie !

— Tu te trompes… Je paie tous les jours… Au fait, tu as appelé ton beau-père ?

— J'attends un peu. Ce n'est pas encore l'heure.

— Je ne rentrerai pas ce soir. C'est plus prudent. J'ai retrouvé une cousine qui est d'accord pour m'héberger.

— Tu as raison. Je ne vais pas dire que tu me manqueras, mais presque…

— Ce sera bientôt ton tour, ajoute Amar pour remonter le moral de son ami.

— J'aimerais bien avoir une aussi grande « famille » que la tienne !

Ils discutent encore quelques instants avant de se séparer à regret.

Resté seul, Romain appelle le Café des Sports, mais, aux dires du patron, Romualdo ne s'est pas manifesté de la journée. Déçu, il se prépare à dîner et s'attable devant les informations. La situation ne s'arrange guère : les grèves reprennent de plus belle, les chiffres de l'emploi sont catastrophiques.

Il vide la bouteille de vin qu'il a entamée au début du repas sans vraiment se rendre compte de la gravité du climat général.

La tête un peu embrumée, il sort prendre l'air. Ensuite, le sommeil tardant à venir, il décide de terminer le réglage du système informatique qu'il a installé à bord. Une des webcams lui jouait des tours. Une fois le problème résolu, il retourne sur le forum d'histoire voir si des réponses à son post sont arrivées. Il n'est pas déçu ! Sa question, apparemment anodine, semble réveiller une vieille polémique.

Une certaine Marina défend bec et ongles la légitimité de Louis Bourbon d'Espagne. Un Pétrus ne jure que par les descendants de la branche d'Orléans et un Don Vittorio, avec force arguments, prouve qu'il n'y a plus de prétendant légitime, car la lignée s'est éteinte. Une nommée Prune cite un dénommé Naundorff, qui, selon elle, était le véritable Louis XVII. Le jeune roi ne serait pas mort à la prison du Temple à dix ans, comme l'indique l'histoire officielle, mais aurait été subtilisé et remplacé par un autre enfant. Proclamé roi à la mort de son père par des fidèles à l'Ancien Régime, le môme aurait été caché à l'étranger par des royalistes et ne serait revenu qu'à l'âge adulte, sous l'identité du baron Karl-Wilhelm Naundorff. Prune explique avec conviction que ce noble a été formellement identifié, notamment par celle qui est considérée comme la seconde mère du prince, celle qui l'a élevé jusqu'à ses six ans : Agathe de Rambaud. Aujourd'hui, le baron Naundorff est enterré en Hollande et son épitaphe dit : *Ci-gît Louis XVII, duc de Normandie, roi de France et de Navarre.*

D'autres membres défendent aussi cette thèse. Ils se définissent comme des adeptes du « survivantisme ». Il existe, selon eux, une bonne centaine de prétendants au trône. Le baron de Richemont, enterré non loin de Chalon-sur-Saône, est le plus cité après Naundorff. Romain n'aurait jamais pensé que sa question enflammerait autant de passions. Cela ne manque pas d'attiser sa curiosité. Sur les conseils de certains adhérents, il se rend sur le site d'un historien réputé : Philippe Delorme.

Ce spécialiste de l'affaire Louis XVII, une des grandes énigmes de notre histoire, est l'homme qui a prouvé au monde que le petit roi était bien mort à la prison du Temple d'une tuberculose osseuse, renvoyant tous ces prétendus Louis XVII au rang d'imposteurs.

Romain redécouvre ce garçon, qui avait été brutalement arraché à l'amour de sa mère, Marie-Antoinette, en pleine Révolution. Son père, Louis XVI, venant d'être guillotiné, un couple de fervents républicains, véritables Thénardier, avait alors été chargé de faire son éducation. Après la disparition de sa mère et de sa tante, passées elles aussi par les bois de justice, l'enfant avait été enfermé plusieurs mois dans un cachot sans le moindre soin, livré à la saleté et la maladie. À la mort de Robespierre, instigateur de ce régime inhumain, ses conditions de détention s'étaient adoucies, mais il était trop tard ; la maladie s'était déclarée et il s'était éteint à l'âge de dix ans.

Romain comprend maintenant pourquoi le mystère qui entoure la fin de cet enfant roi a engendré autant de polémiques. Malgré les récentes analyses ADN faites par Delorme, les hypothèses les plus folles continuent à courir.

La télévision déverse en continu des informations sur une chaîne dédiée. Romain met en parallèle les problèmes actuels, bien réels, eux, et ceux de ces dizaines de passionnés qui pour des raisons obscures défendent des thèses vieilles de deux siècles avec une ferveur comparable à celle des croyants qui attendent le Messie. Les hommes sont vraiment étranges…

Il poursuit ensuite ses recherches et découvre que des sites entiers sont consacrés à ces prétendants au trône de France. Leurs adeptes se réunissent régulièrement à l'occasion d'anniversaires ou de fiançailles. Ils croient dur comme fer que leur famille est détentrice du flambeau sacré.

De nombreux procès ont eu lieu. L'un d'eux, celui des Naundorff, a en son temps défrayé la chronique. Vainqueurs, les descendants du baron ont aujourd'hui légalement le droit de porter le nom de Bourbon.

Ces prétendants au trône de France auraient-ils, de près ou de loin, quelque chose à voir avec son affaire ? Romain a l'impression d'avancer les yeux bandés dans une gigantesque partie de colin-maillard. Il s'assoupit en rêvant de boîtes secrètes, d'enfant enfermé, de Marie, de policiers…

Soudain, il s'éveille en sursaut. Il est en nage. Combien de temps a-t-il dormi ? La télé diffuse toujours sa logorrhée déprimante. Il est minuit. Un sentiment d'angoisse l'étreint. Que lui arrive-t-il ? À tâtons, il sort sur le ponton en quête d'un peu de fraîcheur. Le brouhaha qui règne au dehors accentue son malaise. Il pense à Marie. S'il pouvait entendre le son de sa voix, ne fut-ce qu'un instant…

Mû par une force qui le dépasse, Romain rejoint la cabine du bateau et balaye du regard les quelques numéros de téléphone des Mallesan. Il commence par celui qui a l'indicatif de Paris. La sonnerie retentit. Une fois… Deux fois…

Chapitre 26

Le village de Basse-Goulaine est situé à quelques kilomètres à l'est de Nantes. Dans cette banlieue-dortoir, rien ni personne ne semble vouloir troubler la quiétude des habitants. Yannick trouve facilement l'adresse et gare sa voiture de location sur le trottoir.

Le pavillon est coquet ; le gazon anglais, parfaitement entretenu ; les massifs de fleurs, minutieusement taillés. L'applique de l'entrée est allumée, signal bienveillant lui confirmant qu'il était bien attendu.

Membres d'une même corporation, presque une même famille, les deux hommes se serrent la main chaleureusement. Christophe Faulquemont ne cache pas son plaisir d'accueillir quelqu'un « de la maison ». La bouteille de whisky entamée posée sur un guéridon trahit une solitude mal supportée. Il invite Yannick à prendre place sur un canapé en velours élimé et saisit un autre verre dans un meuble en merisier. Sans même demander, il leur verse une rasade à endormir un cheval de trait.

Les deux policiers échangent tout d'abord des amabilités, parlent du service, se cherchent des collègues en commun. Ce n'est qu'à la deuxième tournée que Yannick lui rappelle la raison de sa visite.

— Ah oui ! Je t'ai préparé quelques notes. Je te fais mes excuses si je n'ai pas été très aimable lors de notre premier contact. Je ne te cache pas que ton appel m'a rappelé de mauvais souvenirs.

— C'est pas bien grave.

— Et je perds un peu la mémoire.

— Tu as l'air en pleine forme, pourtant, répond Yannick rassurant.

— Ce qu'il y a de sûr, et c'est mon intime conviction, c'est que ce petit salaud de Forel était coupable.

Le regard du retraité s'assombrit.

— Le soir du meurtre, j'ai interrogé un couple de jeunes ados. Ils ont formellement identifié Forel. Ce salaud était resté sur les lieux avec d'autres participants de la fête. Selon mes témoins, Forel aurait poignardé la victime avant de la pousser du haut du pont.

— Cela devait suffire pour le déférer non ?

— Oui, c'est sûr, sauf que j'ai été obligé d'attendre le lendemain pour les faire déposer. Ils avaient seize ans à l'époque et ne pouvaient pas être entendus en pleine nuit. Quand les parents se sont présentés à leur place, le lendemain, ils ont refusé que leurs enfants témoignent, certifiant qu'ils n'avaient rien vu. Par la suite, j'ai insisté en interrogeant directement les mômes. Rien à faire ! Ils avaient bien appris la leçon.

— Subornation de témoins.

— Ça y ressemblait. Je me suis accroché, j'ai tout vérifié. Rien, *nada*, je n'ai pas trouvé de virement suspect sur le compte des parents. Aucune somme susceptible de les faire changer d'avis… Tu vois ce que je veux dire ?

Yannick apprécie la rigueur des analyses du policier. L'alcool ne semble pas altérer son jugement. De par son amour du travail bien fait, il lui ressemble un peu.

— J'ai finalement trouvé le mobile, poursuit son collègue, il était double : les deux hommes approchaient de la fin de leurs études et ils faisaient partie des meilleurs. Il semblerait que les élites soient recrutées à ce stade. Une concurrence en affaires serait née entre eux, couplée à une rivalité amoureuse. Ils étaient tous les deux épris de la même femme, une étudiante de l'école.

— Et de ce côté-là ?

— Forel a tout remporté. Il a épousé la fille et, d'après ce que je peux lire de-ci de-là dans les journaux, son ascension n'a jamais cessé dans les affaires. Donc, j'en conclus qu'il a bénéficié de bons réseaux à la fin de ses études.

— Une idée des recruteurs ?

— Non, pas la moindre.

— La fille ?

— Oui, attends ! Elle s'appelait… Delphine Rosieri.

— Je note.

— C'est dans le dossier que je t'ai préparé. Le plus étrange, dans tout ça, c'est que ma carrière a plongé à cause de cette affaire.

— Ah bon ! Explique !

Les yeux du policier s'humidifient.

— Comme tu as pu le constater, je ne suis pas du genre à lâcher le morceau. Malgré les ordres de mon chef d'abandonner mes recherches, je me suis acharné. Je devenais comme fou. Cette histoire m'obsédait et je n'ai rien vu arriver. Un matin, on m'a appelé de l'hôpital… mon fils… une overdose.

Yannick est pendu à ses lèvres. Il ne sait ce qui, de l'émotion ou du whisky, attise le feu dans le regard de son collègue.

— Mon fils unique était un grand sportif. Il n'avait jamais de problèmes. J'apprenais également qu'il *dealait* de la drogue. Les collègues ont trouvé des doses planquées dans sa chambre au cours d'une perquisition. Il était passé de l'autre côté de la barrière sans que je m'en aperçoive… Le monde s'est effondré autour de moi. Moi qui m'étais battu toute ma chienne de vie pour préserver les miens de la fange dans laquelle j'évoluais tous les jours, sans crier gare le vice s'était installé ici, à l'intérieur de mon domicile.

— Il s'en est sorti ?

— Pas vraiment. J'ai très mal réagi. Une fois tiré d'affaire, il m'a juré être en dehors de tout ça, qu'on l'avait forcé, etc., etc. Tu connais la musique. Je l'ai rejeté, au grand dam de sa mère. Il est allé en prison et a fait une tentative de suicide qui l'a laissé handicapé à vie.

— Merde. Je suis désolé.

Yannick réalise que le policier ne l'écoute plus. Ses yeux brillants sont perdus dans un lointain qu'il ne peut distinguer.

— Il a laissé une lettre pour moi dans sa cellule avant de se pendre. Il me jurait devant la mort qu'il n'avait jamais touché à la drogue, que c'était un coup monté… Aujourd'hui, il est dans un centre spécialisé à Berck, dans le Nord ; un légume alimenté par des sondes… J'ai fait une dépression terrible, à tel point que l'on m'a retiré mon arme… Sa mère, la femme que je chéris le plus au monde, m'a quitté et l'a rejoint. Elle n'a jamais plus voulu me revoir.

Yannick ne s'attendait pas à ça. Il se sent de plus en plus mal à l'aise. À lui aussi, on avait failli lui retirer son arme de service au plus fort de son divorce.

— J'ai abandonné l'affaire Forel sur le champ. J'étais ivre de douleur. Je faisais ce métier pour défendre mes contemporains avec une véritable grandeur d'âme et je n'ai pas su défendre ma propre famille. J'étais anéanti, et cela a duré des années.

— Crois-tu que cela avait un rapport avec l'affaire Forel ?

— Je n'ai pas trouvé d'autres explications. C'était un moyen de me contraindre à cesser mon enquête. Quand j'ai repris mon poste au commissariat, une fois sorti de l'enfer de la dépression, j'ai cherché à savoir…

— Et alors ?

— J'ai reçu un coup de téléphone en pleine nuit, ici. Ce fut très clair : ils m'ont donné l'adresse de ma femme – eh oui, on est toujours mariés… Ils m'ont dit de laisser tomber sinon ils s'en prendraient à elle de la même manière qu'ils s'en étaient pris à mon fils.

— Les pourris !

— J'ai demandé ma radiation, et depuis lors je ne sors plus de ce village. Je suis devenu un ermite. Je me rattrape. C'est ma façon à moi d'aimer ma famille. Je reste ici tranquille, et ainsi je protège leur avenir. Si je m'éloigne, les ennuis recommenceront, j'en suis sûr.

— Tu vis de quoi ?

— Étrangement, à titre exceptionnel, je touche ma pension de retraite un peu en avance. Pour bons et loyaux services m'ont-ils expliqué.

— Pourquoi as-tu accepté de me recevoir ?

— Je ne crains rien si je ne sors pas de ce foutu village. Et, d'après ce que tu m'as dit, tu enquêtes sur le gars qui hante mes cauchemars depuis tant d'années. D'ailleurs, tu ne m'as toujours pas expliqué pourquoi.

À son tour, Yannick lui raconte ses recherches sur la tentative d'assassinat de Marie. Ils devisent sur les protagonistes encore une partie de la soirée. Faulquemont s'efforce de se souvenir de tous les points de son enquête afin de donner à son collègue le maximum d'indices. Il souhaite vraiment l'aider à coincer celui qui risque de devenir le patron d'un des plus grands groupes industriels français.

Comme à son habitude dans les auditions, Yannick prend beaucoup de notes. Le témoin de ce soir est particulièrement touchant : un homme blessé, souffrant d'une des pires blessures que la vie, dans toute sa cruauté, puisse infliger. Mais cette fois, la vie a pris le nom d'Arnaud Forel, le plus gros salaud qu'il ait eu l'occasion de rencontrer. Et Dieu sait s'il en a côtoyé !

Au moment du départ, les deux hommes se donnent l'accolade comme le feraient deux vieux amis. Yannick jure à son collègue de le venger et d'aller jusqu'au bout de son enquête. Ils ont beaucoup bu et l'effet de l'alcool renforce le lien qui dorénavant les unit.

— Sois très prudent, Manuel ! Tu ne sais pas de quoi ils sont capables.

Encore sous le choc, Yannick regagne sa voiture. L'étau qui emprisonne sa tête laisse présager une sacrée gueule de bois. Avant d'enclencher le contact, il allume son téléphone. Il a un message de Marie. Lorsqu'il en prend connaissance, il a du mal à contenir sa colère. Malgré ses conseils, elle va diner avec Forel.

Chapitre 27

— Allô !

— …

— Allô ?

Romain accuse la surprise. Il pensait tomber sur un répondeur ou une sonnerie dans le vide. Il ne s'attendait certainement pas à entendre la femme qui hante sa vie.

— Marie ? Il se racle la gorge, les sons ont du mal à s'expulser de sa bouche.

— Que veux-tu ?

— Euh ! Je ne m'attendais pas à tomber sur toi, comme ça, en direct. Je… j'avais envie de prendre de tes nouvelles. J'avais envie de t'entendre. Je suis tellement… perdu ce soir.

Un long silence s'ensuit.

— Je t'avais demandé de ne plus m'appeler.

— Je sais, mais je n'y arrive pas. J'ai encore besoin de toi.

— Pourtant, il le faut, Romain.

Son ton s'est adouci.

— Mais pourquoi ? Qu'ai-je fait ? Comment peux-tu avoir fait volte-face de la sorte après ce que nous avons vécu ensemble ? Tu ne peux pas dire ça, tu n'as pas le droit. Qui t'a lavé le cerveau à ce point ? Je veux te voir, je veux le lire dans tes yeux, crie-t-il, se maudissant de ne pas avoir préparé cet entretien.

Marie est bouleversée. La complexité des émotions qu'elle ressent envers cet homme la fait profondément douter. Encore en phase de reconstruction mentale, elle se souvient des conseils de son psychiatre. Elle choisit la franchise :

— Eh bien, écoute une bonne fois pour toutes, Romain, tu m'as trahie. Tu as choisi le pire moment dans ma vie pour me manipuler, et quand je dis manipuler, je suis extrêmement gentille. Je t'offre le bénéfice du doute pour le reste. J'avais une grande confiance en toi, je pensais même avoir trouvé une sorte d'âme sœur.

— Je ne peux pas te laisser dire ça, Marie. Je ne t'ai jamais trahie. Si tu veux parler de ton courrier ouvert dans ton ordinateur, je n'étais pas dans mon état normal, trop pressé de découvrir la vérité.

— Il n'y a pas que ça, tu t'en doutes bien. Et n'essaye pas de m'amadouer, n'insiste pas. Je ne veux plus te voir.

— Pourtant il le faut, Marie. J'ai avancé dans l'enquête. Il me reste du chemin, mais ce que j'ai appris est extraordinaire. Il faut qu'on se rencontre. Tu dois savoir.

— Et finir comme Géraud Montmaurin ?

Romain encaisse en silence. Que sait-elle ? Il opte également pour la vérité. Sur un ton grave, il lui explique :

— Pour Montmaurin, c'était un accident... Comment l'as-tu appris ?

— Je n'ai pas vu le film de surveillance, mais il paraît que l'on te reconnaît très bien avec ton ami.

— C'est donc ça ! Je dois tout t'expliquer. Je te jure que c'était un accident. Pourquoi te mentirais-je ?

— Tu vois, c'est exactement la question que je me pose : pourquoi me mentirais-tu ? Au fait, drôle d'accident vu l'état du pauvre homme. Des cloques sur tout le corps après une torture en règle !

— Nous n'étions pas seuls, cette nuit-là. Ce sont les autres hommes qui l'ont torturé. Ceux-là mêmes qui ont essayé de nous éliminer à Lyon et qui ont probablement tué tes parents.

— Euh ! Écoute, je ne sais plus. Tu me perturbes.

— Marie, on doit impérativement se rencontrer pour recouper nos informations. La solution passe obligatoirement par nous deux. J'ai découvert trop de détails qui resteront des mystères si je ne les partage pas avec toi. Tu me prendrais pour un fou si je te racontais tout ça au téléphone. Alors, rencontrons-nous ! Je te rappelle que tu as une dette envers moi.

— Ça, je le sais. J'ai suffisamment culpabilisé.

— Alors, sors de chez toi et retrouvons-nous tout de suite !

— Non ! Impossible. Pas ce soir. Je dois prendre des précautions. J'ai failli perdre la vie dans cette histoire. Je n'ai plus confiance en personne. De plus, il y a une armée qui veille sur moi. Je ne peux quitter le domicile sans mettre en branle une escouade de tirailleurs, insiste-t-elle en exagérant, des fois que Romain ait des projets inavouables.

— Alors quand ?

Emma réfléchit du mieux qu'elle peut, tiraillée entre l'envie de se retrouver face à l'énigme qu'est cet homme et de respecter les consignes de prudence de Yannick.

— Dimanche ! lance-t-elle. À seize heures ! Je t'attendrai sur la terrasse de la Brasserie de l'Isle Saint-Louis. C'est juste en face d'un café où il y a plein de gens qui font la queue pour acheter des glaces.

— Je trouverai.

Cet endroit célèbre, habituellement bondé le dimanche, sera sa meilleure protection, pense Marie en silence.

Romain est très heureux d'obtenir un rendez-vous. Décidément, cette fille lui remue les tripes. Il aurait aimé prolonger ce tête-à-tête, retrouver la complicité du début, l'époque pas si lointaine où Marie riait pour un rien, mais cette connivence a bel et bien disparu. La moindre question un peu personnelle semble la déranger. Il écourte leur discussion, se promettant de mettre tout le paquet pour reconquérir son amitié.

Il se repasse en boucle, indéfiniment, cette conversation. Il comprend à quel point il était en manque d'elle. Pourtant, il la connaît si peu… et pourtant depuis si longtemps… Une sorte de sœur, une sœur un peu spéciale qui a marqué sa vie au fer rouge et laissé une cicatrice indélébile.

Il ressasse leur histoire mille fois, dans tous les sens, jusqu'au bout de la nuit, et finit par s'endormir.

Marie reste prostrée de longues minutes. Réentendre cette voix l'a bouleversée. Cet homme respire la sincérité. Il ne peut pas lui mentir, c'est impossible. Même le meilleur des comédiens laisserait échapper, à un moment donné, une note, un souffle, un je-ne-sais-quoi qui le trahirait. Romain ne l'a pas fait.

Pourtant, les faits sont là, infalsifiables dans toute leur horreur. Comment a-t-il fait pour l'appeler sur la ligne privée de son père ? Comment a-t-il obtenu ce numéro ? Et si Romain, en fait, essayait tout simplement d'entrer en contact avec Louis ? Elle n'était pas censée répondre sur la ligne privée du bureau de son père, d'où son embarras au début de la conversation.

Décidément, cet homme fait naître chaque fois des doutes insupportables.

Elle a beaucoup de mal à trouver le sommeil. Elle est tentée d'appeler Yannick, mais l'heure tardive l'arrête. Il n'a pas répondu au message qu'elle lui avait laissé plus tôt. Non ! Il faut qu'elle digère les événements de la journée, et surtout ce coup de téléphone nocturne.

Chapitre 28

Amar surgit dans la péniche et réveille Romain en fanfare. Décidément, cela devient une habitude. Surexcité, ses mots se chevauchent dans un *staccato* incompréhensible tandis que ses mains déposent tout un tas de documents sur la table.

Romain se lève d'un seul coup, comblant les deux mètres carrés disponibles du réduit.

— Hey ! Mollo man ! crie-t-il, n'appréciant guère ce genre de réveil. Fais-moi plutôt un café serré et répète tout ça en commençant par « Bonjour ! »

— Oh, ça va. Quel râleur !

Romain désarme immédiatement la tension naissante par un grand sourire. Il est heureux, malgré tout, de voir son ami.

La conversation reprend sur des bases plus calmes. Il découvre les documents étalés sur la table de la cabine et s'en saisit avec avidité. Ses nouveaux papiers : carte d'identité, permis de conduire et passeport au nom de Jérôme Berthier. De « vrais faux », selon Amar, qui s'appelle désormais Selim Haraouit.

— Pour moi, j'avais une petite préférence pour Jean-Pierre Le Gallois, qui était disponible sur la liste, mais, de l'avis de tous, ce n'était pas une bonne idée, alors j'ai choisi quelque chose qui sonne plus couleur locale, ajoute-t-il non sans humour.

— Excellent choix, Selim ! Il ne reste plus qu'à nous habituer à ces nouveaux blazes.

— J'ai trouvé que Jérôme Berthier faisait très chic. C'est pour ça que je l'ai choisi. Ça t'allait bien.

— Mais comment font tes amis pour obtenir tout ça ?

— Ne me demande pas trop de détails, ils n'en fournissent guère d'ailleurs, mais, d'après ce que j'en ai déduit, ils récupèrent des papiers de gens décédés. Ensuite, ils les bidouillent. Apparemment, il existe un véritable marché alimenté par les employés des pompes funèbres.

— Ça ne me surprend pas, répond Romain, avec en tête le souvenir du carabin de la morgue de Grenoble.

Après avoir avalé son café, il relate à son tour les derniers événements, surtout sa conversation avec Marie. Il est encore sous l'émotion de son rendez-vous prochain avec elle.

— Tu n'as pas peur d'un piège ? lui demande Amar avec raison.

— Non, pas Marie. Elle est autant victime que moi.

— N'oublie pas qu'elle n'est pas seule et qu'elle est dans le mauvais camp, à présent. En plus, son père est un homme puissant. Il ne la laissera pas s'approcher de toi impunément.

— Elle est maligne. Elle s'arrangera.

— Putain, Romain, oublie cette nana. Il y en a plein d'autres. Elle est trop dangereuse.

— N'insiste pas. Je ne peux pas laisser passer une chance pareille. Elle est la seule personne qui possède les clés de mon innocence.

— Es-tu certain que ce n'est que pour cette raison ?

— Qu'est-ce que tu insinues ?

— Je me comprends… Tu n'es qu'une tête de mule, à quoi bon !

— Tu as le scooter ?

— Oui, il est sur le quai. Je retourne récupérer le mien cet après-midi. D'ailleurs, pourrais-tu m'y déposer ? C'est à Drancy.

— Pas de souci, j'ai tellement envie de prendre l'air que je pourrais même t'accompagner jusqu'à Alger.

— Drancy sera suffisant.

— J'irai ensuite chercher cette boutique, la galerie Saint quelque chose.

Ils passent le reste de la matinée ensemble. Le moral de Romain remonte. Tout lui semble beau et merveilleux. Que les heures qui le séparent de Marie vont lui paraître longues ! Il doit utiliser ce laps de temps pour bien se préparer.

Plus tard, il dépose Amar dans un endroit lugubre au milieu d'un ensemble d'immeubles sans vie. La rue est jonchée de gravats divers. Plus aucun service public ne passe dans ce coin mal famé. Quelques carcasses de voitures brûlées, qui auraient pu servir de modèle au sculpteur Arman, trônent sur la chaussée. Mais, en ces lieux, l'art moderne n'a pas sa place.

Même les oiseaux ne survolent plus la zone, de peur de se faire abattre par les gangs qui ont pris possession du territoire. Le silence y est pesant, à peine perturbé par le ronron des réacteurs d'avion au décollage de l'aéroport du Bourget.

Romain est satisfait de quitter au plus vite cet endroit de malheur où les seuls visages croisés ressemblent à ceux qu'il a côtoyés pendant quinze ans en maison centrale.

En moins de vingt minutes, il rejoint le Village suisse. Le changement est énorme. D'un *no man's land*, il arrive au cœur d'un quartier surpeuplé : le XVe arrondissement. Des tours lugubres habitées par les squatters, il se retrouve projeté au pied des buildings de Beaugrenelle, où des restaurants à la mode, des centres commerciaux et des hôtels de luxe abritent une civilisation dans laquelle Romain se sent nettement plus à l'aise.

Il tourne un peu et dépose son scooter avenue de Suffren. Avec nostalgie, il aperçoit de loin les toits de son quartier. Quand pourra-t-il y retourner ? D'un pas léger, il déambule le long des rues piétonnes. Il découvre ce lieu parsemé de placettes aux noms helvétiques. Il comprend rapidement que ce n'est pas le bon endroit. Il recherche une vieille boutique, or ce quartier est trop moderne pour que s'y trouve son magasin. Il pénètre tout de même chez un antiquaire dont la devanture récente porte le nom de Saint Ambroise.

Son look « jean casquette » contraste avec le standing du lieu. Le regard hostile de la vendeuse en dit long. Elle jette dédaigneusement un coup d'œil à la photo qu'il lui présente et répond d'un signe de tête négatif. Malgré ce manque de savoir-vivre évident, Romain s'efforce de rester poli et quitte l'endroit.

Le deuxième magasin est tenu par un homme beaucoup plus sympathique, qui lui conseille d'aller faire un tour rue Saint-Paul, dans le Marais. Le style ancien de la boutique recherchée ressemble beaucoup plus aux commerces de ce quartier. Romain se remémore sa rencontre avec le galeriste Hallbond. Oui, il connaît, merci.

Il traverse ensuite Paris, non sans plaisir, respirant à pleins poumons cet air de liberté. Il se dirige vers un magasin d'antiquités qu'il a repéré sur un plan, une boutique au nom de Saint Fiacre.

Un homme âgé l'accueille avec gentillesse. Après que Romain lui a expliqué l'objet de sa visite, le boutiquier étudie de longues minutes la photo qu'il lui a présentée.

— Ce visage me dit quelque chose, entame-t-il.

Romain, le cœur battant, attend la suite, mais l'homme reste perplexe.

— Ça remonte à loin, n'est-ce pas ?

— Oui, une quarantaine d'années, le cliché est d'époque, répond Romain.

— J'ai eu par le passé affaire à cet individu. Mon Dieu, que c'est dur de vieillir, ma mémoire défaille.

— C'est très important, monsieur. Ce serait trop long à vous expliquer, mais retrouver cet homme est très important pour moi.

— Écoutez, poursuit-il, je vais rechercher dans mes souvenirs, car je ne pense pas que mes registres nous soient d'une grande utilité. Je vous contacte dès que je mets un nom sur ce visage. Je suis sûr que j'ai déjà fait affaire avec ce gars-là. Laissez-moi vos coordonnées et je vous rappelle sans faute.

— Si ça ne vous dérange pas, je repasserai. J'ai perdu mon téléphone portable.

— D'accord, à votre guise ! Prenez la carte du magasin et n'hésitez pas à me téléphoner. Je comprends à quel point ce genre d'affaire peut être délicat.

Romain ne saisit pas tout de suite la remarque, mais le regard plein de douceur et de compréhension de l'homme lui enjoint de ne pas répondre. Il fait mine d'acquiescer, se confond en remerciements et quitte les lieux.

Il sent une force le pénétrer. Enfin, la chance lui sourit ! Il met ce changement sur le fait qu'il va revoir Marie, comme une superstition qui ne repose sur rien.

Il continue sa quête en visitant d'autres boutiques, sans succès cette fois. Il en profite pour se faire couper les cheveux. Il en a bien besoin.

Il conserve sa barbe, camouflage oblige, et s'offre un moment de détente dans un salon de coiffure branché. Malgré le prix exorbitant et l'attitude efféminée du coiffeur, qui le trouve, semble-t-il, à son goût, il apprécie l'endroit et se satisfait du résultat. Les séances de tondeuse électrique maniée par d'autres détenus sont bien loin.

Proche de l'île Saint-Louis, il décide de s'y rendre pour repérer l'endroit. Sans descendre de sa monture, il fait le tour du quartier. La fameuse brasserie fait un angle avec le quai de la Seine où aboutit un petit pont réservé aux piétons. De nombreux badauds flânent dans ce Paris historique et s'arrêtent à ce carrefour pour alimenter la file d'attente devant le stand des célèbres glaces Berthillon.

L'endroit est romantique à souhait. Un accordéoniste joue des morceaux d'antan. Romain repère le chemin d'une éventuelle retraite, sait-on jamais ? Il se fraye un chemin dans la foule indifférente aux dangers de ces rues autorisées à la circulation. Il utilise parcimonieusement son Klaxon afin d'éviter la moindre collision avec des passants.

Non loin de là, au 36, quai des Orfèvres, sur l'île voisine, Yannick Manuel attend son entrevue avec son chef de service. À son retour de Nantes, il a trouvé une convocation lui enjoignant de se présenter à son bureau à dix-sept heures. Cette invite n'augure rien de bon, pense-t-il. Le commissaire principal Lajoie n'est pas, malgré son patronyme, un joyeux luron. Il n'a pas gagné le titre de patron de la crim' en cirant les pompes de sa hiérarchie. Ce poste se mérite en ayant des résultats, et il en obtenait régulièrement.

Yannick, en attendant l'heure, prend connaissance des différents rapports de ses collègues en charge comme lui de l'affaire Mallesan. Rien de neuf ! Ils se focalisent tous sur la traque de Romain Dutreil.

Ce dernier a été signalé près de chez lui. La perquisition de son domicile n'a pas été possible, car aucun serrurier n'a été capable de venir à bout du système de fermeture qui équipe la porte d'entrée. À moins d'un bazooka pour percer le double blindage, aucune solution n'était envisagée pour le moment. Deux fonctionnaires étaient toujours en planque à son adresse.

Son complice a failli être interpellé porte de Pantin, mais, avec une audace inimaginable, il a réussi à s'échapper. La brigade la plus proche appelée automatiquement par le système ADFIR, Appareil de Détection Faciale des Individus Recherchés, n'a pas été la plus efficace.

Ils finiront bien par les appréhender, ce n'est qu'une question de temps. Paris est truffé de caméras reliées à ce logiciel qui a fait ses preuves en Angleterre avant d'être choisi par les autorités françaises.

C'est étrange, Yannick est le seul policier à suivre une autre piste, fidèle à son principe de ne pas se jeter sur la première solution venue.

Il se concentre sur le dossier de l'enlèvement de la petite Emma, s'imprégnant de tous les détails, revivant les événements tragiques qui se sont produits dix-sept ans plus tôt, lorsqu'il reçoit un texto. Enfin ! Il attendait des nouvelles de Marie depuis son départ de Nantes. Il lui a laissé plusieurs messages sur sa boîte vocale, sans réponse jusque-là.

Elle lui fixe un rendez-vous à dix-huit heures dans un bar en bas de chez elle, sur l'île Saint-Louis.

Il est un peu soulagé, mais toujours remonté à cause de ce fameux dîner avec Forel. Non seulement l'inquiétude le tenaille, mais il sent émerger une pointe de jalousie. Il n'aime pas ça. C'est bien la première fois de sa carrière que les sentiments et le boulot s'enchevêtrent dans un tumulte infernal.

Il espère que son entrevue sera rapide, car la circulation du vendredi est monstrueuse et il ne veut pas rater Marie.

Lajoie fait la tête des grands jours. Ce n'est pas l'arrivée du week-end qui va le détendre.

Asseyez-vous, Manuel !

— Que se passe-t-il, monsieur ?

— Je vous transfère sur un autre dossier. Le meurtre du XIIIe. Vous en avez entendu parler ?

— Heu ! Oui, comme tout le monde, mais l'affaire Mallesan n'est pas finie et je…

— Ce n'est pas grave, il y a beaucoup trop de fonctionnaires occupés à courir après ces deux filous. La brigade n'est pas en sureffectif.

— Monsieur, pourquoi moi ?

— Parce que vous êtes le meilleur et que cette nouvelle affaire inquiète les milieux asiatiques. La mairie du XIIIe exige d'obtenir des résultats rapides, car elle ne peut pas se permettre des émeutes raciales dans le quartier chinois. On a suffisamment de mal à contenir les heurts en banlieue pour les voir traverser le périphérique.

— Je comprends, mais j'insiste, monsieur. Je vous demande personnellement de choisir une autre personne. Je veux, pour des raisons qui me sont propres, poursuivre cette enquête.

— Dois-je conclure que vous avez des motivations personnelles ? Savez-vous que c'est contraire à notre éthique ?

— Je le sais, monsieur, mais ce ne sera ni la première ni la dernière fois. Vous n'avez jamais eu de problèmes avec moi, je suis plutôt un bon policier, je vous le demande comme une faveur.

Lajoie observe son subordonné en essayant de deviner quelles sont ses motivations.

— Je vous rappelle que si vous êtes toujours dans ce service c'est grâce à moi. Vous avez la mémoire courte, Manuel ! C'est parce que vous êtes un bon policier que je vous envoie ailleurs, n'insistez plus ! Et si j'ai un conseil à vous donner, laissez tomber toute relation avec Mlle Mallesan.

— Très bien monsieur, j'ai compris le message. Je pensais que cette maison au passé prestigieux n'avait pour priorité que la recherche de la vérité. Je crois bien m'être trompé. Il semble qu'il y ait d'autres intérêts.

— Je… je… ne vous permets pas… Sortez !

Yannick quitte les lieux, fou de rage. Les conseils de prudence de son ami nantais lui reviennent en mémoire. Il est sur le bon chemin, cette altercation en est la preuve. Il n'imagine pas son chef tremper dans cette combine, mais qui sait ? N'y aurait-il pas au-dessus de lui des donneurs d'ordre ? Quel va être le prix à payer ? Jusqu'où le laisseront-ils aller ?

Il se fraie un chemin sur l'esplanade de Notre-Dame sans voir les milliers de touristes qui s'y pressent. Finalement, il a laissé sa voiture au parking ; un peu d'air le calmera. Son rendez-vous est proche. Perdu dans ses pensées, il traverse le pont piéton qui relie l'île de la Cité à l'île Saint-Louis. Il a envie de crier sa colère et bouscule les touristes qui font le pied de grue pour acheter une glace. Il profite des quelques minutes d'avance pour respirer profondément sur les quais. Chamboulé par des pensées qui s'entrechoquent, il atteint le lieu de rendez-vous, rue Saint-Louis-en-l'Île. Marie n'est pas encore là. Il commande un double whisky glace qu'on lui apporte au moment où la jeune fille entre dans le bar.

— Eh bien mon commandant, je vois que le week-end commence tôt dans la police, entame-t-elle en lorgnant le verre.

Un grand sourire illumine son visage.

— À ta place, je ne sourirais pas autant.

— Que se passe-t-il ? Tu en fais une tête !

— Je ne sais pas par quoi commencer. J'ai une bonne nouvelle et plein de mauvaises.

— Commence par me commander un Martini, je sens que cela ne va pas être drôle. Et pendant que tu y es, donne la bonne !

Yannick hèle le serveur, qui fait semblant de ne pas entendre.

— La bonne est très personnelle : je suis très heureux de te voir.

— Moi aussi ! Mais tu me fais peur, qu'y a-t-il ?

— J'ai été démis de l'enquête.

— Quoi ? Mais ce n'est pas possible ?

— Hélas si ! Et j'espère ne pas être viré du service, j'ai quitté le bureau du patron un peu brutalement.

Il lui raconte l'altercation, persuadé que cette décision a un lien avec sa visite à Nantes. Il détaille avec force détails ce qu'il a appris sur Arnaud Forel, se tait lorsque le serveur vient enfin prendre leur commande.

— Ça se confirme, tu avais raison, ce type est une ordure finie, une ordure très dangereuse, poursuit-il, une fois seuls.

— Comment peut-on briser la vie d'un homme comme cela, en jouant avec sa famille ?

— Je crois qu'il va essayer de briser la mienne, car je n'ai pas l'intention de laisser tomber.

— Yannick, j'ai causé bien assez de malheurs comme ça autour de moi. Les choses vont trop vite et les personnes auxquelles je tiens sont rares. Ça m'embêterait qu'il t'arrive quelque chose.

— J'ai promis à mon collègue nantais de le venger.

Le serveur les coupe en apportant leur commande. Son regard appuyé sur le visage de la jeune femme montre une fois de plus au policier à quel point sa compagne est séduisante. Il s'est calmé à présent. Ils trinquent en se souriant, les yeux dans les yeux ; l'image d'un couple heureux qui se retrouve en fin de semaine, avec la perspective de deux jours de bonheur. Malheureusement, ce scénario-là n'est pas écrit pour eux.

— Quand je pense que tu dînes avec ce rat ce soir.

— Je ne serai pas seule avec lui. Mon père sera là avec sa compagne. En fait, j'avais refusé, mais il m'a finalement expliqué que c'était une fête surprise en l'honneur de mon anniversaire, d'où mon changement d'avis.

— Ah, c'est donc ça ! J'avoue que ta décision m'avait étonné.

— Je ne veux pas attirer l'attention. Je suis dans une position avantageuse, je vais essayer d'enquêter de mon côté.

— Marie, je n'aime pas ça. Tu ne sais pas à qui tu t'attaques.

— Tu as d'autres solutions ? demande-t-elle d'un ton sans équivoque.

— Non, mais je vais y réfléchir.

— Il est grand temps que je prenne mon destin en main ! Je voulais recouvrer toute ma santé avant de m'impliquer davantage, mais les événements s'accélèrent. D'ailleurs, à ce propos, je vais revoir Romain.

Yannick manque de s'étrangler. Sa gorgée de whisky ressort par le nez. Il a besoin de quelques secondes pour retrouver ses esprits. Marie lui tend un mouchoir. Elle se retient de rire. Étrangement, ce genre de situation engendre chez elle des réactions à l'inverse de la normale, comme ce fou rire qu'elle avait contracté pour une raison futile lors d'un enterrement. Ses parents l'avaient sermonnée à la sortie de l'église. Ah, la bonne époque !

Elle attend que Yannick soit de nouveau disponible et raconte à son tour, dans le détail, sa conversation nocturne avec Romain.

— Il y a quelque chose qui ne tourne pas rond dans notre analyse, poursuit-elle. Tout accuse Romain depuis le début. Pourtant, je ne le sens pas coupable.

— J'aimerais bien te rejoindre dans tes certitudes, mais là, franchement, je ne peux pas. On peut tourner l'affaire dans tous les sens, Romain est impliqué jusqu'au cou ; et avec un peu plus qu'un faisceau de présomptions, crois-moi. Nous avons des preuves réelles et bien palpables.

— Je sais, mais j'ai des milliers de questions à lui poser.

— La police aussi. S'il n'est pas coupable, nous le prouverons.

— Excuse-moi, mais personne n'a rien trouvé lorsque j'ai été enlevée. La police a même conclu que j'avais été assassinée. Voilà le résultat. Je ne pense pas qu'aujourd'hui il ait envie de s'expliquer avec vous.

La discussion est très animée. Yannick reste campé sur ses positions. Marie, ébranlée par les arguments du policier, perd du terrain. Elle n'a jamais été autant ballottée entre une conviction basée sur rien et des évidences totalement contraires.

Il lui paraît certain, maintenant, que seule elle n'arrivera à rien. Pire, elle court le risque de se faire manipuler. Elle obtient la promesse de Yannick de recouper toutes les preuves. Elle pourra aussi s'entretenir seule avec Romain le temps qu'elle voudra.

Elle craque soudain et accepte la proposition du policier. Elle lui communique l'heure et l'endroit de la rencontre. Il lui assure qu'il transmettra toutes ses consignes le soir même au fonctionnaire qui sera chargé de l'arrestation.

Il se fait tard et Marie doit partir pour se préparer.

— Le temps file vite en ta présence, dit-elle avec des regrets dans la voix.

— J'aimerais beaucoup passer une soirée avec toi, une soirée où l'on parlerait de tout sauf de cette horrible histoire. Tu crois que c'est possible ?

— Oui, ça l'est, mais une fois tout cela terminé. Je ne vois pas comment on pourrait se concentrer sur autre chose en ce moment. De plus, je te rappelle que je ne suis jamais vraiment seule.

Elle fait un petit signe discret en direction du garde du corps qui, accoudé au bar, touille un lait-fraise avec une paille. Yannick éclate de rire en découvrant le tableau.

— Finalement, me faire retirer l'enquête n'est pas une mauvaise chose ; on pourra se voir en amis.

— Ça ne m'arrange pas, mais je ferai avec. Tiens-moi informée sur la suite.

— D'accord, et toi, appelle-moi demain pour me dire comment s'est passé ce dîner. Sois très prudente !

— Ne t'inquiète pas, je ne crains rien. Mon père sera là et ma garde rapprochée également. Regarde-le, il s'impatiente. Il faut que j'y aille.

Yannick observe la jeune femme qui s'éloigne, accompagnée de son garde du corps. Pauvre Marie ! Si fragile et si forte à la fois. Cette fille est un paradoxe. C'est probablement ce qui lui plaît tant.

Il compose le numéro de son collègue. La souricière va se mettre en place.

Chapitre 29

Le chauffeur dépose Marie devant le restaurant Findi, l'italien le plus sélect de la capitale, avenue George V. Les passants, intrigués par le véhicule aux vitres fumées, ralentissent le pas comme si une star de cinéma allait en jaillir. Franck, le garde du corps, ouvre la porte de la Mercedes. Marie sort en dévoilant ses jambes mises en valeur par une robe très courte. Les regards de ces quelques témoins amplifient son trouble. Elle a envie de leur crier qu'elle ne fait pas partie de ce monde-là. Elle s'engouffre dans la *trattoria* sans perdre de temps.

Ce soir, ce n'est pas l'enfant de Saint-Roman qui descend les escaliers du restaurant, c'est Mata-Hari en mission. Elle a décidé de s'investir personnellement. Sa cible : Arnaud. Il est temps qu'elle mette la main à la pâte. C'est à son tour de payer de sa personne. Elle a la ferme intention d'utiliser des avantages que les autres n'ont pas.

Les escarpins à hauts talons qu'elle a choisis sont très beaux, mais peu pratiques. Elle se demande comment font les autres femmes pour marcher avec de telles chaussures. Elle se concentre, une marche après l'autre, pour ne pas s'étaler.

Lorsqu'elle pénètre dans la salle principale, qui se situe au sous-sol, son élégance attire tous les regards. Le chef de rang l'accompagne avec égard jusqu'à la table de ses commensaux.

Elle feint la surprise en découvrant Louis et Miranda, puis s'excuse du retard en minaudant ; elle a été la dernière à arriver. En temps normal, elle serait horrifiée par tant d'hypocrisic, mais pas ce soir ; elle œuvre pour la bonne cause.

— Le retard est la politesse des reines, ma chérie, déclare son père en se levant.

— Ta bcauté cst la meilleure des excuses, ajoute Arnaud.

— Mon Dieu, que j'aimerais avoir ton âge, dit Miranda en l'embrassant chaleureusement !

Ses hôtes sont d'une distinction charmante. On sent les années de pratique.

Son entrée en matière lui indique qu'elle ne s'est pas trompée sur le choix de sa tenue. Arnaud ne la quitte pas des yeux. Son sourire béat en dit long. Il faut dire que la punkette lyonnaise a laissé place à une femme élégante dont les cheveux gominés dégagent un visage aux lignes parfaites. Seul détail qui indique que la rébellion ne l'a pas tout à fait quittée, ce piercing sur le nez, symbole d'une vie antérieure à laquelle elle continue à s'agripper.

Le repas commence sous les meilleurs auspices ; quatre amis heureux de se retrouver après une semaine de travail. Ils rient, plaisantent, affichent un bonheur de papier glacé.

Arnaud sort le grand jeu. Il distribue les compliments à chacun de ses compagnons et use d'un humour redoutable. Marie accepte poliment ses éloges et se prête à ses bons mots, laissant entrevoir un certain intérêt.

Elle ne peut cependant pas s'empêcher de faire une réflexion qui aurait pu gâcher ses plans. Au moment où Arnaud s'exclame devant le génie de cette cuisine romaine, elle lui demande s'il n'est plus allergique à tout ce qui est italien. Il accuse le coup, mais le prend avec le sourire. Marie se mord les lèvres. Elle se jure de tourner sept fois sa langue dans sa bouche avant de parler. Le boulot d'espionne n'est pas si facile.

L'ambiance change au moment du dessert. Ils sortent tous les trois des cadeaux magnifiquement emballés. Marie, gênée, ouvre le premier : un petit sac Hermès. Il ne correspond pas vraiment à son style, mais elle remercie Miranda avec chaleur, pensant à ses ex-copines d'école qui s'entre-tueraient pour un tel présent.

Arnaud lui offre une montre signée Fred, le joaillier de la place Vendôme. Un très beau choix, certainement hors de prix. Cet homme sait parfaitement manœuvrer ; cadeau ni trop intime, ni trop quelconque. Juste ce qu'il faut pour marquer son intérêt. Quant au cadeau de son père, personne ne comprend sur le moment. Il s'agit d'une jolie petite boîte qui contient un badge à l'effigie de sa fille. Marie le regarde intriguée, attendant une explication. Louis ménage ses effets pour donner plus de poids à son annonce :

— Bon anniversaire ma chérie. Ce badge marque ton entrée officielle dans le domaine. Il te permet de siéger au conseil d'administration de la *MAL Financial, Trade & Co.* En clair, la société qui gère et place tous les actifs de l'empire

Mallesan. Cette place te garantira un revenu mensuel confortable.

— Mais je ne peux pas accepter, c'est trop… On en avait déjà parlé…

— Je sais, je ne te demande pas de tout abandonner. Cela ne t'empêchera pas de poursuivre tes études. On ne te convoquera aux conseils que très rarement, lors de séances où ta signature sera obligatoire. Tu auras aussi ton avis à donner sur les décisions importantes. C'est un poste très recherché et très bien payé.

Elle se tourne vers Arnaud, qui cache mal son embarras. Il est évident qu'il découvre également cette promotion.

— Écoute, donne-moi quelques jours de réflexion.

— D'accord, mais pas plus. Je ne vais pas vous ennuyer plus longtemps avec les affaires, mais j'ai encore une chose à ajouter.

Miranda sourit, visiblement au courant des manigances de son compagnon.

— J'ai un deuxième badge, que je voudrais remettre à Arnaud.

Celui-ci se redresse, interloqué.

— Arnaud, je te nomme directeur général de la *Mallesan Corporation*. Tu prends ma suite, sachant, bien entendu, que je conserve la présidence du conseil d'administration.

Arnaud a les yeux exorbités et cherche de l'air. Il lui faut quelques secondes pour prononcer le premier mot.

— Je… je reste sans voix, Louis. Merci infiniment, c'est un grand honneur…

— Depuis le temps que tu attendais ça, eh bien voilà ! Tu as les clés de la maison. Emma, elle, aura les cordons de la bourse. Il ne nous reste plus qu'à lever notre verre à cette nouvelle alliance.

— Comme par magie, un serveur apporte un magnum de Dom Pérignon. Le dîner se termine en apothéose. Arnaud jubile, Louis et Miranda irradient de bonheur. Quant à Marie, elle s'efforce de garder un sourire de circonstance, ne sachant pas trop où tout cela la mènera. Elle se sent happée par un monstre tentaculaire. Plus elle se débat, plus il serre ses membres visqueux autour d'elle, la privant d'oxygène. Elle a de plus en plus la sensation d'être prisonnière d'une situation qu'elle ne maîtrise pas, aspirée par un monde qui n'est pas le sien.

Ne voulant pas rompre le charme de cette soirée et ternir la joie de son père, elle donne le change en ne laissant rien paraître. Pourtant, son trouble est grand. Elle a, par moments, l'envie de prendre ses jambes à son cou. Que fait-elle là ? Heureusement, quelques pauses cigarette lui permettent de s'extraire quelques minutes de ce marécage. Garder sa mission comme principal objectif. Après, il sera temps d'aviser.

À la fin du dîner, les deux couples se séparent et Marie accepte d'accompagner Arnaud dans un endroit à la mode. Il veut fêter sa promotion avec « son nouveau partenaire ». Marie, malgré le champagne, n'a qu'une idée en tête : découvrir le secret de ce monstre à qui elle est à présent associée. Quelle meilleure tactique que celle du cheval de Troie pour pénétrer dans son appartement et y dénicher des documents compromettants ! Le problème, c'est le cheval lui-même ; le seul et unique leurre qu'elle a sous la main est son propre corps. Elle observe Arnaud qui n'arrête pas de boire à présent. Il se lâche complètement. L'affaire risque de ne pas être si simple que ça.

Tout le long de la soirée, elle simule l'euphorie, jouant la fille qui ne supporte pas l'alcool. Elle pousse subrepticement Arnaud à s'imbiber encore plus en commandant elle-même bouteille sur bouteille.

Ils dansent jusque tard dans la nuit, sous des regards envieux dans lesquels elle peut lire qu'une aussi jolie femme ne mérite pas de sortir avec un tel nabot. Arnaud, galvanisé par sa nouvelle promotion, se trémousse de façon ridicule.

De temps à autre, Marie s'accroche aux sourires des autres hommes qui les entourent comme à autant de bouées de sauvetage.

Ils quittent la boîte de nuit vers trois heures du matin, pris en charge par le garde du corps. Comme Marie se l'imaginait, Arnaud insiste pour qu'elle vienne dormir chez lui. D'un air tout aussi enivré, elle accepte, en lui faisant promettre de ne pas la toucher. Deux associés d'une même entreprise ne peuvent pas coucher ensemble, qu'en diraient les autres collaborateurs ?

Cette pensée amuse beaucoup Arnaud et ils divaguent sur le sujet comme deux ivrognes en fin de soirée. Le chauffeur et le garde du corps se lancent un clin d'œil complice et les déposent devant le domicile de leur nouveau patron. Fatigués eux aussi par cette longue attente, ils ne repèrent pas le véhicule qui les suit depuis le début de soirée. Il faut dire que Yannick Manuel, le policier qui est derrière le volant, est rompu aux techniques de filature discrète.

Ils s'accrochent l'un à l'autre et franchissent bruyamment la porte de l'immeuble cossu du XVIe arrondissement. Une fois qu'ils sont hors de vue, le garde du corps donne l'ordre au chauffeur de se mettre en route. Leur service est enfin terminé.

Yannick n'en croit pas ses yeux : Marie et Arnaud agrippés l'un à l'autre, bras dessus, bras dessous. Ils rentrent ensemble pour finir la nuit. Ils disparaissent en riant derrière la lourde porte en bois, qui, en se fermant, sonne comme un clap de fin. La dernière image de Marie prenant appui sur son compagnon pour retirer ses chaussures lui fait l'effet d'une gifle.

Complètement incrédule, il descend de voiture pour mieux détailler la façade de l'immeuble haussmannien. Il s'attendait à tout sauf à ça. Bientôt, des lumières au quatrième étage trahissent l'arrivée du couple. Un rire tonitruant lui parvient lorsque Arnaud ouvre une fenêtre pour fermer les volets, puis plus rien.

Le policier d'élite reste planté là, abasourdi. Ces images ravivent de très mauvais souvenirs : ceux d'un homme détruit faisant le guet au beau milieu de la nuit au pied d'un immeuble similaire. Les infidélités de sa femme l'ont hanté pendant des années. Il ne pensait pas que Marie réveillerait de telles douleurs.

Quatre étages plus haut, la jeune femme se concentre sur son rôle de fille saoule. Elle se voit tituber, rire comme une idiote, hoqueter à la manière d'une vieille ivrogne. Bien sûr, elle simule. Elle est parfaitement lucide et son attention à ne commettre aucune erreur commence à la fatiguer.

Arnaud affiche des cernes de clochard aviné et, malgré tout l'alcool qu'il a ingurgité, tient encore debout. Il a le vin plutôt agréable. Maintenant que Marie se trouve dans la place, tout va se jouer.

— Je suis crevé Arnaud, je me couche où ?

— Dans mon lit, Emma, je n'ai rien d'autre, répond-il en rigolant. Mais chut ! Je ne m'approcherai pas, c'est promis. Je ne sais pas si je serais capable de faire quelque chose, d'ailleurs.

— Tu n'as pas de canapé ?

— Non, je… je suis allergique aux canapés !

L'appartement est un grand duplex avec deux pièces à l'étage supérieur. Elle ne discute pas et lui emprunte un tee-shirt.

— Il faut que tu apprennes à faire confiance à ton vieil associé. À la vie, à la mort ! crie-t-il en faisant sauter le bouchon d'une bouteille de champagne. Quand je pense que j'ai rendez-vous demain à onze heures pour un golf. Ça va être dur !

— Tu aurais dû me le dire, je serais rentrée chez moi.

— Non ! Tu restes là ! Je ne m'en souvenais plus, de ce foutu golf.

Il s'affale dans un fauteuil club. Marie note l'information. Cela lui évitera de fouiller l'appartement pendant le sommeil de son acolyte.

— Tu ne peux pas annuler ? demande-t-elle innocemment.

— Non, c'est le P-DG de *Carter Company* qui m'a invité. Je ne peux pas lui faire faux bond.

Elle ne relève pas, sachant que son insistance attiserait l'espoir du jeune homme. Elle donne le signal du coucher en montant vers la chambre. Le regard de son associé en dit long. Ses yeux brillent de concupiscence.

À peine est-elle allongée qu'Arnaud se love contre elle, l'inondant d'une haleine de poney. Elle le repousse gentiment, masquant à peine son dégoût au contact de sa verge durcie.

— On verra demain, lui glisse-t-elle, de l'air le plus mutin qui soit.

— Tu es sûre, tu n'as pas envie d'un homme riche et puissant ?

— Demain. Je suis trop crevée ce soir.

Elle accompagne ces derniers mots par un baiser sur le front. Il se tourne, satisfait, et sombre dans un profond sommeil. Marie, rassurée, ferme les yeux et tente de calmer les battements de son cœur. Elle se sent sale, mais, dans cette situation, ce n'est pas bien grave. Une douche serait la bienvenue, mais il est inutile d'alimenter la libido du tigre dans la cage duquel elle s'est introduite. Elle a fait le plus difficile, maintenant, elle n'a plus qu'à récolter les bénéfices de son investissement. Encore faut-il que le fauve reste domptable. Au glougloutement sonore qu'il émet avec sa gorge, elle sait que l'animal est devenu inoffensif pour quelques heures. C'est bien la première fois qu'elle accueille un ronflement avec tant de sollicitude.

Elle pense à Yannick, qui serait certainement très furieux de la voir dans ce lit. Elle n'imagine pas à quel point, effectivement. Ses pensées vagabondent jusqu'au moment où, épuisée, elle s'endort à son tour.

Chapitre 30

Pour une fois, Romain ne traîne pas dans son lit à ressasser des images morbides. Marie a envahi son esprit. Il s'éjecte de sa bannette le moral plein d'espoir. Il n'a pas aussi bien dormi depuis des lustres. Plus qu'un jour avant de la revoir, vingt-neuf heures exactement.

La cabine d'Amar est inoccupée, il n'est pas rentré. Une petite interrogation du système de géolocalisation le rassure. Son ami est encore resté à Aulnay-sous-Bois. Il récupère très certainement le temps perdu dans les bras d'une jeune femme.

Il est tard, le ciel est lumineux. Romain enfile une paire de baskets et quitte son repaire. Il a besoin de prendre l'air. Quoi de mieux qu'un long footing pour s'aérer l'esprit ?

Casquette vissée sur la tête, écouteurs rivés aux oreilles, il survole le bitume d'une foulée rapide. Il longe la Seine jusqu'à Villeneuve-la-Garenne, où de nouvelles constructions poussent comme des champignons le long du fleuve. Une péniche le dépasse dans un rythme placide. Il répond au signe amical du batelier.

L'effort oxygène son cerveau. Il y voit plus clair. Les indices s'accumulent sans lui donner de réponses, mais la dynamique va dans le bon sens. La confiance et l'optimisme sont de retour. Il s'efforce d'occulter l'épisode Montmaurin, mais ce souvenir douloureux reste cependant bien vivace.

Les dernières paroles du jardinier trottent dans sa tête. Bien qu'elles aient été incompréhensibles, il se demande si le mourant ne le suppliait pas de protéger Marie. Dans ce cas, se serait-il trompé sur toute la ligne ? Le vieil homme était forcément au courant du rapt de l'enfant, alors pourquoi cette étrange attitude au moment de mourir ? Et qui est cette autre équipe qui a tenté de les supprimer ? Marie ! Que pense-t-elle de lui exactement ? Que sait-elle ? Et surtout, que lui a-t-on dit pour qu'elle ait perdu totalement confiance en lui ?

Il termine sa séance de sport par une vingtaine de pompes. Il se regarde dans le miroir et observe son reflet dégoulinant de sueur. À ce régime, il approchera la quarantaine dans un corps de jeune homme. Avec les études, le sport a été une de ses armes principales dans la lutte contre le désespoir pendant toutes ces années d'enfermement.

En début d'après-midi, il téléphone chez l'antiquaire. Une femme répond et lui passe son mari.

— Bonjour monsieur Berthier, commence celui-ci d'une voix amicale. Ça y est, je pense me souvenir de votre homme.

Romain n'a pas encore l'habitude qu'on l'appelle par son nom d'emprunt. Son cœur accélère à l'annonce de cette nouvelle. L'homme poursuit :

— Je lui ai acheté une table pour le compte d'un client il y a des années de ça. Son magasin se situait à Versailles, dans le quartier Saint-Louis, c'était juste derrière les Carrés.

— Vous ne vous souvenez pas de son nom ?

— À prendre avec des réserves, mais il me semble que la boutique s'appelait le Saint-Louis, ou Galerie Saint-Louis. Si vous faites le tour des Carrés, vous la trouverez, enfin si elle existe encore. Quant à votre homme, je n'ai malheureusement aucun souvenir de son nom.

— C'est déjà très bien, vous ne pouvez pas vous imaginer le service que vous me rendez. Merci beaucoup !

Il raccroche pendant que sa deuxième main agrippe son ordinateur portable. Il tape avec frénésie sur le clavier et localise l'endroit sur une carte. Selon *Google Maps*, la boutique semble toujours exister. Il peut même la voir en photo. Sans attendre, il saute sur son scooter.

Le quartier Saint-Louis se situe au cœur du Versailles historique, à un jet de pierre de la cathédrale du même nom et de la célèbre salle du Jeu de paume. Il y voit encore un signe. Quoi de plus logique que d'y trouver le troisième chevalier du Saint-Esprit ? Quelle évidence ! Comment n'y avait-il pas pensé plus tôt ?

La circulation est fluide en ce samedi après-midi. Il arrive devant le château par l'avenue de Paris. Il le connaissait, étant venu y faire des livraisons par le passé, mais aujourd'hui ce palais prend une tout autre dimension. Sans raison logique, Romain a la conviction que le berceau de toute l'affaire se trouve ici, dans la dernière demeure des rois de France.

Il suit les indications de son plan et bifurque rue Royale, artère très animée au bout de laquelle il devine les fameux Carrés. Il admire ces constructions typiques coiffées d'un toit en ardoise, dont le rez-de-chaussée abrite un magasin. Tout le secteur a été restauré avec goût et sans ostentation.

Romain gare son scooter un peu à l'écart du grand carrefour, centre névralgique du quartier, et fait le tour à l'arrière des Carrés, là où des parkings ont été aménagés.

Il aperçoit soudain son magasin. La devanture d'un vieux gris passé n'a pas dû être rénovée depuis des décennies. La raison sociale : *Galerie Saint-Louis. Tableaux. Porcelaine. Restauration,* est à peine lisible. Au-dessus, contrastant avec son état de décrépitude avancée, des appartements entièrement restaurés.

Les vitres de la boutique sont opaques de saleté. Il tente d'apercevoir quelque chose à l'intérieur, sans grand succès. Il n'y a pas âme qui vive. Romain fait tourner le loquet de la porte, mais elle est verrouillée. Il compose le numéro de téléphone peint sur la devanture : un message lui indique qu'il n'est plus attribué. Il s'approche d'une jeune femme, qui tire un caddie rempli de victuailles. Elle sursaute lorsqu'il lui adresse la parole.

— Je suis désolée, répond-elle, j'habite ici depuis deux ans et j'ai toujours vu cette boutique fermée. C'est d'ailleurs étrange qu'ils ne l'aient pas refaite en même temps que les appartements du dessus.

— Effectivement, elle en aurait bien besoin. Vous n'avez aucune idée de l'identité du propriétaire ?

— Non. Pour cela, il suffirait de consulter le cadastre.

— Vous savez où ça se trouve ?

— Oui, au centre des impôts de Versailles, mais il faudra patienter jusqu'à lundi.

— Je vais vous paraître pressé, mais je dois retrouver le propriétaire rapidement, c'est très important.

— Attendez, il m'a semblé apercevoir le responsable de l'agence immobilière dans cette boutique, il y a quelques mois.

— Quelle agence ?

— Vous prenez cette rue à droite, c'est juste à côté de la pharmacie.

— Merci de votre aide.

— Si vous n'avez pas trouvé votre bonheur, passez me rendre visite lundi à la mairie, au service de l'urbanisme, je m'appelle Simone, je verrai ce que je peux faire.

Romain la remercie, surpris par la gentillesse de son interlocutrice. C'est une très jolie femme. Dans d'autres circonstances, il l'aurait volontiers invitée à boire un verre, mais le temps presse et les futures retrouvailles avec Marie le freinent dans son élan.

L'agence est ouverte. Il ne tourne pas autour du pot et attaque directement le cœur du sujet.

— Effectivement, cette boutique est à vendre, monsieur.

— Je ne veux pas acheter, mademoiselle, je cherche à contacter son propriétaire, pour une raison privée.

— Je suis désolée, mais nous ne donnons pas ce genre de renseignements. Ils sont confidentiels.

— Il y a bien un moyen ? demande-t-il à court d'arguments, passablement énervé.

— Laissez un message. Je le transmettrai.

Très mauvaise idée, Romain ne peut pas se permettre d'annoncer sa venue au troisième chevalier. Il doit bénéficier de l'effet de surprise.

Il insiste, propose une compensation financière, menace ; sans succès. Il a affaire à une débutante qui tient par-dessus tout à garder son emploi. La jeune fille a bien appris la leçon. Il quitte l'officine en claquant la porte avec l'envie de secouer cette petite sotte.

Il erre dans le quartier, questionne des commerçants sans obtenir le moindre renseignement intéressant, sauf la confirmation que l'homme de la photo était bien le propriétaire du magasin. Il ne reste plus qu'à attendre lundi l'ouverture de la mairie. Petite consolation : la perspective de revoir cette charmante femme prénommée Simone.

Au même moment, Yannick Manuel embarque sur un vol pour Milan. L'hôtesse regarde à deux fois sa photo d'identité tellement son visage est marqué par sa nuit blanche non désirée.

Après sa planque, il s'est rendu directement à son bureau au 36, quai des Orfèvres. De toute façon, il lui aurait été impossible de dormir. Il a étudié une fois de plus le dossier d'Arnaud Forel et a continué ses recherches dans les bases de données auxquelles il avait encore accès. Il devait profiter de ce week-end avant d'être transféré à sa nouvelle enquête. En observant la photo de l'homme qu'il commençait à détester, il l'a imaginé en train de faire l'amour avec Marie. Cela lui a donné une telle nausée qu'il s'est précipité aux toilettes pour vomir. Il est resté sourd aux questions du collègue qui s'enquérait de sa santé, et s'est replongé dans les dossiers.

Un détail assez rare a attiré son attention : une fin de non-recevoir aux informations demandées aux renseignements généraux. Pour en savoir plus, il a contacté un copain de promo qui y était affecté. L'explication tenait en deux mots : affaire sensible. En clair, ce genre de dossier n'était pas consultable par le menu fretin de la profession, car sous la protection du ministère de l'Intérieur. Ce traitement privilégié était réservé aux grands de ce monde : politiques essentiellement, mais également personnes susceptibles de causer de grands dommages à l'ordre public. Ces renseignements, tombés entre des mains non expertes, pourraient engendrer de graves problèmes. On avait vu dans le passé des affaires devenir des scandales d'État à cause d'une mauvaise gestion de ces données.

Que Louis-Antoine Mallesan fasse partie de ces gens-là, rien de plus normal. En revanche, le fait qu'Arnaud Forel y soit inscrit était très étonnant. Le renseignement était d'importance, mais guère susceptible de l'aider. Il lui fallait plus de concret. La seule chose que son collègue lui a concédée, c'était une fiche sur l'ex-Mme Forel. La femme avait le même cursus universitaire puisque c'était à cette époque qu'ils s'étaient rencontrés. Mariage, puis divorce deux ans plus tard, sans avoir d'enfant.

Il l'a contactée aux premières heures du matin. Elle réside à Milan avec son deuxième mari. À la fois méfiante et intriguée, elle n'a accepté de lui parler que face à face. Soit ! En quelques secondes, Yannick a réservé un billet d'avion.

Avant de partir, il a briefé l'équipe chargée de retrouver Romain. Il a donné les détails de la rencontre en insistant sur l'importance de protéger la fille Mallesan. Aucun risque ne devait être pris. Il ne les a pas quittés avant d'être certain que la stratégie était bien comprise de tous.

Le responsable nouvellement désigné par Lajoie a accepté que Yannick participe à l'opération à titre exceptionnel, en remerciement des renseignements fournis, à condition qu'il ne prenne pas une part active à l'arrestation.

Le vol ne dure qu'une heure et Yannick sombre dans un sommeil profond, ratant le survol des Alpes et la vue extraordinaire offerte par le ciel dégagé. Il ne sent même pas l'atterrissage sur la piste de l'aéroport de Linate. C'est une fois que tous les passagers ont débarqué qu'un steward le réveille gentiment.

Il commande deux cafés serrés dans le terminal. Il a besoin de cette dose pour reprendre ses esprits.

Le taxi l'emporte vers sa destination finale : un quartier résidentiel verdoyant, où chaque maison possède un immense terrain arboré. Le chauffeur stoppe devant une villa plus grande que les autres : c'est celle des Rosieri.

La jeune femme lui ouvre elle-même la porte. « Vous avez votre carte ? » sont ses premiers mots.

Yannick a l'impression d'être transpercé par le rayon invisible d'un scanner. Rassurée par son identité, Delphine lui offre un sourire de circonstance et le fait entrer.

— Excusez ma tenue, dit-il en préambule, mais je suis en service depuis hier et je n'ai pas eu le temps de passer chez moi.

— C'est ce que je vois, je suppose que vous buvez du café, j'allais en faire.

— Oui, merci.

Il suit la femme, ne pouvant s'empêcher d'admirer sa plastique parfaite. Elle est assez petite et le jogging qu'elle porte semble avoir été confectionné pour elle. Ses baskets lui donnent une démarche souple et assurée. Il pénètre dans une cuisine ultra-moderne où elle lui désigne un tabouret de bar.

— Comme ça, vous enquêtez sur mon ex-mari. Que lui reproche-t-on cette fois ?

— D'être mêlé à une tentative de meurtre.

— Ah !

Delphine appuie sur le bouton d'une superbe machine à expresso, qui réagit dans la seconde en émettant un chuintement discret.

— Ça n'a pas l'air de vous surprendre ?

— Plus rien ne m'étonne avec lui. C'est un malade mental de la pire espèce, celle des intelligents.

— Je suis ici pour en savoir un peu plus sur lui.

— D'accord, mais à une seule condition : tout ce que je vous dirai ne sortira pas de cette maison. Je ne témoignerai jamais contre lui et je nierai vous avoir rencontré. Si vous voulez arrêter ce salaud, il faudra trouver quelqu'un d'autre.

— Pourquoi ?

— Vous ne pouvez pas imaginer ce dont ce type est capable. Si je suis vivante aujourd'hui, c'est grâce à mon mari, Lorenzo, qui a de l'influence ici, en Italie.

— C'est d'accord. Je vous écoute. J'aimerais que vous commenciez par le début, par l'école de commerce et « l'incident » de Nantes.

— Je vois que vous savez déjà tout ça. Tant mieux, cela ira plus vite.

Les sourcils froncés, la jeune femme dépose les tasses sur le bar et s'assoit en face du policier.

— À cette époque, poursuit-elle, je sortais avec l'homme qui a été tué ce soir-là… et j'ai épousé son meurtrier. Ne trouvez-vous pas ça bizarre ?

— Très étrange effectivement.

Elle porte la tasse à ses lèvres en soufflant délicatement sur la surface.

— Bien entendu, je ne savais pas qui l'avait tué. Arnaud m'avait juré qu'il n'y était pour rien. Ils étaient amis… enfin… jusqu'à ce que je quitte Arnaud pour Laurent. Eh oui, c'est une longue histoire. Je sortais avec Arnaud depuis notre première année d'école. Les circonstances ont fait que je suis tombée amoureuse de Laurent en deuxième année. Ils se sont plus ou moins brouillés après ça, vous savez ce que c'est, à cet âge-là… Ils ont toujours été en concurrence, mais au fond ils s'aimaient bien. Et puis il y a eu ce drame inexpliqué. Après le procès et mon deuil passé, je suis retournée vers Arnaud, peut-être par habitude de le voir, un peu par dépit. Je croyais l'aimer. Nous nous sommes mariés.

— Pourquoi pensez-vous que c'est lui qui a tué Laurent ?

— Il me l'a avoué lors d'une de nos fréquentes disputes. Je me souviendrai toute la vie de ce moment-là : son regard déformé par la haine et la jalousie.

Yannick ne peut s'empêcher de noter ce point commun qu'il possède avec Arnaud.

— Quel était son mobile ?

— Je n'ai pas tout saisi, mais ils ont été approchés par des types lors de la préparation d'une fête. On faisait tous partie du BDE, le bureau des élèves, l'organisme chargé de la vie extrascolaire de l'école. Notre rôle était, entre autres, de rechercher des budgets dans les grosses entreprises pour financer nos soirées. Je ne sais pas ce que ces gars leur ont proposé, mais leur relation s'est tendue à partir de ce moment-là. Je les entendais se disputer sans relâche. Ils ne voulaient rien me dire. Et puis il y a eu cette fameuse fête, la nuit du drame.

— J'ai eu le détail de l'enquête. Par contre, ce qui m'intrigue, c'est comment il a pu payer ses avocats. Des spécialistes du barreau de Paris. Quand on connaît leur prix…

— Les hommes avec qui Arnaud était resté en contact, ceux qui, par la suite, lui ont trouvé son premier poste. C'est eux qui ont payé sa défense.

— Une idée de leur identité ?

— Non, Arnaud refusait d'en parler, mais j'ai toujours eu l'impression qu'il avait pactisé avec le diable. Il se rendait parfois à des réunions. Il expliquait que c'était une sorte de club réservé aux hommes auquel il était de bon ton de participer.

Le club de la Table ronde ?

Delphine sourit, dévoilant des dents d'une blancheur de porcelaine.

— Non, celui-là était une couverture. Il n'aimait pas s'y rendre, mais y restait inscrit pour se donner une image vertueuse. Sa véritable passion était l'appartenance à cette autre organisation, à mon avis bien plus dangereuse et touchant un domaine plus politique.

— Franc-maçonnerie ?

— Non, je ne pense pas. Mon père était franc-maçon et il n'a jamais été aussi secret et cynique que mon ex-mari… Parfois, Arnaud riait en observant un homme à la télé. Je lui demandais ce qui l'amusait autant, il se contentait de dire : « Tu verras. » Et quelque temps plus tard, le type en question était descendu en flammes pour une affaire de corruption.

— Vous avez des exemples.

— Je n'ai plus les noms en tête, mais souvenez-vous, il y a quelques années, des grands scandales qui ont éclaboussé des journalistes ou bien des hommes politiques. J'ai la conviction qu'ils étaient commandités par cette organisation.

— C'est une voie que je vais explorer.

— Je l'ai fait, il y a longtemps. Je voulais découvrir quel était ce réseau ultra-puissant. Mais cela n'a fait qu'amplifier le malaise qui existait entre Arnaud et moi. J'avais contacté Jean-Pierre Letto, le journaliste d'investigation qui a écrit des romans sur les arcanes du pouvoir, attendez !

Elle quitte la pièce quelques minutes et revient avec un livre.

— Tenez, je vous le confie, vous comprendrez mieux. J'ai rencontré cet homme et il a été très intéressé par mes informations. Peut-être pourra-t-il vous aider ?

— Bonne idée.

— Je crois qu'il travaille pour une chaîne de télé maintenant, je l'ai vu l'autre soir au journal.

Le policier note le nom dans son carnet.

— O.K., je le trouverai. Parlez-moi de votre divorce.

— Terrible ! Arnaud est d'une jalousie maladive. Il voulait tuer l'homme dont j'étais tombée amoureuse. Heureusement, Lorenzo est entraîneur de l'équipe du Milan AC. Il a activé ses connaissances et nous a sauvés, lui et moi. En revanche, le territoire français m'est interdit et je n'essaierai pas de m'y rendre. Tout ira bien tant que le compromis sera respecté.

La discussion dure encore longtemps, mais Yannick n'apprend rien de plus. Delphine se détend peu à peu au fil de la conversation. Elle demande à Yannick d'attendre son mari pour qu'il témoigne à son tour. Elle lui propose d'être leur invité pour la nuit. Un studio attenant à leur immense maison est réservé aux invités. Yannick accepte avec joie et change sa réservation pour le lendemain matin.

Lorenzo arrive dans l'après-midi et se plie docilement à la décision de sa femme. Ils passent une soirée agréable tous les trois en comparant les groupes de pression français et italiens. Lorenzo a une grande connaissance du système. Ses renseignements, bien que très éloignés de l'enquête du policier, sont très intéressants. Yannick admire l'entente parfaite de ce couple qui, dans le respect et l'admiration mutuelle, dégage une harmonie qu'il envie.

C'est exactement ce dont il avait besoin après l'enquête Mallesan, qui l'a vidé : une soirée au calme et une bonne nuit de sommeil. Il aura besoin de forces pour la suite des événements.

En attendant, il termine son verre de chianti grande réserve avec délice, coupe son téléphone, se sentant trop vulnérable si Marie appelait, et s'enfonce dans un sommeil réparateur.

Chapitre 31

Marie sent d'abord un baiser sur sa joue, puis le parfum délicat d'un après-rasage raffiné. En une fraction de seconde, son cœur fait un bond. Elle réalise où elle se trouve. Elle reste parfaitement immobile, feignant un sommeil profond. Ces quelques secondes où le fauve la renifle lui paraissent durer une éternité. Son esprit tourne à grande vitesse et elle craint que la bête ne perçoive l'emballement de son corps. Ouf ! Le danger s'éloigne.

Elle guette les moindres bruits et se relâche au claquement de la porte d'entrée. Elle attend cinq bonnes minutes pour retrouver le calme en elle, puis s'extirpe en silence du grand lit.

De la fenêtre, elle aperçoit Arnaud monter dans une voiture. Le chauffeur installe dans le coffre un sac de golf. Son stratagème a fonctionné, il n'y a vu que du feu. Elle fait le tour de l'appartement en musardant, histoire de prendre possession des lieux. Un petit déjeuner est prêt sur la table basse du salon, ainsi qu'un mot à son attention :

Ma très chère associée

J'espère que tu as bien dormi et que ma présence ne t'a pas été trop pénible.

Pour ma part, te découvrir à mes côtés ce matin fut un réel enchantement, même si le marteau-piqueur qui s'est invité dans mon crâne a gâché ce plaisir.

Tu peux rester si tu le souhaites. Sinon, Franck sera devant l'immeuble pour te ramener.

Pour le café, bouton rouge. Pour la porte, tu la claques.

Je t'appelle ce soir.

Arnaud.

Elle appuie sur le bouton rouge, beurre une biscotte et cherche du jus de fruit dans le frigo. En vingt secondes, elle ausculte les placards de la cuisine, bien décidée à ne rien laisser au hasard, un peu inquiète tout de même ; on ne s'improvise pas espionne au pied levé.

Après son petit déjeuner, elle se laisse aller sous la douche pour effacer toutes traces de la veille. Même si Arnaud ne l'a pas touchée, le simple fait d'avoir dormi à ses côtés la dégoûte. Elle laisse l'eau chaude la purifier pendant de longues minutes, assurée d'avoir plusieurs heures devant elle. Elle en profite pour examiner la salle de bains, puis elle s'attaque au salon.

En matière de décoration, l'homme a les mêmes goûts que son père, ce qui n'est pas surprenant. Les tableaux, les meubles, les bibelots n'auraient pas déparé l'environnement de LAM. Un vrai fils spirituel, pense-t-elle, spirituel et indigne.

Elle s'arrête devant un petit cadre en bois qui emprisonne une feuille manuscrite. Elle reconnaît immédiatement l'objet que tenait Arnaud sur la photo de son ordinateur. Elle lit les premières strophes et se remémore cet étrange poème écrit par le mystérieux MR.

Elle poursuit son investigation en prenant soin de ne rien déplacer. Il est primordial de ne pas se trahir. Des livres témoignant de goûts éclectiques sont classés par genre dans un ordre religieux. Elle en feuillette plusieurs, ne sachant pas vraiment par où commencer.

De nombreux ouvrages politiques sont dédicacés par leurs auteurs, et non des moindres : des députés, quelques ministres et même un ancien président de la République récemment disparu. Ces mêmes gens qu'elle retrouve aux côtés d'Arnaud, posant le temps d'une photo. Son associé prend toujours une pose convenue qui lui donne un air vaniteux, le sourire toutes dents dehors, à la manière de LAM.

Elle continue sa fouille dans le bureau, où le nombre de photos et de diplômes laisse transparaître un culte de la personnalité très développé. Cet étalage trahissant un ego démesuré la met mal à l'aise ; c'est tout ce qu'elle déteste chez un homme. Elle commence à bien cerner à présent la nature complexe de son associé. Cette personnalité pourrait mystifier au premier abord, mais cet étalage d'orgueil, lui, ne trompe pas.

Elle allume l'ordinateur de bureau, dont le mot de passe est le même que celui découvert sur le bateau. Elle reste plus d'une heure à en ausculter tous les recoins. La partie la plus intéressante est son agenda. Elle remonte jusqu'à la date de l'incendie, où elle découvre *Rapport G & L dans la soirée*. Trop vague ! Qui étaient G & L ? Ses petites mains ?

Elle est surprise de trouver l'adresse du domicile de Romain. Hélas, tout cela ne prouve rien. Elle survole le programme des jours prochains, qui n'apporte rien. Par pure précaution, elle sauvegarde toutes les données de l'agenda sur la mémoire de son téléphone portable.

Une fois l'ordinateur éteint, elle reste les yeux dans le vague. Que cherche-t-elle exactement ? Elle n'en sait fichtre rien et cela la déprime. Elle continue son tour, s'arrête devant un cadre dans lequel il y a une couverture de vieux journal : *Le Père Duchesne*. Il est daté selon l'ancien calendrier républicain, 11 nivôse an II.

Son pied heurte soudain un objet glissé entre la bibliothèque et une commode. Elle peste en se massant le petit orteil. La douleur agit comme un flash et réveille en elle un souvenir : la cuisine à Saint-Roman, une situation semblable à celle d'aujourd'hui où elle avait fait une bêtise, et sa mère qui lui faisait la morale en lui disant que le bon Dieu l'avait punie. Elle chasse cette pensée et se penche sur l'objet. Il est protégé par du papier bulle. C'est un tableau. Elle le déballe et lorsqu'elle le retourne son sang se glace. Elle reconnaît une des toiles qui ornaient le mur du bureau de son père à Saint-Roman : un portrait à l'huile, le *Jullien de Paris* dont il était si fier. En quelques secondes elle se transporte dans cette pièce qu'elle aimait tant. Elle ferme les yeux et visualise tout ce qui ornait cet endroit où elle avait l'habitude d'écouter son père raconter des histoires merveilleuses concernant chacun des objets qui les entouraient. Elle aurait pu citer la moindre signature, le moindre auteur, le moindre maître ébéniste qui se trouvait exposé dans ce lieu plein de mystères. Pour Charles Dentremont, chaque œuvre avait une vie, qu'il se plaisait à mettre en scène dans le huis-clos de leur tendresse.

Il n'y a plus aucun doute. Elle se souvient parfaitement de l'histoire de ce Jullien, qui, malgré le sobriquet « de Paris », était un enfant originaire du Dauphiné, natif d'un village proche de Saint-Roman. Elle ne se rappelle plus lequel mais elle sait qu'il joua un rôle important pendant la Révolution française.

Voilà ! La preuve tant recherchée est devant ses yeux. Elle l'observe longtemps, comme pour évacuer le moindre doute. Le commanditaire de l'assassinat de ses parents est fait comme un rat. Elle hume la peinture en fermant les yeux et croit y détecter l'odeur des cigares qu'affectionnait tant l'homme qui l'avait élevée, son petit papa. Des larmes commencent à couler sur ses joues, lui rappelant qu'elle n'est pas encore tout à fait guérie.

Pourquoi ce tableau se trouve-t-il ici ? Selon son père, ce « Ducreux » même pas signé n'était pas d'une valeur inestimable. Elle le prend en photo avec son téléphone.

Elle n'a donc pas rêvé l'autre nuit sur le bateau. Tout ce que lui a appris Yannick se confirme, elle est bel et bien chez un monstre : l'antre de Barbe-Bleue, le cabinet du docteur Petiot, la cage d'Hannibal Lecter. Elle frissonne. Elle devrait partir au plus vite, mais elle se ressaisit. Elle a une chance inouïe d'être dans la place et de pouvoir déguerpir comme bon lui semble.

Elle termine sa visite en fouillant le dressing avec une angoisse irrationnelle. Elle s'attend presque à y trouver des cadavres. Le fait maintenant certain d'être chez un meurtrier lui fait oublier le charmant Arnaud de la veille et éveille en elle l'ombre de Mr. Hyde.

Les costumes sont alignés au cordeau, les chemises, toutes d'un blanc virginal, pendent comme des oriflammes. Une toge multicolore vient casser cet ordre quasi militaire. Elle s'en empare, intriguée. Une longue capuche percée de deux « yeux » lui rappelle la tenue des adeptes du Ku-Klux-Klan. Elle en fait également une photo.

Elle est impatiente de revoir Yannick pour lui donner toutes ces informations. Il aura suffisamment de preuves, maintenant, pour arrêter Arnaud.

Elle ne sait pas comment va réagir son père, mais il faut que la vérité éclate. Quel que soit le prix !

Elle quitte l'appartement, non sans s'assurer que tout a été soigneusement remis en place. Une fois sur le trottoir, elle respire longuement, comme si cela faisait des heures qu'elle était en apnée. Elle sursaute lorsque Franck, le garde du corps, lui pose la main sur l'épaule. Il sourit de manière inhabituelle, un sourire de connivence qui l'énerve. Elle ne peut pas supporter que l'on pense, ne serait-ce qu'une seule seconde, qu'elle a couché avec Arnaud.

En s'engouffrant dans la voiture, elle voit des gens qui l'observent depuis un autobus. Elle se met à les envier ; elle en a plus qu'assez de ce manque de liberté.

Afin d'éviter toute indiscrétion, elle attend d'être seule pour appeler Yannick, ce qui n'arrive pas tout de suite car son père est présent quand elle pénètre dans l'appartement.

Ils passent un moment ensemble à parler de son avenir. Il prononce de nombreuses fois le nom d'Arnaud ; est-il déjà au courant pour cette nuit ? Marie est tentée à de nombreuses reprises de tout lui dire, mais elle sait qu'elle doit d'abord prendre l'avis de Yannick.

Son père perçoit son embarras car il lui demande si elle va bien, si elle n'a rien à lui dire. À son sourire, elle comprend que le rapport des gardes a déjà été fait. Elle est sauvée par l'arrivée de deux policiers, les collègues de Yannick, qui viennent mettre au point la souricière qui devrait permettre la capture de Romain. Avec l'arrestation d'Arnaud, ce dont elle ne doute plus, les deux hommes seront confrontés et la vérité mise au jour. Elle sera enfin libérée de ce cauchemar. Le temps presse maintenant. Toutes ces manipulations, ces mensonges pèsent trop sur sa santé mentale et elle risque de craquer.

Les deux hommes lui expliquent le plan arrêté. Tout est étudié soigneusement et Marie peut se rendre à ce rendez-vous en toute confiance. La seule astreinte sera de porter un pendentif espion autour du coup. Le moindre murmure sera entendu par les policiers, disséminés dans la foule tout autour d'elle. L'opération devrait se régler en quelques minutes. En retour, elle leur fait jurer de ne pas utiliser d'armes. En aucun cas Romain ne doit être blessé.

LAM ne perd pas une miette du *briefing*. Son angoisse est sincère, il est loin d'être d'accord, mais, sa fille étant majeure, il ne peut s'y opposer.

La journée s'achève dans la tension. Arnaud l'appelle pour réitérer son invitation pour le soir ; il revient à la charge comme un animal qui veut récupérer sa pitance. Marie se retient pour ne pas l'insulter. Elle fait preuve de sang-froid afin de rester correcte. Il ne perd rien pour attendre, elle s'en fait le serment lorsqu'elle raccroche, dégoûtée par tant d'hypocrisie.

Le silence de Yannick est pesant. Il ne répond pas au téléphone, cela devient inquiétant. Elle se couche de bonne heure, exténuée, en pensant au lendemain. Elle s'en veut beaucoup de trahir Romain, mais il le faut. Qui sait si lui ne la trahit pas depuis le début ?

Chapitre 32

Une agréable surprise attend Romain en arrivant au port : le scooter d'Amar est stationné devant le ponton.

— Je ne pensais plus te revoir, attaque-t-il avec un air de reproche en montant à bord.

— Ah ! Romain, je m'inquiétais. Que faisais-tu à Versailles ?

— Tu m'espionnes maintenant ?

— Arrête tes sarcasmes, veux-tu ? Bon, n'est-il pas pratique, mon système GPS ?

Romain désarme son ami d'un sourire.

— Si, très pratique ! Et toi, que faisais-tu encore à Aulnay ?

— À chacun ses princesses, répond Amar en lui souriant à son tour.

— Une nouvelle cousine ?

— Non, cette fois je crois que je suis vraiment tombé amoureux.

— Un homme à femmes comme toi ? Laisse-moi rire ! Je croyais que tu voulais en profiter au maximum. Une par jour d'enfermement comme tu nous le disais toujours, on est loin du compte.

— J'ai rencontré une femme extraordinaire, belle, intelligente… et libre.

— Comment s'appelle cette perle rare ?

— Elle s'appelle Noria.

— Je suis très heureux pour toi. Est-elle au courant pour nous ? Enfin, tu lui as parlé de notre cavale ?

— Pas en détail, mais elle sent bien que je ne suis pas un lapin de six semaines.

— Que fait-elle dans la vie ?

— Elle est serveuse dans un bar, mais plus pour longtemps. Son père est gravement malade et elle doit retourner en Algérie reprendre le restaurant familial.

— Ça tombe plutôt bien, toi qui cherchais à quitter le pays.

— Oui, j'avoue que ça me tente bien. Je n'en ai pas encore parlé avec elle, mais je pense que l'idée ne lui déplairait pas. Tu m'imagines, moi, en chef cuistot, avec une femme et une ribambelle d'enfants ?

Romain regarde son ami avec tendresse. Oui ! Il le verrait très bien.

— Tu vas avoir besoin d'argent !

— Oui, je voulais t'en parler justement.

— Amar, je n'ai qu'une parole. Le restaurant, je te l'offre.

— Tu es fou ! J'ai besoin de bien moins que ça.

— Ne t'inquiète pas ! Il te les faut pour quand ?

— Une semaine ou deux. Noria part dans huit jours, laisse-moi le temps de lui faire une proposition.

— Ça ne posera pas de problèmes, point de vue papiers ?

— Non, je ne crois pas. Je passerai par l'Espagne. Dans ce sens, c'est plus facile, réplique-t-il en faisant un petit clin d'œil.

— Tu me manqueras.

— Toi aussi ! Tu viendras me voir ?

— Bien sûr, idiot ! Et n'oublie pas de m'envoyer un faire-part de mariage.

— Eh ! Je n'en suis pas encore là.

— Et moi pas encore à avoir une adresse fixe où recevoir ton courrier. À ce propos, je vais à nouveau avoir besoin de toi.

Romain lui raconte son déplacement à Versailles et son intention de faire une visite nocturne dans le magasin du troisième chevalier. À l'expression de son visage, il comprend que son ami n'a plus très envie de s'exposer.

— Tu me garantis qu'il n'y a aucun risque ?

— Tu resteras en retrait. La seule chose que je te demande est de me confirmer le champ libre quand j'aurai terminé. Tu n'auras qu'à te planquer et faire le guet.

— Comme à Montfort ?

— Aucun risque que ça se passe comme là-bas. D'ailleurs, le revolver restera ici, ça te va ?

— D'accord, vendu ! Mais c'est vraiment la dernière fois.

— Promis, on partira à la nuit tombée, mais avant je dois appeler le Café des Sports. C'est l'heure de mon rendez-vous quotidien avec Romualdo.

La voix chantante du bistrotier lui demande cette fois de ne pas quitter. Romain patiente en écoutant les bruits lointains d'une vie normale à l'heure de l'apéritif dans une ville du Sud.

— Salut Romain, quelle ponctualité ! J'attendais ton appel. J'ai ton renseignement. Ça n'a pas été facile, mais j'ai réussi.

Romain sent son cœur accélérer.

— Très intéressant ce code, poursuit son beau-père. Il s'agit d'une cryptologie très ancienne qu'on appelle *Carré de Vigenère*. Je ne pensais pas que de si vieilles méthodes pouvaient encore être exploitées. Enfin, cela m'a beaucoup amusé.

— Romualdo, s'il te plaît ! Le résultat.

— Oui ! Bien sûr ! SOBEC est la clé qui permet de rentrer dans le tableau de cryptage, donc pas de signification particulière. Un tableau de cryptage est comme une serrure : une seule clé lui correspond. Ensuite, la liste de lettres, après décodage, correspond au mot : Saint-Just-de-Claix.

Il épelle avec lenteur le nom, laissant Romain perplexe. Cela ne veut toujours rien dire.

— Et 4655 ?

— Aucune idée, je pense qu'il faut garder ce nombre en entier, il n'est pas crypté.

— Es-tu bien sûr de toi, Romualdo, c'est très important ?

— À cent pour cent. Tu sais comme je suis maniaque, je ne laisse rien au hasard.

— Merci beaucoup. Au fait, la police est revenue ?

— Non, ils se sont calmés ; par contre, pas ta mère… Je vais te laisser car elle va me trucider si elle apprend que je suis au bistro.

Romain regarde Amar en raccrochant. Ce dernier a suivi la conversation et observe à son tour la suite de lettres. À son air ahuri, il comprend qu'aucune aide ne pourra venir de ce côté-là.

— J'ai l'impression d'avoir vu ce nom quelque part, attaque-t-il. Ça ne te dit rien à toi ?

— Tu sais, les saints et moi…

— J'avais compris ! Je vais faire quelques recherches sur le Net.

Romain tape les lettres en prenant garde de ne pas commettre d'erreur. Au moment où le résultat s'affiche sur son écran, le souvenir lui revient comme une scène de film oubliée : une nationale au petit matin, entre chien et loup, une station-service. Saint-Just-de-Claix : un village dans le département de l'Isère où il s'était arrêté pour recharger sa voiture en électricité après la visite nocturne des restes calcinés de la maison de Marie.

Il lit les informations données par la mairie. Pourquoi ce village ? Il y a un lien, mais lequel ? À quoi peut bien correspondre le nombre 4655 ?

— À chaque fois que je pense trouver la clé du mystère, une autre énigme apparaît. Ça commence à devenir frustrant, poursuit-il.

— Un numéro de rue ?

— 4655 ? Dans un village de neuf cents habitants ! Réfléchis un peu, Amar, tu n'es pas à Sarcelles ! Je vais appeler lundi la mairie, on verra bien s'ils ont des idées. Je commence à avoir beaucoup de mairies à appeler, moi, lundi.

— Ton petit côté fonctionnaire qui revient, sans doute, répond Amar, un peu piqué par la remarque de son ami.

— Faire un pas en avant puis un en arrière m'exaspère. Je pensais avoir un peu plus de consistant à raconter demain à Marie.

L'équipée sauvage en scooter des deux amis commence deux heures après la tombée de la nuit. Elle les emmène à Versailles, dans le quartier Saint-Louis, particulièrement calme à cette heure-ci, la vie nocturne se situant beaucoup plus près du centre-ville. Tous les indicateurs étant au vert, ils déposent leurs montures à bonne distance de la boutique. Amar choisit un endroit stratégique pour observer sans être vu.

Quelques lumières trahissent çà et là la présence d'habitants encore éveillés. Romain s'arrête devant l'ancien magasin et fait un dernier tour d'horizon avant de commencer. Satisfait, il sort quelques outils cachés dans son blouson. En s'aidant d'un tournevis, il casse le chambranle de la porte en faisant pivot. Comme il s'y attendait, le commerce est vide. Il n'a pas été nettoyé et de nombreux déchets en tout genre jonchent le sol. Il pointe le faisceau de sa lampe dans tous les coins.

Une table métallique, qui devait faire office de bureau, masque l'entrée de l'arrière-boutique. Il vérifie la ligne téléphonique en décrochant le vieux combiné ; il ne perçoit aucune tonalité. Un calendrier publicitaire a été laissé là, oublié de tous, figeant dans le temps les dizaines de « tâches à faire » au vu des nombreuses annotations qui y figurent. Romain en fait un cliché avec son smartphone. Il reçoit simultanément un appel d'Amar pour le dissuader de recommencer, car le flash est trop visible de l'extérieur.

L'arrière-boutique a elle aussi été vidée. D'innombrables feuilles de journal jonchent le sol ainsi que les étagères. Un vieux réfrigérateur a été abandonné dans la partie sanitaires, porte ouverte. Par réflexe, Romain la ferme et, malencontreusement, fait tomber sa lampe, qui roule sous le meuble.

C'est en glissant sa main pour la récupérer qu'il sent une aspérité sur le sol. Intrigué, il bouscule la lourde armoire froide qui grince dans un son lugubre. Il a du mal à la déplacer sur ce sol bosselé. Il finit par y arriver, non sans mal, et découvre une trappe en bois massif munie d'un anneau métallique. Il lui faut encore user de toute sa force pour en venir à bout. Elle finit par céder, découvrant un escalier étroit qui invite Romain vers des ténèbres inhospitalières.

Il s'y engage, non sans avoir pris mille précautions ; il a encore en tête sa dernière escapade chez le jardinier et son manque d'anticipation. Il aboutit dans une sorte de long couloir au sol terreux qui dessert des caves, caches bien pratiques où le propriétaire des lieux devait probablement entreposer des objets de valeur. La plupart d'entre elles sont vides.

Plus loin, une lourde porte en fer forgé ferme l'accès à un autre espace. En poussant la lourde grille, Romain remarque en son centre trois fleurs de lys reliées entre elles. En dessous, il déchiffre une phrase écrite en lettres de métal : *Lâche qui les abandonne.* Il en fait un cliché.

Il constate que la pièce est de dimensions plus grandes que les autres. Il y pénètre et éprouve une étrange sensation. Un imposant piédestal de la longueur d'un corps occupe les trois quarts de l'espace. Une niche creusée dans la masse du mur laisse apparaître des traces de bougie qui se terminent sur le sol en stalagmites de cire. Très nettement, l'empreinte d'une croix chrétienne se détache du mur ; une croix de dimensions identiques à celles du crucifix découvert dans la chambre de Montmaurin. Il se trouve dans un caveau. Le cercueil a disparu, mais ce lieu a abrité une dépouille, il en est sûr.

Romain ramasse un morceau de corde au chanvre effiloché qu'un sceau de cire emprisonne. Bien que brisé, le cachet montre en partie une fleur de lys. Il touche au but.

Petit à petit, il pénètre le secret des chevaliers du Saint-Esprit. Ce sanctuaire a dû abriter un des leurs. L'atmosphère est oppressante. Pourtant, Romain se sent en confiance. Il est heureux de sa découverte. Le chemin est encore long, mais les petits cailloux laissés çà et là semblent lui être dédiés.

Chapitre 33

Yannick est encore sous le charme de ce couple qui lui a offert l'hospitalité. Qu'il est bon, parfois, pense-t-il, de rencontrer des gens qui s'aiment sans calcul ! En les regardant, la vie à deux semblait si simple. Peut-être que ça lui arrivera un jour, qui sait ?

Il quitte ce havre de paix qui lui a permis de passer une excellente nuit de sommeil, mais qui n'a pas pour autant atténué sa colère envers Marie.

Il est vite ramené à la réalité en découvrant les messages de la jeune femme. Il a dû se passer quelque chose de grave, car elle insiste pour lui parler.

C'est d'un ton glacial qu'il laisse à son tour sur sa messagerie quelques mots laconiques. Elle doit encore dormir à cette heure-là. Dans quel lit ? Cette pensée lui transperce le cœur. Sa jalousie maladive, dont il croyait s'être débarrassé, le perturbe au plus haut point. Sans vraiment se l'avouer, il sait que le sentiment irraisonné qui l'habite est tourné vers lui-même. Le constat est simple : il n'a pas été capable de retenir Marie et elle s'est jouée de lui.

Il se souvient d'un de ses meilleurs amis, qui, s'étant entiché d'une fille de vingt ans sa cadette, avait tout envoyé valser : femme, enfants, boulot et amis, à la grande stupeur de son entourage. Aujourd'hui, Yannick, sans pour autant l'excuser, comprend cette décision. L'amour vous mène parfois vers des chemins que la raison ignore. Lui, l'homme fort et solide, ne l'avait pas vu venir. Aujourd'hui, dans ce taxi italien qui le conduit à l'aéroport, il a envie de pleurer comme un adolescent.

Heureusement, le trajet ne dure pas et les formalités d'embarquement lui font oublier ses idées noires. Il entame le roman que Delphine lui a gentiment donné. Ses feuillets relatent toutes les manœuvres frauduleuses qu'utilisaient les partis politiques pour arriver au pouvoir. Yannick se souvient très bien des affaires qui sont citées et apprécie le style du journaliste : incisif, clair et concis. L'ouvrage est dédicacé par son auteur à l'attention de Delphine, prouvant une fois de plus l'extrême gentillesse de cette femme, qui ne s'est pas séparée d'un simple livre, mais d'un objet beaucoup plus personnel.

L'avion se pose à Orly en fin de matinée, ce qui lui laisse un peu de temps avant l'opération de l'après-midi. Il se rend immédiatement au 36 pour trouver les coordonnées de Jean-Pierre Letto, le journaliste, qu'il appelle sans tarder. Ayant pu apprécier son style direct dans ses écrits, il joue immédiatement franc-jeu lorsque ce dernier répond en personne. Il lui fait part de ses interrogations et demande à le rencontrer afin d'en discuter de vive voix. L'homme rejette la requête avec force. Il est hors de question de se voir. Prononcer le nom de Delphine Forel ne sert à rien. L'homme raccroche sans laisser la moindre chance au policier.

Cette réaction disproportionnée ne colle pas avec l'idée que Yannick se faisait du journaliste. C'est comme s'il fuyait quelque chose. Ses pensées sont soudain interrompues par un appel de Marie.

Comme il ne servirait à rien de faire la sourde oreille, il lui répond.

— Yannick, où étais-tu ? J'ai cherché à te joindre toute la journée d'hier.

La jeune femme semble sincère.

— J'étais en Italie. Que se passe-t-il ?

— C'est à toi qu'il faut le demander, je ne te reconnais plus. C'était quoi ce message ? Pourquoi ce ton glacial ?

La voix de la jeune femme le tempère et il lui avoue sa présence l'autre soir, en bas de chez Forel. Marie comprend immédiatement le malaise et lui explique en détail la mission qu'elle s'était fixée. Il ne fallait pas se fier aux apparences, elle était obligée de passer par là. Sa stratégie a été fructueuse puisqu'elle a trouvé la preuve de la culpabilité d'Arnaud.

C'était donc ça ! Pour un policier d'élite, il se sent idiot et confus, sentiment que la jeune femme atténue en trouvant les mots justes. Son sens de la diplomatie apaise le policier et la discussion reprend de manière plus sereine. Elle revient en détail sur tout ce qu'elle a découvert, notamment le goût d'Arnaud pour les objets se rapportant à la Révolution française ;

probablement l'explication de la présence du tableau volé, œuvre qui date de cette période.

À mesure que la conversation avance, Yannick sent le poids qui l'oppressait disparaître. Marie veut à présent que le policier agisse rapidement pour mettre hors d'état de nuire l'associé de son père. Ils ont maintenant suffisamment de preuves.

Yannick, à son tour, lui livre le récit de son entretien avec l'ex-femme d'Arnaud. Leurs sentiments respectifs se rejoignent à présent. Ils détiennent à eux deux suffisamment d'éléments pour confier le malfaisant aux mains de la justice.

En ce qui concerne l'opération de l'après-midi, il la rassure. Il connaît bien ses collègues en charge de l'arrestation et s'en porte garant. Ce sont d'excellents professionnels ; de plus, il sera lui-même dans les parages, juste au cas où. Il recommande tout de même à Marie d'être sur ses gardes, le rôle de Romain dans toute cette affaire étant plus qu'ambigu.

Il fait durer la conversation, comme pour s'assurer que rien n'a changé entre eux depuis leur dernière rencontre, et c'est le moral gonflé à bloc qu'il prend congé de la jeune femme.

Prudent et conscient de la difficulté, il décide, malgré son refus, d'aller voir Jean-Pierre Letto, le journaliste, afin de le forcer à parler. Il détient incontestablement des informations importantes. Ensuite, il sera temps de se rendre sur le lieu de la capture de Dutreil, si on lui en laisse le loisir, car il n'oublie pas l'étrange comportement de son chef. Les raisons de son éviction commencent à se dessiner dans sa tête. Si ses supérieurs sont manipulés par cette mystérieuse puissance, il ne va pas tarder à avoir des ennuis.

Il passe en vitesse chez lui, attrapant au passage un sandwich au café d'en bas. Il devine plus qu'il ne l'entend un bref coup de sonnette. Il sort de sa douche et s'approche de la porte d'entrée. Une enveloppe vient d'être glissée sous la porte. Il se précipite à la fenêtre, mais ne voit personne.

Il décachette le pli et lit :

N'appelez plus ! Rendez-vous à 14 heures précises au parc de Saint-Cloud. Entrée côté musée. Attendez sur le banc le plus proche du marchand de glace. Mettez des baskets dont vous laisserez les lacets défaits en signe de reconnaissance.

Nous courrons ensemble et je répondrai à vos questions.

J.-P. Letto.

Yannick ne s'attendait vraiment pas à ça. Il consulte sa montre et se précipite dans son dressing pour enfiler un jogging. Ça va être serré, mais il ne peut pas laisser passer cette chance. S'installant au volant de sa voiture, il regrette instantanément la demi-baguette-fromage qu'il vient d'ingurgiter.

La circulation est fluide et il traverse le pont de Sèvres avec un quart d'heure d'avance. Il s'installe sur le banc comme prévu et observe les joggeurs du dimanche. Drôle d'endroit pour une rencontre !

Soudain, à l'heure dite, un homme de grande taille, aux cheveux rares, se dirige vers lui. Comme deux amis qui se retrouvent un dimanche après-midi, ils se serrent la main. Le journaliste demande à Yannick de montrer discrètement sa carte de police. Il semble très inquiet, regarde sans cesse autour de lui.

— Désolé de prendre toutes ces précautions, dit-il, c'est nécessaire, croyez-moi ! Comment va Delphine ?

— Bien. Je l'ai quittée ce matin. Elle semble vraiment très heureuse en Italie.

— À la bonne heure. Enfin une victime qu'il n'aura pas cassée en deux.

— Je suppose que vous voulez parler de Forel.

— C'est bien pour ça que vous m'avez appelé, non ?

— Exact. Comme je vous l'ai dit, j'enquête sur lui.

— Que voulez-vous savoir ?

— J'aimerais connaître l'organisation pour laquelle il travaille. Je possède un gros dossier sur lui, mais il me manque certains détails.

— Je vois. Allons-y !

Ils démarrent leur course en petite foulée.

— Je n'ai pas découvert de nom en particulier, alors j'ai baptisé ce groupe « les Jacobins de Saint-Simon », je vous expliquerai mon choix plus tard.

— C'est quoi exactement : un club ? une association ?

— Non ! C'est une organisation secrète de type pyramidal. Il y a un noyau dur, au sommet de l'édifice, et des exécutants qui sont recrutés dans tous les milieux.

— Recrutés comment ?

— Au départ, ça commence par un service rendu, puis, petit à petit, la dette s'agrandit jusqu'à devenir une véritable aliénation. Tous les moyens sont bons pour enrôler telle ou telle personne bien placée.

Yannick pense immédiatement à un reportage sur la mafia napolitaine vu récemment à la télévision. Il revoit les hommes cités, des sommités, qui étaient totalement soumis à la Camorra, pieds et poings liés. Ils étaient tellement mouillés qu'ils étaient obligés d'accepter tout ce que l'organisation leur demandait, augmentant encore leur dépendance, jusqu'à leur arrestation.

— Comment avez-vous découvert cette mafia française ? demande Yannick, dont le souffle commence à être court.

— À la suite de mon second livre, où je dénonçais les financements occultes des partis politiques, j'ai été contacté par un ancien ministre qui, avant de se suicider, m'a tout balancé dans une lettre. Il avait atteint un grade élevé dans l'organisation, synonyme d'un haut niveau de corruption. Pour une raison qui lui appartient, à mon avis rongé par le remords, il a fait volte-face et a décidé de trahir celle qui l'avait hissé au plus haut dans le monde politique.

— Je vois de qui vous voulez parler. Je n'aurais jamais pensé que cet homme était manipulé. Pourquoi n'avez-vous pas divulgué cette lettre ?

— Parce qu'ils m'ont piégé. Ma vie est devenue un enfer. Comme beaucoup d'autres, j'ai été corrompu. J'avais le choix : finir au fond de la Seine ou à un poste prestigieux dans une chaîne de télé importante. J'ai été lâche.

— Je comprends. Pourquoi, dans ce cas, vouloir me parler de tout ça ?

— Lorsque vous êtes prisonnier des tentacules de cette pieuvre, de corrompu vous devenez corrupteur. À sa demande, vous participez à des actions illégales, par exemple à la mise à mort médiatique de telle ou telle personne. J'y ai été forcé plusieurs fois, j'ai même été obligé de trahir des hommes pour qui j'avais la plus haute estime. Aujourd'hui, j'ai changé d'employeur, je travaille, comme vous le savez, pour Canal 4. Je suis un peu plus tranquille, mais pas à l'abri. Je sais qu'ils m'ont à l'œil. J'ai toujours une épée de Damoclès au-dessus de la tête. Vous êtes le premier policier, à ma connaissance, à s'intéresser à eux. Je me suis renseigné ce matin et ce que j'ai découvert sur vos succès passés m'a donné confiance en vous.

— Vous ne laissez rien au hasard.

— C'est probablement pour ça que je suis encore en vie. Je me dois de vous dire ce que je sais. Une seule condition : cela restera anonyme, bien sûr. C'est à prendre ou à laisser. Sachez que dénoncer ce groupe ne suffira pas. Seul un coup spectaculaire pourra mettre un terme à ses agissements. C'est le rêve de ma vie. Je pourrais enfin recouvrer la liberté d'écrire et exercer mon métier de journaliste comme je le souhaite.

— Est-ce que ça vous ennuierait d'arrêter de courir ? Je crois que je vais me trouver mal…

Yannick n'en peut plus. Une crampe abdominale le scie en deux. Il y a bien longtemps qu'il n'a pas couru comme ça ; le sandwich avalé à la va-vite ainsi que ses abus d'alcool récents n'arrangent pas les choses. Ils marchent quelques minutes en direction d'un bosquet à l'abri des regards, le temps pour Yannick de reprendre son souffle. La discussion se poursuit et le journaliste déballe tout ce qu'il sait.

— Cette organisation a débuté au lendemain de la Révolution française, il y a deux cents ans. Un jeune député, Jullien de Paris, un des seuls lieutenants de Robespierre qui n'ait pas été guillotiné, s'est obstiné à faire vivre en secret la doctrine des Jacobins. Rescapé de la Terreur, période sombre dont il a été l'un des acteurs, ayant perdu tout pouvoir politique à la mort de son maître, Jullien s'est évertué tout au long de sa vie à revenir sur le devant de la scène. Napoléon Bonaparte, lui-même, a rejeté ses idées d'égalité et d'abolition des privilèges. Devenu professeur spécialiste de l'éducation, probablement une couverture honorable, Jullien de Paris a défendu au sein de son organisation le saint-simonisme, une philosophie qui voulait substituer la science à la religion et l'économie à la politique. Des idées qui ont été reprises bien plus tard par les non moins célèbres Engels et Marx.

Yannick comprend la raison pour laquelle le journaliste les a baptisés « les Jacobins de Saint-Simon ».

— Tout au long de l'histoire, poursuit Letto, on devine la présence de cette organisation qui, de façon plus ou moins active, a toujours agi de façon occulte et malfaisante. Napoléon, après avoir échappé de justesse à l'explosion d'une bombe posée par les royalistes, rue Saint-Nicaise, a profité de l'enquête qui s'ensuivit pour faire un peu de ménage et envoyer en exil les plus radicaux. C'est à ce moment que le futur empereur, sentant le danger, a accéléré la fondation du Premier Empire. Jullien de Paris, lui, s'en est sorti une fois de plus. Il a continué sa lutte souterraine. Toute l'histoire de notre pays depuis la Révolution a été entachée d'événements manœuvrés par ses complices. Son organisation est devenue tellement puissante pendant la Ve République que je mets en doute l'équité des multiples élections qui ont eu lieu sur le plan national. Pour moi, les derniers présidents ont été mis en place par ce groupe. Les Français élisent un chef d'État dans une liste de candidats soigneusement choisis par l'organisation. De face, le pays expose l'image d'une démocratie totale et transparente, montrée en exemple dans le monde entier. Je vous laisse imaginer le revers de cette médaille trop brillante, poursuit le journaliste. Les Jacobins ont fait le plus grand braquage jamais commis : le hold-up de la nation. Depuis longtemps les partis politiques sont gangrenés, ainsi que les plus hautes instances de la vie civile et militaire. Tout n'est que réseau et corruption.

Yannick est abasourdi. Il se demande si le journaliste n'affabule pas un peu. Comme tout le monde, il a souvent entendu parler de cette fameuse théorie du complot qui, lorsqu'un événement indicible survient, explique l'inexplicable. Mais là, en ce beau dimanche après-midi, dans un parc ensoleillé où se croisent promeneurs et enfants à vélo, un homme lui sert sur un plateau un complot qu'aucun être humain n'aurait pu imaginer. N'est-ce pas un peu trop ?

Il bombarde le journaliste de questions. Un tel réseau doit posséder un organigramme, des moyens de communication ; il doit réunir ses membres de temps en temps. Tout cela laisse forcément des traces.

Le journaliste explique le fonctionnement :

— Au sommet de la pyramide se trouvent les intouchables, les doctrinaires, les Jacobins de Saint-Simon, qui se réunissent pour définir telle ou telle orientation importante. Les étages inférieurs possèdent peu de liens avec l'étage suivant, ils ne font que passer les plats. La grande majorité des membres œuvrent de bonne foi dans leur assemblée caritative en ignorant qu'ils ne sont qu'une strate d'un mille-feuille géant. En aidant un ami, qui, lui, rend service à un autre à la demande d'une tierce personne, etc., etc. Tous les réseaux, clubs de pensée, francs-maçons, anciens élèves, partis politiques alimentent l'organisation, qui utilise des membres bien placés dans chaque groupe.

— Quelque chose m'étonne : vous venez de dire que ces Jacobins de Saint-Simon privilégient le pouvoir économique par rapport au pouvoir politique. Or, il y a toujours à la tête de la France un président choisi dans un parti politique, puis élu démocratiquement par l'ensemble des Français, réplique Yannick avec fougue.

— Ouvrez les yeux ! Nous sommes au bord d'une explosion sociale. Le taux de chômage n'a jamais été aussi haut, les SDF n'ont jamais été aussi nombreux, la banlieue est devenue un *no man's land* où la police ne s'aventure plus. Pourtant, des solutions existent, radicales. Certes, elles coûteraient des fortunes aux grands groupes industriels, qui préfèrent délocaliser le travail là où il est le moins cher. Pourquoi aucun homme politique ne se risque-t-il sur ce chemin-là ? Alors, qui détient le vrai pouvoir aujourd'hui ?

— Je comprends mieux. Ces Jacobins entretiennent une illusion de liberté et se servent sur la bête, si je puis dire.

— En quelque sorte !

— Je ne suis pas un grand spécialiste de l'histoire, mais, si je me souviens bien, la Révolution a eu lieu à cause des inégalités et du prix du pain. Les Jacobins ont pris le pouvoir et, d'après vous, ne l'ont pas lâché, pour, deux cents ans plus tard, se retrouver dans la même problématique.

— C'est tout le paradoxe. On entend tous les jours le peuple gronder. Si rien ni personne ne vient changer ça – et je ne vois pas qui pourrait le faire tellement le système est verrouillé –, nous irons droit vers une nouvelle révolution. Les Jacobins, paradoxalement, sont retombés dans les mêmes travers que les acteurs de l'Ancien Régime.

— D'après vous, que fait Arnaud Forel dans cette organisation ?

— Je pense qu'il a gravi les échelons pour se retrouver proche du sommet de la pyramide, je ne sais pas exactement à quel niveau.

— Je viens d'apprendre qu'il possède un tableau de ce fameux Jullien de Paris. Étrange, non ?

— Pas vraiment. Delphine m'a dit qu'il collectionnait les objets datant de la Révolution. Je ne crois pas aux hasards ; posséder un tel tableau nous indique qu'il connaît la genèse du mouvement dans lequel il est impliqué, donc ça confirme son niveau élevé dans la hiérarchie.

— Connaissez-vous d'autres membres ?

— Oui, feu le ministre en a couché quelques-uns sur le papier. Ils me servent d'assurance-vie. Vous comprendrez que je les garde pour moi, j'ai déposé la liste en lieu sûr.

— Dites-moi au moins s'il y a Louis-Antoine Mallesan.

— Il n'est pas dans la liste, mais je n'ai pas tous les noms.

— Une telle réussite ne peut être que suspecte.

Le front du journaliste se plisse.

— Un seul homme connaît tous les membres du groupe. Il s'agit de celui que j'appelle « la Mémoire ». Il fait partie des dirigeants et, en quelque sorte, est le gardien du temple. Il connaît toute l'histoire depuis le début. Le ministre ne connaissait pas son nom, mais l'avait rencontré. D'ailleurs, c'est de lui qu'il tenait tout ce que je viens de vous apprendre. Les réunions se déroulent masqué, en suivant tout un cérémonial.

— Cela confirme ce que j'ai appris, répond Yannick, en pensant à la robe de cérémonie que Marie a découverte dans le dressing de Forel.

— Cela nous paraît folklorique, d'un autre temps, mais il est indéniable que ce rituel augmente le secret et lie encore plus à l'organisation celui qui le partage.

— Si je comprends bien, même la personne la plus honnête peut être happée dans cet engrenage et se retrouver à commettre les pires crimes.

— Vous avez parfaitement compris.

— Je devrais m'attendre au pire alors !

— J'espère de tout cœur que vous allez réussir. Soyez très prudent. Ils ont des yeux et des oreilles partout. Ils n'hésiteront pas à vous supprimer si vous les gênez. Par contre, pensez à moi si vous leur portez un coup fatal. Je serai là avec mon équipe de télévision.

Yannick met un terme à l'entretien, car l'heure tourne et il ne veut pas rater le rendez-vous de l'après-midi sur l'île Saint-Louis. Il en a appris suffisamment. Il ne lui reste plus qu'à peaufiner la stratégie à employer afin d'éviter l'erreur fatale. L'arrestation de Romain, il en est sûr, va lui apporter de nouvelles informations capitales qu'il mettra dans son panier pour le pique-nique final.

Yannick n'avait pas prévu la fermeture des grands axes routiers. Le dimanche est « piéton » depuis de nombreuses années. De plus, aujourd'hui, comble de malchance, le seul boulevard accessible en voiture est envahi par une horde de syndicalistes et de casseurs qui manifestent pour une raison inconnue du policier.

Les visages encagoulés qui passent de part et d'autre de son véhicule persuadent Yannick de ne pas utiliser sa sirène, ce qui serait perçu comme une véritable provocation. Il regarde les minutes défiler, impuissant devant les événements qui se déroulent autour de lui. Il va rater son rendez-vous. Il gare sa voiture, accroche son holster de façon discrète, à même la peau, et se mêle à la foule.

À l'approche de la place de la Concorde, il découvre des centaines de policiers casqués qui verrouillent le pont afin de bloquer l'accès à l'Assemblée nationale. Il ne peut s'empêcher de repenser à la discussion qu'il vient d'avoir.

Et si c'était vrai ?

Il commence à s'impatienter. La foule manifeste de plus en plus sa colère et ralentit son avance. Il ne lui reste plus que trente minutes pour se rendre sur l'île Saint-Louis et les principaux axes sont barrés par des cordons de CRS.

Il téléphone à son collègue Philippe, qui est en charge de l'opération. Il apprend avec stupeur la présence de son chef de service, le commissaire Lajoie. C'est bien la première fois que celui-ci se déplace pour une arrestation en plein week-end. Interroger Romain va être difficile en sa présence. S'approcher de Marie, encore plus ! Yannick a fourni à ses collègues les renseignements nécessaires et basta ! Il n'a plus le droit d'intervenir dans cette affaire. Philippe lui est certes reconnaissant, mais il ne prendra aucun risque vis-à-vis de sa hiérarchie.

Yannick bute sur des CRS qui restent inflexibles. Son insigne de police ne change rien. Épaules contre épaules, boucliers en avant, visières de casque baissées, ils bloquent le boulevard sous les crachats d'une foule de plus en plus agressive.

Les premières détonations proviennent d'un peu plus loin, rapidement suivies par l'odeur caractéristique des gaz lacrymogènes. L'atmosphère est électrique et Yannick sent la situation basculer. Des bagarres éclatent çà et là.

Il est inutile de s'attarder. Il rebrousse chemin dans l'espoir d'accéder au jardin des Tuileries, seul passage qui s'offre à lui le long de la Seine en direction du musée du Louvre. Une fois là-bas, un bon sprint et il pourrait, avec un peu de chance, être présent au début de l'opération. Il se demande ce qui, de son impatience de tout raconter à Marie ou de sa présence, lui donne envie de courir comme ça. Finalement, il porte la tenue adéquate, bien qu'un second footing dans la même journée ne l'enchante guère.

Alors qu'il atteint la grille du jardin, son téléphone vibre. À son grand étonnement, c'est le commissaire Lajoie. Que lui veut-il encore ?

— Manuel, j'écoute ! entame-t-il d'un ton sec.

— Salut Manuel ! Je viens d'apprendre que vous étiez de la fête cet après-midi.

— C'est exact, monsieur. Je tenais à terminer ce que j'avais commencé.

— Bon, d'accord, vous êtes vraiment une tête de mule. On en reparlera. Où êtes-vous ?

— Je suis bloqué par les manifestants à la Concorde.

— Bon, rappliquez au plus vite, vous ne serez pas de trop ici. J'ai des ordres. En aucun cas Dutreil ne doit nous échapper. Pouvez-vous arriver à temps ?

— Je traverse le jardin des Tuileries et, si mon cœur ne lâche pas, je devrais être là à l'heure du rendez-vous.

— Allez jusqu'à la pyramide du Louvre. Je vous envoie une voiture !

— O.K., je fonce.

Yannick entame sa course de fond dans le parc qui conserve un semblant de calme, sans commune mesure avec la place de la Concorde. Il n'y circule que des curieux avides de sensations fortes. Dans un coin, des hommes coiffés de casquettes rouges et portant des banderoles entourent un des leurs qui est blessé. Le policier les dépasse sans ralentir son allure malgré la brûlure qui s'est invitée dans sa poitrine. Allez ! encore un petit effort.

Au fur et à mesure qu'il s'éloigne du tumulte, la rumeur et les cris s'atténuent. Il perçoit encore les sirènes des voitures de secours et des détonations de grenades, le tout se brouillant dans le tintamarre des battements de son cœur.

Il est quatre heures moins cinq et il approche du Louvre. Si la voiture est là, il a encore une chance. Il accélère dans la dernière partie du jardin, presque déserte.

Arrivé à la hauteur de deux hommes, la surprise est totale. Il reçoit une manchette d'une brutalité inouïe qui le déséquilibre et l'envoie valser dans un massif de fleurs. Ses agresseurs se jettent sur lui et commencent à le rouer de coups. Il n'a pas le temps de sortir son arme. Il adopte la position fœtale pour protéger les parties essentielles de son corps. Les gars s'acharnent à coups de rangers et il perd connaissance.

Chapitre 34

Romain se regarde une nouvelle fois dans la glace. Bien que le casque risque d'annihiler tous ses efforts capillaires, il repasse une main dans ses cheveux, remet une mèche en place et se plie en deux pour tenter d'avoir un aperçu de l'ensemble dans le miroir de poupée de sa cabine.

— Tu as encore changé de chemise ? lui dit Amar, un brin taquin.

— Oui monsieur ! L'autre était un peu douteuse.

— Allons-y ! Je veux repérer les lieux.

— C'est bon, on part. On fait comme on a dit. Tu restes sur ton scooter de l'autre côté du pont, sur l'île de la Cité. Tu auras une belle vue sur la terrasse de la brasserie. En cas de problème, je te rejoins et on décampe.

— C'est toi le chef ! Mais je persiste à dire que je ne la sens pas, cette balade.

— Arrête un peu, Amar ! Tu vas me porter la poisse si tu continues. C'est le rendez-vous de ma vie. Je ne dois rater ça pour rien au monde.

Comme la veille au soir, les deux hommes filent sur leurs montures, se faufilant dans les ruelles parisiennes afin d'éviter les barrages de police érigés çà et là pour la manifestation du jour.

Ils font un bref passage sur le lieu du rendez-vous, histoire de constater *de visu* que rien ne cloche. La foule de touristes habituelle encombre le quartier. Rien d'anormal jusque-là !

Romain abandonne ensuite son deux-roues à l'autre extrémité de l'île et se fait conduire au plus près par son ami, qui, une fois son fardeau déposé, part rejoindre son poste d'observation. L'anxiété d'Amar est palpable. Il est tendu comme un arc.

Romain, lui, une fois son casque retiré et confié à son camarade, se jette dans la foule. Il se sent nu et vulnérable. Il va devoir déambuler à visage découvert. Il reste encore dix minutes avant l'heure du rendez-vous. Il s'offre, une glace, sans réelle envie, plus pour parfaire son image de touriste que pour calmer son impatience. Dans le reflet d'une vitrine, il observe sa longue silhouette qui le fait ressembler à un vacancier américain noyé dans le flot de ce Paris de carte postale, ce Paris tellement loin de la réalité grouillante et mécontente de son peuple.

Il est très ennuyé car il a oublié son téléphone dans son autre chemise. Décidément, il n'est pas formaté pour cette vie-là. Il ferait un bien piètre espion ; l'aventure convient mieux à d'autres. Lui, ses rêves sont peuplés de choses normales, un peu comme tous ces gens qui se promènent avec leur bonheur accroché au visage.

Son angoisse atteint son paroxysme quand il approche de la petite place où il a rendez-vous. Il se dissimule dans la file d'attente des amateurs de sorbets Berthillon.

Assuré d'être bien caché par la foule, il se retourne et détaille les clients du café. Il repère Marie immédiatement. Elle est assise et l'attend, une cigarette à la main. Elle porte un tee-shirt blanc. Ses cheveux en broussaille la rajeunissent. Il la trouve amaigrie et terriblement séduisante. Les yeux de la jeune femme scrutent la foule. Son regard le cherche, lui, Romain. Elle est encore plus belle que dans ses souvenirs.

Il jette un coup d'œil de l'autre côté du pont et s'assure de la présence d'Amar. Tout semble normal aux alentours. Pas de policiers. Go ! C'est le moment.

Il sort de son rang et effectue à découvert les derniers mètres. Son cœur bat à cent à l'heure, c'est enfin le moment tant attendu. Hypnotisé, il ne quitte plus des yeux la femme qui a pris tant d'importance dans sa vie. Lorsqu'elle l'aperçoit, elle lui fait un signe discret de la main.

Soudain, un jeune homme surgi de nulle part s'approche d'elle et lui adresse la parole. Sans arrêter le mouvement, Romain continue son chemin, les sens en alerte. Il perçoit la voix de Marie qui ordonne à l'importun, de façon ferme et peu courtoise, de retourner d'où il vient. Ce ton qu'il n'avait jamais entendu dans la bouche de la jeune fille et le coup d'œil furtif qu'elle jette sur un couple attablé plus loin lui mettent la puce à l'oreille. Tous les sens en éveil, il ne rate pas l'échange de regards entre ce couple et un homme assis à deux pas de là. Simultanément, deux autres hommes qui devisaient le long du quai se tournent dans sa direction. L'un des deux, la tête rasée, a du mal à dissimuler un petit fil derrière l'oreille. La suite se passe très vite.

Romain esquisse un pas de travers suffisamment brusque pour changer le rythme nonchalant de la foule qui l'entourait. C'est comme s'il avait déclenché un signal invisible. Plusieurs personnes se précipitent sur lui. Il n'a que le temps de voir le visage horrifié de Marie au moment où il entame un sprint, bousculant l'homme à l'oreillette qui lui barrait le passage.

Une confusion s'ensuit. Les gens se mettent à crier. Comme une bande de pigeons effrayés par l'arrivée d'un enfant, ils s'égaillent en courant dans tous les sens. Romain en renverse quelques-uns dans l'affolement. Au moment où il va traverser le pont en direction d'Amar, trois policiers, parfaitement identifiables cette fois, lui barrent le passage. Romain se rue sans réfléchir dans l'escalier qui descend sur le quai, seule issue possible. Il dévale les marches quatre à quatre et manque de s'affaler, déséquilibré par la laisse d'un petit chien qui hurle sous le choc.

Les hommes de la brigade criminelle le suivent de près, arme à la main. Ils lui intiment l'ordre de stopper.

Romain atteint très vite l'extrémité de l'île. Malheureusement, d'autres policiers apparaissent également de l'autre côté. Ils lui barrent la seule issue permise. La nasse se referme. En une fraction de seconde, il revoit le cauchemar de son arrestation et des quinze années derrière les barreaux.

« Non ! Plus jamais ça ! »

Sans réfléchir, il plonge dans la Seine, au grand dam de ses poursuivants, qui s'agitent dans tous les sens. Aidé par le courant, il s'éloigne rapidement du bord en nageant le plus vite possible. Au contact de l'eau, étrangement, il retrouve son calme. Cet élément est son allié. Il se concentre sur les mouvements de son crawl, sachant que leur précision lui fera gagner de précieuses secondes. Il perçoit des claquements secs vite interrompus. « Merde, ils me canardent ! »

Il est à présent au milieu du fleuve et perçoit les cris des badauds, nombreux de part et d'autre de la Seine, qui suivent sa progression. Soudain, une vibration sourde lui signale un danger. Il se retourne et voit une énorme masse se diriger droit sur lui, un bateau-mouche rempli de touristes.

Marie regarde autour d'elle. Quel beau dimanche après-midi ! L'endroit est parfait pour cette rencontre. Elle repère les policiers parmi la foule. Elle fait deux trois essais de micro en se raclant la gorge et l'inspectrice, assise deux tables plus loin, lui envoie un signe discret.

Elle commande un Coca et observe ses semblables avec envie, surtout les couples d'amoureux, qui, comme le dit l'adage, se sentent seuls au monde.

Le stress la fait fumer plus que de coutume. Soudain, elle aperçoit Romain. Il est amaigri, porte une fine barbe et se dirige vers elle comme un automate. Son regard montre qu'il n'est pas habité de desseins agressifs. Elle devine même une esquisse de sourire lorsqu'elle lui fait un signe.

Malheureusement, elle ne s'attendait pas à se faire draguer au pire moment. Elle renvoie l'abruti de service d'où il venait. Trop tard, c'est le grain de sable qui fait capoter l'opération.

Romain décampe en renversant quelques personnes sur son passage. Elle se précipite à la suite des policiers et arrive au bout de l'île juste à temps pour l'entrevoir au milieu du fleuve, déjà à une bonne distance du quai. Horrifiée, elle voit un policier dégainer son arme et commencer à tirer. Sans voir le danger, elle se jette sur lui en hurlant. Il plie sous son poids alors qu'elle le martèle de coups de pieds et de coups de poings. Ce n'était pas prévu dans le plan, on le lui avait promis !

Elle est rapidement maîtrisée par deux fonctionnaires, qui obéissent aux ordres agressifs de celui qu'elle vient de frapper. Lorsqu'elle voit le corps de Romain disparaître sous le bateau-mouche, son sang se glace. Le navire poursuit sa promenade sans que personne à bord ne s'aperçoive du drame. Elle se débat de toutes ses forces pour rejoindre son ami, mais les policiers l'agrippent de plus belle. Où est Yannick ? Il devait être là !

Philippe, le policier responsable de l'opération, tente de la calmer. Il ne s'attendait pas non plus à ce que son chef tire sur Romain. L'opération est un vrai fiasco. Le commissaire Lajoie fulmine. Il harangue ses subalternes avec hargne. Il confie Marie à l'inspectrice du groupe et disparaît avec le reste de l'équipe. Le bateau, lui, continue son chemin malgré les gestes de centaines de témoins qui tentent d'alerter son capitaine.

Marie s'assoit par terre, au bord de l'eau. Elle réalise à peine le drame qui vient de se jouer. Elle ne quitte pas des yeux l'endroit ou elle a vu Romain disparaître. Des policiers surgissent sur la voie sur berge, à la hauteur du lieu où Romain a coulé. Elle observe ces petites silhouettes courir dans un désordre indescriptible. La brigade fluviale arrive à son tour dans un hors-bord puissant et commence ses va-et-vient.

Le temps s'est arrêté. Marie sent des larmes couler sur ses joues. L'impuissance, la culpabilité, la tristesse la clouent sur place. Derrière elle, des centaines de badauds, témoins malgré eux, l'observent, horrifiés.

Romain perçoit immédiatement le péril et accélère ses mouvements pour s'éloigner de la trajectoire du bateau. Trop tard ! Il sent soudain sous ses pieds le contact du danger. Il se retourne et constate qu'il est passé sur un des côtés du navire. Il est hors de vue de ses poursuivants. Son corps glisse le long de la coque, le rapprochant dangereusement des hélices. D'un mouvement de hanches surhumain, il jaillit hors de l'eau et agrippe un des pare-battages qui pendent le long de la coque.

Il n'a droit qu'à un essai et c'est le bon. L'accélération est brutale. Il reste ainsi de longues minutes, accroché, le bas du corps plongé dans l'eau sale du fleuve. Il reprend son souffle en réfléchissant au plus vite à la façon de se sortir de là. Il sait que la vedette va s'arrêter au pont de l'Alma, port d'attache de ce type d'embarcation. Il ne lui restera plus qu'à reprendre pied sur la terre ferme.

C'était compter sans les manifestants qui commençaient à se battre avec les forces de l'ordre non loin de là. Le bateau ralentit et entame un demi-tour. Le commandant ne veut sûrement pas prendre le risque de passer sous le pont de la Concorde, où se trouve le cœur de la bataille. Romain comprend immédiatement la situation et profite de ce que le bateau est quasiment arrêté pour s'écarter des hélices qui risquent de le happer. Il reprend sa nage en direction de la rive gauche du fleuve, côté opposé aux affrontements.

Les nombreux croisiéristes ne s'aperçoivent même pas de sa présence, ni même le personnel de bord ; tous sont captivés par les échauffourées qui se déroulent devant eux. Approchant du bord, des photographes aident Romain à se hisser sur la rive, persuadés d'avoir affaire à un manifestant tombé à l'eau.

De nombreux CRS, en retrait de ce côté-ci, attendent le feu vert pour se lancer dans la bataille. Ils ne font pas attention à ce grand bonhomme tout mouillé qui marche vers le boulevard Saint-Germain. Le bruit est assourdissant. Les explosions de grenades lacrymogènes donnent à l'atmosphère une couleur de guerre civile. Romain perçoit miraculeusement un Klaxon dans ce vacarme. Il sursaute lorsque le véhicule est juste derrière lui, à le toucher.

— Le taxi de Monsieur est avancé !

— Amar !

— Allez, grouille ! Ça sent pas bon ici.

Il ne croyait pas si bien dire. Deux voitures de police, sirènes hurlantes, s'arrêtent à quelques mètres d'eux. Ces policiers-là n'ont rien à voir avec les forces de maintien de l'ordre. Ils jaillissent de leurs véhicules, arme au poing, et se précipitent vers la rive sans remarquer les deux hommes sur un scooter qui empruntent un trottoir dans la direction opposée.

À son arrivée à la planque, Romain est pris de tremblements incontrôlés. Est-ce le froid ? Le contre-coup ? Il lui faut de longues minutes sous une douche brûlante pour recouvrer son calme. Un verre de whisky et un petit cachet sorti du sac d'Amar achèvent l'effet.

Son corps apaisé, la douleur s'est déplacée. Elle a désormais élu domicile dans son cerveau, où repasse sans cesse le film de cet après-midi. Il ne sait ce qui, de la déception de n'avoir pu parler à Marie ou de sa trahison, l'anéantit à ce point. Elle est passée dans l'autre camp à présent. Elle désire sa perte. Sans le sauvetage *in extremis* d'Amar, qui avait suivi de la berge sa progression dans l'eau, où serait-il maintenant ?

Sa tanière est plongée dans l'obscurité. Il reste immobile, allongé, les yeux ouverts vers l'infini. Amar est reparti rejoindre Noria, non sans avoir essayé de lui remonter le moral. Il voulait rester avec lui, mais Romain lui a intimé l'ordre de disparaître.

Sans raison, il se remémore son arrivée à la prison de Fleury-Mérogis. Il revit la plongée dans ce monde parallèle, avec ses lois, ses coutumes, son langage. Puis cette première rencontre avec Amar, qui s'était mal passée ; une rivalité instinctive entre deux êtres blessés qui cherchaient à imposer leur propre hiérarchie. Ils savaient qu'ils allaient partager des années de vie commune, un compagnonnage choisi par l'administration pénitentiaire. Romain calcule : quatorze ans de vie, avec des hauts et des bas, mais, au final, une amitié hors pair qu'il apprécie aujourd'hui, une fois de plus, à juste titre. Son ami a encore été là pour le sortir de ce mauvais pas.

Il essaye de dresser un bilan, mais le résultat médiocre de son enquête l'enfonce encore plus dans la déprime. Il touche le fond. Que va-t-il devenir, maintenant qu'il a perdu Marie ? Il se rend à l'évidence : cette femme était le moteur qui le poussait à rechercher la vérité. Sans elle, il n'en a plus envie. Il n'y a plus qu'une seule issue : la fuite à l'étranger. Il devra accepter de ne jamais connaître le fin mot de l'histoire de sa vie.

Au même moment, à quelques kilomètres de là, Marie, allongée dans sa chambre, ressasse à n'en plus finir les événements de cette journée éprouvante. Philippe Évrard, l'inspecteur en charge de l'opération, a téléphoné pour les informer, son père et elle, des derniers rebondissements de l'affaire. Romain a été aperçu sain et sauf sortant de la Seine au pied du pont de la Concorde. Les policiers ont saisi quelques clichés de photographes de presse présents à ce moment-là. Marie a du mal à cacher sa joie. Elle s'en serait voulu à vie si le pire lui était arrivé. En revanche, LAM est entré dans une rage folle, insultant le policier, le menaçant de le faire muter.

Bien entendu, Romain est redevenu, aux yeux de son père, une terrible menace, d'autant plus qu'il se sait trahi maintenant. LAM a donné des ordres pour resserrer la protection. La vie de Marie va devenir un enfer.

Pour finir de ternir le tableau, elle n'a toujours aucunes nouvelles de Yannick, malgré les innombrables messages qu'elle lui a laissés. Elle finit par s'endormir, bercée par le souvenir du regard tendre que Romain lui a offert pendant ces quelques secondes de calme, cet après-midi. Le destin les a réunis de façon étrange. Il les sépare de façon cruelle.

Chapitre 35

La pluie qui tombe sans discontinuer depuis le milieu de la nuit résonne à l'intérieur de la péniche comme un chant monotone. La semaine commence mal ; un de ces lundis mornes que Romain déteste plus que tout.

Sa nuit, comme il s'y attendait, a été peuplée de cauchemars et de longues périodes d'éveil. Il resterait bien allongé dans sa bannette toute la journée ; il n'a plus envie de rien. Il se force malgré tout à se lever, car le cafard le gagne. Dans ce gouffre sans fond dans lequel il se débat depuis la veille, une petite lueur d'espoir scintille : Simone ! Est-ce l'envie de la revoir ? Son instinct de survie ? Ce souffle de vie qui l'a empêché de sombrer pendant toutes ces années le pousse à aller de l'avant.

Il reprend le chemin de Versailles, pour s'arrêter cette fois devant la mairie. Lorsqu'il gare son scooter, il aperçoit le château éclairé par un rayon de soleil fugitif échappé d'un ciel lourd de nuages. Les dorures du palais reflètent cette lumière divine et le font briller de mille feux. Un signe ?

À l'accueil de l'hôtel de ville, il demande à rencontrer Simone. Quelques minutes plus tard, la jeune femme apparaît, souriante. Elle l'invite à entrer dans son bureau et lui offre une tasse de café. Il lui raconte sa visite chez l'agent immobilier et le mur de bêtise auquel il s'est heurté. Bien sûr, aucun mot sur l'escapade nocturne de samedi.

Simone téléphone au cadastre et demande les informations concernant la parcelle du magasin. En attendant de les recevoir, ils discutent de tout et de rien. Sa façon d'être dévoile un être d'une grande gentillesse. Il remarque pour la première fois l'azur de ses yeux.

Petit à petit, il réalise qu'une vie est possible en dehors de Marie. Il n'est pas insensible au charme de la femme qu'il a devant lui. Elle lui présente avec fierté le service dont elle a la direction. Elle travaille à l'urbanisme depuis des années – trop nombreuses, relève-t-elle avec dérision.

Romain la rassure. À l'attitude de l'employée qui les interrompt pour déposer une chemise bourrée de documents, il comprend que Simone est très estimée de ses subalternes. Sa première impression se confirme.

Un tintement mélodieux coupe leur conversation, les renseignements demandés viennent d'arriver sur l'ordinateur. Romain observe ses longs doigts, ornés de bagues en tout genre, qui courent sur le clavier. Il constate non sans plaisir que seul son annulaire gauche reste vierge de tout bijou.

Simone ouvre le document et survole la première page en lisant du bout des lèvres ce qui ne devait pas être très important.

— Ah ! voilà ! dit-elle soulagée, comme si cette tâche l'ennuyait et qu'elle désirait revenir au plus vite à la conversation qu'ils avaient entamée.

— Propriétaire de l'immeuble comprenant trois appartements et une boutique sise… bla ! bla ! Monsieur Jean de Nogaret.

— Jean de Nogaret ?

— C'est ce qui est écrit, par contre, l'adresse est celle du magasin. Elle n'a pas été mise à jour. À moins que ce monsieur n'habite pas l'immeuble.

— Pouvez-vous vérifier d'ici ?

— Oui, un instant… Voilà ! J'ai trois noms différents à cette adresse-là. Et… bingo ! L'un des occupants est locataire. Jean de Nogaret a vendu deux appartements et en a gardé un pour le louer, ainsi que la boutique. Il ne vous reste plus qu'à aller sonner chez ce monsieur… Je vous note les coordonnées et vous trouverez ce que vous cherchez.

— Fantastique ! Vous êtes merveilleuse, Simone !

— Je sais, on me le dit souvent.

— Puis-je vous inviter à déjeuner ? Vous faites une pause à midi ?

— Je peux m'arranger.

Ils conviennent d'un rendez-vous dans un petit restaurant de la place du Marché. Romain profite du temps libre pour retourner au quartier Saint-Louis. Une fois sur place, il sonne à l'interphone, qui reste muet. Cela aurait été trop beau. Discrètement, il vérifie la porte de la vieille boutique et constate que personne n'a pénétré dans le magasin depuis sa visite l'autre nuit. Il décide de repasser plus tard.

Le déjeuner est très agréable. Il décide de donner à la jeune femme son véritable prénom. Il ne se fait pas à sa nouvelle identité. À quoi bon ?

Par chance, il s'est remis à pleuvoir et le déjeuner se déroule à l'intérieur. Romain n'a pas envie de s'exposer, son plongeon dans la Seine a fait pas mal de bruit et se trouve en bonne place dans les journaux. Il a pu le constater en feuilletant quelques quotidiens.

Simone lui raconte sa vie, son divorce, ses deux enfants dont elle partage la garde avec son ex-mari, ses griefs envers lui qui ne s'occupait pas assez bien d'eux, car trop souvent absent à cause de son métier de pilote de ligne, de la difficulté d'élever deux garçons de sept et onze ans. Elle baisse les yeux lorsqu'il lui répond qu'il est célibataire sans enfant, masquant avec difficulté sa satisfaction.

Cette parenthèse vide le cerveau de Romain. Pendant plus d'une heure, il écoute plus qu'il ne se dévoile. Cette femme lui plaît. Il apprécie sa féminité, ses cheveux mi-longs, son maquillage léger et surtout sa fausse timidité, qui ajoute de la valeur à son charme naturel.

Hélas, cette rencontre n'efface pas le souvenir encore vivace de Marie et surtout sa trahison. En revanche, elle entrouvre la perspective d'un futur, et cela, Romain s'en saisit à pleines mains, tel un naufragé attrapant une bouée de sauvetage. Comment a-t-il pu imaginer, dans ses rêves les plus fous, une vie avec Marie ? La désillusion est immense, un peu comme l'étaient ses espérances.

Les questions ne tardent pas à arriver. Il n'a pas envie de mentir à Simone, aussi s'évertue-t-il à travestir la réalité afin de la rendre plus présentable. Il travaille comme indépendant dans l'informatique ; il recherche l'homme de la boutique pour des raisons familiales ; et, oui, il a vécu des histoires d'amour, dont une douloureuse qui vient de se terminer, avec une femme plus jeune que lui.

Simone s'en contente. Il ne peut décemment pas lui dire que sa vie amoureuse se résume depuis plus de seize ans à quelques relations tarifées. Elle se sauverait immédiatement.

Aussi applique-t-il le sage principe qui conseille de laisser parler les femmes afin de passer pour quelqu'un d'attentionné et de mystérieux.

En sortant du restaurant, il tombe des cordes. Ils s'échappent en passant de porte en porte, s'abritant du mieux qu'ils peuvent. Cette intimité naissante les fait beaucoup rire. Romain remercie le destin qui a mis cette femme sur sa route. On dirait que cette bouée où s'accrocher lui a été lancée par un dieu bienveillant.

Avant qu'ils se quittent, Simone prétexte un problème d'ordinateur et lui demande de l'aider. Il accepte avec joie et lui offre de revenir un soir prochain après le travail. Ils échangent leurs numéros de téléphone et se quittent avec regret. La pluie n'a pas cessé.

Décidément, pense-t-il, je n'ai pas de chance avec l'eau, moi, en ce moment !

Avant de quitter Versailles, il réitère sa visite aux appartements de la galerie Saint-Louis, sans succès.

Il passe le restant de la soirée à chercher des informations sur Jean de Nogaret dans tous les documents qu'il a glanés çà et là, et sur Internet.

Marie ne comprend toujours pas le silence de Yannick. Elle se remémore ses dernières paroles, ce qui ne la rassure pas. Arnaud a-t-il eu vent de son enquête ? A-t-il déjà activé son réseau destructeur ? N'y tenant plus, elle appelle la brigade criminelle. La standardiste lui indique que le commandant Manuel est absent. Elle n'est pas autorisée à divulguer des informations personnelles, comme l'adresse ou l'emploi du temps des fonctionnaires de police. Elle accepte toutefois de lui laisser un message.

Il y a forcément une raison à ce silence. Et s'il avait perdu son téléphone portable ? Elle tente de se raccrocher à cette hypothèse à laquelle pourtant, au fond d'elle-même, elle ne croit pas. Une angoisse sourde l'étreint.

Elle erre en pyjama toute la matinée dans ces pièces trop grandes que son père, à présent, refuse qu'elle quitte pour des raisons de sécurité. Le nombre de gardes a doublé. Irène s'efforce d'être gaie, mais quelque chose a changé. Une ombre maléfique plane dans le grand appartement.

Elle profite de ce temps libre pour répondre à ses amis, dont le courrier s'amoncelle dans sa boîte électronique. Ils sont tous déçus qu'elle ne reprenne pas les cours avec eux à Lyon.

Qu'il est bon de se replonger dans sa vie d'avant ! Elle apprend que Coralie a quitté Guillaume pendant l'été, que Jenny n'a pas pu aller au bout de son contrat saisonnier dans un restaurant de plage, que Pauline a trouvé l'homme de sa vie pendant son voyage aux États-Unis, que Laurie attend ses trois mois de grossesse pour voir enfin son bébé en échographie.

Tranches de vie ! Et elle ? Que va-t-elle leur écrire ?

Elle est bien incapable de décrire son existence. Ses parents sont morts assassinés et sa vraie mère s'est suicidée. Son géniteur la retient prisonnière après des vacances sur un yacht de milliardaire, car le garçon qu'elle a rencontré veut la tuer. Son associé est un véritable psychopathe et son nouvel ami a disparu. Ajoutez à cela quelques jours d'hôpital avec deux balles dans le corps et il y a de quoi perdre ses meilleures copines.

Elle se contente de leur dire qu'elle remonte la pente doucement et que son entourage est aux petits soins avec elle. La police avance dans son enquête, promettant des résultats sous peu. Elle espère les revoir bientôt à l'occasion des prochaines vacances. Gros bisous, à bientôt !

Elle entame un roman qu'elle a emprunté dans la bibliothèque de son père, une biographie de Staline. Au moins, avec ça, coup double : elle se videra la tête et attaquera en avance le programme de son année d'études. Les cours vont commencer. Dans quel état va-t-elle être ?

Elle discute longuement avec Irène de tout et de rien, de Rome, qu'elle rêve de visiter. Le temps s'écoule à la vitesse du Tibre au pied du château Saint-Ange. Comme elle n'est pas le genre de fille à rester inactive, cette situation va vite l'ennuyer.

Elle profite du départ de la cuisinière, vers dix-sept heures, pour fouiller une fois de plus dans les archives de sa mère. Elle insère les disques de photos qu'elle n'a pas encore visionnés et se promène à nouveau dans son passé de petite fille.

Comme elle s'y attendait, les clichés sont moins réussis que ceux de l'album. Elle ressent pour la première fois un manque : celui de ne pas se souvenir de cette femme qui lui donnait tant d'amour sur ces scènes figées dans le temps. Cette sensation la frustre énormément. Elle s'habitue à cette douceur dans le regard, à ces yeux d'un bleu pâle, à cet air lointain, détaché. Marie cherche au plus profond de sa mémoire un éventuel souvenir commun. Elle ressent cette femme, elle l'a en elle, mais elle est incapable de distinguer le moindre détail. Elle se fabrique une nouvelle mémoire en s'imprégnant de toutes ces photos, un peu comme une couturière confectionnerait une couverture en patchwork à l'aide de vieux restes de tissus.

Sur l'autre disque, elle découvre des détails de sa naissance. Elle sourit en regardant quelques images d'échographie. Ça ne saute pas aux yeux, mais, à force de concentration et de coups de zoom, elle devine une main, un visage, des yeux fermés. Elle imagine la joie de son amie Laurie qui va découvrir prochainement la première image de son bébé.

Un détail attire son attention, la date de l'échographie :14 mars. Elle revient en arrière et examine la photo de mariage de ses parents. Elle sait, par LAM, qu'ils se sont unis le 12 mai de la même année. Cette découverte la fait sourire : bien que cela ne se voie pas, sa mère était enceinte le jour de son union. Cela ne choque pas Marie, tout au plus s'interroge-t-elle sur la réaction de ses grands-parents, qui ne semblaient pas être des gens extrêmement souples.

Au fil des heures, Marie s'imprègne de l'enfance d'Emma, cette inconnue qui le devient de moins en moins. Elle fait parler toutes ces photos, s'imagine un nouveau passé, très éloigné de celui qu'elle a vécu. Elle éprouve un sentiment étrange. Quel que soit le degré de complicité de ses tuteurs dans son enlèvement, elle a été élevée dans l'amour et la tendresse. Jamais, à aucun moment de sa vie, elle n'a ressenti le moindre trouble. L'amour a été distribué dans les deux familles, dans ses deux vies.

Un détail lui revient : elle s'était posé des questions à l'adolescence quand une copine lui avait fait remarquer l'âge avancé de ses parents. Comme toute gamine, elle s'était interrogée : et si j'avais été adoptée ? Quel enfant ne s'est jamais posé cette question ? Mais un tel amour, dispensé dans cette atmosphère de pudeur qui était la leur, avait vite effacé tous ses doutes. Elle n'avait en fait jamais questionné ses parents, pour ne pas les peiner. Mais, au fond d'elle-même, elle savait.

Une sensation de vide l'étreint soudain. Un gouffre sans fond où la peur du manque d'amour lui donne des tremblements convulsifs. Son enfance est bel et bien terminée.

Elle sort de ses rêveries en entendant le pas reconnaissable de son père. Il passe la tête par l'embrasure de la porte et, voyant qu'elle est assise devant son ordinateur, s'approche, une boîte de chocolats à la main.

— Pour me faire pardonner mon manque de souplesse.

— Merci. Tu commences à connaître mes points faibles, répond-elle après s'être jetée sur le ruban qui retient le couvercle.

— Ça fait longtemps que je n'ai pas revu ces photos, dit-il en se penchant vers l'écran… Ta mère était vraiment la plus belle, poursuit-il avec émotion.

— Justement, je voulais te poser des questions, d'abord sur mes grands-parents. Ils n'avaient pas l'air très amusants sur ces clichés. Que sont-ils devenus ?

— Ta grand-mère vit encore, dans une maison médicalisée près d'Arcachon. J'ai des nouvelles régulières par le directeur. Elle a complètement perdu la tête depuis la mort de ta mère. Quant à ton grand-père, il est décédé peu après cette photo.

— Il avait l'air austère !

— Ils l'étaient tous les deux. C'était une famille bourgeoise du nord de la France. Une famille à qui je serai toujours reconnaissant, car elle m'a fait confiance et m'a mis le pied à l'étrier en investissant dans mes premières affaires. C'est un peu pour ça que je ne peux consentir à laisser ta grand-mère à son triste sort. Elle n'a pas d'autre famille que moi… Et que toi maintenant.

— J'aimerais bien la rencontrer.

— Je comprends, c'est tout naturel. Nous nous rendrons là-bas tous les deux.

— Et tes parents, à toi ?

— Ils sont morts il y a de nombreuses années. J'étais orphelin à vingt ans. Sans famille moi aussi !

— Tu ne m'avais pas dit que maman était enceinte de moi lorsque vous vous êtes mariés, reprend-elle en changeant de sujet.

— Tu es sacrément observatrice. On a tout fait pour le cacher. Ses parents étaient fous de rage. Cela a un peu précipité le mariage. Ils étaient tellement vieux jeu !

LAM raconte un tas d'anecdotes les concernant. Marie boit ses paroles avec des larmes dans les yeux. Son père fait revivre sa mère de façon merveilleuse. Comme il devait l'aimer ! Tout ce bonheur gâché ! Il a la délicatesse de ne pas prononcer le nom de Romain, mais ce dernier est bien là, présent, coupable de cet énorme gâchis.

Tout en craignant son père, elle apprécie de plus en plus ces moments de complicité avec lui. Il est tellement rassurant, tellement fort ! Dommage que d'innombrables questions gâchent un peu ses sentiments.

Elle le regarde soudain dans les yeux. Elle y découvre une brillance inhabituelle, qui donne à ce regard froid une touche de chaleur. Pour la première fois, une force la pousse à se jeter dans ses bras : papa, papa !

Ils restent ainsi de longues minutes sans se regarder. Lui, le nez dans ses cheveux, respirant le parfum de son shampoing à la vanille. Elle, la joue contre sa chemise, ressentant les mouvements de sa poitrine animés par une respiration chaotique. C'est elle qui, la première, rompt le charme, embarrassée par cet accès de tendresse.

— Bon, on ne va pas chialer tout le reste de la soirée, reprend-elle en s'essuyant les yeux avec le drap du lit.

— Tu as raison. La mélancolie n'est pas ma tasse de thé. Viens dans mon bureau, ton patron doit te parler.

Elle le suit avec beaucoup de peine, ayant du mal à tenir son allure sur le parquet fraîchement ciré.

LAM a immédiatement repris figure humaine. Il lui fait face, assis dans son fauteuil de *big boss*. Il ouvre un dossier, qu'il lui tend afin qu'elle y appose des signatures. Il veut la présenter au reste des actionnaires la semaine suivante. Pour cela, elle doit sortir de l'ombre. Immanquablement, elle fera l'objet de la curiosité des gens. Ils doivent s'attendre à un rush de journalistes et de paparazzis en tout genre.

Marie ne se sent pas prête. Le sera-t-elle un jour, d'ailleurs ? Ils en discutent assez longuement. Discussion qui se poursuit dans la cuisine devant l'osso buco milanais préparé par Irène.

— Il ne faut plus tarder, Emma ! L'expansion du groupe a été suffisamment retardée. Les actionnaires attendent mon plan pour l'avenir. Je dois maintenant lancer mes pions : toi et Arnaud. Ce souffle nouveau va les séduire. Enfin, surtout la nouvelle stratégie d'Arnaud, qui est révolutionnaire. Toi, comme je te l'ai promis, tu resteras en retrait et tu apporteras la caution de notre nom. À propos de nom, j'ai entamé les procédures pour récupérer ta vraie identité : Emma Mallesan. Je ne sais pas comment tes ravisseurs ont fait pour la changer, mais tu dois la retrouver rapidement. C'est trop important pour la suite des opérations. Arnaud et toi allez être questionnés par le reste des actionnaires et tout doit être parfaitement en ordre. Mes avocats sont sur le dossier et ils devraient aboutir rapidement.

— Papa, il faut que je te le dise. Tu fais fausse route avec Arnaud !

LAM la regarde d'un air interrogateur, surpris d'être coupé dans son élan. C'était lancé ! Elle commence son récit sans omettre le moindre détail. Elle dit tout sur l'enquête qu'elle mène avec Yannick depuis le début. Elle lui raconte ses découvertes sur le bateau ainsi que les preuves irréfutables entrevues au domicile de son associé. LAM ne peut pas céder les rênes de son entreprise à un tel monstre. Non ! Ce serait criminel.

Lorsque son récit prend fin, elle découvre son père tassé sur son fauteuil. Il est voûté, son visage n'exprime rien. Un iceberg ! Il ne pose pas de questions, mais Marie réalise à quel point il est touché par tout ce qu'elle vient de lui apprendre.

Il se lève comme un automate, prend congé et la laisse seule dans ses doutes et ses incertitudes.

Amar pénètre dans la péniche, accompagné d'une femme de petite taille au regard espiègle ; ses yeux, étonnamment noirs, sont en harmonie totale avec la couleur de ses cheveux. Son ami lui présente Noria. Elle le salue avec entrain. Cette femme respire la gaieté. Elle rit beaucoup et sa bonne humeur réchauffe Romain.

Une voiture est garée sur le quai et Amar annonce leur départ imminent pour Saint-Just-de-Claix.

— Tu m'as bien dit vouloir t'y rendre non ? Eh bien c'est le moment !

La jeune femme semble ravie et ne pose aucune question sur la raison de ce voyage. Romain aurait-il seulement une réponse à lui donner ? C'est finalement une excellente idée. Amar avait bien senti ce besoin de changement d'air. Romain fait son sac en vitesse et embarque avec eux.

Le trajet s'effectue dans une atmosphère joyeuse. Noria a le don de tourner les choses de la vie en dérision. Amar et elle se comportent exactement comme le ferait un couple envers un ami en difficultés

Noria a démissionné de son emploi de serveuse. Elle est sur le point de quitter définitivement la France. Elle a décidé de s'offrir quelques jours de détente avec son amoureux. Romain apprécie le fait de ne pas être laissé à l'écart de leur bonheur. Il aurait été certainement agréable pour eux de se rendre dans un endroit plus romantique, mais ils ont préféré s'occuper de leur ami dans le besoin.

Noria est un vrai moulin à paroles. Ils s'amusent beaucoup. L'ambiance change lorsqu'ils sont arrêtés par des gendarmes, au péage de Vienne, juste après Lyon. Cela ne dure pas longtemps et les faux papiers jouent parfaitement leur rôle. Il ne s'agissait que d'un contrôle de routine, mais la jeune femme a perçu l'inquiétude de ses nouveaux amis. Elle brise la glace en allant droit au but.

— Les garçons, je vous aime beaucoup, surtout le plus basané des deux, dit-elle en posant sa main sur l'épaule d'Amar, seulement, il faudra un jour m'expliquer pourquoi vous entrez en transe dès qu'on croise une voiture de flics. Vous savez, je ne suis pas une débutante, et des cadors, j'en ai rencontré dans ma chienne de vie. Alors il faudra me mettre au parfum si on souhaite faire un bout de chemin ensemble.

Amar regarde son ami et répond après un long silence :

— Qu'est ce qu'on fait ? On s'arrête à la prochaine aire de repos et on la trucide ?

— D'accord ! Mais on la viole avant !

Romain sourit. Il voit dans le rétroviseur une lueur d'angoisse passer dans le regard de Noria.

— Vous n'êtes qu'une bande de cons !

Ils éclatent de rire et le reste du voyage est rythmé par les paroles des deux hommes qui expliquent l'histoire dans laquelle ils sont empêtrés. Enfin, l'essentiel ! Romain évite juste l'incroyable rencontre avec Marie sur Internet. Quant aux deux morts de Montfort-l'Amaury, ils les présentent comme les victimes d'un accident malheureux.

La jeune femme apprécie leur franchise et se garde bien de les juger. Ils arrivent dans l'après-midi dans la petite bourgade. Le couple d'amoureux abandonne Romain, à sa demande, devant la mairie et part à la recherche d'un hôtel agréable pour passer la nuit.

Il ne reste que dix minutes avant la fermeture du bâtiment public. Romain s'arme de son meilleur sourire et s'adresse au fonctionnaire de l'accueil, qui s'évertue à garder le nez baissé sur un cahier ouvert, preuve d'une activité importante. Il est bien obligé de répondre au « bonjour » franc lancé par deux fois par l'homme barbu qui se tient devant lui.

— C'est pour quoi ? attaque-t-il, agacé par cette intrusion à une heure si proche de la fermeture.

— Un renseignement un peu particulier ! Voilà ! En fait, un ami m'a laissé un mot, juste avant sa mort, citant le nom de Saint-Just-de-Claix avec un nombre : 4655. Je voudrais savoir si cela correspond à un lieu, par ici, ou si ça vous dit quelque chose.

L'homme ouvre la bouche, comme si l'air manquait à son intense réflexion.

— Non ! Vois pas !

— Est-ce que cela ne correspondrait pas à un numéro de cadastre ou à une concession funéraire, par exemple ?

— Heu ! Non ! Pourquoi il n'irait pas demander aux services techniques ? C'est la porte grise dans la cour.

— Qui ça, il ?

— Ben ! Lui ! Vous quoi ! Et vite, parce que ça ferme à cinq heures.

Romain s'y précipite sans même prendre congé de l'abruti.

— À l'inverse, il rencontre aux services techniques une personne qui prend son temps. Ils font ensemble le tour des possibilités, en cherchant à quoi pourrait bien correspondre ce nombre. Le technicien a même l'idée de le scinder en deux : 46 et 55. Mais cela n'aboutit à rien de concret. Même le registre des permis de construire est étudié. 4655 ne correspond à rien.

— Ah ! J'oubliais, est-ce que le mot SOBEC vous dit quelque chose ?

— Non ! Pas du tout. Attendez, je regarde sur la liste des entreprises installées dans la région… Non, il n'y a rien !

— Tant pis, je m'y attendais un peu. Merci beaucoup !

— Au revoir et bonne chance.

Romain quitte les lieux, dépité, et se rend au bar le plus proche. Un cyclomoteur passe à côté de lui, sur lequel il reconnaît, agrippé à son guidon, le benêt de la mairie.

Il commande une bière et active son téléphone. Amar est en mouvement. Le point lumineux se rapproche. Il ne tarde pas à voir la voiture de location arriver sur la place du village.

Ils discutent tous les trois à la terrasse, profitant des derniers rayons de soleil d'un été sur le point de s'enfuir. Ils sont venus ici pour rien, de l'avis de Romain, qui recommence à s'enfoncer dans la déprime. Immédiatement, ses amis le rassurent en lui affirmant que cette petite escapade n'avait pour but, en fait, que de passer un bon moment tous ensemble.

Amar et Noria ont trouvé un charmant hôtel à Saint-Nazaire-en-Royans. Romain décide de profiter à fond de la compagnie de ses amis. Il réalise qu'ils vont partir définitivement et ne veut perdre aucune miette de ces derniers instants.

Noria continue à faire le clown jusque tard dans la nuit. Elle raconte ses frasques de serveuse, métier difficile physiquement, mais tellement drôle pour celui qui sait faire preuve de dérision.

Que faisais-tu, avant ? lui demande Romain.

— J'ai fait plein de métiers : vendeuse, téléprospectrice, mais celui dans lequel je me suis le plus éclatée, c'est directeur commercial chez Crocodile.

— C'est quoi ça, Crocodile ? demande Amar en imitant l'accent africain.

— Vous ne connaissez pas ? C'est une entreprise de stockage qui loue des boxes pour ceux qui manquent de place à la maison ; ça a changé d'enseigne maintenant, ça s'appelle Floorspace, depuis qu'ils ont été rachetés par les Américains ; d'où mon licenciement. Ce n'était pas un boulot prestigieux, mais je m'y suis beaucoup plu. D'ailleurs, à chaque fois que je passe devant leurs entrepôts, je ne peux m'empêcher d'avoir une larme à l'œil, une vraie larme de crocodile… Je ne voulais pas plomber l'ambiance, mais quand on est passé devant, cet après-midi, je ne vous ai rien dit, mais j'ai eu un petit coup de blues.

— Romain ? Romain ? Que se passe-t-il ? demande Amar qui observe son ami.

Romain est devenu blanc. Noria a peur d'avoir dit une bêtise qui l'aurait blessé. Elle n'ose pas poursuivre, mais fait des gestes d'impuissance en direction d'Amar.

— Comment s'appelait cette entreprise avant son rachat ? reprend Romain

— Crocodile ! Je suis surprise que vous ne connaissiez pas, c'est vachement populaire. Ils ont changé de nom, mais c'est resté Crocodile dans le cœur des gens.

— Quels genres d'espaces peut-on louer ? poursuit-il, le regard tourné fixement vers un point que lui seul voit.

— Ça va du coffre de trente centimètres à la pièce de quarante mètres cubes. Mais pourquoi me demandes-tu tout ça ?

Ignorant la question, Romain attrape le serveur et lui demande s'il y a un Crocodile dans le coin.

— Oui, bien sûr, à l'entrée de Saint-Just, sur la route de Bourg-de-Péage.

— Noria, tu es géniale ! explose-t-il en prenant les mains de la jeune femme. Amar ne comprend rien non plus, et ils restent pendus à ses lèvres, quémandant une explication.

— SOBEC ! Tu te souviens ? Le code. Eh bien SOBEC est le nom d'un dieu crocodile. Je ne sais plus dans quelle mythologie, mais j'ai lu ça en enquêtant sur la signification de la phrase codée. Non seulement ce mot est la clé, mais en plus il indique un lieu. Je suis sûr que 4655 correspond à quelque chose.

— Allée 4, rangée 6, coffre 55. Si vous ne savez pas, vous me demandez, ajoute Noria, heureuse de sa trouvaille.

— Yes ! s'exclame Amar, fier de sa compagne.

— Tout me paraît évident maintenant. Charles Dentremont a acheté un document de la plus haute importance. Démasqué par des ennemis qu'il nous reste à identifier, se sentant traqué, il aura voulu le cacher de façon précipitée. Ne pouvant pas le dissimuler chez lui, il a choisi cet endroit proche de son domicile, puis a codé l'information, qu'il a envoyée à ses amis.

Romain ne peut y croire. Ce n'est pas la chance, cette fois, mais la destinée qui a placé Noria sur leur chemin. Sans elle, ils n'auraient jamais trouvé la solution. Comment auraient-ils pu connaître cette société, ils avaient passé quinze ans en prison. À la fin du repas, ils décident de rouler jusqu'à l'endroit décrit par le serveur.

Un énorme entrepôt s'étale sur des dizaines de mètres, protégé par un grillage de grande hauteur. Une enseigne lumineuse clignote comme celle d'un motel américain, ne gênant pas le moins du monde un molosse allongé sur le bitume du parking.

Romain se présente seul dès l'ouverture de l'entrepôt. Malgré l'heure tardive de son coucher, il s'est réveillé aux aurores avec une seule question en tête : que va-t-il découvrir ? Et deux questions subsidiaires : ne se serait-il pas trompé quelque part ? ses déductions sont-elles les bonnes ?

Il ne va pas tarder à le savoir, un employé ouvre la grande grille donnant accès à un parking assez vaste pour recevoir des camions de déménagement. Il lui octroie quelques minutes et se présente à la réception.

— Le numéro 4655, s'il vous plaît ?

— C'est dans la chambre forte, monsieur ! Je vous ouvre tout de suite.

Romain pénètre à sa suite dans une grande pièce sans fenêtre, fermée par une énorme grille d'acier. À l'intérieur, plusieurs rangées de coffres alignent leurs portes noires dans un agencement militaire. Fébrile, il repère les numéros gravés dans le métal et remonte jusqu'au 55.

Il ne s'agit pas d'un coffre de haute technologie, tout au plus une armoire de sécurité identique à celles des chambres d'hôtel. La serrure est classique, sans combinaison numérique. Romain pense immédiatement à la clé trouvée dans le cadavre de Charles Dentremont. Il en a fait faire un double, à l'aide de l'empreinte, mais, bien entendu, l'a laissé sur la péniche.

— Excusez-moi ! dit-il à l'employé qui aide une dame à décharger sa voiture, la personne qui détient ce coffre est décédée. Je suis son héritier. J'ai oublié la clé, n'y a-t-il pas un moyen de l'ouvrir, vous n'avez pas un double ?

— Si, nous en possédons, mais les règles sont strictes : les coffres étant payés à l'avance, nous les vidons un mois après l'expiration de leur contrat. Les locataires ou leurs héritiers peuvent toujours récupérer les biens pendant un an en réglant les frais de garde, à condition de prouver par lettre de notaire la véracité du legs. Si vous êtes pressé, le plus simple est de fouiller dans les affaires du disparu et de retrouver la clé.

— Pouvez-vous m'indiquer jusqu'à quand ce coffre a été loué ?

— Oui, bien sûr, je termine avec Madame et je suis à vous.

Romain propose son aide pour accélérer la manœuvre. La cliente remercie chaleureusement les deux hommes en les gratifiant d'un pourboire. Ils se rendent ensuite à la réception, où ils consultent un fichier.

— Il est payé pour six mois. Il reste donc encore trois mois et demi avant le terme.

— S'il vous plaît, a-t-il bien été loué au nom de Dentremont ? Je veux être certain de ne pas me tromper d'endroit.

— Charles Dentremont ! Oui, c'est bien ça !

— Merci, je repasserai vous voir avec la clé.

Romain ne s'est pas trompé. Il peste de ne pas avoir emporté avec lui toutes ses affaires. Il est convaincu à présent que le fameux document recherché par tant de personnes se trouve dans ce petit coffre de métal. Déçu et impatient, il repart à l'hôtel, où il trouve ses amis devant un énorme petit déjeuner.

Après le récit de sa visite, ils décident d'envoyer Noria à Paris en TGV. Elle fera l'aller et retour dans la journée et passera chercher la clé sur la péniche. Il est hors de question que l'un des deux hommes prenne le moindre risque d'être arrêté si près du but.

Ils déposent Noria à la gare de Valence, en lui promettant d'être là à son retour et de l'appeler à intervalles réguliers pour qu'elle se sente moins seule.

La journée promet d'être longue.

Chapitre 36

Yannick émerge lentement d'une nuit sans rêve. Une voix désagréable l'empêche de replonger dans ce cocon doucereux où il flotte comme entre deux eaux. Si seulement il n'y avait pas ce murmure lancinant. Il distingue maintenant les mots : « Quelle histoire ! Son fils refuse de dormir seul, il vient tous les soirs dans son lit. » Yannick ne comprend pas toutes les paroles employées. Pourtant, la voix répète toujours les mêmes choses. Où est-il ?

Doucement, il se remémore ses derniers instants de conscience : ces coups, cette violence incroyable, ses gestes de protection. Toujours les yeux fermés, il entame un bilan corporel en déplaçant un à un ses membres endoloris. Il retrouve la sensation de son corps ainsi que la douleur qui l'accompagne. Il ouvre enfin les yeux et constate qu'il se trouve à l'hôpital. Il constate qu'il est branché à divers appareils d'où s'échappent des sons étranges. La voix provient d'une infirmière qui se trouve en face de lui. Elle parle toute seule tout en vaquant à ses occupations.

— Hé ! jeune homme, vous revoilà parmi nous ? Arrêtez de bouger comme ça, vous aller tout arracher.

La voix s'adresse à lui maintenant. Il découvre son visage rond, ses grands yeux noirs, ses dents blanches contrastant avec sa peau café au lait. Elle s'appelle Marie-Thérèse et lui apprend qu'il est à l'hôpital du Val-de-Grâce. Il l'a échappé belle ; il a deux côtes cassées et de nombreuses ecchymoses sur tout le corps. Il a été ramassé parmi les nombreux blessés des forces de l'ordre lors des émeutes de la veille.

Yannick a du mal à distinguer son côté gauche. Sa paupière tuméfiée l'empêche d'ouvrir l'œil. Il tente de se lever pour se regarder dans le miroir mais manque de s'affaler par terre. Il a mal partout. Il s'allonge de travers, le souffle court. Il sonne à nouveau sa gardienne, qui apparaît en parlant encore toute seule. Il comprend. Cette fois, il distingue un dispositif téléphonique mains libres. Il lui demande la date du jour.

— On est mardi 7 septembre, trois heures du matin, mon petit, lui répond-elle, affable.

— J’ai dormi tout ça ?

— Vous étiez dans le coma.

Les événements se remettent en place. Romain a-t-il été arrêté ? Qu’ont-ils appris ? Que doit penser Marie de son absence ? Sait-elle seulement où il se trouve ?

Il réclame ses affaires personnelles. Il a besoin de son téléphone. Malheureusement, la batterie est vide. Il demande celui de l’infirmière, qui est en communication quasi permanente avec un interlocuteur mystère. Elle le lui promet pour quand elle en aura fini.

Malgré la douleur, Yannick trépigne. Il a été absent pendant trente-six heures. C’est inimaginable ! Le fait d’être tributaire d’une infirmière le rend fou. La demi-heure que dure la fin de sa conversation s’écoule au ralenti.

Finalement, Marie-Thérèse pénètre dans la pièce en lui tendant l’objet de ses désirs avec un grand sourire innocent.

— Juste une minute, d’accord ?

Sans même lui répondre, Yannick compose le numéro qu’il commence à connaître par cœur. Sans surprise, il est dirigé vers la boîte vocale de la jeune fille. Il laisse un message lui indiquant où il se trouve. À quatre heures du matin, elle doit probablement dormir !

Il obtient par la suite un cachet antidouleur qui le fait sombrer dans un sommeil agité.

Ce n’est qu’au petit matin que Marie interroge sa messagerie. Elle s’en veut de n’avoir pas entendu la sonnerie du téléphone resté dans son sac. Elle est intriguée en découvrant l’heure de l’appel, et c’est avec émoi qu’elle prend connaissance du message de Yannick. Ses craintes de la veille étaient fondées : le policier est tombé dans un traquenard.

L’hôpital du Val-de-Grâce n’est pas très loin. Elle se prépare en vitesse et quitte l’appartement. Elle s’attendait à une réaction de ses gardes, mais certainement pas à ce qu’ils lui interdisent fermement toute sortie. Elle se fâche, essaye de passer en force, sans succès. Il y a de nouveaux cerbères qu’elle ne connaît pas. L’un d’eux la saisit brutalement. Il lui fait mal. C’en est trop, elle lui envoie un coup de genou dans les parties. Il lâche prise mais elle n'a pas le temps de se sauver, son acolyte la ceinture et la projette au sol. Ils ne sont pas trop de trois pour la calmer. Une vraie tigresse qui mord, griffe, frappe, crache. Finalement, ils la reconduisent dans sa tanière. Sans reprendre son souffle, folle de rage, elle appelle son père, qui reste injoignable.

Elle tourne comme un lion en cage. C'est la première fois qu'elle est privée de liberté. Irène quitte les lieux un peu plus tôt que d'habitude. Elle a compris qu'il valait mieux éviter ses accès de colère. Marie appelle le Val-de-Grâce, mais on refuse catégoriquement de lui passer Yannick. Elle doit trouver un moyen de s'échapper.

Elle regarde par la fenêtre et les six étages la dissuadent. Il y a bien une corniche, mais c'est trop risqué. La sortie de service donne sur la cour de l'immeuble et cela reviendrait au même : elle serait obligée de passer devant la loge des gardes. Elle sort de l'appartement et monte à l'étage. Comme elle s'y attendait, il y a un passage pour accéder au toit. Une échelle de service repose sur la cloison de l'ascenseur. Elle l'installe et atteint facilement la trappe, qu'elle actionne. À l'extérieur, l'endroit est une sorte de *no man's land* au sol de zinc parsemé de cheminées, d'antennes et de câbles électriques. Il faut faire vite, profiter de l'absence d'Irène. Bien décidée à ne plus se laisser faire, elle se change pour une tenue plus adéquate : son vieux jean, ses rangers et son blouson de cuir. « Ils veulent la bagarre, ils vont l'avoir », se dit-elle tout haut pour se donner du courage. C'est une Marie pleine de hargne qui récupère ses affaires, une Marie qui a décidé de ne plus jamais revenir, une Marie qu'elle reconnaît : celle d'avant. « Il était temps. »

Elle remonte sur le toit et passe d'un immeuble à l'autre à la recherche d'une issue qui lui permettrait de redescendre. La vue est incroyable ; un autre monde s'offre à elle. Des terrasses magnifiquement décorées, des jardins suspendus, des accès à des appartements d'un luxe inouï. Au loin, la tour Eiffel, cette vieille dame de fer iconique. Marie actionne une trappe antifumée, sans succès, et grimpe le long d'une cheminée pour accéder à une autre terrasse.

Elle tombe soudain nez à nez avec deux couvreurs qui travaillent à la réfection d'un toit. Consciente de l'incongruité de cette rencontre et devant leur étonnement, elle les désarme d'un grand sourire.

— Je suis un peu perdue, pourriez-vous m'indiquer la sortie ?

Sans un mot, le plus âgé lui indique d'une main sale un passage d'où dépasse le haut d'une échelle.

Elle disparaît en remerciant chaleureusement les deux hommes, surpris par cette femme atypique.

Très rapidement, elle se retrouve dans la rue, heureuse d'avoir surmonté cette épreuve. Elle traverse le pont piéton, non sans se remémorer les événements tragiques qui s'y sont déroulés deux jours plus tôt. C'est avec un petit pincement au cœur qu'elle observe l'endroit où Romain lui était apparu.

Perdue dans ses pensées, elle aperçoit Irène qui rentre des courses. Heureusement, celle-ci discute avec une autre dame de son âge. Elle ne remarque pas la jeune souillon qui avance à grandes enjambées. Marie poursuit sans la regarder vers la station RER Saint-Michel, où elle s'engage pour rejoindre le quartier de Port-Royal.

Elle entre dans le hall de l'hôpital et récupère le numéro de chambre du policier. Elle apprend qu'on l'a transféré dans un autre service, les soins intensifs n'étant plus nécessaires.

Elle erre dans ces couloirs immenses à la recherche de son ami et c'est le cœur battant qu'elle toque à sa porte. Pas de réponse. Elle entre en silence. Yannick est sur son lit, il dort profondément. Elle lui parle doucement, impressionnée par l'état de son visage. Yannick se réveille et sourit en la découvrant à ses côtés.

— Enfin, te voilà ! articule-t-il.

— Te rejoindre n'a pas été très simple. Comment vas-tu ?

Il lui donne des nouvelles de son état de santé. C'est impressionnant mais pas trop grave. Ses côtes cassées le font souffrir et son traumatisme crânien lui donne encore des migraines.

— Et le rendez-vous avec Romain ?

Elle lui raconte dans le détail le fiasco de l'opération. Yannick est effaré d'apprendre que son chef a tiré sur le fugitif au risque d'atteindre des passants. Il est certain maintenant que son passage à tabac n'est pas l'œuvre du hasard. C'est après qu'il a indiqué à Lajoie sa position que les deux boxeurs lui sont tombés dessus. Un policier de plus, tabassé par des casseurs, rien d'inhabituel un jour d'émeute. Arnaud et ses Jacobins sont vraiment très forts. Réussir à retourner le patron de la brigade criminelle de Paris en est la preuve.

Marie lui raconte également l'entrevue qu'elle a eue avec son père. Elle n'arrive pas à savoir si on l'a retenue prisonnière à cause de Romain ou de ce qu'elle a avoué à son père au sujet d'Arnaud. Depuis cette discussion, elle ne l'a pas revu.

Yannick, à son tour, lui relate son entretien avec Jean-Pierre Letto. Il lui raconte l'histoire des Jacobins de Saint-Simon. Rien ne prouve que son père en soit membre, mais rien ne prouve le contraire non plus. Ils échangent leurs points de vue pendant une bonne heure et ils en arrivent à la même conclusion : ils sont tous les deux en grand danger.

Yannick ne sait pas s'il vient d'essuyer une simple mise en garde ou si les deux attaquants n'ont pas essayé de le supprimer. S'il poursuivait l'enquête, essaieraient-ils encore ? Quant à Marie, la réaction d'Arnaud ne devrait pas tarder. Elle devient un sérieux obstacle. La grande inconnue reste la position de LAM dans cet imbroglio.

— La bonne nouvelle dans tout ça, c'est que Romain n'est pas complice d'Arnaud et de ses sbires, lâche Yannick.

— Comment ça ? répond Marie.

— Le commissaire Lajoie a essayé de le supprimer sans faire cas des nombreux touristes présents. Il devait avoir de sérieuses raisons pour prendre de tels risques. C'est donc la preuve qu'il dérange l'organisation.

— Bien vu, monsieur le Policier ! J'aimerais tant avoir une explication avec lui !

— Moi aussi.

Le téléphone sonne, interrompant leur conciliabule.

— Mon père ! annonce la jeune femme, dont le regard interroge son ami sur ce qu'il serait bon de faire.

— Ne réponds pas !

Ils attendent la fin des sonneries en regardant l'appareil avec inquiétude, jusqu'à l'apparition du signal indiquant un nouveau message. Marie branche l'écouteur de telle sorte que son ami en profite. Son père est très en colère. Il lui intime l'ordre de rentrer immédiatement ; elle court un grand danger.

— Comment dois-je le prendre ?

— Je ne sais pas. J'ai du mal à croire que ton père ne fasse pas partie de cette conjuration. Maintenant, il nous a prouvé qu'il tenait à toi. Serait-il au courant de quelque chose concernant ce grand danger ?

Leurs opinions sont partagées. La personnalité ambiguë de LAM fait osciller la balance. Il est évident qu'elle ne court aucun danger chez lui, où sa protection est aussi efficace que celle d'un joaillier de la place Vendôme. Une autre sonnerie, très brève, attire leur attention. Yannick se lève avec difficulté, l'air grave.

— Aide-moi !

— Que fais-tu ?

— Il faut partir d'ici. Ils doivent avoir repéré le signal de ton téléphone. Ils ne vont pas tarder. Ils savent que l'on est ensemble. Vite !

Avant de quitter la chambre, Yannick se saisit du sac plastique enfermant ses affaires. Malheureusement, son arme de service n'y est plus, sans doute récupérée par un collègue.

Dans le couloir, ils avancent avec difficulté. La tête lui tourne, il s'appuie sur la jeune fille. Avisant un fauteuil roulant dans un coin, Marie l'y installe et le pousse jusqu'à l'ascenseur.

Arrivés dans le vaste hall d'entrée, envahi par une foule hétéroclite où se mélangent militaires et civils, l'étrange équipage se dirige vers la sortie. Marie, soudain, repère Franck, un des gardes de son père. Il est en grande discussion avec la réceptionniste. Il n'est pas seul, un homme en noir, qu'elle n'a jamais vu, est concentré sur un plan de l'hôpital. Elle fait volte-face et s'engouffre dans un couloir. Ils doivent trouver une autre issue. Yannick porte encore le pyjama de l'Assistance Publique ; cette tenue les avantage, personne ne fait attention à eux. Au hasard de son errance, Marie arrive aux urgences. Deux ambulances accaparent le personnel qui, dans une grande agitation, s'affaire autour des blessés déchargés par des pompiers. Personne ne les remarque. Agrippé aux accoudoirs de son fauteuil, le policier ne peut voir le regard plein de rage de sa compagne, qui n'a qu'une seule idée en tête : ne pas se laisser capturer. Marie n'ose imaginer ce qu'il adviendrait de son ami. Le policier est incapable de se défendre et si elle court un grand danger, qu'en est-il pour lui ? Sa culpabilité d'avoir abandonné et trahi Romain la ronge ; il est hors de question de refaire la même erreur avec Yannick.

Elle réfléchit sur la meilleure manière de quitter l'établissement médical sans se faire attraper. Aucun taxi ne lui viendrait en aide avec Yannick dans cet état. Le métro, pas la peine d'y penser. Elle actionne les portes des voitures garées dans la cour. Quelques véhicules de service sont ouverts, mais les clés ne s'y trouvent pas. La chance lui sourit avec une vieille ambulance militaire dont les clés sont restées sur le contact.

Yannick proteste mais se laisse installer sur le siège avant. Elle jette le fauteuil à l'arrière et ils quittent l'enceinte de l'hôpital. Le grincement sinistre de la boîte de vitesses arrache un sourire à un des soldats de la patrouille Vigipirate en faction devant l'entrée. Ah, ces femmes au volant !

Marie s'éloigne au plus vite sans savoir où aller.

— Il vaut mieux éviter mon domicile, il doit être surveillé, entame le policier.

— Je vais où alors ? Chez moi, c'est impossible !

— Laisse-moi réfléchir !

— Pas trop, monsieur le Policier. Je vous rappelle que nous circulons dans un véhicule volé, qui plus est très reconnaissable.

— Je ne vois qu'un endroit. Chez une amie. C'est une ex mais elle devrait comprendre.

— Ça ne m'enchante guère.

— Tu vois autre chose ?

— Oui ! Enfin, je crois. Est-ce que le domicile de Romain est toujours surveillé ?

— Non, on a arrêté la planque par manque d'effectifs. Il sait qu'il est filoché et ne se pointera plus.

— J’ai les codes pour pénétrer chez lui.

— Comment ça ?

— J’ai logé chez lui, tu te souviens ? J’ai même failli y laisser ma vie.

— C’est vrai. Tu as la clé ?

— Non, ce n’est pas nécessaire, on entre chez lui avec un code qui déverrouille les portes et l’alarme.

— Fonce, c’est une très bonne idée

— D’accord, mais pas trop vite… Je… je n’ai pas encore le permis.

Ils garent la camionnette sur un trottoir, assez loin de leur destination. Certains passants les observent d’un air étonné. Une ambulance militaire dans le quartier ne passe pas inaperçue. Yannick a retrouvé les fameux codes d’entrée dans la mémoire du téléphone portable de Marie, non sans avoir au préalable désactivé l’émetteur.

Ils traversent le Champ-de-Mars d’une allure nonchalante. Au loin, ils aperçoivent les longues files d’attente de la tour Eiffel, alignées derrière le mur pare-balles. Toujours en poussant son ami, la jeune femme emprunte les petites rues. Elle évite la rue Saint-Dominique et ses ministères : beaucoup trop de policiers à son goût. Ils passent devant l’immeuble de Romain sans s’arrêter, les yeux à l’affût de tout mouvement suspect. Yannick, satisfait, donne le signal. Ils entrent dans la cour. Pour la première fois depuis son agression, Marie remet les pieds ici. Elle ne s’attarde pas. L’endroit est désert et Yannick lui conseille d’éviter la gardienne, qui ne manquerait pas de la reconnaître.

Ils se rendent au dernier étage et sonnent. Aucun bruit à l’intérieur. Ils composent le code et un mécanisme se déclenche. Un voyant vert leur indique ensuite que le chemin est libre. Marie pousse la lourde porte, le cœur battant. Ils pénètrent dans le vestibule, s’attendant à tout instant à tomber nez à nez avec Romain. L’appartement est vide, malheureusement !

— C’est vraiment une idée géniale, lui dit Yannick. Personne ne viendra nous chercher ici. C’est un bunker ultra-protégé. Te rends-tu compte ? On n’a pas réussi à entrer avec un serrurier. Dommage que le propriétaire ne soit pas là, je n’ai plus peur de me retrouver face à lui, maintenant. Au contraire, je pense que l'on aurait beaucoup de choses à s'apprendre.

— Où peut-il bien être à présent ?

— Je ne sais pas. Il est très malin. Je ne pense pas qu'il revienne ici, mais sait-on jamais ?

Le policier se lève de son fauteuil roulant et fait quelques pas, jetant des coups d'œil de-ci de-là.

— Son matériel informatique n'y est plus, constate Marie.

Elle fouille dans les placards.

— Tu aimes les coquillettes ?

— Ça me rappellera l'hôpital, dit Yannick en s'affalant dans le canapé. La vue est splendide d'ici.

— On sera bien, je vais m'occuper de toi et te remettre en forme.

— Le rêve ! Pour ça, je suis prêt à manger des coquillettes tous les jours, répond-il goguenard.

Chapitre 37

Noria appelle sur le téléphone d'Amar dès son arrivée, un peu plus de trois heures après son départ. Les deux amis sont dans un café. À distance, Romain connecte les webcams du bateau afin d'assister à l'entrée de la jeune femme dans leur tanière. Il la guide vers l'endroit où il pensait avoir rangé la clé. Elle se moque d'eux en constatant le désordre ambiant, chose qu'elle n'avait pas osé faire lors de sa première visite sur la péniche. Ils suivent sa progression sur l'écran de l'ordinateur portable de Romain, tout en conversant avec elle par téléphone.

« Vous êtes sûr que vous ne voulez pas que je fasse un peu de ménage ? » dit-elle en riant.

Amar s'approche du combiné et plaisante avec elle. Il veut qu'elle revienne vite, il ne supporte plus son absence. Elle cherche du regard les caméras miniatures et embrasse à tout va son amoureux. Elle ne rate pas une occasion de faire le clown.

Finalement, elle trouve l'objet tant recherché. Elle lève son trophée à la manière d'un champion olympique. C'est au moment où elle va quitter le bateau que les deux hommes perçoivent un brouhaha. Soudain, des policiers apparaissent dans le champ des caméras. Ils ceinturent brutalement Noria. La communication téléphonique s'interrompt.

Horrifiés, les deux amis assistent, impuissants, à l'arrestation de leur complice. Jetée à terre, elle est menottée et fouillée. Noria envoie à l'œil espion un regard désespéré qui en dit long. La planque est mise à sac. L'amoureuse d'Amar est emmenée et disparaît de l'écran, au grand désespoir de l'ex-taulard.

— Pas elle ! murmure-t-il dans une plainte sourde. Il a les yeux embués, ses mains tremblent, son visage n'a plus rien d'aimable.

— Ils n'ont rien contre elle, ils vont la relâcher, répond Romain, très embarrassé ; c'était encore une idée à lui.

Amar entre soudain dans une rage folle, surprenant tous les clients autour d'eux. Il invective son ami, l'accusant de tous les maux. C'est la première fois que Romain le voit dans cet état. Il a toutes les peines du monde à le faire monter dans la voiture.

L'esclandre n'est pas du goût du patron et il vaut mieux éviter que la situation ne s'envenime.

Il essaye de calmer son ami. Rien n'y fait. Amar le tient pour responsable. Il était tellement heureux avec son amoureuse ! Ils avaient choisi de passer ces quelques jours avec lui pour lui remonter le moral, et voilà qu'il avait tout gâché.

Amar exige de se faire déposer à la gare. Il remonte à Paris et se fout de se faire repérer par les caméras de surveillance. Il veut récupérer sa belle et se tirer de ce « pays de merde » qui lui a donné tant de malheur.

Il demande à Romain de ne plus l'appeler, leur amitié s'arrête là. Être si proche du bonheur et le voir s'enfuir ainsi le rend fou.

Comment lui en vouloir ? Romain insiste pour lui faire parvenir l'argent promis. Amar le rejette avec force.

— Je ne veux plus rien de toi, tu apportes le malheur. Ta mère a dû coucher avec Satan. Ne m'approche plus !

Ses propos, d'une cruauté inouïe, ne lui ressemblent pas. Il mélange le français et l'arabe comme pour leur donner encore plus de force. Il disparaît sans se retourner.

Complètement annihilé, Romain continue à s'adresser à son ami, seul dans la voiture, comme un aliéné qui soliloque le long des couloirs de son asile.

— Notre histoire ne peut pas se terminer comme ça. Pas toi Amar ! J'ai trop besoin de toi, de ton amitié.

Agrippé à son volant, dépité, il s'accroche à ces mots. Tout cela est allé si vite. Maintenant, son seul ami l'a abandonné. La malédiction continue de frapper.

Que faire ? Aller chez sa mère ? Impensable. Retourner chez lui ? Pourquoi pas ? De toute façon, il ne manquera pas de se faire prendre un jour ou l'autre, alors pourquoi ne pas profiter un petit peu de ce qui lui appartient ne serait-ce que quelques jours. Il ne se voit pas continuer comme ça. Se cacher, errer sans but, aller à l'étranger, mais où ? C'est facile à dire. Et s'il se rendait ? Le juge n'en tiendrait-il pas compte ?

Ce spleen ne le fera pas avancer bien loin. La déprime est mauvaise conseillère. Il faut vite s'accrocher à une branche pour éviter la noyade. Il démarre et se met à rouler sans but. Machinalement, il reprend le chemin de Saint-Just-de-Claix.

Il pense à Noria, qui doit, à cause de lui, traverser un moment difficile. Que pourrait-il faire pour elle ? Et si elle parlait ? Si elle disait tout ce qu'elle sait. Adieu le document secret, adieu la vérité.

À l'entrée du bourg, il traverse la zone artisanale et ralentit à l'approche de Crocodile. Le parking est presque vide. Il fait le tour de la zone et se retrouve à l'arrière du bâtiment. Deux hommes discutent à côté d'une voiture. En s'approchant, il reconnaît le benêt de la mairie ; son cyclo repose contre le mur du bureau. Il est en grande discussion avec l'employé de l'entreprise de stockage.

Romain ne peut pas s'arrêter sous peine de trahir sa présence. En marquant un stop avant de s'engager dans une rue adjacente, il remarque que le benêt est en train de finir de compter des billets de banque avant de les fourrer dans une enveloppe. Que manigancent ces deux-là ? Il ne veut pas perdre une miette de la scène. Il se tord le cou, au risque de s'encastrer dans un autre véhicule, mais les voitures sont rares dans ce coin, heureusement. Le benêt saisit un objet et le porte à son nez.

Romain a acquis le don de repérer les affaires louches quand il était en prison, où toutes sortes de trafics avaient lieu. Au bout de dix ans, il devinait, rien qu'en les regardant, si deux détenus discutaient tranquillement ou s'ils trafiquaient quelque chose. Ces deux lascars-là, il en donnerait sa main à couper, font partie de la seconde catégorie. Peut-être sa chance.

Soudain, il aperçoit dans son rétroviseur le deux-roues du benêt. Ni une ni deux, Romain fait demi-tour.

Agrippé au guidon, l'employé de mairie fend l'air, le corps courbé en position de recherche de vitesse. Il prend la direction opposée au village et tourne rapidement à droite sur une route secondaire. L'étroitesse de la langue de bitume ne permet pas de croiser un autre véhicule sans mordre le bas-côté.

Romain le rejoint facilement et ralentit, son pare-chocs touche presque la roue arrière du cyclomoteur, dont la pétarade est assourdissante. Ils traversent une forêt de noyers lorsque le benêt se met soudain à zigzaguer en jetant des coups d'œil furtifs en arrière. Sa conduite démontre une bonne connaissance de la route. Il entame les virages à tombeau ouvert, même sans aucune visibilité.

Romain ne le lâche pas. Le deux-roues ouvre la route dans ce lieu désert. Ils atteignent les contreforts d'une colline et ce qui ne pouvait pas manquer d'arriver arrive : dans un virage un petit peu plus serré que les autres, le cyclo dérape et déséquilibre son pilote, qui va se vautrer dans un massif de ronces.

Romain s'arrête et descend de voiture. Le jeune homme, un peu sonné, se relève. Lorsqu'il aperçoit son poursuivant, il se sauve en courant sur un chemin de terre.

Romain a eu le temps d'apercevoir son visage. Son expression trahissait la terreur. On aurait dit qu'il avait vu le diable en personne. Inutile d'essayer de le rattraper. Il a l'air de connaître le coin par cœur. Romain fouille la sacoche et trouve le petit paquet aperçu un peu plus tôt. Sans surprise, il s'agit d'un pain de hachisch de belle taille. Il enfouit la drogue dans sa poche et retourne dans la voiture. Il attend quelques minutes et, ne voyant personne revenir, redémarre.

Son flair ne l'a pas trompé. Les deux hommes trafiquent de la drogue. Une quantité pareille est trop grande pour une consommation personnelle. Ils doivent certainement alimenter les jeunes du coin.

Il retourne chez Crocodile. L'heure de la fermeture est proche, le parking est désert. Romain tente sa chance. Il est encore sous le coup du départ de son ami et cela doit se voir. Il n'a pas besoin de se créer un personnage de méchant.

L'employé s'apprêtait à partir. Entendant le bruit de la porte, il crie :

— On ferme ! Et, découvrant Romain : Ah ! C'est vous !

— Tu vas faire un peu de rab, ce soir !

— Vous avez la clé du coffre ?

— Non, mais tu vas me la donner.

— Eh là, pas si vite ! Je vous ai dit que c'était formellement interdit.

Il semble inquiet.

— Et ceci, c'est pas interdit ?

Romain lance sur le comptoir le paquet de drogue.

Surpris, reconnaissant son bien, le jeune homme balbutie quelques mots incompréhensibles.

— Alors maintenant ! Tu m'ouvres ce coffre et j'oublie ton petit commerce. Et vite ! Je n'ai pas envie de m'énerver comme avec ton collègue, le motard de bac à sable.

La peur se lit sur le visage de l'employé. Il comprend que la came n'a pas changé de main aussi rapidement sans que quelque chose de désagréable ne soit arrivé à son complice.

— Ne me faites pas de mal, m'sieur ! Je fais juste ça pour rendre service. Je tiens à mon boulot, m'sieur !

— Dépêche-toi et arrête de pleurnicher !

L'employé saisit un trousseau de clés. Avec le plus grand mal, il en détache une. Ses mains tremblent.

— Le coffre 55, c'est ça ?

— Tu as une bonne mémoire.

— Voilà, m'sieur.

— Viens l'ouvrir !

Le gamin se dirige vers la pièce forte. Romain a du mal à croire que dans quelques instants il sera en possession d'un fabuleux secret.

Lorsque le bruit de la serrure indique que le coffre est ouvert, il pousse le garçon sans ménagement. Il glisse sa main à l'intérieur et en sort un petit coffret métallique d'une vingtaine de centimètres de long. Il est fermé par un système basique d'aiguille fichée dans un volet. Romain l'ôte facilement. L'huisserie a visiblement été graissée récemment, il ouvre le couvercle avec précaution.

Un rouleau de papier parcheminé se trouve à l'intérieur. C'est gagné !

— Tu gardes la drogue, je garde le coffre et on ne s'est jamais rencontrés. O.K. ?

— Oui monsieur ! C'est juré. Je ne vous connais pas et il ne s'est jamais rien passé.

Romain s'éloigne du village. Il peut reprendre la route de Paris. Mission accomplie, mais à quel prix ? Il ne cesse de jeter des coups d'œil sur le coffret posé bien à plat sur le siège de droite. De temps en temps, il pose la main dessus, sent cette matière ancienne si mystérieuse. Des hommes se sont entre-tués pour obtenir ce document, et lui, Romain, le possède à présent. Enfin ! Il va lui aussi entrer dans le Secret et découvrir enfin pourquoi sa vie n'est qu'un enfer. Il a payé très cher le droit d'accès à ce club très privé. Il ne s'en privera pas.

Il pense à Amar, avec qui il aurait tant aimé partager cette victoire, mais respecte le souhait de son ami. Pourvu que Noria soit libre ! Il est temps de quitter Saint-Just-de-Claix. Qui sait si elle n'a pas parlé ? Chaque minute l'éloigne de ce danger. Il a, bien sûr, grande hâte de lire le contenu du document. Il a tellement attendu ! Finalement, attendre encore un peu augmente son désir, un désir qui s'apparente à un doux mélange de soif de savoir et de peur d'être déçu.

C'est seulement près avoir dépassé Lyon, sur l'autoroute en direction du nord, les coteaux du beaujolais en toile de fond, qu'il s'arrête sur une aire de repos. Il gare son véhicule dans un endroit calme, loin des toilettes publiques et du parking des poids lourds. Il descend faire quelques pas, regarde autour de lui et s'installe à la place du mort. Il verrouille les portes et, enfin, examine le coffret tout à loisir. Ses parois ont souffert du temps et montrent des traces de corrosion, les soudures fines sont apparentes. Il a été nettoyé et restauré.

Romain l'ouvre et en sort le document. Délicatement, il le déroule. La feuille est jaunie par d'innombrables années, mais l'écriture serrée est parfaitement lisible.

Il commence sa lecture et, petit à petit, s'enferme dans un silence que rien, même le bruit incessant des camions, ne vient perturber. Son esprit se détache de son corps au fur et à mesure que les mots le pénètrent. Il avale le texte d'une traite, relisant certains passages pour s'assurer de bien comprendre la portée des mots, jusqu'à la signature, qu'il relit plusieurs fois, abasourdi par ce qu'il vient de découvrir.

Troisième partie

Chapitre 38

Les lumières de Paris, déformées par le rideau de pluie qui s'abat sur la capitale, dansent dans une sorte de ballet fantasmagorique. Il est presque vingt-deux heures, la circulation est encore chargée. Romain observe la masse noirâtre d'un avion proche de l'atterrissage. Son halo lumineux est pareil à une épée aveuglante découpant le rideau de la nuit. Orly ! Dans quelques minutes il sera porte d'Orléans. Enfin !

À aucun moment de son voyage il n'a allumé la radio ni branché son lecteur de musique. Toutes ses pensées étaient focalisées sur ce qu'il avait lu quelques heures plus tôt.

Il ne cesse de tourner et retourner ce texte écrit il y a si longtemps, sans comprendre sa finalité. Ses connaissances personnelles sont trop faibles pour qu'il puisse avoir une vue d'ensemble suffisante et expliquer son rôle dans cette énigme. La seule personne qui pourrait éventuellement l'aider est Lefrancois. Malheureusement, le vieil historien était absent lorsqu'il l'avait appelé. Il lui a laissé un message lui demandant de le rappeler de toute urgence. Pourvu qu'il rentre rapidement !

Il est tard, toutes ces émotions ont épuisé Romain. Il ne rêve que d'une chose : un bon lit. Il tente sa chance dans les hôtels qui bordent le périphérique, mais ils sont tous complets. Il entre dans la capitale en espérant avoir plus de succès, mais le résultat est toujours le même : « Hôtel complet ». Au cinquième échec, il abandonne. L'enthousiasme a quitté le jeune homme pour laisser place à une énorme lassitude. La fatigue et les dernières émotions ont eu raison de sa combativité. Il se rapproche de son domicile, un peu comme un cheval est attiré par son écurie, mû par un besoin de confort et de nourriture. Pourquoi ne pas rentrer chez lui ? Cette idée s'impose soudain à lui comme la foudre un jour d'orage. S'il doit se faire arrêter, autant que ce soit dans son lit. Il passe devant son immeuble et constate que les flics ont déserté leur planque. C'est décidé ! Il y va.

Il se gare à deux pas et rejoint son entrée de service. Il grimpe quatre à quatre les étages, jetant ses dernières forces dans cette ascension. Il ouvre avec précaution l'accès à son palier et se plante devant l'issue sécurisée donnant dans la cuisine. Une mauvaise surprise l'y attend. Il découvre un rai de lumière sous l'énorme porte ; son appartement est occupé. Il y colle son oreille et perçoit le chuintement familier de sa machine à café. Le boîtier de l'alarme indique une présence à l'intérieur. Les flics ! Ils ont trouvé le moyen de s'infiltrer et l'attendent confortablement dans son salon ; il s'est jeté dans la gueule du loup.

Il rebrousse chemin avec mille précautions, rejoint son véhicule et quitte le quartier au plus vite. Son errance reprend, finalement interrompue par Lefrancois, qui vient de recevoir son message. Malgré l'heure tardive, le vieil historien accepte de le recevoir.

Romain, parfaitement réveillé à présent, tourne longtemps avant de trouver un espace suffisant pour caser sa voiture. Il est presque minuit lorsqu'il sonne à l'interphone. La pluie n'a pas cessé et il protège le coffret à l'intérieur de son blouson. Ses cheveux mouillés, sa barbe et cette bosse proéminente sur son ventre le font ressembler à un clochard à la recherche d'un abri pour la nuit.

La voix caverneuse dans l'interphone précède le cliquetis signalant l'ouverture de la porte. Romain profite du miroir de l'ascenseur pour arranger sa mise. Il se fait peur. Voilà où il en est : un SDF ! S'il ne s'était pas lancé dans cette aventure, il serait bien au chaud, dans son bel appartement, en train de regarder un DVD. Parfois, il en a plus qu'assez. Il serre la boîte dans ses mains et ce contact lui redonne de l'énergie.

L'homme porte toujours le même costume désuet. L'odeur de chou attaque encore les narines de Romain et lui rappelle qu'il n'a rien mangé depuis des heures.

— Merci de me recevoir si vite, monsieur Lefrancois ! dit-il en s'excusant.

— Il n'y a aucun problème. Vous savez, mes nuits sont aussi longues que mes jours. Je dors très peu, alors je les passe à lire. Votre appel m'a intrigué. Ce n'est pas tous les jours que l'on vous propose de découvrir un document original à étudier. Installez-vous !

Le vieil homme chausse des lunettes et observe le coffret avec intérêt.

— XVIIIe siècle ! lance-t-il. Ce genre de soudure ne trompe pas. Mélange d'étain et d'airain.

Il fait place nette sur la table, soulève le couvercle religieusement et sort le document, qu'il déroule avec délicatesse. Il coince les bords avec différents bibelots et se saisit d'une loupe. À voix haute, il entame la lecture :

— *Ma très chère mère, Maman ! Longtemps ces mots ont défilé dans ma tête, longtemps mes paroles se sont adressées à vous. Toute ma vie ne s'est passée sans un jour où mes pensées ne se soient tournées vers vous. Aujourd'hui, sentant approcher le terme de mon long et douloureux parcours, je vais enfin vous rejoindre, vous revoir, selon la volonté de notre Seigneur. Au cas où ma vie n'aurait pas été assez pieuse, et que le Tout-Puissant en décide autrement, je laisse ici bas, plus qu'une simple lettre, un testament, comme l'a fait mon père, votre adoré mari, notre Roy bien aimé.*

Lefrancois, les mains tremblantes, descend en bas de page et cherche avec la loupe la signature de l'auteur de ses mots.

— Louis Charles de Bourbon ! Louis XVII ! C'est incroyable !

Il regarde Romain comme si ce dernier venait de lui apporter le Saint Graal. Il reprend :

— *Pour le garder je choisis l'endroit au pied duquel vous aimiez tant écrire vos gentils mots, vous reposer de cette charge si lourde qui était la vôtre. Cet arbre en dessous duquel j'ai, par la suite, tant pleuré votre absence. Dieu m'est témoin des longs sanglots qui m'habitaient lorsque je caressais cette terre qui avait porté votre corps. Moi, l'orphelin qui avait conduit sa propre mère à l'échafaud par ses paroles inconsidérées, dictées par les vilains de cette maudite prison du Temple, je n'ai pas bénéficié d'une sépulture sur laquelle j'aurais pu venir prier, me faire pardonner.*

— Je ne comprends pas ce passage, l'interrompt Romain.

— Lorsque la famille royale était emprisonnée au Temple, à Paris, après l'exécution de Louis XVI, le petit Louis XVII, âgé alors de huit ans, a été séparé de sa mère, Marie-Antoinette. Ils vivaient dans la même prison mais ne se voyaient jamais. La reine, sa fille Marie-Thérèse et sa belle-sœur épiaient les moindres bruits qui trahissaient la présence de l'enfant, leur seul moyen d'avoir de ses nouvelles. Louis Charles, dont la surveillance s'était accrue vu son statut d'héritier du trône de France, a été confié à un cordonnier du nom de Simon, un rustre chargé de lui donner une éducation de républicain converti.

— Pourquoi s'accuse-t-il d'avoir envoyé sa mère à l'échafaud ?

— J'y viens. En guise d'éducation, le petit roi a subi un véritable lavage de cerveau et il est devenu un parfait républicain. Des témoignages rapportent qu'il connaissait par cœur les chansons révolutionnaires. On l'a amené témoigner contre sa mère, malgré son jeune âge, lors du procès où elle a été condamnée à mort. Il a été contraint de dire que sa mère et sa tante s'étaient livrées à des actes contre nature à son encontre. Hébert, qui vouait à la famille royale une haine sans limite, a accusé Marie-Antoinette, entre autres, d'inceste, utilisant les dires de l'enfant. On peut facilement imaginer la souffrance de ce petit homme à la suite d'une telle épreuve. Je continue :

Comme fut lourde cette culpabilité que j'ai portée et que je porte encore aujourd'hui. Ce chêne sera le dépositaire de mes pensées, de mes souvenirs, de ma douleur. Ainsi se substituera-t-il à vous, dont j'ai été privé si vite.

Si Dieu, dans sa grande miséricorde, pouvait me conduire à vous afin que je vous implore le pardon, je lui en serais infiniment reconnaissant. J'étais si jeune et si fragile. Mes paroles vous ont reniée, mais jamais mon cœur ne l'a fait, ma mère tant aimée.

— Sa culpabilité a dû le ronger le restant de ses jours.

— *J'ai même cru vous abandonner, lorsque le regretté Laurent m'a extirpé de ce cachot où je mourais de chagrin et de solitude, après que ma seule amie, une petite tourterelle, fut morte. Je vous croyais encore également enfermée dans ce lieu de l'enfer.*

Ce n'est que bien plus tard, après un très long voyage sur les océans, que j'ai appris toute l'horreur de votre fin. Votre sort avait rejoint celui de mon père. Notre destin était fixé.

Mon dieu, la preuve que le dauphin a bien été extrait de la prison du Temple est devant mes yeux. Je vis un moment exceptionnel. Pourvu que ce document soit authentique ! Où l'avez-vous eu, jeune homme ?

— Ce serait un peu long à vous expliquer.

— Peu importe. On s'occupera de sa véracité plus tard. En tout cas, le grain du papier pèse en faveur de l'authenticité. On ne fabrique plus ce type-là depuis des siècles.

Il regarde par transparence le parchemin et le gratte avec son ongle sale.

— Je croyais que le petit Louis XVII était mort un peu après ses dix ans, dans un cachot de la prison du Temple, dit Romain. D'ailleurs, où se trouve-t-elle aujourd'hui ?

— Elle n'existe plus. On a construit à son emplacement l'actuelle mairie du IIIe arrondissement.

— Sait-on exactement de quoi il est mort ?

— Oui. Il a été autopsié par trois médecins. D'ailleurs, l'un d'eux, le docteur Pelletan, a subtilisé son cœur dans l'opération. Ce qui a engendré une polémique qui dure encore aujourd'hui. Je vous l'expliquerai plus tard. Laissez-moi poursuivre s'il vous plaît !

Romain ne veut rien laisser de côté, mais l'empressement enfantin de son hôte l'amuse.

— J'ai grandi très loin de la France, où je puis vous assurer qu'à aucun moment mon comportement ne vous a fait ombrage. J'ai été élevé dans la dignité et le souvenir de mes parents. Hélas, le souvenir de votre visage, de vos caresses, s'est estompé peu à peu en laissant place à cette blessure jamais cicatrisée.

Nos fidèles se sont occupés de moi comme vous l'auriez si bien fait. Laurent a remplacé mon regretté grand frère et sa famille m'a accueilli comme un véritable fils. Le marquis de Bouillé, de loin, surveilla avec bienveillance mon éducation.

La rumeur selon laquelle le petit roi a été élevé aux Antilles est donc bien vraie, murmure le vieil historien.

— Vous le saviez ?

— C'était une rumeur parmi tant d'autres. Il y a eu tellement de choses écrites sur ce mystère que je ne croyais plus en rien. J'étais sûr que, finalement, la version officielle de sa mort était la bonne.

— Qui a été autopsié, alors ?

— Un autre enfant. Certainement un de ces pauvres hères qui peuplaient les bas quartiers du Paris de l'époque. On a laissé le petit roi livré à lui-même dans sa cellule tellement longtemps, ne lui donnant à manger que par un guichet, sans hygiène, que son apparence physique a changé. C'est probablement à ce moment-là que la substitution a été faite.

— Vous connaissiez ce Laurent ?

— Oui, Christophe Laurent, un Antillais. Il a été un de ses geôliers. Probablement l'un des seuls à avoir mis un peu d'humanité dans sa captivité.

Lefrancois parle tout en continuant à admirer le document, à la manière d'un curé devant le Saint Suaire.

— Et qui était Bouillé ?

— Un général fidèle à la famille royale. Il avait pris une part active à l'épopée de Varennes, vous savez, lorsque Louis XVI avait tenté de quitter la France en catimini avec femme et enfants. Bouillé s'était tenu pour responsable de l'échec de cette opération. Comme c'était un homme d'honneur, je ne suis pas surpris de découvrir qu'il s'est occupé du petit prince. Puis-je poursuivre ?

— Oui, allez-y, continuez !

— *C'est à vingt ans, longtemps après la mort de mon tuteur et au grand regret de ma famille de cœur, que je suis reparti sur mon continent, ce royaume perdu. Je ne pouvais faillir au testament secret de mon père. Je suis revenu dans votre ville, que j'ai enfin pu découvrir. Seules me revenant quelques bribes d'images, d'odeurs, de ce lieu que j'avais si peu connu.*

— Était-ce Versailles ? interrompt encore Romain.

— Oui.

— De quel testament secret parle-t-il ?

— Son père a effectivement écrit un testament avant d'être conduit à l'échafaud, mais qui n'a rien de secret. Tous les historiens le connaissent. Je dois en avoir une copie quelque part, ici. Je vous le chercherai si vous le souhaitez. Il n'a rien d'extraordinaire. Le roi y appelait sa famille à pardonner et à se confier à Dieu. J'ai donc l'impression que le jeune Louis XVII parle ici d'un autre testament.

J'ai été à ce moment-là au pain menu. J'ai travaillé dur dans le parc de votre château, caressant votre arbre, dès que l'occasion m'en était donnée.

J'ai même servi le rustre Napoléon. Quelques rares fidèles, au courant de mon identité, m'ont soutenu. J'ai bravé mille dangers pour respecter les dernières volontés de notre Roy, mais j'ai failli.

Notre propre famille m'a renié. Cet oncle qui m'a remplacé sur le trône de France et qui n'a su le garder a trahi son propre neveu, à qui revenait la charge royale. C'est par une chance inouïe que je suis encore de ce monde, aujourd'hui, à écrire ces mots. Longtemps j'ai été pourchassé, mais, heureusement, j'ai été protégé par nos fidèles cordons bleus.

— Les cordons bleus sont bien les chevaliers du Saint-Esprit ? questionne Romain.

— Tout à fait. Vous avez été le témoin de la cérémonie d'inhumation d'un des leurs. C'est incroyable, ils ont donc poursuivi leurs vœux d'allégeance et de protection du Roi. Je n'en reviens pas. Je découvre que Louis XVIII, l'oncle du petit, qui a régné pendant la Restauration, était parfaitement au courant de la survie de son neveu. Quel extraordinaire destin ! Non seulement cet enfant a été retiré très jeune de sa famille, non seulement il a assisté involontairement à l'une des histoires les plus sombres de notre passé, mais il a, de plus, été l'objet de complots de toute sorte. Cet enfant portait en lui un héritage aux enjeux tellement énormes que même sa propre famille, en la personne de son oncle, l'a trahi. Il a été écarté, je n'ose imaginer comment, pour laisser libre le pouvoir suprême.

Romain essaye de comprendre en quoi son histoire personnelle est liée à tout ça. Il ne peut se confier au vieil homme, mais boit ses paroles comme si la vérité pouvait jaillir de cette gorge malade.

— Notre priorité a été d'assurer la lignée, d'assouvir le dessein de Père. Je n'imaginais pas que la difficulté serait aussi grande, mais si ce n'est moi, ce seront mes enfants, je vous le promets.

Vos petits-enfants, ma chère mère. Comme vous auriez été heureuse de les connaître et eux, fiers de vous rencontrer. Ils ont été éduqués dans la tradition de notre famille et dans le secret du testament de Père. J'ai grande confiance et fonde mille espoirs sur eux, ainsi que sur leurs enfants, garants de notre descendance.

— Encore cette référence au testament ! répète Romain.

— Oui, il en parle souvent. Donc, Louis XVII a une descendance ! Intéressant !

— Qu'insinuez-vous ?

— Oh ! C'est bien simple, jeune homme. Vous apparaissez un jour chez moi en me décrivant une cérémonie que je croyais à jamais oubliée, vous m'apportez ce document qui, sous réserve d'authenticité, prouve que Louis XVI a une descendance directe. Que puis-je, d'après vous, en conclure ?

— Que cet ordre est toujours actif car la lignée ne s'est pas éteinte.

— Bravo, c'est tout à fait exact…

Nos ennemis sont partout et puissants. Ils ont juré notre perte, nous, vos fidèles des fidèles. Je ne puis bien entendu écrire ici mon nom d'emprunt. Trop de dangers en découleraient si cette lettre tombait entre les mains ennemies. Je ne puis citer que ceux qui, hélas, ne sont plus parmi nous.

Nombreux sont ceux qui ont parlé en mon nom. Des usurpateurs, bien sûr, qui nous ont été utiles, car il était plus facile de se cacher dans la foule en avançant à couvert au milieu de ces prétendants qui attiraient la lumière.

— Je ne saisis pas tout, là, monsieur Lefrancois.

— Louis XVII s'est retrouvé seul contre tous. Avec, d'un côté, les principaux ennemis : les révolutionnaires, qui ont tout fait pour supprimer les acteurs de l'Ancien Régime, surtout les mâles ; de l'autre, sa propre famille, qui a profité de l'aubaine pour s'approprier le pouvoir lorsque cela a été possible, à la Restauration. Sans oublier les usurpateurs, qui, trop heureux soit de faire parler d'eux, soit de capter un héritage, n'auraient certainement pas hésité une seconde à éliminer une source desservant leurs intérêts.

— Vous dites : surtout les mâles. Pourquoi ?

— Parce qu'à cette époque-là les femmes n'étaient rien. La loi salique s'étant toujours appliquée, seuls les garçons recevaient la charge suprême. C'est d'ailleurs pour cela que la sœur du pauvre enfant a eu la vie sauve. Elle est décédée de sa belle mort à plus de soixante-dix ans.

— Ah oui ! D'ailleurs, il parle d'elle un peu plus loin. Mais avant de continuer, parlez-moi de ces usurpateurs.

— Après la disparition du petit roi, des rumeurs ont couru sur son enlèvement de la prison du Temple. Cela a suffi pour faire naître chez certains l'espoir de se faire passer pour lui à l'âge adulte.

— Les fameux « survivantistes » !

— Oui, c'est ça, les partisans du baron de Naundorff, plus la clique des opportunistes qui n'ont fait qu'allonger la liste.

Lorsque vos saints restes ont été transférés dans votre ultime demeure, j'étais là. Je vous ai vue, dans toute l'horreur de la mort, quand on a enlevé votre corps du cimetière de la Madeleine, ce lieu indigne de vous, ainsi que le corps de Père.

Je me devais d'être présent afin de vous rendre grâces et de m'assurer que tout le respect lié à votre rang vous était rendu.

Mon Dieu ! Il était là également !

—...

— À la Restauration, Louis XVIII, l'oncle du gamin, le frère de Louis XVI, avait ordonné que l'on recherche les dépouilles royales, enfouies dans une fosse commune au cimetière de la Madeleine. Il voulait leur donner une sépulture digne de ce nom à la basilique de Saint-Denis, lieu de repos des rois et reines de France. L'endroit où ils avaient été ensevelis avait été parfaitement repéré par le fossoyeur Joly, qui avait été chargé d'enterrer les corps. On a donc exhumé ces restes devant de nombreux témoins.

— Leur fils était là ! Quelle horreur !

— Leur fille, Marie-Thérèse, l'était également, pour reconnaître ses parents. D'ailleurs, c'est étrange qu'il n'en parle pas. On peut imaginer l'état des corps après plus de vingt ans passés sous terre. Chateaubriand était présent. Il en a laissé quelques écrits dans ses *Mémoires d'outre-tombe*. Il soutient qu'il a reconnu Marie-Antoinette à la forme de sa mâchoire.

Personne n'a remarqué la petite partie manquante qu'un chevalier, au péril de sa vie, vous avait retirée dans la pure tradition des princes et des princesses de sang royal.

Ce brave Rougyff aura tout fait pour vous, jusqu'à plonger ses mains dans vos entrailles afin d'en extraire la partie la plus noble...

Incroyable ! Je vais de surprise en surprise. La partie la plus noble... serait-ce le cœur de Marie-Antoinette ? Rougyff, ce nom me dit quelque chose.

Le vieillard se déplace vers un rayonnage où s'entassent des centaines d'ouvrages. Il en sort un volume très épais, dont il tourne les pages jusqu'à trouver ce qu'il cherche.

— Le chevalier de Maison Rouge, Alexandre Gonsse de Rougeville, appelé aussi Rougyff, ou Rougy. Je m'en souviens maintenant. C'était un monarchiste pur et dur. Un aventurier qui a inspiré Alexandre Dumas. Cet homme, au péril de sa vie, a tout fait pour sauver sa reine. Il a même fait de la prison pour lui avoir amené, en personne, un message secret à la conciergerie, c'est ce que l'on a appelé la Conspiration de l'œillet.

Ce reliquaire que nous détenons, à qui nous vouons un culte journalier...

Il y a donc un troisième cœur en circulation !

— Un troisième cœur ?

— Je vais y venir, laissez-moi finir s'il vous plaît !

Votre fille, ma sœur, Marie-Thérèse, mon unique lien, m'a elle aussi rejeté. Comme je lui pardonne ! La pauvre a également été manipulée par notre famille. Son mari, notre cousin, le duc d'Angoulême, n'a rien fait pour nous rapprocher. Comme je l'ai maudit, ainsi que son frère, mon autre cousin, le duc de Berry, auquel une lutte acharnée m'a opposé dans le plus grand secret et que j'ai été obligé de faire supprimer ! Dieu me le pardonne. Vous aussi, ma tendre mère !

Je suis heureux car Marie-Thérèse m'a finalement accepté. J'ai eu la chance de partager ses derniers instants. Je vous ai vue en elle ! Comme elle doit être heureuse de vous avoir retrouvée, cette sainte femme !

Mon tour va arriver. Dieu saura-t-il pardonner mes péchés ?

Si j'ai eu la chance – s'il en est une – de vous survivre, c'est pour bâtir les fondations de l'édifice que Père m'a demandé de construire.

J'ai cette image très nette de la dernière fois où il m'a tenu dans ses bras, où il m'a fait jurer quelque chose que je ne comprenais pas. Mes yeux se sont enfin ouverts grâce au testament que nos fidèles chevaliers m'ont remis. Ce testament, je l'ai gravé dans la pierre dans ma demeure du Parc aux Cerfs, une pierre appuyée qui regarde le sol dans cette drôle de maison au passage des plaisirs. Nul dans la lignée n'oubliera ce pourquoi nous sommes ici-bas.

Mère, ma tendre mère, ma vie vous aura été consacrée. J'ai fait taire mille détracteurs qui abîmaient votre image et j'ai construit les bases de l'édifice qui, un jour, vous ramènera dans la lumière.

La suite est prête maintenant. Je peux m'en aller.

Je vous aime et le prouve en signant de mon sang

Votre fils

LOUIS CHARLES DE BOURBON, le Dix-Septième.

Un long silence emplit la pièce. Romain a encore mille questions à poser. Il laisse quelques minutes de calme à l'historien avant de poursuivre. L'homme est bouleversé.

— Vous voyez, jeune homme, je me bats contre la maladie depuis des années. Parfois, étant las, je souhaiterais abréger mon existence et m'en aller, vu que plus rien ne me retient ici bas. Eh bien, ce combat n'était pas vain. La découverte de cette lettre est ma récompense.

— Pouvez-vous m'expliquer l'histoire des cœurs ?

— Tout à fait, c'est le moment. Je reviens sur la version officielle de la mort du petit roi : une tuberculose osseuse, d'après l'autopsie au cours de laquelle le cœur a été prélevé et conservé par le docteur Pelletan. Je le nommerai « cœur Pelletan ». Ce cœur repose actuellement à la basilique de Saint-Denis, dans l'aile des Bourbons, depuis qu'il a été rendu à la France aux alentours de 1975, si ma mémoire ne me trompe pas, au grand dam des « survivantistes », qui crient au faux cœur. Pour ôter le doute et sous la houlette d'un historien français, une analyse a été conduite en 2000, en vue d'une comparaison avec de l'ADN extrait des cheveux de Marie-Antoinette. Ce fut positif : le cœur Pelletan avait un « lien de parenté » avec la reine.

— Aucun doute sur l'ADN de Marie-Antoinette ?

— Non, les cheveux venaient d'une collection privée et d'autres analyses ont été faites pour confirmation avec des descendants des Habsbourg encore vivants. Le tracé mitochondrial était identique.

— D'où vient ce cœur, alors ?

— J'y viens. Les époux royaux ont eu un autre fils : Louis Joseph, le premier dauphin, décédé à l'âge de huit ans. Après sa mort, la charge sacrée a été automatiquement transmise à son frère cadet, selon la loi salique. Louis Charles devint donc dauphin. La tradition voulait que l'on retire les cœurs des princes et des princesses après leur mort. Ces reliques étaient conservées dans la chapelle du Val-de-Grâce, jusqu'à la Révolution. Donc, l'organe de Louis Joseph avait suivi le même parcours. Vous voyez où je veux en venir ?

— Je crois saisir. Ce cœur a forcément le même ADN que Marie-Antoinette ?

— Exact ! Les historiens ont pisté ce cœur, qui a aujourd'hui disparu. Il n'y a plus qu'un seul organe dans le circuit, si je peux m'exprimer ainsi.

— Vous insinuez que le cœur actuel, qui est à la basilique, est le cœur de Louis Joseph ? Le premier enfant du couple ?

— Cette version a été contredite par les partisans de la version officielle. Ils assurent que la conservation des deux organes était complètement différente. Le premier étant embaumé, le second conservé dans l'esprit-de-vin, une variante de l'alcool éthanol. Donc, pour eux, le cœur exposé à Saint-Denis ne peut pas être celui de Louis Joseph.

— Et vous, qu'en pensez-vous ?

— J'ai suivi le processus d'analyse du cœur en 2000. Un anatomiste m'a assuré que l'état dans lequel était l'organe ouvrait la porte à de nouvelles hypothèses. Il se disait bien incapable de dire s'il s'agissait d'un cœur d'enfant ou d'adulte. Imaginez un organe humain trempé dans de l'esprit-de-vin, qui ensuite est entièrement desséché pendant des décennies dans des tiroirs pleins de poussière, puis retrouvé dans un tas de gravats après le sac de l'évêché de Notre-Dame. Les biologistes qui en ont prélevé un morceau ont dû l'attaquer à la scie tellement les tissus étaient durs.

— Donc, d'après vous, et au vu de la lettre de Louis XVII que nous détenons, il est fort probable que le cœur de Louis Joseph soit celui qui est exposé dans la crypte des Bourbons à Saint-Denis, confirmant ainsi la théorie des « survivantistes » ?

— Sous réserve de l'authenticité de ces écrits. Restons prudents !

— Bien entendu !

— Sauf que maintenant il y a un troisième cœur ! Un cœur dont personne ne soupçonnait l'existence. Un cœur qui a forcément le même ADN que ses deux copies. Un cœur qui pourrait être exposé dans le vase de cristal à la place d'un autre.

— Le cœur de Marie-Antoinette !

— Exact !

L'historien a le regard perdu. Il « voit » littéralement cet organe humain enfermé dans une petite urne de cristal au fond d'une niche dans une crypte royale. Si la suite des événements venait à se confirmer, ce cœur deviendrait objet de culte car les fans de Marie-Antoinette sont innombrables.

— Attendez, monsieur Lefrancois ! On ne peut comparer un cœur d'enfant avec un cœur d'adulte. Il y a forcément un problème de taille !

— Vous n'écoutez pas, jeune homme ! L'anatomiste que j'ai rencontré m'a affirmé que l'organe avait tellement souffert en deux siècles d'errance qu'il était incapable de définir le corps qui l'avait « hébergé ». Il m'a également dit que l'esprit-de-vin avait la particularité de rétrécir les tissus organiques. D'ailleurs, les protocoles de conservation ont changé peu après cette période-là. L'esprit-de-vin a été mélangé à d'autres produits pour éviter cette particularité. Donc, ce cœur pourrait aussi bien être un cœur d'adulte.

— On peut quand même savoir de nos jours si c'est un organe féminin ou masculin ?

— Oui, certainement, quand on fait une analyse d'ADN moléculaire, or, dans l'analyse mitochondriale, celle qui a été faite au cœur de Saint-Denis, l'équipe n'a pas été en mesure d'en faire la distinction. Incroyable, non ?

— Je ne vous le fais pas dire.

— On est reparti pour des dizaines d'années de disputes d'experts.

— Et la sœur de Louis XVII, n'a-t-elle pas laissé de descendance ?

— Non, elle n'a pas eu d'enfant. Heureusement pour elle. Elle a épousé son cousin germain le duc d'Angoulême, et on sait trop bien quels peuvent être les ravages de la consanguinité.

Romain repart dans ses pensées. Tout cela n'a rien à voir avec sa vie à lui. Tout ce que Lefrancois lui apprend est certes captivant et semble avoir une valeur historique inestimable, mais rien ne vient éclairer les raisons pour lesquelles sa vie est un cauchemar.

— Si je calcule bien, poursuit l'historien, Louis XVII a dû mourir à plus de soixante-six ans. Il est né en 1785 et a assisté à la mort de sa sœur, Madame Royale, qui s'est éteinte en 1851. C'est incroyable ! Pouvez-vous me laisser ce document ? J'aimerais l'étudier. Je suis sûr de pouvoir le faire parler.

— Ce testament secret dont il parle, quelle valeur pourrait-il avoir ?

— Une valeur historique importante. D'après ses mots, Louis XVI a dû demander à son fils de se battre pour reconquérir le trône. Je ne vois pas ce que cela pourrait changer dans la vie des gens d'aujourd'hui. Ah ! ne bougez pas, je vais chercher le testament officiel.

Le vieil homme se traîne jusque dans une autre pièce. Romain entend des bruits de livres que l'on pose par terre. Il sourit en entendant son hôte éternuer d'une manière enfantine. Le ménage n'étant jamais fait, la poussière accumulée fait son œuvre. L'homme revient avec un document, une copie protégée par un cache en plastique.

— Tenez, lisez ça !

Romain sort les feuillets de leur protection et commence sa lecture en silence. Il se concentre sur le texte de Louis XVI pendant que Lefrancois étudie les mots écrits par son fils. Au bout de quelques minutes de silence religieux, Romain interrompt la contemplation du vieil homme.

— Effectivement. C'est très étonnant. Cet homme était vraiment très pieux. Quand a-t-il été exécuté ?

— Le 21 janvier 1793.

— Soit à peine un mois après l'écriture de ce testament. Il a eu largement le temps d'en écrire un autre, non ? En lisant ses mots, je me dis qu'il est impossible de pardonner quand on connaît tout ce dont il a été victime. Il avait beau être très croyant, il ne devait pas être si stupide que cela. Sa foi a dû beaucoup l'aider pour surmonter la mort sur l'échafaud, mais pas au point d'embrigader toute sa famille.

— C'est vrai, j'ai toujours été étonné par les derniers propos du roi. Il perd son royaume, se fait confisquer ses biens, est emprisonné ainsi que sa famille, puis, avant de mourir de la pire des manières, il écrit ce testament demandant à sa famille de pardonner et de se confier à Dieu. Certes, ce n'était pas un roi violent, mais à ce point, ça frise la niaiserie. Pourtant, il était loin d'être idiot.

— N'a-t-il pas agi ainsi pour protéger les siens ?

— Peut-être ! Certainement même ! Je ne vois pas d'autres raisons. Sur l'échafaud, il a essayé de dire quelque chose, mais on l'en a empêché en faisant jouer les tambours. Finalement, ce testament secret ne me surprend pas. C'est même logique.

— Avez-vous une idée de l'endroit où on pourrait le trouver ?

— Peut-être ! Regardez cette phrase : *Ce testament, je l'ai gravé dans la pierre dans ma demeure du Parc aux Cerfs, une pierre appuyée qui regarde le sol, dans cette drôle de maison au passage des plaisirs.*

— Gravé dans la pierre ! Vous pensez à quelque chose ? Vous savez où est ce Parc aux Cerfs ?

— Oui ! Enfin, je crois. Le Parc aux Cerfs était un bordel.

Les yeux de Romain s'ouvrent comme deux soucoupes.

— Un bordel ?

— En fait, le lieu d'habitation des jeunes filles que Louis XV avait pour habitude de « consommer ».

— Holà ! Doucement ! Je n'y comprends plus rien. Voilà Louis XV maintenant.

— Oui, vous allez comprendre. Louis XV, en matière de jeunes filles, avait un appétit insatiable. Sa maîtresse officielle, Madame de Pompadour, pour éviter de le perdre, lui a fait acheter une maison au Parc aux Cerfs, qu'elle a garnie de jeunes damoiselles. Ainsi, le roi pouvait à loisir se servir dans ce cheptel dont les plus âgées n'avaient guère plus de quinze ans. Le renouvellement et la jeunesse des filles assuraient à la Pompadour de conserver son rang de favorite.

— Belle mentalité.

— C'était finement joué. En fait, ça ressemblait plus à un harem qu'à un bordel de garnison.

— Que vient faire Louis XVII là-dedans ?

— Je n'en sais fichtre rien. Mais il semble qu'il y ait habité, puisqu'il dit « *ma demeure* » et qu'il y a gravé quelque chose qui nous intéresse. Cette drôle de maison au passage des plaisirs. Ça ressemble bien à ce que je viens de vous raconter, non ?

— Bien vu, monsieur. Vous n'allez pas me dire que cette maison existe toujours ?

— Eh bien, je crois que oui, mais hélas mes connaissances ne me permettent pas de vous en donner l'adresse exacte.

— Il est où, ce Parc aux Cerfs ?

— À Versailles.

— Dans le parc du château ? Allez ! Ne me faites plus languir.

— Non, il est hors du château. Il a changé de nom. Aujourd'hui, on l'appelle le quartier Saint-Louis.

—…

— Vous allez bien, Romain ? Vous êtes tout blanc.

— Heu ! C'est probablement parce que je n'ai rien mangé depuis ce matin.

— Ne bougez pas, je vais vous chercher quelque chose.

Le vieil homme se dirige vers la cuisine et laisse Romain seul avec ses pensées. C'est extraordinaire. Il ne peut pas y avoir de coïncidence. Le quartier Saint-Louis, là où il a trouvé le tombeau l'autre nuit. La pierre appuyée qui regarde le sol. Cela pourrait-il être cette espèce de pierre tombale ? Il n'a rien remarqué, aucune inscription dessus, mais en dessous. Et tous ces signes royaux, ces indices ? Il doit en avoir le cœur net. Certes, l'endroit ne ressemble pas vraiment à un bordel, mais, depuis le temps, l'immeuble a dû être refait plusieurs fois. Il se remémore les étages transformés en appartements de luxe, surplombant cette boutique d'un autre âge. Il doit y retourner.

Lefrancois réapparaît, souriant. Il porte un plateau en plastique garni d'un bol fumant, d'une demi-baguette de pain et d'un verre de vin rouge.

— Tenez, jeune homme ! C'est de la soupe aux choux avec un peu de lard. J'espère que vous aimez !

Romain n'aime pas trop ça, mais il n'ose pas contrarier son hôte.

Ils discutent encore longtemps du document. L'historien se montre affable. Il décortique la lettre, poussant des ah ! et des oh ! d'émerveillement. Il connaît toujours des anecdotes liées aux phrases de Louis XVII.

Romain se sent soudain fatigué. L'excitation est retombée. Lorsque l'historien explique l'assassinat du duc de Berry par Louvel, se demandant comment Louis XVII avait pu être impliqué, il se lève et prend congé. Lefrancois fait la grimace quand son jeune ami se saisit du document.

— Vous ne pouvez pas me le laisser encore quelques jours ? Je serais tellement heureux. S'il vous plaît !

— Monsieur Lefrancois, ce document ne m'appartient pas. Mais je vous jure que je reviendrai d'ici deux jours, non seulement avec, mais en plus avec le testament secret de Louis XVI.

— Vous avez l'air bien mystérieux ! Vous ne m'avez pas tout dit ?

— Non. Je ne préfère pas. J'ai peur de me tromper. Mais vous m'avez tellement été utile avec vos renseignements que vous avez fait naître en moi une petite idée sur l'endroit où pourrait se trouver cette maison de passe.

— Comme j'aimerais vous accompagner !

— Avez-vous une lampe de poche et quelques outils à me prêter ?

Le regard du vieil homme s'allume. La vie est de retour dans son corps décharné.

Il est plus de deux heures du matin quand Romain regagne sa voiture. De sa fenêtre, Lefrancois lui fait un geste de la main, auquel Romain répond d'un large sourire. La pluie n'a pas cessé. Il parcourt en un rien de temps la vingtaine de kilomètres qui le séparent de Versailles.

Il quitte l'autoroute A13 et s'engage dans la ville endormie. Il réalise qu'il est en possession d'un secret enfoui depuis deux siècles. Il se sent un peu coupable de ne pas avoir laissé le document à son nouvel ami. Quel étrange bonhomme ! Il n'a pas osé le lui demander, mais la maladie semble être bien avancée. Combien de temps lui reste-t-il avant l'issue fatale ? Romain décide de lui réserver la primeur de ses découvertes, c'est le minimum qu'il puisse faire.

Il n'a plus aucun doute à présent. Il a beau ressasser ce qu'il a découvert dans la galerie, tout lui indique que c'est l'endroit où Louis XVII a vécu. Qu'a recueilli la niche murale ? Serait-ce le fameux organe prélevé sur la dernière reine de France ? Et qui a reposé sur ce lit de pierre ? Qui sont les descendants du jeune roi ? Peut-être ce fameux Jean ? Il était le dernier propriétaire des lieux, ce serait plausible. Où est-il à présent ? Et Marie ? Que vient-elle faire au milieu de cette intrigue d'un autre temps ? A-t-elle un lien de parenté avec

Louis XVII ? Est-elle de sang royal ? Cette idée le fait sourire. Romain se souvient de cette délicieuse soirée avec la jeune fille à Lyon, sur son petit balcon. Ce regard pétillant attisé par les quelques verres de vin dégustés sous le ciel d'été. Oui, elle a tout d'une princesse. Cette dernière pensée lui arrache une douleur indicible. Quels que soient les événements qui se sont passés, même après sa trahison, il ne peut l'oublier. Il a cette fille dans la peau. Il l'a détestée, reniée, rejetée, et pourtant sa vie entière ne tourne qu'autour d'elle. L'évidence lui saute enfin aux yeux : il l'aime comme jamais il n'a aimé. Pour la première fois de sa vie, il est amoureux. Un amour d'une extrême violence. Un amour qui ne ressemble à aucun autre.

Lorsque Romain longe la place d'armes devant le château, il s'arrête. La statue équestre de Louis XIV a repris sa place après une restauration qui a duré des années. L'éclairage est réduit. Il descend de son véhicule et s'en approche. Il est seul devant cet immense palais, témoin de tant d'événements. À voix haute, il s'adresse à celui que l'on a appelé le Roi-Soleil :

« Je n'ai aucun dieu, ni aucune croyance. Mais si de là-haut tu me vois, guide-moi vers la vérité, accompagne-moi, protège-moi. Et si tu as encore le moindre pouvoir, rends-moi Marie. Nous n'avons rien fait pour mériter ça. M'entends-tu ? Allez ! Fais-moi un signe. »

Soudain, la pluie se met à battre plus fort ; elle frappe les pavés avec une violence inouïe.

— O.K. ! C'est bon, Loulou ! J'ai bien pris le message !

Romain rebrousse chemin et s'engouffre dans la voiture. « La prochaine fois, je ferme ma gueule ! » dit-il tout haut en souriant.

Il s'engage dans la rue Royale, au ralenti. La visibilité est quasi nulle. Les feux de circulation sont orange et clignotent. Jamais ville n'a été aussi déserte.

Il se gare sur le petit parking en face de la galerie Saint-Louis, attend quelques instants, sort du véhicule et cache le coffret dans la malle arrière.

Chapitre 39

— C'était délicieux !

— Ça aurait été meilleur avec des tomates fraîches et du basilic. J'irai faire des courses demain.

— Ce serait une bonne idée, mais attention, Marie, nous sommes en danger. Ton père est au courant de tout maintenant et il est fort probable qu'Arnaud le soit également. Il fera tout pour nous stopper. Il a d'ailleurs commencé en ce qui me concerne !

— Je sais, mais j'ai du mal à rester enfermée. Quoi qu'on en pense, je suis sûre que mon père me protégera.

— Certes ! Laissons-le faire le ménage dans sa société avant de reprendre contact. La corruption existe à tous les niveaux. Dieu seul sait ce dont Arnaud est capable. Pour l'instant, restons cachés ici et élaborons un plan que l'on pourra mettre en action lorsque j'aurai recouvré la santé.

— À vos ordres, chef ! Ça risque d'être long, non ?

— Pas à tes côtés.

— Dites donc, serait-ce une invite ?

— Qui sait ?

Ils rient de bon cœur pour cacher leur embarras.

Plus tard, ils commandent un film récent sur la chaîne de vidéos à la demande. L'écran géant intégré dans le mur du salon diffuse des images d'une grande qualité. À la fin du film, Marie interroge son téléphone.

— Que fais-tu ? Attention, tu vas nous faire repérer.

— Non ! Ne t'inquiète pas. La fonction est désactivée, je suis en *flight mode*. Tu te souviens, j'ai piqué l'agenda d'Arnaud, que j'ai sauvegardé sur la mémoire du téléphone. Il m'a semblé voir Christie's quelque part. C'est la scène de la vente aux enchères, dans le film, qui m'y a fait penser.

— Christie's, la célèbre salle de vente londonienne ?

— Voilà ! 15 septembre. Objet n° 415. Donner carte blanche à Bosley. *No limit.*

— De quoi s'agit-il ?

— On va vite le savoir, répond Marie en lançant son ordinateur portable.

— *No limit* ! Ça doit être important… Voilà ! Christie's. Vente du 15 septembre. Collection Pinault. Bronze, sculptures, tableaux de maîtres allant du XVᵉ au XXᵉ siècle. Voir catalogue…

— Là : n° 415

— Portrait de l'enfant, œuvre du XVIIIᵉ, attribuée à Greuze. Portrait présumé du dauphin Louis XVII avant sa mort à la prison du Temple. Les experts estiment que l'enfant avait dix ans à ce moment-là. Notez les armes de la famille royale sur la droite du tableau ainsi que l'attitude « fatiguée » de l'enfant : regard vide, épaules tombantes. Témoignage bouleversant, *in situ*, d'un enfant prisonnier dans les geôles de Robespierre.

— Pauvre gamin ! lâche Marie en observant la photo. Pourquoi Arnaud veut-il ce tableau à tout prix ? Il est seulement « attribué » à Greuze, ce qui veut dire que ce n'est probablement pas le maître qui l'a peint, seulement un de ses élèves ; ça ne justifie pas ce *no limit*.

— Tu m'as bien dit que ton associé était collectionneur, non ?

— Oui, mais d'œuvres ayant un rapport avec la Révolution. À part le fait que cet enfant ait été une victime supplémentaire de Robespierre, je ne vois pas. Non, il doit y avoir une raison qui nous échappe. Être prêt à payer un maximum pour un tableau « attribué » cache quelque chose.

— Oui, mais ça ne nous avance pas. Montre-moi son agenda, s'il te plaît, j'aimerais y jeter un coup d'œil.

— Si ça t'amuse.

La jeune femme lui tend son téléphone et se rend dans la salle de bains en bâillant. Elle utilise la douche multijet avec un grand bonheur et s'enroule dans une serviette moelleuse. Elle cherche dans les placards une brosse à cheveux et s'attarde sur les affaires de toilette de Romain. Elle retire le bouchon d'une bouteille de parfum à peine entamée, y porte ses narines et ferme les yeux. Romain apparaît comme dans un songe à travers sa mémoire olfactive.

Ne pourrait-il pas avoir la bonne idée de rentrer chez lui ? Elle se verrait bien passer la nuit en sa compagnie, à se raconter tout ce qu'ils ont vécu depuis le début. Comparer ce qu'ils ont découvert. Contre-attaquer ensemble. Où est-il ? S'est-il enfui à l'étranger ?

Elle s'en veut encore terriblement, mais elle reste convaincue qu'il comprendrait sa trahison. Yannick non plus n'a pas voulu que l'arrestation se passe de cette manière-là. Le policier s'est fait avoir comme un bleu. Leurs adversaires avaient un coup d'avance et essayaient de les éliminer. Elle s'asperge de l'odeur de Romain et enfile son peignoir de bain.

Yannick lève les yeux à son retour.

— Quoi ? Qu'y a-t-il ? Pourquoi me regardes-tu comme ça ? Je sais, je ne ressemble à rien avec ces cheveux.

— Je te regarde car j'ai rarement vu une femme aussi belle.

— Quel charmeur ! J'accepte le compliment avec plaisir. J'en ai bien besoin. Mes cicatrices sont tellement moches.

— Je peux voir ?

Elle s'assoit à côté de lui et abaisse une épaule du peignoir, jusqu'à dévoiler la naissance de sa poitrine. Elle fait apparaître une de ses deux cicatrices.

Yannick y pose son doigt et caresse doucement la marque disgracieuse. Marie ferme les yeux et frémit. Il continue lentement, remonte vers son épaule et le long du cou.

La jeune femme a toujours les yeux fermés. Il l'attire à lui et elle n'oppose aucune résistance.

À cet instant précis, le policier atteint le summum du bonheur.

Il l'attire plus près, jusqu'à ce que la fougue de la jeune femme lui arrache un cri de douleur… Ses maudites côtes cassées.

Ils se relèvent en riant et se rendent dans la chambre d'ami, tels deux éclopés de la vie prenant soin l'un de l'autre.

Quand Yannick se réveille, le jour s'est levé depuis longtemps. Les souvenirs lui reviennent un à un, le comblant d'aise. Il est seul dans le lit et perçoit des bruits provenant de la cuisine.

Il trouve Marie devant un bol fumant, un quotidien étalé sur la table. Elle sourit en le voyant.

— Bien dormi ?

— J'ai passé une nuit inoubliable, répond-il en l'embrassant sur le front. Tu es sortie ?

— Oui, j'ai un problème : faire l'amour me donne faim. J'avais très envie de pain frais. J'en ai profité pour acheter le journal et faire quelques courses. Personne ne m'a repérée, ne t'inquiète pas. Je te sers une tasse ?

— Avec plaisir. Quelque chose d'intéressant dans le journal ?

— En ce qui nous concerne, rien. Par contre, en pages Éco, il y a un article sur Mallesan : une de ses filiales a vu son cours s'envoler hier. Des bruits courent : leurs chercheurs auraient fait une découverte capitale.

— C'est quelle filiale ?

— La branche technologie de pointe, Nanotec, je n'en avais jamais entendu parler.

— Rien sur un éventuel remaniement dans l'organigramme ?

— C'est beaucoup trop tôt. Dans ce cas, les cours auraient chuté. Je pense que mon père va devoir reprendre tous ses plans avant de communiquer. Un peu de confiture ? C'est de la cerise bio.

Elle tartine généreusement une tranche de pain qu'elle tend à Yannick.

— J'ai déjà vu ce logo, reprend-elle en observant l'étiquette du bocal. Il y avait un dessin similaire sur la toge que j'ai découverte dans le placard d'Arnaud. Un peu différent, mais l'idée y est.

— C'est cette espèce de rectangle vertical percé d'un cercle au milieu ?

— Oui. Ça te dit quelque chose ?

— Redonne-moi ton téléphone.

Yannick fouille dans la mémoire du portable et montre une page de l'agenda d'Arnaud Forel.

— À la date de demain. Regarde ! En face de la ligne vingt et une heures.

— Tu as de bons yeux. Je ne l'avais pas remarqué. C'est exactement le même logo que j'ai vu.

— Intéressant. Tu devrais aller faire les courses plus souvent.

— Quel humour, commandant ! Tu peux me donner une explication au lieu de faire de l'esprit ?

— Si tu me prêtes ton ordinateur portable.

Le policier transfère les données du smartphone, qui se reproduisent en grand format sur l'écran. Le logo est maintenant beaucoup plus visible et laisse apparaître un trait en diagonale barrant le cercle.

— J'ai compris ! dit-elle. C'est une puce textuelle, tu cliques dessus et les infos apparaissent.

— Exactement ! Yannick effectue la manœuvre et une fenêtre s'ouvre : conseil extraordinaire au 38, rue du Docteur-Kurzenne à Jouy-en-Josas.

Ils se regardent, heureux de leur trouvaille.

— J'ai l'impression que c'est une réunion des Jacobins. Si tu confirmes bien avoir vu ce logo sur sa toge, reprend Yannick.

— Tu sais où ça se trouve ? demande-t-elle.

— Oui, j'y suis allé il y a quelques années. C'est à côté de Versailles. Il serait intéressant de s'y rendre.

— On pourrait prendre des photos de loin et repérer les allées et venues. On pourrait découvrir des membres des Jacobins de Saint-Simon.

— Excellente idée si l'on reste prudents. Je n'ai pas d'arme et je ne sais pas si je serai remis demain.

Marie le regarde dans les yeux et lui répond sans ambages :

— Tu m'as semblé parfaitement remis la nuit dernière. Je suis sûre que ça ira.

Devant un tel argument, Yannick ne peut que se plier à la décision de la jeune femme. Il n'y aura pas moyen de négocier. Cette fille, pense-t-il, a parfois les airs d'un taureau qui fonce sur la cape d'un matador sans deviner l'épée mortelle qui y est camouflée.

Ils essayent toute la journée de trouver des renseignements sur cette organisation. En vain ! Ils n'ont ni nom officiel, ni moyen de faire des recherches sur cet insigne si particulier.

Yannick tente de retrouver la Marie de la veille, mais sa fragilité a disparu. Ils sont dorénavant dans un autre contexte et il a en face de lui un pitbull avide de découvertes. La jeune femme engrange des milliers de données en lisant tous les articles qui citent de près ou de loin les doctrines de Saint-Simon. Son esprit est en ébullition et il n'y reste pas la moindre place pour un peu de tendresse.

Un peu dépité, il ébauche de temps en temps un petit geste, guettant un retour encourageant. Mais rien ne vient. Elle ne le rejette pas, ni ne le fuit. Elle semble tout simplement ailleurs, imperméable aux signaux extérieurs.

Il la laisse une bonne partie de la journée et en profite pour se reposer dans la chambre. Heureusement, il peut s'endormir facilement. L'état de grâce dans lequel il se trouvait la veille au soir l'a quitté, mais son état général s'améliore indubitablement.

La soirée débute comme celle de la veille, mais ne se termine pas aussi bien. Ils regardent encore un film. Marie se blottit contre lui pendant la séance, mais décide de dormir seule afin de prendre du repos en vue de la journée du lendemain. Yannick n'en croit pas un mot, mais il ne se sent pas la force de discuter. Il la serre dans ses bras en lui souhaitant bonne nuit. Elle lui sourit en retour, reconnaissante sans doute de ne pas avoir à s'expliquer.

Il est conscient qu'il faut aller doucement avec elle, ne pas la brusquer. Se pencher sur le passé récent de la jeune fille suffit à comprendre ses changements d'humeur. Elle en a certainement été plus affectée qu'il n'y paraît, ce qui la rend d'autant plus attachante.

Plus tard, dans la nuit, il se lève. La porte de sa chambre n'est pas fermée et de la lumière s'en échappe. Il risque un œil et voit Marie endormie, les bras lovés autour de la couette. Il ne peut s'empêcher de l'admirer. Il s'approche tout doucement, comme happé dans un tourbillon de douceur, et délicatement dépose un baiser sur ses cheveux.

Il retourne dans sa chambre en plein émoi. Il a le plus grand mal à s'endormir. Il se demande dans quelle histoire il s'est fourré. En quelques jours, sa vie a basculé, aussi bien professionnellement que sentimentalement.

Les deux amis prennent un taxi le lendemain pour Jouy-en-Josas. Il est peu probable que leurs photos aient été transmises au fichier des personnes recherchées, mais Yannick insiste pour éviter tous risques. En réalité, il souhaite économiser ses forces. Il se sent encore faible, mais ne veut pas le dire à la jeune femme.

Le taxi les dépose au bout de la rue du Docteur-Kurzenne. L'étroitesse de certains passages oblige le chauffeur à rouler doucement, ce qui leur permet d'apercevoir la maison un court instant. C'est une vieille bâtisse bourgeoise, en pierre meulière, à un étage, les façades percées de nombreuses fenêtres. Le jardin, comme la plupart aux alentours, offre une grande variété d'espèces végétales et semble entretenu avec soin. Il n'y a pas grand monde dans le quartier, mais suffisamment pour que Yannick et Marie n'attirent pas l'attention. Ils y déambulent sans crainte. En approchant du numéro 38, la jeune femme prend la main de son compagnon. Il apprécie le geste, mais comprend vite que ce n'est que pure mise en scène. Ils ressemblent à présent à un couple qui recherche la maison de ses rêves.

La grille, pas très haute, sert de support à une glycine d'un certain âge. Quelques fleurs violettes survivent, noyées dans une verdure qui masque le rez-de-chaussée. Bien que les volets soient ouverts, on ne décèle aucune présence humaine. Les deux amis constatent vite qu'il n'existe aucun endroit d'où ils pourraient observer sans se faire repérer. Le temple protestant qui fait face à la demeure n'offre aucune cache satisfaisante.

Ils remontent la rue d'un pas nonchalant en réfléchissant au problème.

— J'ai une idée ! s'exclame Yannick. Tu as vu les deux petits vieux qui entraient dans la maison voisine ?

— Oui, que veux-tu faire ?

— On va squatter chez eux. Je suis sûr qu'on aura une très belle vue du premier étage.

— Comment vas-tu faire ?

— Ma carte de police fera l'affaire.

Ils sonnent à leur porte et un vieil homme apparaît. Yannick, discrètement, lui montre sa carte et ils pénètrent chez le couple. Ils expliquent la raison de leur visite. L'homme est réticent. Il ne veut pas avoir d'ennuis. Ce sont des retraités sans histoires qui souhaitent le rester.

— Hélas, vous n'avez pas le choix, monsieur, poursuit Yannick. La loi m'autorise à réquisitionner votre maison pour les besoins de mon enquête. Mais je vous promets de le faire de la façon la plus discrète possible, de telle sorte que nul dans le quartier ne saura que vous nous avez aidés. Ce sera fini dans la soirée.

— Dans ce cas, installez-vous et soyez discret !

— Parlez-moi de vos voisins, ceux qui habitent au 38.

— Nous les connaissons peu. Nous étions en meilleurs termes avec l'ancien propriétaire, un grand écrivain. Le nouveau est un vieux monsieur qui habite Paris. Il y vient d'ailleurs irrégulièrement. En revanche, je connais bien la personne qui s'occupe du jardin, il ne m'a jamais rien signalé d'anormal. Qu'ont-ils fait ?

— Rien pour le moment. N'y a-t-il jamais de mouvements suspects, des soirées, des choses comme ça, qui vous semblent bizarres ?

— Non ! C'est le voisinage idéal. Jamais de bruit, pas d'histoires. Juste bonjour bonsoir. Je ne sais pas si cela vous intéresse, mais cette demeure a abrité une personne tristement célèbre pendant la Révolution française.

Yannick regarde Marie, aussi stupéfaite que lui.

— Allez-y ! Dites toujours.

— Le docteur Guillotin a habité ici. Vous savez, celui qui a inventé la guillotine. Il était député lors des États généraux.

— La maison appartient toujours à sa famille ?

— Je ne sais pas. Je ne sais pas comment s'appelle mon voisin. Pour vous dire comme il est discret.

— On va vérifier. Merci. Peut-on aller à l'étage ? Nous devons faire une planque ce soir.

Ils visitent les lieux et choisissent la chambre qui offre la meilleure vue. Sans lumière à l'intérieur, ils seront invisibles et pourront à loisir photographier les allées et venues.

Il est encore tôt, et leurs hôtes se détendent un peu. Ils leur offrent un petit en-cas. Cette irruption casse une routine bien installée et ils en profitent pour raconter leur vie.

Marie se poste sur son nid d'aigle et prend le premier tour de garde. Elle ne tarde pas à observer un premier signe de vie dans la maison : une camionnette réfrigérée à l'enseigne d'un traiteur de luxe s'y arrête pour une livraison. Une femme en uniforme d'employée de maison réceptionne les denrées. Ils ont vu juste, quelque chose se prépare. Ensuite, un taxi dépose un homme âgé qui entre sans sonner. Marie appelle ses hôtes, qui confirment que c'est bien le propriétaire des lieux. Yannick reste auprès d'elle, le jour décline et l'heure du rendez-vous approche. Ils restent là en silence, sursautant au moindre véhicule qui passe.

Soudain, une voiture de maître stoppe devant la maison. Le chauffeur ouvre la porte à un homme coiffé d'un chapeau qui les empêche de voir son visage. Il est accueilli par le propriétaire, qui ferme la porte aussitôt.

La scène se reproduit à l'identique. Ils ne connaissent pas cet homme, dont ils prennent des photos en rafales.

Un troisième se gare plus bas et vient à pied. Il porte un paquet volumineux emballé dans du papier kraft : à voir sa forme, il s'agit d'un tableau. Quand il s'approche, Marie reconnaît Arnaud. La domestique le fait entrer.

— Je suis sûre que c'est le *Jullien de Paris*. Je reconnais l'emballage.

— J'ai l'impression que l'on assiste à une réunion très importante. Quelle plaie, je n'ai pas de matériel d'écoute !

— C'est vraiment dommage. Tiens, en voilà encore un !

— Je le connais celui-là. C'est le préfet de Paris.

— Du beau linge en effet.

— Et il se fait déposer avec une voiture officielle ! Vas-y ! Mitraille !

Une petite pluie fine vient se mêler aux festivités, ce qui ne les aide pas, car ces messieurs, accompagnés de chauffeurs pour la plupart, n'aiment pas se mouiller. Ils attendent que leur employé zélé leur ouvre la porte en tenant un parapluie. Yannick peste contre la météo. Ils n'aperçoivent que le bas du corps des participants. Seulement deux sont identifiés sur un total de huit. La frustration des deux amis est grande. Ils contemplent les clichés qu'ils ont pris et sont déçus du résultat. Ils attendent dans leur perchoir encore une bonne heure, sans que rien ne bouge.

— Que fait-on ? demande Marie. On attend la sortie ou on tente autre chose.

— Il serait plus raisonnable d'attendre. Tu as une autre idée ?

— On peut passer par le jardin et rejoindre l'arrière de la maison. Il fait nuit. Ils doivent dîner en ce moment.

— C'est trop dangereux, pas dans mon état.

— Reste-là, j'y vais, répond-elle en enfilant son blouson.

— O.K., je viens avec toi, mais au moindre danger on dégage.

— D'accord !

Ils se précipitent dans le vestibule et empruntent un escabeau, non sans avoir demandé à leurs hôtes s'ils ont remarqué la présence d'un chien au 38. Rassurés par la réponse, ils installent l'échelle au fond du jardin, à l'endroit le plus sombre. Marie s'engage la première au-dessus du muret et retombe sur le gazon de la propriété. Yannick fait de même et laisse échapper un cri de douleur à la réception. Son pied a glissé sur quelque chose de dur qui a provoqué un faux mouvement et a réveillé ses côtes meurtries.

Dans la lueur des réverbères, il découvre qu'il a ripé sur une pierre tombale. À l'aide de la faible lueur d'un téléphone, ils découvrent l'inscription qui y est gravée : Joseph Ignace Guillotin 28 mai 1738 — 26 mars 1814.

Le jardin est parsemé de massifs qui les aident à se rapprocher de la maison à l'abri des regards. Une pièce est éclairée et des éclats de voix s'en échappent. Une chance : la fenêtre est ouverte. Ils se rapprochent pour essayer de distinguer quelques visages. Malheureusement, la hauteur de la pièce ne le leur permet pas ; ce type de maison est construit sur un demi sous-sol, rehaussant l'étage principal. Marie avise un cerisier et le montre à son ami. Il comprend immédiatement et l'aide à s'installer sur la branche la plus basse. En aucun cas il ne pourrait faire de même.

Une fois perchée, Marie prend quelques photos, en vérifiant une fois de plus que le flash est désactivé. Arnaud lui fait face. Il tire sur un énorme cigare, ce qui lui donne un air ridicule. Elle ne voit malheureusement pas les hommes qui lui tournent le dos. Le crachin n'a pas cessé ; il est de faible intensité mais gêne la perception des paroles.

Un domestique dessert la table en silence. Marie a vu juste, le *Jullien de Paris* trône sur un buffet. On dirait que c'est un cadeau. Il est exposé à la vue de tous les invités.

Elle redescend et murmure à l'oreille de Yannick ce qu'elle a vu. Ce n'est certes pas le moment, mais la promiscuité de la jeune femme avec le policier, son souffle chaud proche de son oreille font resurgir en lui les moments intenses partagés deux jours auparavant.

À la faveur de la nuit, ils décident de se rapprocher de la fenêtre dans l'espoir d'entendre ce qui se dit, au risque de se faire surprendre par une personne qui aurait l'idée d'aller prendre l'air.

Les voix, à présent, sont perceptibles :

— Nous allons procéder au vote, messieurs. Attention, Vous savez tous ce que cela implique, nous en avons suffisamment débattu. Qui est pour l'abandon du plan initial ?

—…

— Qui est pour sa poursuite ?

—…

— Qui ne se prononce pas ?

—…

— Six voix pour, une contre, une abstention. Le quorum est atteint. La jeune femme va donc être traduite devant le tribunal d'exception. Vous savez tous ce que cela signifie ?

— Oui !

— Bien sûr !

— Si nous arrivons à mettre la main dessus.

— Ça ne saurait tarder !

Marie reconnaît la voix d'Arnaud. De quelle « jeune femme » parlent-ils ? Elle regarde Yannick, un air incrédule dans les yeux. Il lui rend son interrogation. Une voix poursuit :

— Et les témoins ?

— Ils en savent trop. Nous ne pouvons pas prendre de risques. Nous devons les éliminer. Le policier est allé trop loin.

— Il ne sera pas suivi par sa hiérarchie.

— Il est trop impliqué.

— Et Dutreil ?

Marie sursaute.

— On l'a repéré. On le surveille de près. Sans le savoir, il travaille pour nous. Il a réussi là où nos hommes ont lamentablement échoué. Par contre, quand il aura terminé…

— Je lâcherai le couperet moi-même.

Cette voix pénètre Marie et la fait vaciller.

— Tout le monde sera d'accord.

— Pensez-vous que Desgranges nous suivra ?

— Il a intérêt. Ce monsieur a la mémoire courte. Il a oublié que s'il est ministre c'est grâce à nous.

— Il essaye de faire cavalier seul ; il n'est pas venu ce soir, prétextant une réunion importante.

— On ne peut tolérer ça. C'est contraire au règlement de la confrérie. Dès que l'occasion se présentera, il faudra le mouiller encore plus afin qu'il n'oublie pas qui sont ses amis.

— Une exécution réunissant tout le monde mettra fin à ce laisser-aller. Il y a bien trop longtemps que nous n'avons pas montré notre détermination.

Yannick sent le changement dans la jeune fille. Elle tremble. Il lui prend les mains mais ne peut parler. Elle le regarde dans les yeux, comme si elle implorait de lui quelque chose. Ils demeurent immobiles, retenant leur respiration afin de ne perdre aucune miette de ce qu'ils entendent. L'explication de Jean-Pierre Letto, le journaliste, prend vie au-dessus d'eux.

— Arnaud, qu'a donné l'analyse du tableau de Greuze ?

— On a pu effectuer un prélèvement. Notre labo de nanotechnologie est formel : d'après la nouvelle méthode, il date de 1801.

— L'enfant avait donc seize ans lorsque l'artiste l'a peint !

— Oui. On ne peut laisser cette nouvelle s'ébruiter. Imaginez le tintamarre si la presse découvre la preuve que Louis XVII a survécu.

— Le tableau va entrer en notre possession et rejoindra bientôt notre cabinet secret.

— En parlant de bruits, d'où vient la fuite de Nanotec ?

— On ne sait pas, mais on ne pourra pas garder cette découverte secrète très longtemps. Imaginez quelle avancée extraordinaire ! Une méthode permettant de dater à quelques mois près n'importe quel objet.

— Une nouvelle révolution.

— Vive la Révolution !

Cette dernière phrase, criée par un convive dans un immense éclat de rire, déclenche chez les conspirateurs une réaction surprenante. Sur l'air de *la Marseillaise*, mais avec des paroles différentes, ils se mettent à chanter à tue-tête :

Nous avons de la tyrannie
Repoussé les derniers efforts ;
De nos climats, elle est bannie.
Chez les Français les rois sont morts.
Chez les Français les rois sont morts.
Vive à jamais la République !
Anathème à la royauté !
Que ce refrain, partout porté,
Brave des rois la politique.

Marie fait signe à Yannick de s'éloigner. Elle en a assez entendu. Ils se glissent sous un abri à bois. Ils commencent à être trempés mais ce n'est pas le froid qui fait trembler la jeune fille.

— C'était mon père !

— Tu en es sûre ?

— Oui, hélas ! Il fait partie de ces monstres.

— Je crois qu'on en a assez entendu. Il faut partir et se planquer. Nous sommes en grand danger tous les deux.

— Oui, il faut retrouver Romain avant eux.

Yannick saisit la main de la jeune femme et sort de l'abri. C'est à ce moment là qu'ils se retrouvent nez à nez avec la domestique. Elle pointe sur eux un fusil de chasse et leur indique la direction à suivre.

Chapitre 40

Romain vérifie par deux fois le bon verrouillage de la voiture ; ce serait trop bête de se faire voler le document. D'un pas assuré, il se dirige vers la galerie et constate avec plaisir que son bricolage n'a pas bougé. Il ôte la barrette de métal qui bloque l'accès et pénètre dans la boutique. Il referme soigneusement la porte, qui émet un grincement lugubre.

Le décor n'a pas changé. L'odeur de moisi et de rance est accentuée par l'humidité ambiante. Comment une telle vieillerie insalubre peut-elle voisiner avec les appartements neufs du dessus ?

Il se dirige aussitôt vers l'arrière-boutique, soulève à nouveau la trappe et s'engage dans l'escalier. L'atmosphère est lourde, l'air moite. Le faisceau de sa lampe accroche un rat qui déguerpit à la vue de l'intrus. Une fois à l'intérieur du caveau, Romain balaye la pièce avec sa lampe torche pour se remémorer la configuration des lieux. Il s'arrête sur la niche. Quel objet a bien pu se trouver là ? Il observe ensuite le fameux lit de pierre, cette *pierre appuyée qui regarde le sol.* Elle mesure environ un mètre quatre-vingts de long sur une largeur de soixante centimètres. Elle repose sur deux tréteaux de même matière. Avant de se mettre à genoux pour en découvrir l'envers, il caresse le granit poussiéreux pour mieux sentir sa texture, comme si ce contact charnel allait lui divulguer son secret. La gravure doit s'y trouver. Il en est convaincu.

Il éclaire la face cachée et ne distingue rien. Il insiste, frotte avec la main pour nettoyer la surface rugueuse, mais, hélas, il ne sent aucune inscription.

Il s'allonge cette fois entièrement sous la dalle, afin de pouvoir examiner la moindre aspérité. En vain !

Il transpire. Il se demande si ses yeux brûlent à cause de la déception de ne rien trouver ou des poussières qu'il a soulevées en grattant la matière. Il ne comprend pas. Pourtant, tout coïncidait. C'était trop beau ! Il reste de longues minutes allongé sur la terre battue, réfléchissant à ce qu'il aurait pu oublier. Il ne voit pas. Quelle déception !

Au moment où il va se relever, un autre rat passe à côté de lui. De surprise, il se cogne contre la masse rocheuse. Il suit le rongeur du faisceau de la lampe en jurant. L'animal court jusqu'à un angle de la pièce et disparaît dans une anfractuosité du mur. Romain s'approche et constate que cette partie de l'édifice est constituée de pierres scellées avec du sable. Poussé par une force indicible, il commence à s'attaquer à l'agrégat. Il retire rapidement une pierre, puis deux, et met au jour un vide sombre et humide. Une fois le trou suffisamment grand, il l'éclaire et découvre un boyau qui s'enfonce à la verticale.

Un quart d'heure plus tard, le passage est entièrement dégagé ; des barreaux de métal rouillé permettent de descendre. En éclairant le fond, Romain distingue un filet d'eau. Au point où il en est, il ne peut plus reculer. Pourquoi pense-t-il à cet instant à *Indiana Jones* ? Sûrement parce que la situation rappelle les aventures du héros de son enfance. Il regrette qu'Amar ne soit pas là pour le couvrir. Au moindre accident, combien d'années resterait-il là avant que l'on retrouve son corps ? Une image de squelette couvert de toiles d'araignée lui traverse l'esprit. Il regarde vraiment trop de films !

Il entame la descente le long de l'échelle, s'assurant que chaque barreau est correctement fixé, le cordon de la lampe enroulé autour du cou afin d'avoir les mains libres.

Il atterrit dans un autre boyau, horizontal cette fois, un peu plus large, d'une hauteur suffisante pour permettre d'avancer courbé. L'eau qui pénètre dans ses chaussures est glacée. Elle provient d'un orifice circulaire qui se trouve à mi-hauteur. Le liquide est propre et sans odeur. Il ne s'agit pas d'égouts.

Il entame la marche dans le seul sens possible, qu'il évalue vers le nord. Il essaye de compter ses pas et de prendre le plus de repères possible. À part le bruit d'écoulement, aucun son ne lui parvient. Il s'attend à rencontrer d'autres rats, mais heureusement cela n'arrive pas ; il n'aime pas ces bestioles. Au bout d'une centaine de pas, toujours dans la même direction, il découvre un entrelacs de vieux tuyaux. Il gratte avec une clé et constate que le métal est tendre : du plomb. Une roue, que personne n'a probablement tournée depuis des siècles, termine l'étrange sculpture.

Il continue son exploration jusqu'au bout du souterrain. À gauche, des conduits plus petits s'enfoncent dans la terre ; à droite, un escalier étroit remonte en pente raide. Romain s'y engage jusqu'à ce qu'il atteigne un cul-de-sac. Il est fermé par une voûte de pierres, parfaitement scellée.

Il rebrousse chemin et sort son téléphone. Il essaye d'obtenir les informations GPS, mais l'endroit est trop profond pour que l'on puisse capter quoi que ce soit. Il réfléchit un instant en fouillant dans le menu de son téléphone. Il trouve un « mesureur », qu'il utilise immédiatement en prenant une marque virtuelle à l'endroit de l'escalier, puis entame sa retraite jusqu'au puits de la galerie.

Il lit « 127 mètres » sur son téléphone. De cette manière, il espère trouver l'autre extrémité de l'escalier, en surface.

L'ascension du retour se fait sans problème et il quitte la boutique, profondément déçu. Il va rentrer bredouille. Oui, mais rentrer où ? La pluie a cessé et les premières lueurs du matin colorent un ciel devenu limpide, comme lavé à grande eau. Romain n'a pas le cœur à l'admirer. Il est dans une impasse.

Il brosse ses vêtements pour chasser la poussière et la boue qui les constellent et s'installe dans la voiture. Il s'observe dans le rétroviseur : son visage ne vaut guère mieux. Épuisé, il recule son siège, ferme les yeux un instant pour faire le point. Il n'a nulle part où aller, millionnaire et sans domicile fixe, recherché par la police, embarqué dans une aventure sans nom… Il s'endort profondément.

Quelqu'un tape à la porte. Romain veut se lever, aller ouvrir à l'importun, mais n'y arrive pas. Son bras est bloqué. Il ne peut pas bouger. Petit à petit un tumulte parvient à ses oreilles. Les coups sourds se font plus précis, ainsi qu'un brouhaha indescriptible. Il ouvre enfin les yeux. Ce n'était qu'un rêve. Sa première vision tombe sur une pédale d'accélérateur. Les souvenirs lui reviennent en même temps que les coups qui s'amplifient au-dessus de sa tête.

Il se redresse avec peine, son bras droit est entièrement engourdi par le manque de circulation sanguine.

Les visages qui le regardent sont autant surpris que lui. Il fait jour et un groupe d'une vingtaine de personnes entoure le véhicule dans une masse compacte. Romain fait coulisser la vitre afin de faire disparaître la buée.

— On vous croyait mort ! crie une voix féminine

— Je vous l'avais bien dit ! Il respire puisqu'il y a de la buée, répond une autre.

Romain sort de la voiture en souriant, conscient que son état physique doit étonner ce groupe d'habitantes du quartier en pleine heure-des courses.

— Je m'étais endormi. Je suis désolé de vous avoir inquiétées, leur dit-il.

— C'est que vous ne bougiez pas. On tape au carreau depuis un quart d'heure. Vous nous avez fait peur, vous savez !

— Tout va bien, merci ! Vous pouvez retourner à vos occupations. Je vais partir.

Lui qui ne voulait pas attirer l'attention, c'est raté. Le groupe commence à se séparer. Seule une personne immobile semble lui porter encore de l'intérêt.

— Bonjour Romain. Vous auriez pu me téléphoner avant de passer, au lieu d'ameuter tout le quartier.

C'est Simone, qui, sortant de chez elle, a été attirée par le petit groupe de piailleuses. Elle sourit devant la gêne de Romain, qui ne sait vraiment pas quoi dire.

— Venez avec moi. Allons boire un café, j'ai l'impression que vous en avez rudement besoin.

Ils s'attablent dans un bistrot où la jeune femme commande d'office un double expresso. Deux vieilles dames, témoins du réveil du jeune homme, les dévisagent en passant devant l'établissement, l'œil goguenard, concluant immédiatement à une intrigue amoureuse.

Romain n'a presque rien dit. Simone reprend son monologue.

— Vous n'êtes pas obligé de me raconter le pourquoi de votre présence matinale ici, surtout dans un état pareil. On dirait que vous avez traversé le parc du château en rampant.

— Cela doit vous paraître étrange, n'est-ce pas ?

— C'est le moins que l'on puisse dire.

— J'ai quelques soucis en ce moment. Je me bats pour régler ces problèmes.

— Y a-t-il un lien avec votre ex-amie ? Enfin, je ne veux pas être trop indiscrète.

— Oui, il y a un lien, mais ce n'est pas ce que vous croyez.

Simone semble se contenter de cette réponse. La discussion tourne rapidement vers des sujets plus futiles. Elle sent qu'il ne faut pas aller trop loin et décide de faire confiance à cet homme mystérieux, tellement séduisant.

Romain apprécie la facilité avec laquelle la jeune Versaillaise le met à l'aise dans cette situation embarrassante. Ses qualités de diplomate sont évidentes. Il devine cependant dans ses yeux des questions qui restent muettes.

— Vous savez où aller, ce matin ? poursuit-elle

— Pas vraiment, non. Je veux éviter toute mauvaise rencontre, surtout en allant chez moi.

Elle réfléchit un instant, puis lui propose tout de go :

— Allez dans mon appartement ! Prenez une bonne douche et reposez-vous un peu. Je repasserai cet après-midi. Et soyez gentil avec moi : pas de mauvaise surprise, d'accord ?

Romain sent qu'elle n'est pas coutumière d'une telle proposition.

— Ma parole ne veut peut-être pas dire grand-chose pour vous, mais je vous la donne volontiers. J'apprécie beaucoup votre aide. Vous n'avez rien à craindre de moi.

— Venez ! Il faut que je vous montre. L'heure tourne et je vais être en retard.

Plus tard, allongé sur le lit du plus grand des fils de Simone, Romain se sent immédiatement en sécurité. Les yeux rivés sur les étoiles lumineuses collées au plafond, il se projette en boucle le film de ces dernières heures, jusqu'à ce que les images se mélangent à d'autres sans aucun lien.

Il n'est pas loin de dix-sept heures lorsqu'il recouvre ses esprits. Les étoiles se sont éteintes depuis longtemps et le regard sans vie d'un robot lui rappelle l'endroit où il s'est échoué.

Il se lève et déambule dans l'appartement à la recherche de quelque chose à boire. Simone a laissé un mot sur la table de la cuisine, lui proposant de rester pour dîner ; elle attend la visite d'amis. C'est vraiment une chouette fille, pense-t-il.

Il remet en état ses vêtements du mieux qu'il peut et descend dans le quartier pour en trouver de plus présentables. Il achète également un magnifique bouquet de fleurs et une bouteille de vin.

Les boutiques se marient parfaitement avec le style du lieu. Il en profite pour vérifier si sa voiture est toujours garée au même endroit. Mis à part la contravention glissée sous l'essuie-glace, rien n'a bougé. Par acquit de conscience, il contrôle la présence du coffret. Il devient impératif de trouver une cachette plus sûre.

Il inspecte à distance le rafistolage de fortune de la porte de la galerie. Rien n'a bougé.

Sur le trottoir, faisant mine d'écouter ses messages, il s'oriente par rapport à son escapade de la veille. Il observe le point vers lequel le souterrain devrait aboutir. C'est facile, le conduit forme une parallèle avec les façades des habitations. Il déclenche son compteur métrique et avance lentement. Il traverse la rue d'Anjou vers le nord en longeant le trottoir.

Au repère 110, il se heurte aux façades des immeubles adjacents. Il manque dix-sept mètres dans la même direction pour découvrir l'autre extrémité du souterrain. Une porte en bois l'empêche de poursuivre sa progression. En prenant un peu de recul et en montant sur un banc, il constate que derrière cette porte se trouve un jardin. Un platane centenaire déploie ses branches protectrices et masque le toit d'une vieille demeure.

Il sursaute quand une main touche sa cuisse.

— Excusez-moi Romain, je ne voulais pas vous faire peur !

— Ah ! C'est vous ? Vous m'avez surpris.

Simone rentrait les bras chargés de victuailles lorsqu'elle l'a aperçu sur son perchoir. Romain lui sourit en lui tendant les fleurs.

— J'ai horreur d'arriver les mains vides, dit-il, en masquant son embarras.

— Merci, elles sont ravissantes.

— Donnez-moi vos paquets. Ça a l'air lourd.

Ils échangent leurs fardeaux et se dirigent vers le domicile de Simone.

— Vous connaissez cette maison ? demande Romain en indiquant du menton la porte qui lui a barré le chemin.

— Non, pas vraiment. L'entrée principale donne de l'autre côté, dans la rue Saint-Médéric. Ce que vous regardez n'est qu'un accès secondaire. Je n'ai jamais vu personne l'utiliser. Vous aurez une meilleure vue de chez moi. On voit très bien le jardin de mon balcon.

Elle affiche un sourire complice sans poser la moindre question. Que pourrait-il répondre ? La jeune femme passe à autre chose. Elle lui offre son amitié sans essayer d'en savoir plus et il apprécie cela.

Une fois chez elle, il dissimule à peine son empressement. Il fait mine de s'intéresser à la recette de cuisine que Simone veut réaliser pour le dîner du soir. Pas dupe, c'est elle qui l'invite à se rendre sur le balcon afin d'assouvir sa curiosité.

Elle met un point d'honneur à ne point interférer dans les affaires de son nouvel ami, soucieuse de préserver sa relation avec lui. De toute façon, cet homme ne peut pas être mauvais ; son instinct ne l'a jamais trahie.

Le platane cache une partie de la maison qui intéresse Romain, mais la vue du jardin est relativement bien dégagée. De son poste d'observation, le jeune homme embrasse la totalité du chemin parcouru un peu plus tôt. Il distingue, sous un angle différent, la galerie Saint-Louis, et se représente mentalement le conduit qui serpente dans les sous-sols des vieux immeubles, jusqu'à cc jardin assez peu entretenu.

Une balançoire pend le long d'une corde, balayée par la brise de cette fin d'après-midi. Une vigne court le long du mur opposé, offrant de lourdes grappes de raisins prêtes à être cueillies. Un puits trône au centre du terrain dont il semble un peu le nombril. Romain calcule les dix-sept mètres restants. La sortie du souterrain ne peut être que ce puits. Il visualise le lacis de corridors souterrains connecté à cet ombilic de pierre. Une grande table massive occupe l'espace gazonné. Des chaises en métal peint, éparpillées dans un désordre confus, accentuent la sensation d'abandon. Un splendide photophore, accroché à une potence de fer forgé, oscille sous les caresses du vent.

Soudain, la vue de Romain se trouble. Elle est là, devant lui, énorme, majestueuse, *la pierre appuyée qui regarde le sol.* C'est une table inhabituelle, pas du genre de celles que l'on voit sur les terrasses, en bois ou en plastique. Non, celle-ci semble taillée dans une roche difficile à identifier à cette distance. Elle repose sur des piétements de même nature. Il est facile de deviner que son poids est énorme. Sa patine trahit des nombreuses années au grand air.

« Ne t'emballe pas, tu peux encore te tromper ! » pense-t-il à voix haute. Il la détaille pendant de longues minutes, rêve des lettres gravées sur son envers par une personne au destin incroyable. Il observe le lieu. Serait-ce *cette drôle de maison au passage des plaisirs ?* La demeure est peu visible, mais il imagine sans peine des ballets royaux un peu spéciaux s'y dérouler.

Romain étudie les différentes possibilités pour accéder à l'endroit et retourne auprès de son hôtesse.

— Vous m'avez l'air satisfait ! entame-t-elle.

— Plus que ça, répond-il, je suis conscient que ma présence dans le coin peut paraître bizarre, aussi, je vous dois quelques explications.

— Romain, ne vous sentez pas obligé !

D'un geste, il lui intime l'ordre de se taire. Il a décidé de parler.

— Ne me demandez pas par quel concours de circonstances je me suis retrouvé mêlé à tout ça, mais le fait est que je suis sur le point de faire une découverte historique extraordinaire.

— Ici, dans le quartier ?

— En partie, oui.

Romain avoue à la jeune femme qu'il détient la preuve que Louis XVII a survécu et qu'il a probablement habité dans la maison qui se trouve juste à côté.

Simone ouvre des yeux ronds aussi longtemps que le lui permettent les oignons qu'elle est en train de hacher. En peu de temps, des larmes apparaissent dans ses yeux, qu'il lui faut sécher avant de se lancer dans une série de questions.

Romain lui raconte tout ce qu'il a entrepris pour faire aboutir son enquête, notamment ses escapades nocturnes et illégales dans la galerie Saint-Louis. Il insiste sur le fait que, à part quelques photos, il n'a rien volé.

Simone ne cache pas sa surprise. Le statut d'historien ne colle pas du tout à l'homme qui se trouve en face d'elle, mais elle n'est pas à une surprise près. De façon un peu malhonnête, Romain poursuit en présentant comme siennes les informations obtenues la veille chez Lefrancois. Il demande à la jeune femme de garder la lettre originale qu'il ne peut raisonnablement plus laisser dans le coffre de sa voiture, ce qu'elle accepte sans réfléchir, horrifiée d'apprendre qu'un tel document pourrait être volé à tout moment. Elle l'envoie immédiatement la récupérer.

Cette connivence a l'air de plaire à Simone, car elle se met à le tutoyer spontanément.

Avant de récupérer le document, Romain décide de sonner à l'interphone de l'appartement de Jean de Nogaret. Cette fois, une voix masculine lui répond. Il explique qu'il est envoyé par le propriétaire. L'homme ouvre et le reçoit, un peu intrigué.

Romain annonce directement qu'il doit joindre M. de Nogaret pour une succession. L'homme, rassuré, le renvoie à l'agence de location à laquelle il remet chaque mois le montant de son loyer. L'officine s'occupe de tout.

— Vous n'avez aucune idée du lieu où se trouve votre propriétaire ? insiste Romain, avec en tête le souvenir de la jeune fille incorruptible.

— Il doit être dans un monastère. Je ne l'ai jamais rencontré, mais l'agent immobilier m'a dit que c'était un moine, ou quelque chose comme ça.

Romain est abasourdi. Un moine ? Lui revient en mémoire *F. Jean* qui l'a fait tant gamberger. C'était donc ça : Frère Jean. Les images des moines rencontrés lors de l'enterrement des Dentremont lui reviennent.

Il remercie l'homme. Ce n'est pas exactement le renseignement qu'il attendait, mais il a son importance. La France possède de nombreux monastères, sans compter les congrégations qui vivent à l'étranger. Il va falloir jouer de mille astuces pour récupérer l'information gardée par le cerbère en tailleur et talons hauts.

Il récupère le coffret dans la voiture et regagne le domicile de Simone, l'esprit préoccupé : Frère Jean, un moine !

Les invités ne tardent pas à sonner à l'interphone et l'arrivée de ce couple change quelques instants le cours de ses pensées. La jeune femme, prénommée Nathalie, travaille au château comme guide et son mari, Cédric, est podologue.

Ils prennent l'apéritif dans la bonne humeur en discutant des élections qui viennent de se terminer. Romain apprécie au plus haut point cette plongée dans le monde normal, ce monde qui lui était étranger jusque-là. Il écoute et s'exprime peu, se délectant de ce plaisir nouveau. Il décèle par instants les regards intrigués que Nathalie lance à son amie et comprend très vite que la présence d'un inconnu, ici, est plutôt inhabituelle.

Quand Simone se lève pour préparer l'entrée, Nathalie part à sa suite pour « l'aider ». La porte de la cuisine se referme sur le duo et un silence gênant s'installe. Cédric meuble la conversation en essayant de faire oublier l'attitude de son épouse.

Tout cela amuse beaucoup Romain. Être projeté dans ce monde d'humains lui fait le plus grand bien. Pour une fois, l'intérêt qu'il suscite repose sur sa personnalité et non pas sur ce qu'il a, ou non, commis.

Un peu plus tard, Simone, très intelligemment, détourne la conversation qui s'enlisait sur la politique de la Ville en matière de protection de l'environnement, pour arriver au sujet du Parc aux Cerfs.

— J'ai appris, dit-elle, que le quartier Saint-Louis s'appelait dans le temps le Parc aux Cerfs. Tu le savais, Nathalie ?

Les yeux de la jeune femme se mettent à pétiller

— Et comment ? Tu ne le savais pas, toi qui travailles à l'urbanisme ?

— Eh bien non, c'est Romain qui me l'a appris !

Nathalie apprécie. Elle raconte ce qu'elle sait de Louis XV et de ses jouvencelles. Les jeunes filles, soigneusement choisies, étaient habituellement emmenées auprès de lui, au château, mais il lui arrivait de venir dans une maison du quartier, bordel pour les uns, harem pour les autres. Des rumeurs racontaient que, par souci de discrétion, il y accédait par un souterrain. De nombreux bâtards naquirent de ces ébats. Les jeunes filles, dans ce cas, étaient rapidement mariées à un sujet du roi. Afin que le couple ne manque de rien, le jeune marié était anobli et recevait une rente à vie.

— Où était cette maison ? demande Cédric.

— À côté de nous, répond Nathalie. Le jardin jouxte l'appartement dans lequel nous nous trouvons. On le voit très bien de chez Simone, d'ailleurs. Hélas, la maison originale a été détruite, ne me demandez pas pourquoi, et un hôtel particulier y a été construit. Si ça vous intéresse, Simone devrait facilement retrouver des traces dans les archives de son service.

Romain et sa nouvelle amie se regardent au même instant. Ils viennent d'avoir la même idée. Ce regard de connivence n'échappe pas à la perspicace Nathalie. Le cadastre doit certainement posséder des traces de tous les propriétaires qui se sont succédé au fil du temps et Simone est bien placée pour en demander l'état complet. Parmi eux, peut-être découvriront-ils l'identité d'emprunt de Louis XVII.

Ils ont, d'un commun accord, décidé de ne point divulguer aux invités les découvertes de Romain. Nathalie continue son exposé. Elle est tout à son affaire car c'est une passionnée de Louis XV. Les pratiques du roi s'apparentaient à de la pédophilie, puisque bon nombre de ces jeunes filles n'étaient pas encore pubères. Aujourd'hui, un homme d'État se retrouverait en prison pour moins que ça.

Romain a une pensée fugitive pour les passionnés rencontrés sur les forums du net. Il retrouve la même exaltation chez Nathalie. Encouragée par les trois paires d'yeux rivés sur elle, elle ne cesse d'en rajouter.

Le quartier abritait à l'époque les résidences des musiciens et des différents corps de métier appelés quotidiennement au château. Des aristocrates y avaient également acheté de petits hôtels particuliers où ils assouvissaient leurs fantasmes sexuels. Une rumeur populaire faisait état de soupers fins ou même d'orgies. Une autre disait que Lebel, le valet de chambre de Louis XV, choisissait et goûtait les jeunes filles avant de les livrer à son maître. Information importante, un ancien réservoir d'eau se trouvait à côté, au carré à la Fontaine. Cette appellation avait été donnée dans le temps à cause de la figure géométrique du quartier. Le groupe d'amis, lui, dînait au carré à la Terre, les deux autres se nommaient carré à l'Avoine et carré au Puits. Un réseau souterrain complexe de conduites d'eau avait été oublié et, toujours d'après Nathalie, permettait certainement de rejoindre le château.

Romain imagine Louis XV empruntant le chemin qu'il avait découvert l'autre nuit. Nathalie agrémente l'histoire par des anecdotes croustillantes, notamment l'existence d'un fauteuil d'amour qui avait la particularité de préparer l'assaut du mâle. La belle s'y asseyait, un dispositif lui entravait les poignets et lui relevait les jambes bien haut.

L'auditoire est pendu à ses lèvres.

Le nom de Parc aux Cerfs est attribué à Louis XIII, qui avait importé des cerfs et les avait parqués dans cette forêt proche de son pavillon de chasse, ce bâtiment qui allait devenir bientôt un des châteaux les plus visités au monde. D'après Nathalie, le nom avait survécu grâce aux frasques de la gent masculine de l'époque ; l'image du cerf bramant collait parfaitement à l'endroit.

— Je connais les propriétaires actuels. Si ça vous intéresse, je peux organiser une visite, propose-t-elle. Ils évitent de faire de la publicité sur les lieux, mais acceptent volontiers, à titre privé, des visites pour des gens triés sur le volet.

— Ça m'intéresse ! répond Simone. Franchement, je ne savais pas que tant de choses de cette nature s'étaient passées à côté de chez moi.

— C'est une excellente idée, ajoute Romain, sous le regard de Cédric.

— Je vais organiser ça. Laissez-moi quelques semaines, je crois que les proprios sont absents en ce moment.

Cette dernière phrase ne tombe pas dans l'oreille d'un sourd.

Le dîner se termine dans une atmosphère joyeuse. Tous les convives, légèrement enivrés par le vin et la bonne humeur, se promettent de se retrouver bientôt.

Le taxi disparu, Romain et Simone font quelques pas dans la rue. Ils observent la porte en bois qui interdit l'accès de la maison des plaisirs.

Simone frissonne, l'air de cette nuit de septembre prouve que l'été s'éloigne. Tendrement, Romain la prend dans ses bras :

— J'ai passé une soirée inoubliable, murmure-t-il.

— C'était une soirée sans chichis, mais merci quand même, le compliment me fait plaisir.

La jeune femme le regarde dans les yeux. Imperceptiblement, sa bouche se rapproche. Il peut à présent sentir son souffle.

Ils s'embrassent lentement, leurs corps se serrant de plus en plus étroitement l'un contre l'autre.

Chapitre 41

Marie et Yannick n'ont aucun doute sur la détermination de la vieille femme. Elle tient fermement le fusil de chasse et son doigt caresse ostensiblement la queue de détente. Son regard froid ne trahit aucune peur ni surprise. D'un geste, elle leur indique la direction à emprunter. Marie précède Yannick dans le vestibule, où soudain le silence a pris place.

Le second domestique apparaît, suivi du propriétaire des lieux. Le visage de ce dernier affiche une sorte de surprise amusée. Yannick réfléchit au moyen de se tirer de là. Il évite le regard paniqué de Marie.

Sans un mot, le vieil homme sort un revolver et le braque dans leur direction.

— Quelle bonne surprise ! Quand on parle du loup, voilà qu'il montre le bout de sa queue !

Il n'y a rien à ajouter. Yannick ne peut rien tenter, surtout dans son état physique. Le domestique leur attache les mains dans le dos à l'aide de colliers en plastique. Ils restent sous bonne garde quelques minutes pendant que le propriétaire des lieux s'absente, probablement pour aller chercher des consignes.

À son retour, il ordonne qu'on les conduise dans la cave. Ils sont immédiatement introduits dans une petite pièce humide qui sent le charbon. Les domestiques verrouillent la porte et les laissent dans la pénombre. Seule une légère lueur qui s'infiltre par un soupirail leur permet de se distinguer.

Yannick s'en veut terriblement. S'il avait été dans un état normal, ils ne seraient pas tombés dans un tel piège. La présence de Marie, indéniablement, lui fait perdre ses moyens. Les deux amis essayent de se débarrasser des liens qui les entravent, mais ils ne réussissent qu'à les enfoncer plus encore dans leurs chairs. Toute fuite est inenvisageable. La douleur du policier se réveille doucement. L'humidité et la brutalité de ses geôliers ont réveillé le supplice de ses côtes cassées. Ils s'assoient l'un contre l'autre sur la terre battue et reprennent leurs esprits. Des bruits de toutes sortes leur parviennent, ainsi que des éclats de voix. Ils ne sont pas situés à proprement parler à l'aplomb des invités, mais les vibrations traversent des murs.

— On s'est mis dans de beaux draps, rage Yannick.

— Comment vois-tu la suite ?

— Je ne vois pas grand-chose, hélas. Si on se réfère à ce que l'on a entendu, notre existence, enfin surtout la mienne, est compromise.

— Nous étions l'objet de cette réunion, n'est-ce pas ?

— Oui, et on s'est jetés dans la gueule du loup. Tu ne peux pas savoir combien je m'en veux, Marie !

— Arrête, c'est ma faute ! J'ai voulu aller trop loin. On ne pouvait pas deviner qu'ils souhaitaient se débarrasser de nous. Tu as une solution pour nous sortir de là ?

— Non ! J'espère que les voisins vont avoir la bonne idée d'appeler mes collègues quand ils ne nous verront pas revenir.

— Nos petits vieux vont certainement constater que notre escapade ne s'est pas passée comme prévu. Tenons-nous prêts. Si la police débarque, il risque d'y avoir du grabuge, non ?

— C'est une possibilité, bien que la présence du préfet risque de bloquer toute tentative.

— Mon père est là-haut, Yannick ! Il ne va quand même pas faire du mal à sa propre fille ?

— Non, certainement pas. Ta vie est protégée, par contre la mienne… Ce ne sera pas la première fois qu'ils attentent à mes jours.

— Je ne les laisserai pas faire, Yannick.

Yannick sourit devant tant de candeur. Elle se tourne vers lui. Accoutumé à l'obscurité, il distingue maintenant son visage et y lit de la peur. Il s'avance vers elle jusqu'à ce que leurs fronts se touchent. Elle répond immédiatement par un baiser. Ses lèvres ont un goût salé. C'est le meilleur encouragement qu'il puisse recevoir. Soudain, le brouhaha laisse place à des sons différents. La police ? Déjà ? Ils tendent l'oreille. Des éclats de voix ! Des cris !

Non ! Les hommes chantent au-dessus de leur tête. Cette bonne humeur mine le moral des deux amis. Ils reconnaissent une fois de plus *la Marseillaise*. L'hymne national a retrouvé sa nature première : un chant de guerre. Les participants à cette réunion l'utilisent comme un étendard sur un champ de bataille.

C'est la fin de la réunion. Des portes claquent, des bruits de moteur parviennent aux deux prisonniers, puis plus rien. Tout au plus quelques craquements, quelques grincements qui trahissent une présence humaine dans la maison.

Au moindre bruit, Marie lève la tête et fixe la porte. Yannick sait qu'elle attend son père.

Plus de deux heures passent avant que la porte de leur prison ne s'ouvre à nouveau. Les trois geôliers se présentent à eux, toujours aussi silencieux. Sous la menace des mêmes armes, le domestique coupe leurs liens, puis dépose un seau hygiénique et un plateau garni de victuailles. Les restes des agapes de ces messieurs. Au moment de quitter la pièce, Yannick tente une intimidation sans grand espoir, soulignant qu'il est policier et que toute retenue d'une personne contre son gré est parfaitement illégale. Il reçoit en guise de réponse un coup violent dans le ventre, qui le plie en deux. La messe est dite.

Marie s'occupe de lui pendant tout le temps de son évanouissement. Elle est rassurée lorsque Yannick revient à lui.

Ils ne touchent point à la nourriture, toujours attentifs au moindre bruit. La police va venir.

Au petit matin, ils sont encore éveillés et se rendent à l'évidence : aucune aide ne leur sera apportée de l'extérieur. Il n'y a aucune issue possible. Le soupirail est inaccessible. Ils se trouvent certainement dans une ancienne cave à charbon. Ils attendent encore, alternant somnolence et réveil au moindre bruit suspect.

— Je ne comprends pas, dit Marie. Mon père sait forcément que je suis emprisonnée ici. Je ne devrais pas tarder à avoir de ses nouvelles.

— Peut-être veut-il te donner une leçon ?

— Pourvu que tu dises vrai. Je ne vais pas supporter longtemps de rester enfermée comme ça.

En fin de matinée, les deux domestiques, accompagnés d'un troisième compère, viennent chercher Marie, qui les suit en feignant de protester. Yannick comprend que c'est la dernière fois qu'il la voit. C'est « retour au bercail » pour la petite princesse et « début des emmerdes » pour lui, le méchant policier.

À sa grande surprise, il n'en est rien. On vient le cueillir vingt minutes plus tard. Il est conduit dans une salle de bains, où il a la possibilité de se laver sous l'œil attentif des deux hommes. En voyant des traces d'eau sur le sol, il comprend que son amie l'a précédé. Il est rassuré, son exécution n'est pas pour tout de suite : on ne lave pas un futur condamné.

Il est ensuite conduit dans un bureau richement décoré. Marie est assise dans un fauteuil, les mains liées dans cet horrible arceau de plastique. Ses cheveux sont mouillés et tirés en arrière, et cela accentue la finesse de ses traits. Elle lui sourit, comme si cet instant de séparation avait duré une éternité. Le policier prend place dans le second fauteuil, où il est également ligoté. Le propriétaire des lieux entre dans la pièce, accompagné de deux cerbères en costume sombre.

— Je crois qu'il est inutile de tenter quoi que ce soit. Vous avez pu constater que mes amis n'étaient pas des tendres. Aussi vous recommanderai-je de rester tranquilles et de coopérer avec nous.

— Qui êtes-vous, demande Yannick ?

— C'est moi qui pose les questions, monsieur le Policier. Nous savons ce que vous avez découvert sur notre organisation. Nous souhaitons savoir qui vous a renseigné et par quel moyen vous vous êtes retrouvés ici.

Les deux amis se regardent en silence. Ils n'avaient pas prévu ce genre d'interrogatoire.

— Il y a eu une faille dans notre système de sécurité et nous voulons la connaître. Je ne parle pas des voisins qui vous ont gentiment accueillis hier soir. Nous nous en sommes déjà occupés.

Un sourire malsain se dessine sur le visage du vieil homme, creusant encore plus ses rides, déjà bien profondes.

— Malheureux, que leur avez-vous fait ?

— Rien de bien méchant, soyez tranquilles. Lorsque, ne vous voyant pas revenir, ils ont appelé la police, nous leur avons envoyé des officiers pour les rassurer, c'est tout. Ne voyez pas des cadavres partout. Nous n'utilisons la force qu'en dernier recours.

Yannick se souvient de la présence du préfet. C'était bien ce qu'il craignait : ces bandits avaient la police de leur côté.

— Nous tenons à savoir qui vous a conduits ici.

Cette fois, c'est Marie qui répond. Elle vient d'avoir une idée. Trop heureuse de cracher son venin sur Arnaud Forel, elle raconte en détail la fouille dans l'appartement de son associé, insistant sur tout ce qui pourrait le compromettre, comme le tableau, son agenda, etc.

Cela semble contrarier le vieillard, qui, tout en écoutant son récit, lisse sa barbichette avec application.

— Qu'est-ce qui a dirigé votre enquête vers nous ? Il y a forcément des balances et nous voulons les connaître, poursuit-il.

— Marie vous l'a dit, intervient Yannick, qui a compris la stratégie de son amie. Nous enquêtons sur Forel depuis le début et nos investigations nous ont amenés ici.

Yannick raconte tout en détail, omettant habilement ce qui pourrait trahir ses sources, qui doivent être protégées coûte que coûte. Il invente des histoires très plausibles qui ne désignent qu'un seul responsable : Arnaud Forel.

Cela semble suffisant, car l'homme fait signe aux deux gorilles de les raccompagner.

— Attendez ! crie Yannick. Vous nous devez quelques explications, vous ne croyez pas ?

— Je ne vous dois rien, monsieur Manuel. Mais, au point où vous en êtes, allez-y !

— Quel est le nom de votre organisation ?

— Vous commencez fort. Ce nom est secret !

— Pourquoi avoir dérobé le *Jullien de Paris*, le tableau de mon père ? attaque Marie.

— Jullien de Paris était le fondateur de notre groupe. Ce tableau a beaucoup de valeur pour nous ; il est unique et il se doit d'être avec les disciples du maître.

— Pourquoi, dans ce cas, était-il en possession de mon père ?

— Ce n'était pas votre père, mademoiselle ! C'était votre gardien. Dentremont a consacré sa vie à nous combattre. Il collectionnait les reliques qui pourraient un jour nous confondre. Ce tableau, par un malheureux hasard, nous a été ravi lors d'une vente publique. Dentremont était très futé. Il nous a toujours échappé. Sa dernière transaction l'a perdu, nous l'avons retrouvé… et… et son tableau est là, offert par celui que vous accusez de maladresse envers nous.

— Vous êtes des monstres, murmure Marie.

L'homme confirme une fois de plus que celui qui l'a élevée n'était qu'un simple gardien. Mais que gardait-il ? Ou qui ?

Devinant ses pensées, leur geôlier poursuit :

— C'est une guerre qui dure depuis plus de deux cents ans, jeune fille. Vous ne pouvez pas comprendre.

— Et mon enlèvement, alors ? Étais-je une prise de guerre ? C'était pour punir LAM, mon géniteur ?

— Je lui laisserai le soin de vous expliquer lui-même le rôle que vous avez joué dans ce combat ancestral.

— Quand vais-je le voir ? Quand ?

— Très bientôt, vous serez fixée. Maintenant ça suffit, j'en ai assez dit.

— Une dernière question, crie Yannick. Pourquoi chantez-vous *la Marseillaise* à tout bout de champ ?

— C'est le chant de notre organisation. Tout du moins le huitième couplet.

— Pourquoi le huitième ? Pourquoi pas le premier, comme tout le monde ?

— Je vais vous confier un secret, au point où vous en êtes : le huitième couplet de l'hymne national français a été écrit par Robespierre en personne.

— Je croyais qu'il n'existait que six couplets, annonce Marie.

— On ne m'a pas menti, vous êtes vraiment très perspicace !

L'homme regarde sa montre et poursuit.

— Il existe deux autres couplets, qui ne sont pas de la plume de l'auteur de la Marseillaise. Lorsque ce chant de guerre a été choisi comme hymne national, Rouget de l'Isle était prisonnier dans les geôles de Robespierre. Le compositeur n'étant pas assez républicain, et étant même favorable à la famille royale, son sort avait été scellé : il aurait dû passer par les bois de justice. Il n'a eu la vie sauve que grâce aux francs maçons, auxquels il appartenait, de même que Robespierre. Il a été contraint d'accepter ce texte écrit par l'Incorruptible lui-même, sinon, couic…

— *M.R.* : Maximilien Robespierre. J'ai vu ce texte chez Forel.

— Bravo, mademoiselle, vous m'impressionnez.

— Ainsi donc, un des couplets de l'hymne national français a été écrit par un monstre sanguinaire. Sa mémoire peut-être ainsi perpétuée à l'insu de tous. C'est comme si l'hymne allemand avait un refrain écrit par Hitler en personne.

— Vous y allez un peu fort, jeune fille, répond l'homme à la barbichette.

— Non, je ne crois pas. Robespierre est responsable de centaines de milliers de morts lors de la Terreur. Pour moi, comme pour beaucoup, il est comparable à Hitler, Pol Pot ou Staline. Comment pouvez-vous vous revendiquer d'un tel nom ? J'aurais honte à votre place.

— Ça suffit ! Vous êtes mal placée pour me faire la morale.

— Et le septième couplet ? relance Yannick.

— Deux ecclésiastiques s'en disputaient la paternité. Vous connaissez les curés… D'ailleurs, ce fut pareil pour notre couplet : nombreux sont ceux qui ont voulu se l'accaparer. Mais notre problème n'est plus là, aujourd'hui. Vous allez m'excuser mais je dois m'en aller… et vous aussi. Vous aurez les réponses à toutes vos questions très bientôt.

Sur un signe de tête, les deux gorilles sortent chacun un tube translucide qui ressemble à une petite fusée d'enfant. Il s'agit de seringues hypodermiques. Les deux amis n'ont même pas le temps de protester : une simple pression indolore dans le cou et ils se retrouvent profondément endormis.

Romain écoute la respiration de Simone, qui s'est endormie contre lui. Telle une douce musique, il en apprécie les variations. La jeune femme s'est montré une maîtresse passionnée, aimant donner avec générosité. En revanche, lui n'a pas été à la hauteur. Il s'en veut de ne pas avoir été capable de jouir jusqu'au bout de ce bonheur que le destin lui a offert. Il n'a pourtant jamais eu de panne de ce genre dans le passé. Que s'est-il passé ?

Sa maîtresse endormie, il essaye de comprendre ce qui lui arrive. Pour une fois qu'il a une aventure classique, non tarifée, cela se transforme en fiasco. C'est pourtant ce dont il rêvait : une vie simple, une femme, des amis, et pourquoi pas des enfants. À son âge, tous les hommes sont pères, sauf lui. Et ça n'en prend pas le chemin. Simone a été compréhensive, mais il a senti de la déception dans sa voix.

Le souffle de la jeune femme contre son cou l'apaise. Il se souvient des derniers mots qu'elle a prononcés avant de sombrer : « Ça ira mieux la prochaine fois. » Quel dommage de terminer la soirée sur cette note désagréable ! Tout allait si bien.

Ne parvenant pas à s'endormir, trop excité par ses découvertes, il s'échappe tout doucement des tendres bras de son amante. Il répond par des baisers aux grognements de la jeune femme, puis, une fois debout, s'habille en silence dans le salon. Il s'équipe pour son expédition et quitte l'appartement en prenant soin de laisser la porte entrebâillée. Il fait de même avec la porte de l'immeuble pour faciliter une éventuelle retraite.

Le quartier est désert. Il déplace une poubelle contre la porte du jardin de la maison aux plaisirs. Passer au-dessus du mur et sauter dans l'herbe haute n'est qu'un jeu d'enfant. Il n'utilise sa lampe de poche qu'avec parcimonie et se dirige au jugé vers la table massive qu'il devine au milieu du terrain. Aucune lumière ne filtre de la demeure, qu'il distingue nettement à présent. Seule la lueur de l'éclairage public se reflète sur les murs et diffuse un peu de clarté.

Romain pose ses mains sur la table. Le contact de la pierre le rassure : il ne s'agit pas d'une de ces imitations que l'on trouve facilement dans le commerce. Il a certainement fallu une grue pour déplacer cette masse ! Il se glisse sous la table et projette le faisceau de sa lampe. Une couche sombre dissimule la roche : de la mousse. Fébrilement, il gratte la matière organique, qui se décroche facilement en libérant une odeur de sous-bois. Soudain, les premières lettres apparaissent. Romain sent la fébrilité le gagner. Il a l'impression d'être Champollion découvrant des hiéroglyphes.

Telle l'épitaphe d'une pierre tombale, les lettres gravées à jamais par le fils de Louis XVI se dévoilent une à une. Romain accélère le rythme afin de dégager la totalité de la surface.

Lorsque le travail est accompli, il prend quelques clichés avec son smartphone. Il ne commence qu'alors à lire le texte, très vite interrompu par le passage d'un camion poubelle. Il décide de retourner chez Simone, où la lecture sera plus aisée devant l'ordinateur.

Il escalade le mur en sens inverse et découvre que la poubelle a été déplacée de quelques mètres. Sa malchance le fait sourire. Il rebrousse chemin et traverse le jardin jusqu'à ce qu'il trouve une autre issue, qui donne cette fois dans la rue Saint-Médéric. Il s'aide d'un poteau électrique et atterrit dans la rue déserte.

Une fois de retour chez Simone, il installe son ordinateur dans la cuisine, y transfère les images et les travaille jusqu'à en avoir une vue précise. La totalité du texte est parfaitement lisible. Le moment est solennel. Dans le silence du matin à peine troublé par le chant des oiseaux, dans cette ville de Versailles chargée d'histoire, Romain découvre le testament de Louis XVI.

Au Peuple François
Moi, Louis, seizième du nom,
Roy de France,
Au vu de l'urgence d'une situation qui nous échappe,
D'un peuple aveugle pris en otage,
Je déclare
Qu'après ma mort
Tout sera mis en œuvre pour rétablir l'ordre et la souveraineté
De notre si beau pays,
Cela, même en employant TOUS les moyens nécessaires.

Ma descendance sera garantie.
Mon sang continuera de couler dans les veines
De ceux qui un jour seront à même de diriger la France
Et de bouter hors d'elle les imposteurs.
Pour cela, je décide d'amender la loi salique.
J'abolis ce texte inique de primogéniture mâle.
Quel que soit l'Homme ou la Femme,
Mes descendants auront de fait la charge suprême.

Si Dieu le veut,
Je jure que je ferai tout ce qu'il me sera permis de faire de là-haut
Pour aider ceux et celles qui œuvreront dans le but de cet ultime dessein.

Concentré dans sa lecture, Romain n'entend pas Simone pénétrer dans la pièce. Elle se love contre lui avec chaleur.

— Tu as trouvé ce que tu cherchais ?

— Oui, regarde, c'est extraordinaire. Le testament occulte de Louis XVI, gravé de la main de son fils, Louis XVII.

La jeune femme parcourt le texte.

— Je me doutais bien que tu allais y faire un tour, lui reproche-t-elle dans un demi sourire.

— Excuse-moi, Simone ! Tu ne peux pas imaginer à quel point cette histoire est importante pour moi. D'ailleurs si, tu as pu le constater.

— Ne te mets pas martel en tête, ça arrive, ce n'est pas grave.

— Fais-moi confiance, je te jure qu'un jour tu sauras tout.

— Je te fais confiance, Romain.

Ils s'embrassent à nouveau, d'abord doucement, puis la fougue de la jeune femme les entraîne dans son lit. Cette fois, malgré l'excitation de sa découverte, la mécanique de Romain ne lui joue aucun tour et il se montre un amant digne de son âge.

Un peu plus tard, sur un petit nuage, il ne peut s'empêcher d'adresser ses remerciements à ce roi déchu qui semble si bien veiller sur lui.

Il relit le testament afin de s'en imprégner davantage et, machinalement, met un peu d'ordre dans son ordinateur. Il est évident maintenant que la descendance citée par le roi a réussi à traverser ces deux cents et quelques années. Les chevaliers de l'ordre du Saint-Esprit en sont la preuve vivante, et lui, Romain, a été entraîné dans cette histoire de façon fortuite. Enfin, fortuite… En lisant la dernière phrase du texte, il se permet d'en douter. Et si c'était vrai ? Et si, de là-haut, un être supérieur l'avait choisi pour participer à cette aventure ? Sa rencontre avec Marie n'a-t-elle pas été tout simplement extraordinaire ? Même surnaturelle ?

Marie ? Quel rôle joue-t-elle dans cette histoire ? A-t-elle un lien dans la descendance ? Dans ce cas, pourquoi l'ordre du Saint-Esprit l'a-t-il kidnappée ?

Son père, LAM, ou sa mère, Michèle Mallesan, font-ils partie de la lignée ?

Il doit coûte que coûte découvrir l'identité d'emprunt de Louis XVII et relier les fils de sa généalogie. La réponse à toutes ses questions devrait s'y trouver.

Simone le dérange dans ses pensées en entrant avec une tasse de café à la main. Elle est habillée et s'apprête à se rendre au travail.

— C'est quoi cette photo ? lui demande-t-elle en se penchant sur l'écran.

— Oh, je mets un peu d'ordre dans tous les clichés que j'ai pris récemment, certains ne sont pas très bons. Celui-là est l'espèce de crypte qui se trouve sous la galerie Saint-Louis.

— Incroyable ! Je suis toujours surprise de voir à quel point les sous-sols de Versailles sont surprenants. Et ça ?

— La niche, qui hélas était vide. J'aimerais bien savoir ce qu'elle renfermait. Là, c'est le sous-main qui était sur une table de la boutique. Je vais l'effacer, les inscriptions sont floues, il n'y a rien à exploiter.

— Attends ! C'est drôle, regarde : *Aiguebelle*. Ce nom me dit quelque chose.

— C'est un calendrier publicitaire, ce nom doit être celui d'un déménageur quelconque.

— Là ! Regarde, en petit ! Abbaye d'Aiguebelle. Je m'en souviens maintenant. J'y suis allée avec mes parents quand j'étais petite. On pouvait acheter toutes sortes de produits que les moines confectionnaient. Je me souviens d'un sirop de menthe à tomber par terre… Qu'y a-t-il, Romain ?

— Tu es merveilleuse, crie-t-il en l'embrassant.

Après quelques recherches sur Internet, Romain trouve le site de l'abbaye. Elle est dans la Drôme. Il note le numéro de téléphone en réfléchissant au moyen d'obtenir le renseignement qu'il recherche. Simone, un peu confuse, lui demande de quitter les lieux dans la journée. C'est son tour de garder les enfants. Ils vont revenir le soir pour une semaine. Romain la rassure : il comprend parfaitement. C'est peut-être un peu tôt pour les présentations !

Les effusions auxquelles donne lieu cette séparation ne vont pas jusqu'à troubler Romain, qui réfléchit déjà à la façon dont il va approcher frère Jean. Il n'oublie pas que pour les chevaliers du Saint-Esprit il est un ennemi potentiel.

Une fois seul, il appelle l'abbaye et se fait passer pour l'agence immobilière du quartier. Sous prétexte d'avoir perdu les coordonnées de Jean de Nogaret suite à un problème informatique, il demande une confirmation de l'adresse exacte de l'homme, afin de lui envoyer des documents importants.

L'interlocuteur, très gentiment, la lui communique, confirmant de ce fait que Jean de Nogaret, frère Jean, est bien présent dans les lieux. Romain a envie de crier de bonheur en raccrochant.

Il prépare ses affaires. Direction la Drôme. Pour la troisième fois, il va retourner dans les environs de Valence. Il n'y a plus de hasard. Avant de partir, il téléphone comme promis à Lefrancois, qui jubile à l'annonce de sa découverte. Il lui lit le texte plusieurs fois afin de lui permettre d'en prendre note. Le vieillard a de plus en plus de mal à parler et ses moindres paroles sont entrecoupées de quintes de toux. Romain est heureux de donner un peu de plaisir à cet homme si seul à la fin de sa vie. Il lui promet de venir le voir avec les photos et les documents à son retour de l'abbaye d'Aiguebelle, où, explique-t-il, il a localisé un autre chevalier du Saint-Esprit.

La communauté de l'abbaye cistercienne offre la possibilité de séjourner dans ses murs aux croyants qui ressentent le besoin de se retirer quelques jours. Les places sont peu nombreuses, mais Romain en obtient une immédiatement. Les vacances d'été étant terminées, les visiteurs sont moins nombreux. Il se met en route afin d'arriver avant le dîner du soir.

Au même moment, Marie ouvre les yeux. Elle frissonne. Une douleur lancinante lui raidit la nuque. Elle a la sensation qu'une timbale d'orchestre philharmonique bat la mesure sur ses tempes, en résonance avec son cœur. Elle met de longues minutes à recouvrer ses esprits et à se souvenir de ses derniers moments de conscience.

Elle se trouve dans une petite pièce humide, sans fenêtre. La lampe est allumée et ses ravisseurs l'ont allongée sur un lit. Une carafe d'eau est posée sur une table, ainsi qu'un tube d'Aspirine. Elle avale deux cachets d'un coup et attend l'effet bienfaisant.

De son lit, elle étudie la porte de sa cellule. Une vraie porte de prison, massive, avec un œilleton. Sa geôle semble dater du Moyen Âge. À peine trois mètres sur deux, un lit, une table, un WC chimique ajouté récemment, sans télévision ni radio. Seuls quelques livres déposés dans un coin lui indiquent qu'elle va en avoir pour longtemps. Soudain, une montée d'angoisse l'étreint. Elle crie en se jetant sur la porte. Le son de sa voix résonne dans un bruit mat. Elle se défoule en cognant à coups de pied sur l'unique passage. Le plafond bas donne une sensation d'écrasement et elle se met à suffoquer. Elle doit reprendre ses esprits, ne pas donner ce plaisir à ses agresseurs. Elle s'allonge sur le lit et s'enroule dans la couverture. Pour ressentir une telle fraîcheur, elle doit se trouver à vingt mètres sous terre. Elle paierait cher pour une cigarette. Elle se remémore ses dernières vacances dans le luxe et la chaleur des îles. Le fossé entre ces deux vies est incommensurable. Où est Yannick ? Elle craint le pire. La discussion surprise à Jouy-en-Josas laisse peu de doutes. La panique la gagne. S'il arrive quelque chose à son ami, elle s'en voudra à vie. Quant à son père… Que va-t-elle faire ? Quel comportement adopter avec lui ?

Il va bien se manifester d'une façon ou d'une autre. Elle ne pourra jamais lui pardonner de faire partie de cette équipe de monstres. Le plus dur n'est pas tout ce luxe dont elle n'a nul besoin. Non, c'est le fait qu'elle commençait à s'attacher à lui. Mais que fait-il ? Elle doit sortir de ce trou à rat coûte que coûte.

Elle cherche à découvrir par où l'air se renouvelle. Est-ce le jour ou la nuit ? Les bandits lui ont ôté sa montre. Pour calmer ses nerfs, elle entame un roman d'Alexandre Dumas.

Des heures plus tard, la porte s'ouvre sur deux hommes cagoulés. L'un porte un plateau-repas, l'autre, la petite fusée en plastique vue et expérimentée récemment. Malgré ses suppliques, ils ne lui décochent pas un mot et referment bruyamment la lourde porte. Un vrai cauchemar.

Cette fois, elle mange avec appétit. Elle doit se préserver. L'affaire semble sérieuse. Elle se remémore les histoires d'otages célèbres qu'elle a lues : Jean-Paul Kaufman, Roger Auque, Ingrid Betancourt, et se demande si elle aussi ne va pas passer des années dans ce cachot avant de retrouver la liberté. Elle finit le roman et s'endort dans un silence de mort. Son sommeil va être peuplé de rêves affreux.

Le lendemain, elle vit le même scénario : deux ombres noires aux heures des repas. La seule différence : ils lui déposent une bassine d'eau et une serviette en plus d'un bol de café tiède et d'une demi-baguette de pain caoutchouteux.

En fin de soirée, avec son dîner, elle a droit à un baladeur chargé de musique de différents styles. Les conditions s'améliorent, mais toujours aucunes nouvelles de son père. Cette musique est la bienvenue, car malgré sa passion pour la lecture elle commence à s'en lasser. Certains morceaux lui mettent du vague à l'âme ; ce sont ceux qu'elle écoutait dans son ancienne vie. La voix de Francis Cabrel fait surgir l'image de sa mère, du moins celle qui prétendait l'être. Elle venait souvent lui demander de baisser la musique dans sa chambre, toujours un sourire bienveillant aux lèvres.

Christiane Dentremont lui manque. Sa gentillesse, sa tendresse pleine de retenue, ses bons petits plats, toutes ces petites attentions qui témoignent d'un amour timide. Elle n'était certes pas très démonstrative, mais ses yeux ne savaient pas mentir. Elle aimait cette chanson : *Petite Marie,* qu'elle fredonnait souvent en admirant sa fille. Les monstres ! Pourquoi avaient-ils fait cela ? N'aurait-il pas été plus simple de laisser faire la justice ? L'enlèvement d'enfant était, certes, puni très sévèrement, mais ne méritait pas la mort.

La deuxième nuit se déroule un peu mieux. Moins de rêve, moins de réveils inopinés. Mon Dieu, elle s'habitue !

Elle perd vite la notion du temps. La seule chose qui la rattache au monde réel est la livraison des repas. Elle paierait cher pour entendre ne serait-ce que la voix d'un de ses gardiens, ces hommes qui se comportent comme des robots.

Heureusement, ce traitement inhumain se termine. La leçon a assez duré. Son père a dû ordonner qu'on la libère. Cette fois, la visite qu'elle reçoit est différente. Les hommes sont plus nombreux. Ils ne prennent pas la peine de l'attacher. Elle les suit sans broncher.

Elle s'attend à voir la lumière du jour, à respirer le grand air, à pouvoir offrir son visage à la caresse du soleil. Elle se voit rentrer chez ce père qu'elle va devoir affronter. Ce ne sont pas quelques jours de prison qui vont la rendre docile. Bien au contraire, elle sent monter en elle une rage de lionne et se prépare à la bagarre.

Il n'en est rien.

Le groupe déambule le long d'un corridor étroit, éclairé faiblement par des ampoules d'un autre temps. Aucun escalier ne s'offre à eux, aucune remontée vers la lumière. Un des hommes ouvre une autre cellule, qui à première vue est plus vaste. À sa grande surprise, Marie découvre qu'elle est occupée par d'autres prisonniers. En les reconnaissant, elle croit défaillir.

Chapitre 42

Romain s'engage à allure réduite dans l'allée principale qui mène au parking de l'abbaye. Il est tard. La route a été monotone. Il a hâte de se retrouver dans l'action.

Au moment de quitter son automobile, il reçoit un coup de téléphone qui va éclairer le reste de la soirée.

— Qu'est ce que tu fous encore dans ce coin paumé ?

La voix d'Amar résonne aussi joyeusement que le carillon de sept heures au clocher de l'église.

— Amar ! Mon ami ! Quelle bonne surprise ! Où es-tu ?

— Dis donc, tu n'utilises plus beaucoup ton localisateur.

— Excuse-moi, je te rappelle que tu ne voulais plus me parler.

— Je sais, je voulais m'excuser. J'ai été un peu dur, j'espère que tu ne m'en veux pas trop. Noria m'a incendié lorsque je lui ai raconté notre altercation.

— Comment va-t-elle ? Elle a été libérée ?

— Oui, après quarante-huit heures de garde à vue tout de même. Elle a baladé les flics avec des histoires à dormir debout. Elle s'est fait passer pour une amie du propriétaire de la péniche. Ça n'a pas été très drôle pour elle, mais elle s'en est sortie merveilleusement bien. Résultat : ils n'ont retenu aucune charge contre elle.

— À la bonne heure. Qu'allez-vous faire maintenant ?

— On est hébergés chez des amis à elle. On attend qu'elle liquide tout et on part. Je pense la précéder. Je me fais le plus discret possible. Ce serait trop bête de me faire arrêter maintenant. Et toi ?

Romain lui raconte en détail les derniers événements. Il lui explique la raison de sa venue dans cette abbaye du sud de la France.

— Je suis content pour toi, tu avances vite. Cette histoire est extraordinaire, mais tu ne m'en voudras pas si je te dis que ce n'est plus la mienne. Je regarde devant moi maintenant. Il faut que je vole de mes propres ailes.

— Je ne t'en veux vraiment pas. Tu seras toujours mon ami. Je n'oublierai jamais ce que tu as fait pour moi. J'espère bien vous rejoindre un jour ou l'autre, quand tout cela sera terminé.

Une voix féminine se fait entendre au second plan.

— Noria est en train de gueuler. Elle dit que tu peux toujours compter sur nous.

— Embrasse-la. Et dis-lui que cet appel est la meilleure chose qui me soit arrivée depuis plusieurs jours. Enfin, presque…

Il raconte sa rencontre avec Simone. Ce qui réjouit son ami.

— Et Marie ?

— Je ne l'oublie pas, sa vie est trop liée à la mienne. Mais je me fais à l'idée de ne jamais pouvoir abattre mes cartes face à elle. Elle m'a trahi.

Ils discutent encore quelques minutes et se disent au revoir.

C'est avec un sourire d'homme heureux que Romain pénètre dans la réception, où un moine l'accueille de façon glaciale.

— Je vous attendais ! dit-il. Non seulement vous êtes en retard, mais en plus vous discutez des heures au téléphone. Il faudra le couper ici.

Romain se confond en excuses. Ce n'est pas le moment de faire mauvaise impression. Il endosse sans difficulté l'habit de l'enfant qui s'est fait prendre la main dans le sac. Il se fait immédiatement accompagner au réfectoire, où il est pris en charge par le frère abbé.

Forcément, son arrivée tardive ne passe pas inaperçue. Il ne peut en être autrement, vu l'atmosphère disciplinée qui règne dans cette grande pièce au plafond voûté. Romain prend une figure de circonstance. Elle doit être convaincante, car le frère abbé l'accueille avec chaleur et l'invite à s'asseoir à la table des retraitants. Les autres sont occupées par des moines qui mangent en silence.

Un jeune homme vêtu d'une aube lui sert son repas sur un plateau où rien ne manque. Romain adresse un sourire embarrassé au groupe assis à sa table. Le mutisme règne dans le réfectoire, à l'exception d'un frère chargé de lire un texte du

Martyrologe. La voix grave du religieux couvre les bruits d'une trentaine d'hommes en train de dîner.

Romain tente de se faire oublier en écoutant avec attention les paroles du tribun chargé de conter l'histoire des Saints qui peuplent la religion chrétienne. Il n'a pas saisi son nom, mais le détail de la mise à mort du saint du jour, énoncé de cette voix monocorde, entretient un climat d'une infinie tristesse.

Tout en dégustant une espèce de ragoût brûlant, il observe d'un œil curieux et avenant les hommes attablés devant lui. Il constate qu'une large palette d'âges est représentée. Le plus jeune doit avoir moins de trente ans : son serveur ; la majorité doit facilement dépasser la soixantaine. Le plus proche de lui, une montagne de chair coiffée d'une chevelure longue et grise, arbore une longue barbe mal soignée. Il dévore sa pitance de façon sonore. Romain essaye de repérer frère Jean, sans succès. D'où il se trouve, il ne voit pas tous les visages. Bon nombre de moines lui tournent le dos, concentrés sur le contenu de leur assiette.

Il ne peut discuter avec ses congénères qu'à la fin du dîner, quand tout le monde met la main à la pâte pour desservir et faire la vaisselle. La pièce s'anime dès la fin de la prière du frère abbé, lorsque celui-ci disparaît accompagné des hommes de sa tablée. Encadrés par les plus jeunes moines, les retraitants font le ménage dans le réfectoire.

Les mains dans un baquet empli d'eau savonneuse, Romain fait la connaissance d'un homme d'une cinquantaine d'années qui vit ici depuis un mois. L'homme lui explique qu'il commence son noviciat, cette période transitoire avant le serment d'entrée dans les ordres. Cette phase, qui peut durer plusieurs années, lui donne tout le temps pour réfléchir. Une telle décision ne se prend pas à la légère. Il donne quelques informations sur l'organisation journalière des moines et des retraitants. Romain apprend qu'il n'est pas le seul nouveau ce soir. Trois autres personnes sont arrivées dans l'après-midi. Il y en a presque tous les jours. Les hommes ont souvent, au milieu de leur vie, le besoin de se retrouver devant Dieu. En fait, comme le souligne très intelligemment son interlocuteur, ils éprouvent surtout le besoin de faire le point sur leur vie d'homme, une sorte de remise à plat parmi les épreuves diverses qu'ils ont à traverser. Pour cela, cette communauté de cénobites est l'endroit idéal.

En confiance, Romain le questionne de façon plus précise. Il apprend que frère Jean est le bibliothécaire. Chaque moine a une fonction particulière dans le groupe : l'économe, le chargé de fabrication, le responsable de l'hôtellerie, le frère jardinier, etc.- La contemplation et l'amour de Dieu ne suffisent pas à faire tourner une société au XXIe siècle. Romain aura l'occasion de les rencontrer demain matin à la messe de Vigiles, à quatre heures. Il est dispensé ce soir de Complies, en tant que nouvel arrivant. En échange de quoi, il lui sera demandé de lire avec attention les consignes de vie d'Aiguebelle.

Il est conduit dans sa cellule : confort minimum mais silence maximum. Lit étroit, murs épais, fenêtre minuscule. Nonobstant le manque de barreaux, cette chambre rappelle à Romain la cellule dans laquelle il a passé presque quinze ans. Heureusement qu'elle ne ferme pas à clé. Il dépose son sac à terre, fait sa toilette, à l'ancienne, dans une bassine de terre cuite, et se met au lit. Il se concentre sur les bruits, ou plutôt sur le silence qui règne dans ces lieux, principale différence avec la prison.

Le sommeil est long à venir, Romain tourne dans sa tête la façon d'approcher le dernier chevalier du Saint-Esprit. Comment le faire parler ? Il n'en sait rien, mais reste optimiste. Cet état d'esprit est nouveau pour lui. Il a trouvé la confiance qui lui manquait tant. Il sent maintenant une présence en lui. Quelqu'un qui le guide. Il pense à Dieu et s'interroge sur ce qu'est la foi. Serait-ce donc ça ?

En fait, il a repris confiance depuis sa rencontre avec Simone. Il se replonge dans la volupté de la nuit précédente. Il ressent encore la douceur de sa peau contre son corps. Ces souvenirs le bercent mais, peu à peu, le visage de Marie se superpose à celui de Simone. Il s'endort accompagné par le souvenir des deux femmes.

Un rêve étrange le sort de sa torpeur. Une vieille femme aux cheveux gris, coiffée d'un chignon comme on en faisait jadis, lui intime l'ordre de se réveiller. Il a l'impression que cette personne n'en est pas à sa première visite nocturne. Elle est bienveillante et le couve de son regard bleu. Il ouvre finalement les yeux et devine plus qu'il ne l'entend la présence de quelqu'un dans sa chambre. Son cœur bat la chamade. Une légère lueur filtre de la fenêtre et projette une ombre menaçante sur le mur opposé.

Romain est tétanisé. Un souvenir douloureux, longtemps enfoui dans sa mémoire, lui revient avec violence. Ce même mode opératoire, la nuit, dans son sommeil : deux codétenus penchés sur lui, exhalant une haleine lubrique, profitant de ses vingt ans pour le forcer à devenir leur jouet. Ce flash entraîne malgré lui un râle qui fait faire volte-face à l'intrus. Romain reconnaît le moine qui mangeait bruyamment non loin de lui un peu plus tôt. Le géant tient entre les dents une petite lampe à diode dont l'étroit faisceau est pointé vers le bas, vers le sac de Romain.

Ce dernier se lève d'un bond, arrachant une plainte métallique à son sommier. L'homme lâche ses affaires et se jette sur lui, enserrant son cou de ses deux énormes battoirs. Romain ouvre la bouche et ne peut en extraire aucun son. L'air ne passe plus, ni dans un sens ni dans l'autre. Il agrippe les deux avant-bras de l'homme, épais comme des jambons de Bayonne, les tire, les frappe, les griffe, sans succès. Des étoiles scintillantes apparaissent dans sa tête, ses forces l'abandonnent.

Il a juste le temps de constater qu'il est très facile de mourir.

La première chose que sa conscience perçoit est cet air frais qui pénètre avec délice dans sa bouche et emplit ses poumons tel un élixir de vie. Il n'est pas mort. Il ne sait pas combien de temps il a perdu connaissance. Suffisamment pour que l'on ait pu le transporter hors de sa chambre.

Étonnamment, il se sent bien. Il est pourtant allongé sur une table, les quatre membres liés entre eux. Il tourne la tête d'un côté, puis de l'autre, réveillant la douleur au niveau de son cou. Les murs sont en pierre apparente. Ils luisent d'humidité. Il découvre la lucarne ouverte, d'où ce courant d'air bienfaiteur.

Deux moines habillés de façon identique passent dans son champ de vision. Romain reconnaît immédiatement le géant. Sa bouche entrouverte sur un rictus de satisfaction découvre des dents très abîmées. Le second a le visage émacié. Il arbore une mine inquiète.

— Vous me cherchiez, jeune imprudent ?

Romain reconnaît frère Jean ! L'homme est beaucoup plus vieux que sur la photo. Plus maigre, il a perdu pratiquement tous ses cheveux. Romain essaye d'articuler quelque chose d'audible, mais sa gorge le brûle. Il émet un son guttural qui se répercute dans la vaste pièce. Il se racle la gorge jusqu'à retrouver sa voix.

— Je suis heureux de vous retrouver, monsieur de Nogaret. Le chemin a été long et mouvementé pour arriver jusqu'à vous.

Frère Jean accuse le coup. Le visiteur connaît sa véritable identité. Il réfléchit à toute vitesse. Que sait-il d'autre ?

— Pourquoi êtes-vous ici ? Qui vous envoie ?

— Personne. Je suis ici de mon propre chef. Pourquoi ? Vous savez très bien qui je suis. J'imagine que vous n'infligez pas ce traitement à tous les visiteurs qui posent des questions sur l'abbaye.

Le vieux moine reste immobile, son front plissé trahissant une intense réflexion.

— Que voulez-vous ? poursuit-il.

— Je suis ici pour connaître la vérité. Je veux savoir pourquoi vous m'avez entraîné dans cette histoire, pourquoi j'ai fait quinze ans de prison pour un crime que je n'ai pas commis. Je veux savoir qui est Marie Dentremont, ou Emma Mallesan, comme vous préférez.

Le vieux moine ne bouge pas. Sa main droite caresse son menton. Le géant se tient en retrait, tel un chien de garde prêt à bondir sur ordre de son maître.

— Détachez-moi ! Ça suffit maintenant ! crie Romain en roulant sur la table pour se redresser.

— Calmez-vous ! Personne ne vous entendra, ici. Crier et vous agiter ne servira à rien. Qui sont vos complices ? Où sont-ils ?

— Vous vous trompez. Je n'en ai pas. Je suis venu seul. Les personnes que vous craignez sont aussi mes ennemies. Elles ont essayé de me tuer à plusieurs reprises. Elles croyaient que j'étais dans votre camp. De même que votre ami Géraud Montmaurin.

— Vous étiez là ?

— Oui.

Romain raconte sa nuit de cauchemar. Il évite de mentionner l'origine de la balle perdue. Son interlocuteur semble de plus en plus dubitatif.

— Pouvez-vous prouver vos dires ?

— Oui, je pense. Montmaurin, avant de mourir, m'a indiqué une cachette qui m'a permis de remonter jusqu'au document. Vous voyez de quoi je veux parler ?

— Vous l'avez retrouvé ?

— Oui. Il est en ma possession.

Frère Jean regarde son acolyte. Ses yeux brillent. Romain sent bien que le vieux moine est déstabilisé. Il en profite.

— Je n'ai rien contre votre roi. Je vous le dis, je suis étranger à tout ça. C'est vous qui êtes venu me chercher il y a dix-sept ans. Je suis au courant de tout maintenant. Je veux juste savoir quel a été mon rôle dans cette histoire, pour quelle raison est-ce moi qui ai été choisi.

Cette fois, le religieux empoigne Romain par le col, surprenant ce dernier par tant de force.

— Où est le document ? Qu'en avez-vous fait ?

— Du calme. Je vais vous le rendre. Ce document ne m'appartient pas. Me croirez-vous ensuite ? Me donnerez-vous les réponses que j'attends ?

Le vieillard desserre sa prise.

— Si vous avez pris connaissance du contenu, vous comprenez à quel point ce document est important pour nous ainsi que pour nos ennemis. Si vous nous le rendez, cela prouvera que vous êtes bien des nôtres. Je vous expliquerai tout.

— Détachez-moi !

D'un signe de tête, le moine ordonne au géant de défaire les liens du prisonnier. Romain se masse les poignets, les chevilles et se lève.

— Suivez-moi !

— Vous n'allez pas me dire que vous avez le document ici, avec vous ?

Romain opine.

— Nous avons fouillé vos affaires !

— Ça, je m'en suis aperçu, répond-il en lançant un regard noir en direction du géant. Retournons dans ma chambre.

Les trois hommes quittent la cave et se retrouvent à l'extérieur. Romain constate qu'il aurait pu hurler à mort sans que personne n'entende quoi que ce soit. Ils sont trop éloignés des dortoirs. La cave se situe sous les entrepôts de fabrication des boissons que l'abbaye expédie à travers le monde.

L'étrange équipage se dirige vers le bâtiment principal. Il faut faire vite. Le réveil pour la messe de quatre heures ne va pas tarder. Ils se glissent en silence dans l'abbaye. Romain fait de son mieux pour rester le plus silencieux possible. Il est effaré devant l'agilité du géant. Sa vitesse de déplacement est étonnante. Il choisit minutieusement les marches les moins bruyantes, évite le moindre obstacle, montrant une connaissance des lieux que seul un moine qui y a erré très longtemps peut se permettre.

Ils accèdent à la cellule de Romain, qui emprunte la lampe d'espion utilisée un peu plus tôt. Il fouille dans son sac et en sort son trousseau de clés. Il enfile par la même occasion un jean et un blouson, car il commençait à sentir le froid à travers son pyjama.

— Vous n'allez pas me dire que ce trésor est dans votre voiture ?

— Eh bien si !

Le vieil homme se tourne vers son acolyte et lui envoie un regard lourd de reproches. À la mine déconfite de ce dernier, Romain réalise que, depuis son arrivée, il ne l'a pas entendu prononcer une seule parole.

— Votre collègue est muet ? demande-t-il à frère Jean

— Non, mais il a fait vœu de silence depuis son entrée ici.

Une fois à l'extérieur, ils se dirigent vers le parking. Romain ouvre la malle arrière, relève le tapis de sol et, fièrement, attrape le coffret qui avait pris place dans le logement de la roue de secours.

Il tend l'objet à frère Jean, qui s'en empare fébrilement.

— Il est à vous.

L'homme regarde Romain dans les yeux. Il ne prononce pas un mot, mais son regard en dit long sur l'importance de ce geste.

Ils retournent à l'abbaye et pénètrent dans la bibliothèque.

Cette fois, les signes de méfiance ont disparu. Romain sent que la partie est gagnée. Il apprendra la vérité avant que le jour se lève.

Le tintement de la Prime met fin à la lecture de la lettre de Louis XVII. La cloche appelle les moines à la première prière du matin. Frère Jean médite silencieusement, les mains posées sur le document, comme si ce contact allait l'imprégner des sucs royaux.

Il se redresse et invite les deux hommes à le suivre vers la chapelle. Tout le monde doit se retrouver pour Vigiles. Il promet à Romain de tout lui expliquer avant Laudes, la seconde rencontre du matin, celle qui se déroule à sept heures.

Il fait frais dans la chapelle. Elle n'est pas encore chauffée. Ils entrent en même temps que les autres retraitants. Le frère abbé est déjà présent. Il leur tourne le dos, à genoux, en pleine contemplation. Romain copie les gestes de l'assemblée et s'agenouille. Les hommes entament une prière à voix basse, faisant naître un brouhaha qu'amplifient les voûtes du bâtiment. Non loin de lui, frère Jean, les mains jointes, les yeux fermés, prie avec ferveur. Romain devine facilement l'objet de ses remerciements. Il en profite pour faire comme les autres et s'adresse à l'Éternel pour lui demander de bien vouloir l'accompagner dans ses recherches. Si Dieu doit être quelque part, c'est certainement ici !

L'office prend fin et l'assemblée se dirige vers le réfectoire. Frère Jean fait un signe discret à l'attention de Romain, qui quitte le groupe pour se rendre à la bibliothèque.

Les deux hommes se retrouvent seuls dans la vaste pièce aux murs tapissés d'ouvrages liturgiques. Frère Jean extrait le document du coffre dans lequel il l'a caché et le relit pour s'en imprégner une fois de plus.

— Que savez-vous d'autre, monsieur Dutreil ?

Romain raconte tout ce qu'il a appris pendant son enquête sur l'ordre du Saint-Esprit. Il n'oublie pas d'indiquer l'endroit et le contenu du testament de Louis XVI, gravé par son fils.

— À qui en avez-vous parlé ?

— À des gens de confiance, ne vous inquiétez pas.

— Je me méfie des gens de confiance. Le chevalier Dentremont a payé de sa vie son excès de confiance, ainsi que sa pauvre femme. Dieu protège leurs âmes.

Le moine se signe et reprend.

— L'apparition de ce document a déterré la hache de guerre. Nous étions parvenus à nous faire oublier depuis des années. La découverte de ce document nous a fait sortir de nos tanières, ce qui n'a pas échappé à nos ennemis, qui ont retrouvé notre trace.

— Qui sont-ils ?

— Des ennemis de la Royauté et de l'Église. Des Jacobins. Ceux qui ont pris le pouvoir par la force il y a deux cent vingt ans. Certes, leur organisation, la confrérie du Huitième Couplet, a évolué. Elle s'est même éloignée des principes premiers de leur Révolution. Aujourd'hui, elle n'est plus qu'une organisation mafieuse dont les sujets s'étalent jusqu'au plus haut niveau de l'État.

Le moine fait un peu d'histoire et revient sur la Révolution française, raconte à nouveau l'histoire de Louis XVII, emprisonné puis sauvé de la prison du Temple.

Romain connaît tout cela, mais n'ose pas l'interrompre, impatient d'arriver à ce qui l'intéresse. Il profite d'une pause dans le monologue du moine pour poser une question.

— J'ai bien compris tout cela. Je me doute bien qu'il y a eu une descendance, puisque vous êtes toujours là, en tant que chevalier du Saint-Esprit. Qui est Il, ou Elle ? Est-ce Marie ? Ou bien son père, Louis-Antoine Mallesan ? Et moi dans tout ça ? Qu'est-ce que je viens faire là-dedans ?

— J'y viens. Ce que je vais vous dire est un des secrets les mieux gardés de ces deux derniers siècles. Vous m'avez prouvé votre bonne foi et je crois qu'il est temps de vous expliquer ce qui vous est arrivé. Mais, avant tout, je dois connaître vos sentiments envers Marie.

Romain reste coi. Il ne s'attendait pas à cette question.

— Je pensais… Enfin… Mes sentiments sont partagés entre amour et haine. Je ne peux séparer de cette jeune fille la malédiction qui me touche. Pourtant, Marie m'attire comme jamais personne ne m'a attiré. Elle a engendré en moi un cataclysme émotionnel. C'est la personne qui a, pour ainsi dire, le plus compté dans ma vie.

— Alors, maintenant, jurez-moi de garder le secret. Jurez-moi fidélité.

Il sort une bible ancienne dont la couverture de cuir rouge est constellée de fleurs de lys dorées à l'or fin. Romain n'en peut plus de tous ces cérémonials. Quelle perte de temps ! Il pose sa main droite sur l'ouvrage et accède à la demande du vieil homme.

C'est à ce moment-là qu'un bruit sourd leur parvient. Le moine géant apparaît. Il s'approche d'eux. Il a abandonné sa démarche fluide de la nuit précédente. Il titube et, tel un taureau dans l'arène qui sent ses dernières forces le quitter, il s'effondre dans un bruit sourd. Une dague est profondément plantée dans son dos, sur lequel s'étale déjà une large tache de sang.

Frère Jean se précipite sur l'homme, qui respire encore. Il tend l'oreille : le moribond essaye de dire quelque chose. Le son de sa voix a du mal à sortir, après tant d'années de silence. Dans ce dernier souffle, Romain perçoit quelques mots.

— Sauvez-vous, maître ! Ils sont là.

Et l'homme rend l'âme.

Frère Jean fait le signe de croix sur le front du géant, puis se tourne vers Romain.

— Vous m'avez trahi !

— Non, ce n'est pas moi. Je n'ai pas pu être suivi. J'ai été très prudent.

Soudain, le tocsin retentit à toute volée. Pour Romain, une cloche dans un monastère n'a rien d'anormal. Mais là, il s'agit d'un signal. Il se passe quelque chose. Le moine saisit le document, ouvre une porte dérobée et se lance dans un escalier minuscule.

— Attendez ! hurle Romain, qui part à sa poursuite, décidé à ne pas laisser échapper son secret.

Il était temps, car deux hommes entrent en trombe dans la bibliothèque. Faisant fi des consignes de silence placardées à l'entrée du lieu, ils courent dans leur direction. Le passage aboutit à l'arrière du bâtiment, dans un chemin longeant le potager, où déjà quelques frères s'activent. Ils devisent entre eux, cherchant la signification de ce tocsin.

Ils n'ont pas longtemps à s'interroger quand ils découvrent frère Jean courant à perdre haleine, avec à ses trousses le retraitant retardataire de la veille, suivi par deux hommes une arme à feu à la main, deux hommes arrivés également hier. Ceux-ci gagnent du terrain. Frère Jean ne va pas tenir à ce rythme bien longtemps.

Ils se mettent aussitôt à poursuivre le groupe d'hommes, sans lâcher leurs instruments de travail, en poussant des cris dignes d'animaux sauvages protégeant leurs petits d'une attaque de prédateurs.

L'un des deux hommes, en professionnel aguerri, se retourne pour leur barrer le passage, levant son arme dans leur direction.

Frère Jean arrive sur le parking, talonné par Romain. Est-ce l'essoufflement ou bien la peur ? Le moine trébuche et s'affale sur la bordure gazonnée. Romain évalue d'un coup d'œil la distance qui le sépare de son poursuivant : il n'a pas le temps de s'occuper du frère. Une pelle est posée sur un tas de gravier. Il s'en empare et fait volte-face en effectuant un moulinet, ne laissant pas le temps à son assaillant d'ajuster son tir. Il perçoit un claquement sec juste avant que le tranchant de la pelle ne heurte de plein fouet le visage de ce dernier. Romain a juste le temps de reconnaître son voisin de table de la veille. Le choc ne laisse aucune chance au poursuivant. Il s'effondre, la figure dans un sale état.

Romain lâche la pelle, s'empare de l'arme, qui se révèle être un lance-seringues, et se penche sur frère Jean. Il l'aide à monter dans sa voiture et démarre au moment où le second attaquant arrive. Romain maudit le bridage du moteur. Pied au plancher, le véhicule avance à allure réduite, obéissant aux ordres du satellite qui gère le réseau routier.

La vitesse augmente un peu lorsqu'il quitte la route d'accès à l'abbaye et s'engage sur la départementale.

Les deux hommes sont silencieux. Romain est concentré sur la route, les deux mains sur le volant. Le moine reste arc-bouté sur le coffret, le souffle court.

— Merci ! murmure-t-il. Vous m'avez sauvé la vie !

— Il n'y a vraiment pas de quoi. Si je n'avais pas eu un intérêt à vous garder en vie, je vous aurais laissé vous débrouiller. De toute façon, ils ne voulaient pas nous tuer. Regardez l'arme posée à vos pieds, c'est un pistolet hypodermique. Les rangers utilisent les mêmes dans les réserves animalières.

— Ils voulaient nous enlever, alors ?

— Ils ont essayé de me tuer plusieurs fois, pourquoi auraient-ils changé d'avis à présent ?

— Ils savent que vous détenez des secrets et ils veulent s'en emparer. Ils suivent vos faits et gestes. Quelqu'un les renseigne.

— Impossible ! Les seules personnes informées ne peuvent pas m'avoir trahi.

— Quelque chose vous a échappé.

— Savez-vous où nous pourrions aller nous cacher ?

— Oui, prenez la route de Die, je vais vous guider. Je connais un ermitage où nous serons tranquilles.

La promenade est de courte durée. Romain aperçoit dans son rétroviseur deux véhicules noirs qui se rapprochent. Il appuie plus fort sur l'accélérateur, sans effet. À l'inverse, les deux voitures ne semblent pas touchées par la limitation.

— La police ! pense-t-il tout haut. Ce sont les seuls autorisés à posséder des véhicules débridés.

Le moine se retourne et constate avec effroi que les poursuivants gagnent du terrain.

— Prenez à gauche ! crie-t-il.

Romain freine, fait une embardée et s'engage sur une petite route étroite, priant le ciel de ne pas rencontrer un véhicule en sens inverse. Quelle mauvaise idée ! La vitesse chute instantanément à trente kilomètres à l'heure. Pourvu qu'ils ne les aient pas vus prendre ce chemin !

Ils sont vite fixés. Les deux monstres d'acier surgissent derrière eux. La distance qui les sépare leur permet d'apercevoir à présent les silhouettes de leurs poursuivants. Romain se souvient des différents témoignages, lors de l'incendie meurtrier de la maison des parents de Marie, concernant ces fameuses voitures noires aperçues la nuit du drame dans le hameau. Il se remémore la torture subie par ces pauvres gens et en a froid dans le dos. Il doit trouver une solution. Il lance un regard à frère Jean ; l'aide ne viendra pas de là. Le moine est perdu dans une prière de la dernière chance.

Le premier véhicule se place à un mètre de leur pare-chocs. Il offre une calandre agressive comme ultime vision. Est-ce une chance ? La taille du chemin empêche tout dépassement. L'étrange convoi reste collé ainsi de longues minutes, tel un mille-pattes mécanique. Malheureusement, surgit en face d'eux un tracteur. C'est la fin de la poursuite.

L'engin agricole a en remorque une citerne, probablement destinée aux vignes environnantes. Son conducteur, surpris par cette activité inhabituelle, stoppe en plein milieu. Le passage est bloqué, aucune échappatoire n'est permise. Romain freine brutalement et bondit hors de la voiture.

— Aidez-nous ! hurle-t-il. Ces hommes nous poursuivent.

L'agriculteur ne répond pas. Ses yeux vont du moine, resté assis dans la première automobile, aux hommes qui jaillissent des leurs. À la vue de la première arme, il enclenche la marche arrière et accélère dans un nuage de fumée âcre. Les premiers crépitements d'arme automatique se font entendre. Le pauvre homme s'affaisse sur son volant et le tracteur poursuit sa course folle, tel un canard sans tête. Il fauche quelques pieds de vigne et bascule, déversant ses milliers de litres de produit chimique.

Deux des hommes se jettent sur Romain. Ils l'immobilisent au sol tandis que deux autres s'occupent du moine. Les forces sont trop disproportionnées et c'est complètement impuissant que Romain voit un des assaillants sortir une espèce de petite fusée. Il sent une piqûre sur son cou et, immédiatement après, une bouffée de chaleur l'envahir.

Chapitre 43

Que la mort semble douce ! Romain émerge doucement du monde des ténèbres. Il cligne des yeux, pour s'assurer qu'il ne rêve pas. La première image qu'il découvre est un sourire, puis il entend une voix… Une voix familière. Il perçoit à présent la chaleur d'une main posée sur la sienne. Ce qu'il découvre est tout bonnement incroyable

— Il revient à lui ! Romain ! Romain ! Tu m'entends ? Réveille-toi !

L'atmosphère est pleine de douceur. Il baigne dans une mer de coton. Au fur et à mesure que ses sens s'éveillent, une douleur sourde s'invite dans sa tête. Les palpitations de son cœur se répercutent sur ses tempes. Est-il malade ? Que s'est-il passé ? Les derniers événements lui reviennent.

— Le moine ! Frère Jean !

Il murmure son nom à voix haute. Pour toute réponse, il entend encore cette voix pleine de chaleur l'appeler. Romain… Romain… Romain…

— Marie, c'est toi ? Marie ?

— Oui, Romain. C'est moi.

Il tente de se relever, mais la tempête emprisonnée dans sa boîte crânienne l'en empêche. En tournant la tête, il découvre le policier qui s'était occupé de lui quelques semaines auparavant. L'homme s'approche avec un verre d'eau et le tend à Marie. Avec délicatesse, elle l'approche de ses lèvres.

— Tu te sentiras mieux avec ça !

L'eau fraîche réveille Romain. Il regarde autour de lui. Il découvre une vaste salle sombre, sommairement meublée. Des lits sont disposés le long des murs et une table trône au milieu. Des tabourets sont disséminés çà et là.

— Où sommes-nous ?

— Nous ne savons pas ! répond la jeune femme. Nous sommes emprisonnés dans cette pièce. Nous aussi, nous y avons été amenés de force, comme toi. Ils t'ont déposé ici hier soir, en compagnie d'un vieil homme.

— Où… où est-il ?

— Il dort encore. Regarde, là-bas !

Romain observe une forme allongée sur le lit du fond et reconnaît la robe du moine.

— Comment va-t-il

— Il n'a pas repris connaissance. Le produit qu'ils nous ont injecté semble agir de façon différente en fonction des individus.

— Mais pourquoi êtes-vous là ? Toi ? Le policier ?

— Nous sommes là probablement pour les mêmes raisons que toi ; on a découvert trop de choses. Nous n'avons jamais cessé de rechercher la vérité.

La situation est invraisemblable. Romain n'en croit ni ses yeux ni ses oreilles.

— Pourquoi m'as-tu trahi ? balbutie-t-il.

— C'est à cause de moi ! répond Yannick qui s'avance à la rescousse.

Le commandant de police lui explique les raisons qui l'avaient poussé monter cette souricière.

— Je ne pensais pas qu'ils essaieraient de vous supprimer, finit-il par dire en guise d'excuse.

— J'étais dans le doute, Romain ! ajoute Marie. J'ai cru que tu étais impliqué dans ce complot, que tu faisais partie de leur groupe.

— Nous avons été manipulés depuis le début, répond-il. L'homme qui est là connaît tous les secrets qui nous ont conduits ici. Nous devons le réveiller.

— Attendons que l'effet du poison se dissipe, Romain. Brusquer les choses ne nous avancera à rien. Raconte-nous tout, plutôt.

Romain observe ses deux codétenus. Ils ont l'air sincères. Il s'exécute. À quoi bon garder pour lui tout ce qu'il a appris ?

La discussion dure une partie de la matinée. Les protagonistes de cette histoire extraordinaire recoupent toutes les informations, apportant chacun leur tour une pièce de ce puzzle géant. Yannick intervient peu, mais ne rate pas une miette de ce qui se dit. L'information sur la descendance de Louis XVI les abasourdit.

— Il y a un lien entre toi et ces descendants, Marie. J'en suis sûr, insiste Romain. C'est certainement pour cette raison que tu as été enlevée lorsque tu étais enfant. Cherche bien !

— Je ne vois pas ! Mon géniteur fait partie des Jacobins, les ennemis de ce roi, donc ce n'est pas possible, je ne peux pas être une descendante. À moins que du côté de ma mère... Pourquoi m'auraient-ils enlevée dans ce cas ? Ça ne tient pas la route. Si j'étais une descendante, l'un de mes deux parents en serait un également. Je ne vois pas un de ces chevaliers s'occuper de l'un mais pas de l'autre.

— Pourquoi, dans ce cas, restes-tu prisonnière avec nous ? intervient Yannick. Je ne comprends pas l'attitude de ton père.

— Il reste des zones d'ombre que seul frère Jean peut éclaircir. Te souviens-tu, Marie, de la photo que j'ai chapardée chez ta vieille tante ?

— Oui, parfaitement !

— Eh bien ! ce moine est le troisième homme. C'est également un chevalier du Saint-Esprit.

Ils attendent le réveil du moine en se questionnant encore et encore. La matinée se termine par l'arrivée du déjeuner. Le cérémonial semble immuable : deux gardes armés du fameux lance-seringues en accompagnent un troisième, chargé de la nourriture. Inutile de tenter quoi que ce soit de ce côté-là !

Dès qu'ils sont seuls à nouveau, ils devisent quelques minutes sur la possibilité de s'évader de leur prison. Le policier a étudié les lieux. Il n'y a aucune issue de ce côté-là. De plus, les couverts fournis avec leur nourriture sont en plastique. Inutile d'espérer attaquer qui que ce soit avec ça. Leurs vêtements ont été soigneusement vidés de leur contenu avant restitution. Quant au document holographique de Louis XVII, plus de traces !

En fin d'après-midi, Romain a recouvré tous ses moyens. Il mesure parfaitement à présent la situation dans laquelle lui et ses congénères se trouvent. Les protagonistes sont tous là. Enfin presque ! Yannick semble être une victime collatérale.

Le rapport qui lie le policier à Marie intrigue Romain. Il les observe discrètement et ressent un trouble. Ils paraissent très proches. Les yeux du policier dévorent Marie. Son attitude n'a rien de professionnel comme ce devrait être le cas dans une situation pareille. Son regard en dit long lorsque Marie s'occupe de Romain comme le ferait une sœur. Le policier dissimule ses sentiments avec difficulté. Un rival ! Voilà le malaise que Romain ressent. Il est un rival pour cet homme qui s'efforce d'être aimable avec lui.

Et lui, devrait-il éprouver de la jalousie ? Malgré le peu de temps qu'il a passé avec la jeune femme, il a l'impression de l'avoir toujours connue. Ce qui est un peu le cas. D'ailleurs, ne portent-ils pas dans leur chair et dans leur âme les stigmates de cette relation extraordinaire ?

Que s'est-il passé lorsque le couple était chez lui ? Dire qu'il est passé à deux doigts de les retrouver, cette fameuse nuit où il s'est rendu chez Lefrancois.

Ils essayent de réveiller le moine avant le dîner. À l'aide d'une serviette mouillée, Marie l'éponge doucement. Le vieillard s'agite, râle, prononce des paroles incompréhensibles, mais n'ouvre pas les yeux, enfoncé profondément dans un sommeil agité.

Ils se font une raison et passent à table. Ils n'ont pas faim, mais le dîner fera passer le temps. Les gardiens arrivent à l'heure. Les habitudes commencent à se prendre.

Marie fait une plaisanterie après leur départ, qui provoque un fou rire général et évacue la tension accumulée dans la journée. La discussion prend un ton plus léger. Les trois compagnons d'infortune respectent une sorte de trêve afin de préserver la bonne humeur le plus longtemps possible.

Yannick revient sur une question qu'il se posait depuis longtemps :

— Racontez-moi votre rencontre. Je suis sûr que vous m'avez menti là-dessus, la première fois que je vous ai interrogés.

Marie regarde Romain d'un air interrogatif.

— Vas-y ! Dis-lui ! La situation est différente aujourd'hui, il peut savoir.

La jeune femme s'exécute. Avec passion, elle parle en fixant le policier dans les yeux, guettant la moindre question, qu'elle clarifierait dans la seconde.

Romain n'aurait pas fait mieux. Qu'il est bon d'entendre cette histoire extraordinaire racontée par quelqu'un d'autre !

Ils n'ont pas le temps d'écouter la réaction de Yannick. Soudain, le moine s'agite. Sa tête dodeline. Il émet des sons bizarres. Ils se précipitent. L'homme revient à lui. Marie s'en occupe avec toute la douceur dont elle est capable. Cet homme était un ami de son père, un lien avec sa première vie. Elle y met tout son cœur. Romain éprouve un peu moins de bons sentiments. Il n'a qu'une seule peur : que le religieux meure sans donner la moindre explication.

Yannick, habitué, plonge deux cachets effervescents dans un verre d'eau.

Le vieillard avale le remède miracle les yeux fermés, étranger à ce qui se passe autour de lui, la tête maintenue délicatement par la main de la jeune femme.

Ils attendent tous les trois en silence, étudiant ce visage fermé dépositaire de tant de secrets. Sa respiration reprend lentement un rythme normal et ses yeux s'ouvrent enfin. Ils passent de l'un à l'autre et reviennent sur Marie.

— Ma… Ma… jesté ! prononce-t-il.

Le vieillard tente de se relever sous le regard incrédule de la jeune femme, qui cherche en vain de l'aide auprès de ses deux amis.

— Restez allongé, monsieur, je vous en prie, lui intime-t-elle.

— Majesté ! Je suis tellement heureux. Vous êtes encore en vie. Merci Dieu tout puissant !

Les deux hommes, légèrement en retrait, se regardent. Cela mérite une explication. Ils ne comprennent plus rien. Romain observe la jeune femme, qui est assise sur le bord du lit. Une reine ? Aurait-il vu juste ? Cette femme serait-elle de lignée royale ? Ce serait incroyable. Certes, à ses yeux, elle a tout d'une reine. Mais, dans ce cas, que devient Louis-Antoine Mallesan ? Il est bien vivant, lui. Est-il un descendant de Louis XVII ou est-ce la mère de Marie qui l'était ?

— Monsieur, cela a trop duré ! Parlez, je vous en prie, supplie Romain en se retenant de crier.

Le moine interroge du regard celle qui, toute sa vie durant, a été l'objet d'un long combat. D'un mouvement de tête, elle lui donne son assentiment.

— Ce que je vais vous dire est un secret jalousement gardé. Il y a un peu plus de deux siècles, le peuple français a décidé, sous la conduite de malfaisants, de renverser le pouvoir monarchique, et ce, de la façon la plus vile et cruelle.

— Nous savons tout ça, répond Romain, excédé par la lenteur du moine. Nous savons que la descendance du roi a perduré jusqu'à nos jours. Pourquoi avez-vous kidnappé Marie ? Pourquoi l'avez-vous enlevée à ses parents, puisque forcément l'un d'eux était de sang royal ?

— Marie ! Vous avez été enlevée sur ordre de votre mère.

La jeune femme encaisse le choc en silence.

— Et Louis-Antoine Mallesan n'est pas votre père !

Le moine laisse le temps à ces deux informations de faire leur chemin.

— Impossible ! Les analyses ADN sont formelles, dit-elle en cherchant confirmation auprès du policier.

Les lèvres de la jeune femme tremblent. Les yeux exorbités par ce qu'il vient d'entendre, Yannick lève la main, il demande la parole :

— Marie ! Je crois que frère Jean a raison. Je viens de comprendre. Souviens-toi ! Nous devions lever le doute sur ton identité dans l'urgence. Nous avons donc comparé ton ADN avec le seul dont nous disposions : celui de ta mère. Nous le possédions dans le dossier ouvert lors de son suicide. Le comparer à celui de LAM aurait pris plus de temps, car nous aurions dû effectuer un prélèvement sur lui. C'était une recherche d'identité, pas une recherche en paternité. On s'est fait avoir.

— Poursuivez ! ordonne-t-elle au moine. Qui était donc mon père, du moins mon géniteur ?

— Il s'appelait Bruno Bovillier. Il est mort avant votre naissance.

Marie se souvient de ce nom. Elle raconte comment elle a découvert des photos de cet homme dans les affaires de sa mère, avec les articles de presse relatant son accident de moto. Elle avait deviné les liens amoureux qui unissaient cet homme à sa mère, la fameuse comparaison avec le film de Truffaut, *Jules et Jim*.

— Je ne me serais jamais doutée un seul instant que cet homme était mon père. J'imagine la suite, ma mère éplorée, enceinte, épousant le second prétendant pour sauver les apparences. Me trompé-je ? Mais cela ne nous apprend pas pourquoi elle m'a fait enlever.

— J'y viens. À cette époque, le prétendant au trône de France était Joseph Bovillier, le père de Bruno. Joseph avait confié à Géraud Montmaurin la tâche de protéger son fils. À cette époque, Géraud était un jeune chevalier de l'ordre. Par souci de sécurité, seuls les chevaliers du Saint-Esprit étaient dépositaires du secret, hormis le prétendant en titre, bien entendu.

— Ma mère n'en savait rien ?

— Pas au début, non.

— Comment les chevaliers sont-ils choisis ? demande Romain.

— Cette charge est le plus souvent transmise de père en fils. Après une longue éducation au respect de la monarchie et s'ils le méritent, les apprentis chevaliers sont intronisés à leurs vingt et un ans. C'est également l'âge de transmission du secret au dauphin. La mort brutale des parents de Bruno avant cet anniversaire symbolique a modifié quelque peu la tradition. C'est le chevalier Montmaurin qui a attendu le moment et s'est chargé de ce devoir. Bruno était le nouveau prétendant, le nouveau roi de France.

— De quoi sont morts ses parents ? demande cette fois Yannick.

— L'enquête a conclu à une explosion accidentelle de leur bateau suite à une fuite de carburant, mais, rapidement, nous avons découvert que les Jacobins avaient retrouvé leurs traces. Ces maudits nous ont toujours combattus, ils ont toujours cru qu'un retour de la monarchie signifierait leur fin. Nous étions tranquilles depuis plus de cinquante ans. La Seconde Guerre mondiale avait contribué à nous perdre dans la nature. Cet assassinat a marqué la fin de la trêve. Le combat a repris et très vite Bruno est tombé dans leurs griffes. L'accident de moto n'était qu'une couverture. Bruno a été guillotiné en vertu des anciennes règles de la terreur, établies par Robespierre lui-même et toujours appliquées par la congrégation du Huitième Couplet.

Un silence de mort envahit la salle. Marie se remémore l'article de journal qui relatait la découverte du corps décapité d'un motard sur la nationale 118.

— La suite, effectivement, Majesté, ressemble à ce que vous avez dit. Perdue, effondrée, votre mère a épousé Mallesan, qui était très épris d'elle. L'honneur était sauf et il a accepté de reconnaître l'enfant à venir. Montmaurin, très affecté par la faillite de sa mission de protection, est resté attaché à la famille. Il connaissait le secret de la grossesse de votre mère et s'est juré de veiller sur la sécurité de l'enfant à venir, enfant porteur du flambeau sacré. Bruno n'avait rien dit à votre mère, conformément à la charte de l'ordre du Saint-Esprit. Seuls Montmaurin et quelques autres chevaliers connaissaient la vérité.

Le moine reprend son souffle et boit un peu d'eau. Il règne un silence de cathédrale.

— Cela aurait normalement dû durer jusqu'à vos vingt et un ans, Majesté ! Vous auriez normalement dû être informée par le chevalier Montmaurin, mais un élément est survenu qui a chamboulé toute notre organisation. Madame votre mère a découvert que son bien-aimé avait été assassiné. Elle a enquêté en secret et a découvert que LAM était l'instigateur de cette abomination.

— Mallesan savait-il donc que Marie, enfin... Emma, était de sang royal ? demande Romain, qui a décidément du mal à prononcer ce prénom.

— Oui, parfaitement ! C'est là que Géraud Montmaurin a fait un travail extraordinaire. Il a enquêté à son tour et a découvert l'implication de LAM dans la confrérie du Huitième Couplet. Le danger était grand. L'homme qui était le père devant la loi de notre vénérée descendante gravissait les échelons dans la confrérie jacobine, notre pire ennemie. Quels étaient ses desseins ? Au pire, la jeune femme risquait d'être assassinée, comme son père et ses grands-parents, au mieux, elle suivrait une éducation républicaine telle qu'elle rejetterait toute idée monarchique. Ainsi se terminerait notre tradition bicentenaire.

— C'est à ce moment-là que vous avez eu l'idée de me kidnapper, n'est-ce pas ?

— Oui, Majesté !

— Arrêtez de m'appeler Majesté, voulez-vous !

— Bien Ma... mademoiselle !

— Montmaurin a découvert que Madame votre mère préparait quelque chose. Comprenant qu'elle vivait avec un monstre, elle avait préparé sa fuite avec vous. Elle ne connaissait pas encore votre statut royal. C'est à ce moment-là que Montmaurin a été dans l'obligation de lui transmettre le secret. Il ne pouvait en être autrement, nous allions vous perdre et, surtout, vous mettre encore plus en danger. LAM aurait eu tôt fait de vous retrouver. Cela a été très dur, mais, par amour pour vous, comprenant l'urgence et l'importance de ce que vous représentiez, et par respect pour Bruno, l'amour de sa vie, dont vous étiez le fruit, votre mère a accepté. On vous a enlevée et, pour que cet enlèvement paraisse encore plus crédible, on a fait porter le chapeau à un pauvre jeune homme qui passait par là.

Il se tourne vers Romain avec un air désolé.

— C'était indispensable, monsieur. Emma devait disparaître. Notre charge nous autorise à utiliser tous les moyens pour arriver à nos fins. Dieu nous pardonne. Le roi a été désigné par Lui.

— Vous êtes complètement tarés ! répond Romain, qui ne peut cacher sa colère. Vous avez brisé ma vie pour un roi qui n'existe plus depuis des siècles. Il y avait certainement d'autres moyens, non ?

Marie lui prend la main. Il se tait. Il est là maintenant. À quoi bon cette colère ?

Le moine poursuit en regardant Romain :

— Nous avons essayé d'adoucir votre détention en vous envoyant des colis et de l'argent. Vous avez toujours refusé. Souvenez-vous, cela venait de nos frères cisterciens !

— J'avais de l'argent et je me suis toujours méfié des curés. C'était donc vous ? Je croyais que c'était normal, que cela faisait partie des bonnes œuvres.

— En tout cas, nous avons beaucoup prié pour vous. Dieu vous avait choisi pour être au mauvais endroit au mauvais moment. Pour nous, c'était la Providence qui vous envoyait.

Marie serre la main de Romain encore plus fort. Sans elle, il aurait sauté au cou de l'homme gisant en face de lui.

Ainsi donc, il était une victime collatérale d'un complot bicentenaire. Les mots de Louis XVI, gravés dans la pierre, lui reviennent :

Je jure que je ferai tout ce qu'il me sera permis de faire de là-haut
Pour aider ceux et celles qui œuvreront dans le but de cet ultime dessein.

Il esquisse un sourire de défaitisme. Lui qui ne croyait ni en Dieu ni en personne ! Il fallait bien se rendre à l'évidence que le destin n'était pas la bonne réponse à sa question. Quelqu'un, de là-haut, tirait les ficelles. C'était tout simplement incroyable, extraordinaire, inimaginable, impensable. Il ne s'y ferait jamais. L'image d'un roi mort jouant à intervertir les années sur un ordinateur met fin à ses pensées. Il éclate d'un rire nerveux.

Marie ne le lâche ni des mains ni du regard. Seul le visage de la jeune femme lui redonne espoir. Il réalise que ses sentiments envers elle n'ont rien d'ésotérique.

— Il y a quelque chose que je ne comprends pas, intervient Yannick. Comment une mère peut-elle se séparer de son unique enfant ? Pourquoi est-elle restée avec son mari à la suite de ça ?

— C'était notre stratégie. Pour ne pas éveiller les soupçons, nous avons décidé de rester auprès de LAM. Montmaurin, pour anticiper toute contre-attaque, Michèle Mallesan, pour donner le change et montrer son chagrin. Il valait mieux rester dans l'antre du loup. Elle devait ensuite demander le divorce quand tout se serait tassé et rejoindre sa fille dont nous avions changé l'identité. Malheureusement, et cela, nous ne l'avions pas anticipé, Madame votre mère a été tuée. LAM a fait croire à un suicide, mais nous savons qu'il n'en est rien. Le divorce lui aurait coûté trop cher. En revanche, avec sa mort, il captait l'autre moitié des parts de l'empire industriel, puisqu'il n'y avait plus d'héritier. De plus, selon Montmaurin, les disputes entre les époux n'arrêtaient pas. Le chevalier pensait que votre mère avait eu des mots qui auraient montré qu'elle en savait un peu trop sur son mari. LAM a-t-il paniqué ? Ce qu'il y a de certain, c'est que la police l'a bien retrouvée asphyxiée dans sa voiture.

— Pourquoi Montmaurin est-il resté au service de LAM ? coupe Yannick.

— Toujours cette stratégie de surveillance. Il avait une place de choix.

— Il n'a pas réussi à sauver ma mère non plus. Pas terrible pour un garde du corps, lance, acerbe, la jeune femme.

Le moine semble gêné.

— C'était un chevalier, mademoiselle. Il aurait donné sa vie pour vous ou votre père. Ne le jugez pas si vite, je vous en prie. Lorsque vous connaîtrez notre ordre, vous comprendrez.

— Combien êtes-vous ? demande Yannick.

— Encore quelques-uns, je me dois d'être discret à ce sujet.

— Ce sont ces gens qui se sont occupés des obsèques de mes parents – de mes gardiens, devrais-je dire – après l'incendie, n'est-ce pas ? J'étais tellement effondrée que je n'ai pas fait attention. Ils m'ont fait croire que mon père faisait partie d'une confrérie cistercienne et qu'il tenait à être enterré selon ses rites.

— Oui, mademoiselle. Et c'est lors de cette cérémonie que nous avons vu Romain. Il vous cherchait. Nous nous sommes affolés. Comme les Jacobins venaient de retrouver notre trace, nous avons pensé qu'il était dans leur camp. Il n'y avait pas de place pour le doute. Notre erreur avait été de vouloir acheter à tout prix ce document retrouvé dans l'arbre de Marie-Antoinette. Votre… enfin, le chevalier Dentremont, collectionnait les éléments qui, le jour venu, nous serviraient à prouver la résurgence de notre roi. Nos ennemis étaient eux aussi à la recherche de tels objets qui rappelaient l'Ancien Régime, afin d'en effacer la mémoire. Nous possédions également quelques œuvres d'art qui représentaient des portraits des fondateurs de leur groupe, pour lesquels ils auraient payé des fortunes.

— On s'en est aperçus, ajoute Marie.

— Ensuite, vous êtes plus au courant que moi. Les Jacobins ont poursuivi leur œuvre de destruction, tuant Montmaurin.

Un ange passe.

— Ils veulent ce document, car son contenu est explosif. La preuve irréfutable que Louis XVII a survécu, signé de son sang. Une bombe si la presse s'en empare. Pour nous, il doit venir s'ajouter aux autres que nous possédons afin de nous tenir prêts le jour où… Il se tourne vers Marie : le jour de votre retour, mademoiselle.

— Pourquoi moi ? Pourquoi avoir attendu si longtemps ?

— Parce que ce moment est arrivé. Depuis votre enfance, votre personnalité nous a séduits. Le chevalier Dentremont croyait en vous et était sur le point de vous transmettre le flambeau. De plus, la possession de ce document nous aurait donné une légitimité. Le moment était propice. Il y a si longtemps que tout va mal dans notre beau pays.

— Vous connaissiez le message gravé sur la pierre, n'est-ce pas ? demande Romain, revenu dans la conversation.

— Oui, nous en avions une copie. Un chevalier qui en avait pris connaissance l'avait restitué de mémoire. Il est dans nos archives depuis le XIXe siècle. Nous savons que la loi salique a été modifiée par Louis XVI, faisant de vous aujourd'hui, mademoiselle, la seule héritière du trône de France.

— C'est absolument incroyable, répond Marie. On ne serait pas là, enfermés dans cette prison au milieu de nulle part, je vous rirais au nez. Vous imaginez, mon frère, malgré tout le respect que je vous dois, l'énormité de la chose. On est au XXIe siècle, les rois de France ne sont plus que des souvenirs figés au fond des livres scolaires. Il y a un an, j'écoutais de la musique pop en fumant des joints, et aujourd'hui je suis la reine de France ?

— C'est pourtant exact. Vous portez un héritage, mademoiselle. Le chevalier Dentremont vous a préparée afin de le recevoir et d'en être digne. Le moment approche où nous devrons révéler à la terre entière que la descendante directe de Marie-Antoinette et de Louis XVI est encore parmi nous.

— Un instant, coupe Romain, nous n'avons plus rien. Je vous rappelle que nous sommes prisonniers. Les documents ont disparu, et ceux qui nous détiennent n'ont pas fait preuve dans le passé d'une infinie douceur.

Ces paroles font redescendre l'assemblée. Romain a raison. Rien ni personne ne peut venir les délivrer. La discussion s'anime sur leur avenir. Yannick leur martèle qu'ils ne peuvent rien attendre de la police ni des chevaliers. Marie, elle, ne peut plus rien espérer de LAM.

— Pourquoi a-t-il été si gentil avec moi ? demande-t-elle. Les Jacobins ont essayé de nous tuer, à Lyon, puis à Paris. Toute velléité a cessé lorsque je me suis retrouvée chez lui.

— Je ne sais pas, mademoiselle. Ce qu'il y a de sûr, c'est que LAM a toujours connu vos origines. Pourtant, il vous a toujours protégée, c'est un fait ! Connaîtrons-nous un jour la vérité ? C'est une autre histoire.

La discussion se poursuit jusque tard dans la nuit. Le moine est le premier à s'endormir, probablement encore éprouvé par cet enlèvement. Marie s'assoit en tailleur sur le lit le plus éloigné du vieil homme. Romain apporte deux tabourets. Il s'installe sur l'un en face de la jeune femme et offre le second à Yannick. Ils se regardent, embarrassés, mesurant à présent l'importance des informations qu'ils ont apprises. La question la plus importante est de savoir ce qu'ils vont devenir. Ils sont tous les quatre en danger de mort. Ils ont encore en tête le mot « exécution » surpris dans la maison Guillotin. Combien de temps leur reste-t-il à vivre ? Sous quelle forme se déroulerait le massacre ? Autant d'inconnues qui les empêchent de s'endormir. Il faut tenter le tout pour le tout, et pour cela, ils sont unanimes.

Ils passent le restant de la nuit à échafauder un plan d'attaque. Comme il est impossible de s'échapper de cette pièce sans utiliser la force, ils brisent deux pieds de tabouret en métal pour en faire des matraques. Yannick montre à Romain comment s'en servir efficacement. Ils décident de mettre le moine à contribution. Ils doivent allier ruse et violence afin de venir à bout des trois hommes qui les visitent chaque jour à heures fixes. Frère Jean devrait simuler un malaise, Marie les attirer vers le centre de la pièce et ce serait aux deux garçons d'agir.

Yannick n'arrête pas de parler. Il gesticule, mime l'arrivée des gardiens, répète à l'envi le rôle de chacun. Sa détermination est communicative et leur donne de l'espoir. Ça ne peut que marcher ! L'effet de surprise sera déterminant. Ils y croient et ça leur fait du bien.

Marie s'endort sans crier gare. Les deux hommes s'approchent pour s'occuper d'elle. Romain lui ôte ses rangers et aide Yannick à déposer une couverture sur son corps. En silence, ils observent son visage, apaisé par le sommeil. Chacun leur tour, ils déposent un baiser sur son front.

Il parait à présent évident pour les deux hommes qu'une rivalité amoureuse s'est installée. Ils savent qu'ils devront attendre, car ils vont avoir besoin l'un de l'autre pour se sortir de ce guêpier.

En une nuit, ils sont devenus les nouveaux chevaliers servants d'une reine sans royaume.

Chapitre 44

Hélas, la journée du lendemain ne se passe pas comme tant espéré. En guise de combattants prêts à en découdre, les geôliers, lors de la visite matinale, découvrent trois prisonniers profondément endormis. Le quatrième se tient à genoux, en train de prier.

Lorsqu'ils se réveillent, leur motivation a fait place à un moral en berne.

Une fois restaurés, ils décident d'un commun accord d'agir le soir même. Ne sachant pas ce qu'ils trouveront derrière la porte, ils jugent qu'agir de nuit serait finalement plus judicieux, mais, dans le fond, cette décision les arrange tous. Ils ont envie de rester ensemble encore quelques heures. Ce qu'ils vont tenter est extrêmement dangereux ; nul ne sait dans quel état ils en sortiront. Romain, surtout, insiste pour repousser l'échéance. Il vient de retrouver Marie depuis moins de vingt-quatre heures et, déjà, ils risquent une nouvelle séparation. Non ! Ils ont encore des choses à se dire, des mises au point à faire. S'il doit mourir, il veut que ce soit l'esprit clair de toute ambiguïté.

Romain se posait tant de questions sur son propre sort qu'il a oublié de demander au moine qui était l'occupant de la cave de la galerie Saint-Louis. Lorsqu'il interroge le religieux, ce dernier réfléchit un long moment avant de parler. Habitué à garder tant de secrets, le moine a du mal à les divulguer sans en peser longuement les conséquences. En quelques heures, il a probablement raconté autant de choses qu'en toute une vie. Pendus à ses lèvres, les trois complices l'écoutent commencer son histoire. L'homme parle comme si sa fin approchait, en vidant son âme de tout le poids superflu.

— Votre aïeul, Majesté !

Cette fois, Marie ne relève pas le titre qui la gênait la veille. À quoi bon ?

— Le corps de Louis XVII nous a toujours appartenu. Nous avons toujours veillé jalousement sur lui depuis sa mort. J'en étais le dépositaire et gardien avant de le transférer à l'abbaye d'Aiguebelle, où d'autres ont maintenant repris cette charge. À une certaine époque, je risquais d'être exproprié de mes locaux à Versailles si je n'entamais pas des travaux de rénovation. J'en ai fait une partie en vendant des appartements, mais ce n'était pas suffisant. Il a fallu transférer le corps.

— Pourquoi avez-vous gardé ce secret aussi longtemps ? demande Yannick. Vous auriez pu vous en servir pour prouver à la face du monde que la famille royale était encore de ce monde.

— Cela n'aurait pas suffi. Je vous rappelle que notre but est de frapper un grand coup sur la table de l'échiquier politique. Il nous faut une conjonction de faits, une descendance digne, capable, en qui nous aurons une totale confiance. Tout cela combiné à une situation économique propice à nos idées et des documents : des objets irréfutables pour étayer sans aucun doute possible la véracité de nos dires.

Il fixe en même temps Marie, qui enregistre le message en silence.

— Qu'y avait-il dans la niche creusée au-dessus du catafalque ? poursuit Romain.

— Vous êtes perspicace, jeune homme. Je sais que vous avez deviné ! Il s'agissait d'une relique que nos chevaliers vénéraient : le cœur de Marie-Antoinette. Je n'ai hélas jamais pu m'y recueillir, car il a disparu ! Certains disent que Napoléon III, lui-même, aurait commandité son vol. Je n'en sais pas plus, mais cela fait partie des innombrables attaques dont nous avons été victimes.

— Trois cœurs d'une même famille dans la nature et un seul à Saint-Denis ! Ça engendre des questions, vous ne trouvez pas ?

— J'entends bien, Romain ! Qui sait ? J'ai lu également les rapports d'expertise et fait le rapprochement. Si l'organe qui repose dans l'urne de cristal est bien le cœur de Marie-Antoinette, notre bonne reine dormirait parmi les siens dans la crypte des Bourbons, ce serait un moindre mal !

Le reste des détails et d'innombrables questions continuent d'occuper la fin de la journée. Marie est surprise de l'étendue des recherches de Romain. Il a enquêté sur une voie parallèle et a découvert tant de choses ! Ils possèdent à eux quatre une somme de savoir inestimable. Elle imagine un instant l'effet que cela aurait s'ils étaient dehors. Évidemment, et elle s'abstient de le dire à frère Jean, elle ne partage pas ses idées monarchiques ; elle en est même loin. Elle ne se voit pas partir en campagne, épée à la main, bouter les républicains hors du pouvoir. Avant tout, il faut se défendre des bandits qui les retiennent prisonniers, et cela ne va pas tarder, car un bruit familier de clés les fait tous sursauter.

Ils se mettent en place en vitesse, l'heure de vérité a sonné, ils vont devoir passer à l'attaque. Malheureusement, l'habituel groupe est remplacé par cinq hommes qui pénètrent à la queue leu leu dans la pièce. Leurs visages sont dissimulés par de longues cagoules qui débordent sur des toges identiques à celle que Marie a aperçue quelques jours plus tôt chez Arnaud Forel. L'éclairage de la pièce est insuffisant pour que l'on puisse distinguer leurs yeux. À leurs places, des trous noirs ajoutent au solennel de cette apparition fantasmagorique.

Ils sont suivis par les gardes habituels, qui, cette fois, sont un peu plus nombreux. Ils ne poussent pas le chariot de victuailles habituel ; en revanche, ils détiennent tous un pistolet hypodermique.

Leur plan tombe à l'eau.

— Qu'est ce que c'est que ce carnaval ? lance courageusement Romain, le pied de tabouret dissimulé derrière la cuisse.

Il regarde Yannick, qui lui fait signe de ne rien tenter.

Le plus grand des fantômes s'adresse à eux :

— Citoyenne Capet, citoyens Dutreil, de Nogaret, Manuel, par ordre du comité de salut public, veuillez nous suivre.

— Peut-on savoir où vous nous emmenez cette fois ? répond Yannick très calmement.

— Nous vous emmenons dans la salle du tribunal où vous allez être jugés.

— Jugés pour quel crime ? poursuit le policier qui essaye de gagner du temps.

Celui qui semble être le chef n'a pas le temps de répondre. Marie les coupe d'un cri qui surprend toute l'assemblée.

— Je refuse ! Je refuse votre autorité qui enfreint les lois de la République française. Je vous ordonne de nous libérer sur-le-champ.

Un geste de tête suffit pour animer les cerbères, qui se précipitent sur elle. Marie envoie un coup de pied dans l'entrejambes du premier, qui se plie en deux en jurant. Frère Jean hurle en voyant sa reine se faire attaquer. Romain plonge sur eux et frappe tout ce qui bouge. Yannick se jette dans la mêlée. Marie se défend comme une tigresse, distribuant les coups à tout va. Mais la force est inégale. Ils se retrouvent en un rien de temps les mains liées. Les bandits n'ont même pas eu besoin de se servir de leurs armes.

Ils sont traînés hors de leur trou à rats sans ménagement et amenés en surface. Clopin-clopant, ils suivent leurs geôliers et constatent qu'ils sont détenus dans un château. Le décor est grandiose. Des boiseries, des tableaux, des tapisseries habillent les murs, dans une surabondance de moyens. Des meubles anciens et des tapis luxueux reposent sur un plancher ciré.

Rapidement, ils sont conduits dans une grande salle où patiente une assemblée d'une cinquantaine de participants, tous couverts de la même robe de cauchemar. Une estrade leur fait face. Il n'est pas difficile de comprendre qu'il s'agit d'un tribunal. Toutes les paires d'yeux sans vie se tournent vers eux dans un chuintement d'étoffe. Aucune parole n'émane de cette foule uniforme. Seuls les gardes, vêtus de noir, évoluent à présent à visage découvert, ce qui n'est pas un bon présage.

Romain, le nez en sang, étudie immédiatement les possibilités d'échappatoire, mais l'homme qui le maintient fermement lui fait comprendre d'un signe de tête qu'il est inutile d'essayer.

Ils sont installés sur un banc et attachés entre eux. Yannick tente de dire quelque chose, mais ses paroles se perdent dans un cri. Son élan est stoppé net par une décharge fulgurante. Deux hommes de main sont chargés de la discipline. À l'aide d'un bâton électrique, ils interdisent toute tentative de communication. Les règles ne sont pas définies, mais les quatre prévenus en ont compris immédiatement l'essentiel.

Une double porte s'ouvre sur des silhouettes, qui attendaient certainement leur tour pour entrer en scène. Le premier homme est vêtu d'une toge identique à celle des spectateurs. Seule différence : un large collier auquel est suspendu un médaillon volumineux. L'homme s'avance d'un pas solennel, appuyé sur une longue crosse de bois. L'assistance se lève, de même que les quatre prévenus, poussés discrètement par leurs gardiens. La cour s'installe. L'assemblée se rassoit.

Romain n'en revient pas. Il se souvient des vieux films qu'affectionnait tant sa mère et qu'il était autorisé à regarder les veilles de week-end quand il était enfant. Le tableau est tellement irréel qu'il se partage entre l'envie de rire et celle de hurler. Comment s'échapper ? Malheureusement, il n'y a aucun moyen. Ils devront subir cette mauvaise pièce de théâtre jusqu'au bout.

Le président, du moins celui qui semble tenir ce rôle, prend la parole et, d'un ton magistral, déclare la séance ouverte.

— Chers frères, chers amis, merci d'être là aujourd'hui. Je sais que cela n'a pas été facile pour bon nombre d'entre vous, mais l'importance de la situation nécessitait votre présence. Le comité vous a convoqués en procédure d'urgence pour juger les quatre personnes ici présentes, suite à l'attaque de notre organisation. Nos ennemis, que nous croyions anéantis, ont malheureusement refait surface et nous ont causé beaucoup de tort.

Une rumeur monte de la salle, laissant au président le temps de mesurer ses effets.

— Ce tribunal révolutionnaire a été constitué selon la règle établie par nos pairs. Il est constitué d'un président, moi-même, d'un assesseur, d'un accusateur public et d'un avocat de la défense.

Les hommes se lèvent chacun leur tour.

— Je vous rappelle que sa décision est irrévocable et ne pourra être suivie d'appel.

Marie tente de se lever pour crier au scandale – les prévenus voient pour la première fois leur avocat –, mais elle est stoppée elle aussi par une décharge électrique. Cette intervention à peine remarquée, le président poursuit :

— Messieurs, à la fin de l'audition, vous voterez à main levée, selon votre conscience, de la culpabilité ou de l'acquittement des individus ici présents. Bien entendu, vous connaissez les conséquences d'un tel verdict.

Il fait une nouvelle pause afin que ses propos soient bien pesés par tous.

— Citoyen assesseur, veuillez décliner les identités des prévenus.

L'assemblée écoute l'assesseur, qui est assis à la droite du président, énoncer, les états civils. D'abord, celui de Romain, puis celui de ses camarades d'infortune. Comme pour faire durer le suspense, le magistrat termine par celui de Marie :

— Emma Mallesan, dite Marie d'Angremont, fille naturelle de Bruno Bovillier, que l'on nommera ici citoyenne Capet, en vertu de plus de mille ans d'ascendance capétienne.

Un brouhaha monte dans l'assistance, qui découvre l'identité de cette jeune et jolie femme. L'importance de cette réunion si urgente est à présent justifiée.

Marie tente de deviner, parmi tous ces fantômes qui la détaillent, le regard de LAM, ou celui d'Arnaud. Elle souhaite de toute son âme avoir l'occasion de leur faire face. Il le faut. Pour la première fois de sa vie, elle sent une haine profonde sourdre du plus profond d'elle-même. D'une façon ou d'une autre, il faudra qu'elle lui donne libre cours. La bagarre qui a eu lieu un peu plus tôt n'a pas calmé son désir de vengeance. Elle s'accroche à cette idée comme à une bouée, car elle ne se fait aucune illusion quant à l'issue du procès. La fuite est impossible, de même qu'une aide extérieure. Ne pas perdre ses moyens et réfléchir. Trouver une astuce pour sauver sa vie… leurs vies.

L'accusateur public se lève et, d'une voix forte, commence :

— Citoyens jurés, nous sommes ici pour juger ces personnes qui ont prémédité un complot royaliste. Ils ont caché, protégé, éduqué la citoyenne Capet dans le but de l'aider à remonter sur le trône. Pour cela, ils ont utilisé les moyens les plus ignobles, jusqu'au meurtre de sang-froid. Ces chevaliers du Saint-Esprit, comme ils continuent à s'appeler, n'ont peur ni ne doutent de rien. Je rappelle qu'un tel complot, visant à renverser notre chère République, est puni de mort selon les règles établies par les pères de la Révolution.

L'homme observe une pause pour accentuer la force de son dernier propos. Il poursuit en racontant l'épisode de Montfort-l'Amaury, inventant totalement les détails du meurtre du Jacobin. Il désigne les deux responsables de sa mort comme étant Romain et Yannick, qui sursaute à l'énoncé de son nom. Les faits sont tournés de telle manière que la culpabilité des prévenus devient incontestable. Frère Jean se fait accuser d'être le cerveau de cette affaire, ayant tout combiné depuis des années, quant à Marie, il est un peu plus difficile, étant donné son jeune âge, de l'impliquer dans un quelconque complot.

— La citoyenne Capet a été formée pour lutter contre nous. Elle n'a pas participé directement aux exactions, mais en a été la complice, alors que nous lui avions offert une vie de princesse. Nous avions considéré et accepté les propositions d'un des membres du comité directeur, qui croyait profondément que la pérennité de notre groupe ne passerait que par l'adhésion totale et définitive de la dernière Capétienne, mettant fin à deux siècles de lutte. Nous pensions réellement qu'elle accéderait à nos idéaux. Nous nous sommes trompés.

C'était donc cela ! pense Marie. LAM a tenté de m'acheter. C'est finement joué. D'abord les sentiments, ensuite m'appâter dans une vie de luxe. Il ne restait plus qu'à m'impliquer dans une affaire scabreuse et j'étais pieds et poings liés. Je n'ai rien vu venir. Le monstre !

L'accusateur public continue sa plaidoirie, qui tend maintenant à la logorrhée. Il appelle à la barre le citoyen historien, dont le rôle, immensément important, est de maintenir vivant le dogme jacobin, véritable lien entre l'avant et l'après. Le nom de Robespierre revient souvent. Bien que n'étant pas fondateur de la confrérie du Huitième Couplet, il en est la pierre angulaire. Le citoyen cite des faits historiques relatifs au combat ancestral des deux groupes, analyse la situation présente en insistant sur les dangers encourus par leur organisation. De nombreuses anecdotes, notamment celle de Jullien de Paris, le fondateur, confirment ce que les quatre prévenus ont découvert.

L'intervention de cet homme donne un peu d'intérêt au débat, enfin, si l'on considère qu'il existe un débat. Soudain, l'homme est pris d'une quinte de toux qui sort Romain de sa torpeur. Cette voix particulière, dont la tessiture spéciale est filtrée par le tissu de la cagoule, lui semble familière. Cette façon de tousser, de se racler la gorge… Nom de nom : Lefrancois. Incroyable ! C'est l'homme qui l'avait aidé dans ses recherches. Romain réalise qu'il s'est jeté involontairement dans la gueule du loup. Il comprend maintenant comment il avait été retrouvé si vite, à l'abbaye. Pour lui faire plaisir, en grand naïf, il lui avait donné toutes les informations qu'il avait découvertes. Quel idiot !

C'est au tour de l'avocat de la défense. L'homme se lève et entame un long discours. Une véritable suite de mots plus pompeux les uns que les autres et qui, au bout du compte, ne veulent plus rien dire. Le but recherché est atteint. Il endort l'assemblée, qui reste ancrée sur les propos de l'accusation publique.

Romain, amer, se souvient de son premier procès, de cette confiance accordée à un avocat qui l'avait précipité dans l'ombre pendant si longtemps. Il n'attend guère mieux cette fois-ci, mais un tel boniment le fait sortir de ses gonds. Il essaye de bondir, mais n'en a pas le temps, la décharge le cloue sur place, sans qu'aucun son ne sorte de sa bouche. Il reprend ses esprits quand le président conclut.

— Bien ! Si les prévenus n'ont rien à ajouter, nous allons procéder au vote.

Romain découvre ses amis. Ils ont l'air hagards. On les a également empêchés de s'exprimer en augmentant la dose électrique. Discret et efficace ! On les évacue dans une pièce attenante, le temps du vote.

Il leur semble entendre des éclats de voix. Les Jacobins ne semblent pas tous d'accord. Le vrai débat vient de commencer et ils en sont exclus.

Les quatre amis s'observent en silence, un peu hébétés. Cette situation absurde, ajoutée aux attaques électriques répétées, les a rendus silencieux.

Toute volonté les a quittés. La vue des triques à supplice suffit pour les faire rentrer dans le rang. Ils n'ont pas le temps de se poser de questions. Soudain, le chant bien connu de tous les Français leur parvient aux oreilles, sonnant la fin des débats. Ils ne peuvent distinguer les paroles, mais il leur paraît évident que le huitième couplet célèbre la décision collégiale qui vient de sceller leur sort.

On les fait revenir dans le prétoire, redevenu silencieux. Le président se lève, suivi par l'assistance. D'une façon solennelle, il s'adresse à eux :

— Mademoiselle, messieurs, l'ensemble des participants à ce procès vous a reconnus, tous les quatre, coupables de complot contre la République, par trente-cinq voix pour, huit contre. Conséquemment, le tribunal vous condamne à la mort par décapitation. La sanction sera appliquée immédiatement. Gardes, emmenez les prisonniers !

Romain sent la chaîne se tendre sous le mouvement brusque de Yannick. Son cri se perd au moment même où on lui applique une décharge. Soutenus par les gardes, un peu plus nombreux à présent, les prisonniers sont extraits du tribunal et emmenés dans le dédale des sous-sols du château, avant d'être jetés dans une geôle. On les laisse seuls, mais pour combien de temps ?

— Je n'arrive pas à y croire, dit Marie, rompant le silence.

Elle reste debout tandis que les hommes s'installent autour de la table au centre de la pièce. Ils ont besoin d'eau pour reprendre leurs esprits.

— Yannick, Romain, je suis désolée ! Vous n'êtes pas dans votre histoire.

— Il est un peu tard pour y penser, répond Romain.

— Je donnerais ma vie pour sauver la vôtre, poursuit-elle. Bien que je regrette infiniment votre présence ici, j'aimerais que vous sachiez que vous avoir rencontrés aura été la plus belle chose qui me soit arrivée sur cette terre.

Elle s'approche d'eux et les serre contre elle.

— Mourir avec toi sera la plus belle consolation, répond Yannick.

— Arrêtez, vous deux ! crie Romain. Je n'ai pas envie de mourir, moi. On a plein de choses à partager encore. Marie, on se connaît à peine !

— Tu as un plan ? demande Yannick.

— Non, toujours pas. Mais je ne me laisserai pas faire. Je foncerai dans le tas. Frère Jean, une idée ?

Le moine est absent. Il prie, résigné. Pour lui, cette fin était écrite dans l'histoire de sa vie. Il vivait depuis si longtemps dans l'idée de finir un jour de cette manière qu'aujourd'hui l'acceptation de la mort lui semble normale, tout au plus une étape nouvelle dans sa quête. Le vieil homme n'a pas le temps de répondre. La porte s'ouvre sur un groupe de gardes accompagnés d'un curé.

Frère Jean accepte de se confesser et s'écarte de ses compagnons d'infortune. On les habille d'une longue chemise blanche, à laquelle on coupe le col, et on leur rase l'arrière de la tête. Le cauchemar de Romain refait surface. C'était donc ça ! Cette fois, il ne se réveillera pas en sursaut. Le cou gracile de Marie apparaît nu, accentuant sa finesse. Le curé leur trace une croix sur le front avec son pouce, excepté Romain, qui repousse l'homme d'église avec force.

— Comment pouvez-vous être complice d'une telle horreur ? lui crie-t-il. Il est où, votre Dieu ?

Le curé reste impassible, les mains crispées sur sa bible, psalmodiant des paroles incompréhensibles. Que pourrait-il répondre, de toute façon ?

Leurs poignets sont à nouveau attachés dans le dos et ils sont traînés tels des chiens récalcitrants le long des couloirs lugubres du château.

Approchant de la porte de sortie, Romain aperçoit dans l'ouverture une machine qu'il croyait définitivement oubliée. Cette chose que l'on n'ose même pas exposer dans les musées tellement son souvenir nous projette dans les coins les plus obscurs de notre mémoire. La guillotine ! « Louison ! » « Le rasoir national ! » « L'abbaye de Monte-à-regret ! » Elle en a eu, des noms, au fil des siècles, comme si se moquer d'elle enlevait un peu de la peur qu'elle inspirait.

Les condamnés arrivent dans la cour du château, les yeux plissés par l'agression du soleil, pourtant déjà bas sur l'horizon. Il leur faut quelques secondes d'adaptation pour embrasser le tableau dans sa totalité.

Le groupe de fantômes, bien aligné en quatre rangées pour ne rien perdre du spectacle ; le tribunal, sur le côté, rehaussé par une estrade ; et la chose, posée à même les pavés que l'on a pris soin de recouvrir de sable. Les serviteurs des « bois de justice » attendent les bras croisés, parés à œuvrer. Le dispositif est prêt.

Romain regarde Marie et lit de la peur sur son visage. Le sourire qu'il lui envoie est involontaire, plus proche du tic nerveux. Il a mal au ventre. Non, ça ne peut pas se finir comme ça. C'est impossible ! La jeune femme, courageusement, lui rend son sourire.

Les gardes se saisissent de frère Jean et le sanglent sur la planche verticale. Sans attendre, ils basculent l'ensemble de manière à mettre sa tête dans la lunette. Avec des gestes sûrs, résultat probable d'un entraînement récent, ils positionnent la partie haute du collier de bois qui empêche le condamné de bouger. Une fois en place, le bourreau et son aide s'écartent et un silence glacial s'instaure.

C'est à ce moment que le moine se met à hurler : « Vive la reine ! Vive la monarchie ! Vive… »

Il n'a pas le temps de finir sa dernière phrase. Sous l'impulsion du bourreau, le couperet se détache du sommet de l'édifice. Entraîné par le mouton, il accélère vers sa cible dans un bruit d'huisserie bien graissée.

Romain ferme les yeux, mais perçoit parfaitement le son de la lame qui fait son œuvre, suivi immédiatement du claquement de la tête qui tombe dans une bassine de zinc prévue à cet effet. Il les rouvre pour découvrir la plaie béante du malheureux qui continue à vomir du sang. Le bourreau bascule ensuite le corps dans une corbeille posée sur le côté. Il se saisit de la tête et la présente à l'assemblée pour qu'aucun doute ne subsiste sur la réalité de la mort. Il la jette ensuite dédaigneusement sur son propriétaire et vide la bassine à même le sol. Le sable qui s'imbibe de carmin entraîne une nausée générale. L'assistant nettoie grossièrement la lame à l'aide d'une éponge et remonte le couperet à l'aide de la poulie. Le couinement de cette dernière est couvert par les raclements de gorge et les toussotements qui montent de l'assemblée.

Yannick ne peut s'empêcher d'apprécier la stratégie des Jacobins : rendre complices ceux qui assistent à un tel massacre les lie à jamais à la confrérie. C'est bien joué. Après cela, les membres de l'assistance se tiendront tranquilles pour plusieurs années.

L'engin est prêt à fonctionner à nouveau. Les gardes s'emparent de Romain, qui se débat en hurlant. Il ne faut pas moins de cinq hommes pour le porter jusqu'à la planche, où il est prestement attaché. Une fois à l'horizontale, il crie en direction de Marie : « Je t'aime Marie ! Je t'aime ! » La jeune femme pleure. « Moi aussi, murmure-t-elle ! Je t'aime Romain. Attends-moi là-haut ! » Tout espoir s'est envolé. Les yeux fermés, la tête rentrée dans les épaules, elle essaye de s'éloigner le plus possible de cette horreur. Elle attend le claquement lugubre qui mettra fin à la vie d'un homme qu'elle aime.

Un son légèrement différent, une sorte de rumeur, lui fait rouvrir les yeux. La tête de Romain est toujours attachée à son corps. Par contre, le bourreau titube en se tenant la gorge. Il n'a pas le temps de s'affaler que quelques fantômes retirent brutalement leurs cagoules. Munis de battes de base-ball, ils commencent à taper sur tout ce qui bouge, entraînant une panique générale.

Marie aperçoit des silhouettes qui sautent des fenêtres du château. Comme s'ils se moquaient de la gravité, les individus se relèvent après un roulé-boulé magistral. D'autres descendent le long des gouttières. Yannick appelle la jeune femme en lui montrant d'un signe de tête le groupe qui arrive en courant vers eux.

La bagarre débute. Marie n'a d'yeux que pour Romain, toujours à la merci de la guillotine. Une seule petite pression sur la poignée et c'en est fini. Elle le voit s'arc-bouter pour essayer de comprendre ce qui se passe.

Des Jacobins se replient, protégés par leurs gardes, pendant que d'autres essayent de se défendre tant bien que mal de la meute qui leur tombe dessus. Un homme inconnu coupe les liens de Yannick, puis ceux de Marie. Sans prendre le temps d'en savoir plus sur leur sauveur, ils se précipitent sur Romain. Délicatement, évitant toute fausse manœuvre, ils ouvrent la lunette qui enserrait le cou de leur ami. Une fois Romain libéré de l'étau de mort, ils tirent la planche en arrière.

Des coups de feu retentissent. Ils proviennent du bâtiment principal. La plupart des Jacobins se sont réfugiés dans le château. La contre-offensive se prépare. Trop d'hommes se battent encore au corps à corps pour que les bandits tirent dans le tas. Yannick ne reconnaît pas les méthodes de ses collègues policiers. Il se demande qui se bat ainsi pour eux. Il a vite la réponse quand il découvre Romain dans les bras d'un homme.

— Amar ! Qu'est ce que tu fais là ? Romain rit. Tu tombes bien, tu sais !

— Je sais, comme d'habitude. Allez ! On n'est pas encore sortis de l'auberge. Suivez-moi, on va se mettre à l'abri.

Ils partent en courant vers des communs. Juste à temps, car un Jacobin leur tire dessus. Les impacts claquent sur le mur à quelques centimètres de leurs têtes. Ils plongent derrière un massif, ne pouvant aller plus loin sans risquer de se faire toucher.

— Comment m'as-tu retrouvé ? Je croyais que tu étais parti.

— Disons qu'ils n'ont pas éteint ton téléphone. Je t'expliquerai en détail plus tard.

Ils sont allongés par terre, protégés par une butte de terre. Romain prend la main de Marie.

— On va s'en sortir ! murmure-t-il. On prend les choses en main.

— J'en suis sûre ! lui répond-elle en augmentant la pression de ses doigts.

La bataille continue à faire rage dans la cour. D'autres gardes sont arrivés. Les cris et les coups pleuvent.

— Avez-vous un téléphone ? demande Yannick.

Amar lui tend l'objet.

— Où sommes-nous ?

— Château d'Écouen, à côté de Sarcelles, au nord de Paris.

Yannick compose plusieurs numéros et, après avoir discuté avec un interlocuteur mystère, lui rend l'appareil.

— Qui sont ces hommes ? demande-t-il à Amar.

— Des gars du coin. Une bande que je connais bien et qui m'a suivi. Ils sont chers, mais très efficaces.

Romain répond au clin d'œil de son ami, comprenant parfaitement le message. Il est heureux. Il a failli mourir, mais à présent plus rien ne peut lui arriver. Il tente de se lever, mais une balle s'écrase à deux centimètres de son visage. Le sniper les a toujours en ligne de mire.

— Arrête, Romain, crie Amar. Ce n'est pas le moment, laisse faire mes gars.

Au bout de dix minutes, les groupes se sont reformés. Le combat dans la cour a cessé. La plupart des Jacobins sont retranchés dans le château avec leur garde prétorienne. La bande d'Amar maintient un état de siège.

Yannick rampe jusqu'à un endroit d'où il peut voir la scène. Quelques corps sont visibles. Difficile de définir à quel camp les victimes appartiennent. La guillotine allonge son ombre funeste jusqu'à la façade principale du domaine. De nombreuses silhouettes passent derrière les fenêtres, trahissant un affolement général dans le camp adverse. Yannick essaye de débusquer le tireur, sans succès. D'après Amar, les bandits ne peuvent pas s'échapper de l'autre côté, le chef de la bande s'y trouve avec un groupe d'hommes. Amar reste en contact permanent avec lui. Les deux groupes encerclent la propriété. Ils possèdent hélas peu d'armes à feu ! Ils ont approché la demeure en déjouant les pièges. Ils ont mis hors d'état de nuire quelques gardiens et se sont infiltrés dans la cérémonie. Un petit commando a même réussi à se substituer à des Jacobins en les assommant et en empruntant leurs toges. Amar explique qu'il a monté cette petite armée en catastrophe quand il s'est rendu compte que le signal de positionnement de son ami ne bougeait plus depuis deux jours. Intrigué, il est venu dans la nuit, en voisin, et a assisté de loin au montage de la guillotine. Il a pris conseil auprès de Noria, qui n'est pas restée les bras croisés. À deux, ils ont réussi à mobiliser la cinquantaine de jeunes d'une cité avoisinante.

— Où est Noria ? demande Romain

— Je lui ai interdit de venir. Trop dangereux. Elle est restée dans une voiture à deux kilomètres d'ici.

En deux mots, Romain explique à son ami les derniers événements passés. Il était moins une qu'on ne le raccourcisse. Le téléphone d'Amar sonne une fois de plus. Cette fois, c'est Noria. Elle signale des voitures de gendarmerie qui arrivent en trombe. Yannick s'en inquiète.

— Que manigancent-ils ? Je suppose que ce ne sont pas vos amis qui les ont appelés.

— Certainement pas ! Ce n'était pas vous, tout à l'heure ? demande-t-il à Yannick.

— Non. J'ai appelé un journaliste. Il va être facile pour les Jacobins de tirer la situation à leur avantage. Imaginez qu'il y a là-dedans tout ce que la France possède de chefs et de grands pontes. Ce sera leur parole contre la nôtre, je vous laisse imaginer !

— Non, ils ne vont pas encore s'en tirer ? crie Romain.

— Ton copain a raison, il leur sera facile d'effacer les traces de leur forfait. À coups de promotion, les preuves vont vite disparaître. Ce n'est pas bon !

Les premières sirènes deux-tons commencent à leur parvenir. Au même moment, un vrombissement sourd vient se mélanger à cette cacophonie : un hélicoptère. Trop tard ! Son bruit est à présent distinct. Yannick met ses mains en visière pour l'apercevoir. Romain se tourne vers Marie.

— Sauvons-nous ! Je ne veux pas retourner en prison. Ils sont trop forts pour nous.

— Romain, c'est notre seule chance. Je ne vois pas comment ils vont expliquer la guillotine dans le jardin avec le corps de ce malheureux moine. Ça vaut le coup d'essayer, non ?

— Marie, j'en ai assez de tout ça !

— Fais-moi confiance. Je ne t'abandonnerai plus. Mettons-nous dans la lumière. Battons-nous.

L'hélicoptère stoppe à la verticale du château. À leur grande surprise, il ne s'agit pas d'un appareil de la gendarmerie. Un énorme sigle *Canal 4* est peint de chaque côté de la carlingue et deux caméras embarquées filment la scène. Les deux boules montées sur les patins, de part et d'autre de la machine, tournent sur elles-mêmes tels les yeux globuleux d'un insecte monstrueux. Leurs images passent immédiatement à l'antenne en bouleversant le programme habituel de cette fin de journée. Les téléspectateurs découvrent sans rien comprendre des corps allongés autour d'un objet qu'ils croyaient à jamais remisé. Il se passe quelque chose de grave puisqu'il y a du sang, mais quoi ? Les caméras haute définition captent le moindre détail dans une lumière de fin du jour et projettent les téléspectateurs au cœur de l'action. Yannick exulte !

— Il a réussi ! crie-t-il pour couvrir le bruit de l'hélicoptère. C'est Jean-Pierre Letto, un journaliste qui m'a aidé dans l'enquête. Il est de notre côté. Il était de service aujourd'hui, un coup de chance.

Sans plus attendre, il bondit et court à découvert en direction d'un autre abri. Un des yeux de la machine volante se cale immédiatement sur ce mouvement. Des coups de feu claquent, touchent Yannick, qui s'effondre. Blessé, il rampe pour se mettre à l'abri. Marie comprend immédiatement sa stratégie : attirer les yeux du monde sur eux afin de ne pas permettre aux Jacobins de camoufler la vérité et d'étouffer l'affaire.

D'autres coups de feu retentissent. Cette fois, des étincelles jaillissent de l'hélicoptère, qui s'éloigne hors de portée, ses gros yeux de mouche toujours pointés vers la scène du crime. Les gendarmes entrent en scène. Ils mettent en joue les protagonistes. La majorité des amis d'Amar, à la vue des casquettes bleues, s'évanouissent dans la nature. Marie se précipite vers le corps de Yannick, qui ne bouge plus, et demande de l'aide. Deux autres coups de feu la manquent de peu. La jeune femme se plie pour épouser la forme de l'abri trop frêle derrière lequel son ami s'est réfugié. Les gendarmes se mettent également à couvert.

Romain aperçoit le tireur. Marie ne restera pas longtemps en vie s'il ne tente rien. Il sort de sa tanière et court, suivi d'Amar, dans la direction du sniper, sans lui laisser le temps d'ajuster ses tirs. Ils se retrouvent à l'aplomb du tireur, hors de sa ligne de mire. Ils n'ont pas le temps de tenter quoi que ce soit, les gendarmes ouvrent le feu sur l'homme, qui tombe à leurs pieds. Le corps défenestré a quelques soubresauts, puis se fige à jamais.

L'officier de gendarmerie contacte son PC pour demander du renfort. Les premiers Jacobins sortent, en costume de ville. Ils ont abandonné la toge et la cagoule et s'approchent de lui. Il n'en croit pas ses yeux. Il reconnaît les personnes au fur et à mesure de leur arrivée. Il se met au garde-à-vous lorsque le ministre de la Défense en personne lui adresse la parole.

L'équipe télé, ayant posé pied à terre, s'approche et se mélange à la foule. Dans la cohue générale, où tout le monde essaye de s'expliquer, le journaliste filme la scène du crime ainsi que tous les protagonistes. Il est rapidement pris à partie par des Jacobins, qui voient d'un très mauvais œil la venue de la presse. Il va devenir de plus en plus difficile d'expliquer l'inexplicable, d'autant plus que le château appartient à l'un d'eux.

Un Jacobin tente d'arracher la caméra par la force. Heureusement, l'équipe, habituée à ce genre de réaction, se défend. Ce qu'ignorent ses attaquants, c'est qu'ils sont toujours en direct au journal de vingt heures. Rapidement, d'autres hélicoptères affrétés par la presse arrivent. Les renforts ne sont pas encore là et les effectifs policiers présents ne peuvent empêcher les journalistes de se faufiler.

Yannick est emmené dans une ambulance sous le regard bienveillant de Marie. Cinq personnes n'ont pas cette chance. Les infirmiers les allongent côte à côte et les recouvrent d'un drap mortuaire. Personne ne s'est encore approché de frère Jean, laissant le pauvre corps étêté dans sa corbeille en osier. Les soins aux blessés commencent à même le sol, sous bonne garde.

Où est LAM ? Marie le cherche parmi les nombreuses personnes qui ont envahi la cour. Tout le monde se mélange : Jacobins, journalistes, loubards, pompiers, gendarmes, qui essayent tant bien que mal de contenir cette petite foule. Mais pas de Louis-Antoine Mallesan. Discrètement, Marie pénètre dans le château et parcourt les innombrables pièces désertées. Elle n'a pas le temps d'apprécier la richesse de la décoration, mais comprend très vite que cette propriété est un lieu dédié aux Jacobins. Les tableaux représentent des scènes relatant des hauts faits de la Révolution française, comme ce dessin du serment du Jeu de paume. Dans cette autre pièce, des objets de toutes sortes sont exposés et mettent en valeur certains d'entre eux, comme ce mannequin de bois habillé d'un pantalon, d'une carmagnole et d'un bonnet phrygien. Un bruit s'échappe de la pièce attenante. Marie s'empare d'un buste en bronze, seule arme disponible, et s'approche doucement.

LAM est là, en compagnie d'un vieil homme. Ils passent des documents dans une broyeuse. La haine étant mauvaise conseillère, Marie entre dans le cabinet sans autre précaution.

— Te voilà enfin, espèce de lâche ! crie-t-elle.

Les deux hommes sursautent, provoquant chez le plus vieux d'entre eux une quinte de toux. Mallesan se redresse face à la jeune femme avec un sourire qu'elle ne lui connaît pas. Marie aurait aimé déceler de la repentance, de la peur, même de la colère, mais non, il sourit, impavide.

— N'est-ce pas mignon, monsieur Lefrancois, la citoyenne Capet en personne avec dans la main la tête de notre maître à tous, Robespierre ! L'image est incongrue, n'est-ce pas ?

Marie regarde un instant l'objet qu'elle serre dans sa main. Elle reconnaît l'Incorruptible.

— Comment as-tu osé, espèce de monstre ? poursuit-elle. Comment as-tu pu jouer avec mes sentiments alors que tu avais tué mon père et ma mère ?

— Si tu n'avais pas été aussi curieuse, petite sotte, j'aurais réussi ce à quoi personne ne croyait. Le ralliement d'une Capet à la cause jacobine. Un coup de maître, une idée à moi. Tu aurais eu la vie sauve.

— Jamais ! entends-tu ? Jamais tu n'aurais eu mon adhésion à vos théories de fous. Tu as perdu, Mallesan. Le monde va savoir comment et à qui tu dois ta réussite. Tu es fini !

— Tu te trompes ! C'est nous qui avons les cartes en main. On va s'en sortir, comme d'habitude. Ce n'est qu'une question d'argent et de relations. Par contre, toi, tu vas rejoindre tes ancêtres. Je vais de mes mains mettre fin à une lignée qui a plus de mille ans. Lefrancois !

Le vieil homme dégaine un sabre d'époque et se campe devant la porte, interdisant toute fuite. LAM sort un revolver et le braque sur Marie. Elle se retourne, cherche un moyen d'éviter le tir mortel. Elle ne voit rien. Pour la première fois de sa vie, et certainement la dernière, une sueur glacée s'empare d'elle. C'est la fin.

La Providence vient d'un gamin de grande taille, à la couleur d'ébène et aux cheveux ras. Il jaillit derrière l'historien tel un diablotin d'un bocal et le pousse violemment. Lefrancois lâche son arme. Le rictus que fait le môme dans l'action n'a rien d'enfantin. Marie profite de la diversion. La surprise est totale, LAM n'a pas le temps d'appuyer sur la détente. Elle frappe avec son Robespierre de bronze le visage de celui qui se disait son père. L'arête de son nez explose sous la violence du choc.

— Pour ma mère ! Celui-là pour mon père ! Celui-là pour Romain, pour moi, pour tous tes crimes de pourri ! Salaud ! Salaud !

Elle s'acharne sur lui. La peur et la colère la transportent dans un état second. Elle l'aurait cogné jusqu'à la mort si le gamin ne l'avait pas arrêté. Il lui attrape le bras au moment où elle va encore frapper.

— Arrête m'dame ! Tu vas le tuer !

Elle lâche le Robespierre, qui heurte le parquet dans un bruit mat. Sa vue se brouille de larmes et l'empêche de distinguer les gendarmes qui surgissent dans le bureau. Ils lui passent les menottes, ainsi qu'à son sauveur. LAM gît, inconscient, à ses pieds, le visage en bouillie.

Quand ils sortent dans la cour, un semblant d'ordre est revenu. De nombreux renforts sont arrivés, triant le grain de l'ivraie. Les groupes sont parqués sous bonne garde.

Marie aperçoit un sixième corps allongé parmi les morts. À la différence des autres, il porte des mocassins de luxe… Sans chaussettes. C'est Arnaud.

— C'est le sniper qui a essayé de te tuer, m'dame ! Les keufs ont été plus rapides que nous sur ce coup-là.

Marie sourit au gamin… Son soldat.

— Comment t'appelles-tu ?

— Boubacar m'dame.

Les caméras continuent de tourner. Les équipes ont installé des projecteurs qui offrent une lumière digne d'un plein jour.

À vingt et une heures, la France entière découvre avec stupeur les premières preuves d'une machination ancestrale. La bombe a explosé. Rien ne pourra plus arrêter la vérité et personne encore n'imagine les dégâts qu'elle fera.

Beaucoup plus tard, tout ce petit monde est embarqué dans un panier à salade. Marie sourit à Romain. La stratégie de Yannick a fonctionné. Il a risqué sa vie pour ça, pour elle. Elle prie pour qu'il s'en sorte.

Il va être difficile aux Jacobins de s'expliquer. Le capitaine de gendarmerie montre beaucoup d'égards pour la jeune femme. Il faut dire qu'il est impressionné. Avec ses cheveux rasés sur l'arrière, ses vêtements éclaboussés de sang, Marie ressemble à une vestale. Une vestale qui a failli offrir sa nuque au « rasoir national ».

Amar n'a pas encore tout saisi mais il est confiant. Ils ne sont pas traités de la façon habituelle, et ça, c'est de bon augure. Son ami semble heureux. Les quelques sauvageons qui n'ont pas réussi à s'évanouir dans la nature attendent, résignés, sur la banquette du fourgon, revivant probablement une situation à laquelle ils sont accoutumés. Pour la forme, tous ont été menottés.

Boubacar, assis à côté de Marie, l'interroge :

— M'dame, m'dame, c'est vrai ce qu'on dit ? C'est vrai que t'es une reine ?

Ils éclatent de rire. Marie s'approche et dépose un baiser sur sa joue.

— Merci Boubacar ! Merci de ton aide ! Merci à tous !

ÉPILOGUE

Les trois voitures abordent les derniers virages à allure modérée, avec à leurs trousses des motos qui les suivent dans un tintamarre assourdissant. Les pilotes, à coups d'accélérateur, se disputent les abords du convoi. Ils prennent des risques insensés afin que des photographes, juchés à l'arrière des puissantes machines, puissent voler un cliché qu'ils revendront à prix d'or. Les paparazzis les ont repérés dès la sortie de l'autoroute, à la hauteur de Montélimar.

Les premiers hélicoptères, surmontés de leurs yeux globuleux, apparaissent à quelques kilomètres d'Aiguebelle. Ils suivent la progression de l'étrange caravane à basse altitude, accentuant le vacarme mécanique. Plus le convoi approche de son objectif, plus les voitures garées sur le bas-côté se font nombreuses.

À leur passage, des badauds leur font de grands signes et crient le nom d'Emma avec ferveur. Certains ont même confectionné des banderoles affichant leur soutien.

Le parking de l'abbaye est plein de véhicules de transmissions. Le lieu ressemble à une ambassade de l'Union soviétique à l'époque de la guerre froide ; on ne compte plus les antennes et les paraboles tournées vers le ciel.

La cohue est indescriptible autour de la deuxième voiture. Romain est au volant, Yannick à ses côtés. Objet de toutes les convoitises, Emma se trouve sur le siège arrière. Les flashs crépitent, les cris et ovations diverses réveillent la petite vallée, si silencieuse ordinairement. Romain avance très lentement au milieu de cette foule où se mélangent journalistes et curieux. Emma répond aux sollicitations en faisant des gestes timides de la main. En un peu plus d'un mois, après cette fameuse soirée au château d'Écouen, la jeune femme est devenue aussi célèbre que Lady D. Son visage s'affiche en couverture des magazines les plus célèbres du monde. Pour l'occasion, *Time Magazine*-a choisi un titre rédigé en français : EMMA Ire, REINE DE FRANCE

Les révélations qui ont suivi le coup de filet ont dévasté la classe politique française aussi violemment que l'aurait fait une bombe lancée sur le palais de l'Élysée. Le gouvernement a démissionné. Le président de la République, seul, s'accroche à son fauteuil. Pour combien de temps encore ? La vindicte populaire exige un grand nettoyage jusqu'au plus haut niveau de l'État. Le monde entier est captivé par l'histoire de cette jeune femme qui apparaît aux yeux de tous comme une *pasionaria* incorruptible.

Emma, complètement dépassée par les événements, s'habitue tout juste à son vrai prénom. La presse s'est emparée de son histoire et l'a portée sur une scène qui lui est totalement étrangère, inventant par manque d'information des anecdotes qui ravissent les lecteurs en mal de sensationnel. Selon certains articles, la jeune femme comble naturellement un vide politique. Elle représente l'espoir de tout un peuple qui imagine que le retour de sa reine va arranger la situation du pays, qui s'enfonce dans la crise depuis tant d'années. C'est un véritable plébiscite irraisonné. Le peuple veut se débarrasser, une fois pour toutes, des responsables de son malheur, et il le fait savoir. Les manifestations quotidiennes sont de plus en plus violentes. Le chaos s'est installé et l'armée a pris place dans Paris. L'état d'urgence a été décrété. Cette fois, les actes terroristes n'en sont plus la raison principale. Le ravitaillement a du mal à circuler, augmentant la fureur des citadins qui ne trouvent des produits de première nécessité qu'à des prix exorbitants.

Emma a compris ce que leur a dit frère Jean avant sa mort. Elle est le détonateur d'un système complexe dont la réaction en chaîne ne peut plus s'arrêter. La tournure que prennent les choses n'est pas entièrement à son goût, mais, qu'elle le veuille ou non, son existence est maintenant liée au destin de la France. Elle ne pourra plus s'en échapper et retourner à une vie normale.

Les hommes présents dans les deux autres voitures ont été les premiers à offrir leurs services. Une grande partie des jeunes de banlieue qui ont pris part à l'opération au château assurent dorénavant sa sécurité. Ils ont misé tous leurs espoirs sur elle. Le plus jeune d'entre eux, Boubacar, son sauveur, lui voue une réelle admiration, de même que ses camarades, qui la regardent comme si leur salut ne pouvait venir que de sa personne. Ils ont tellement fait pour elle qu'elle ne se sent pas le droit de les décevoir.

La bataille fait rage dans le Gotha mondain, qui voit d'un mauvais œil cette nouvelle tête arriver. Elle ne parle pas comme eux, a des idées qu'ils ne peuvent pas partager, et, surtout, représente un véritable risque pour le patrimoine que possède leurs familles depuis des décennies. N'aurait-elle pas un droit de regard sur leurs titres de propriété ? L'aventure est nouvelle pour tout le monde. On ne trouve aucun précédent, de près ou de loin, à ce genre d'affaire et les rumeurs vont bon train dans le Landerneau aristo-nobiliaire.

Les gendarmes laissent passer le convoi, qui s'immobilise dans la cour de l'abbaye. Les forces de l'ordre sont importantes et maintiennent à bonne distance la foule qui continue à se manifester bruyamment. Emma fait un signe de main dans sa direction avant de s'engager à l'intérieur du bâtiment.

Jean-Pierre Letto est déjà là avec son équipe. Il salue la jeune femme d'une façon timide et maladroite, ainsi que le frère abbé, qui arbore sur son aube un large cordon bleu. Yannick est très heureux de retrouver le journaliste. Les deux hommes se donnent une accolade virile qui arrache au policier un rictus de douleur, lui rappelant sa sortie récente de l'hôpital. Emma a insisté pour que toute son équipe soit au complet avant d'aller rendre hommage à son illustre aïeul. Elle a attendu que le policier soit remis de ses blessures avant d'entamer ce voyage. Elle n'aurait pu, de toute façon, le faire avant : les policiers, les médias accaparent tout son temps. Romain a accepté de l'héberger, seule façon pour lui de grappiller quelques moments d'intimité. Elle aurait pu aller vivre chez LAM, qui est en détention préventive, mais s'y est refusée.

Romain, en ce qui le concerne, a appris par la chancellerie que son procès en révision allait avoir lieu dans les mois à venir. Les événements récents et les nombreuses informations obtenues jouent en sa faveur et laissent présager une issue favorable. Cette merveilleuse nouvelle, reçue deux jours auparavant, le comble de bonheur. Sa vie change, il est sur un petit nuage. Enfin, on l'écoute et on le croit.

Avec regret, il a rompu sa relation naissante avec Simone. C'est une femme extraordinaire, mais il n'est pas prêt. Il doit aller au bout de son histoire avec Emma. La fonctionnaire versaillaise a encaissé le coup, puis l'a remercié de sa franchise. Elle lui a dit préférer une bonne claque à un espoir sans lendemain. Elle ne s'en remettra que plus vite.

Les gardes du corps se rendent au réfectoire, où une collation leur est servie. Seuls Boubacar et un autre jeune suivent la jeune femme, à moins d'un mètre, en protection rapprochée. L'équipage se met en route derrière le frère abbé, sous l'œil inquisiteur des caméras du journaliste. La France entière retient son souffle. Les images sont retransmises en direct sur *Canal 4* et reprises en écho par de nombreux médias, bien au-delà des frontières nationales.

Romain suit le groupe à quelques pas derrière Emma. Pour l'occasion, son amie porte une jupe noire et des bottes de la même couleur. Son long cou dévoile sa fragilité et lui rappelle ce à quoi ils ont échappé. Cette femme est devenue aujourd'hui un objet de fascination pour des millions de gens, et lui, Romain Dutreil, a été élu pour vivre dans son sillage. Que de chemin parcouru ! Quelle étrange existence lui avait réservé le destin ! Le destin ? Peut-il l'appeler ainsi ? Il se souvient de cette nuit pluvieuse où seul, sur la place d'armes du château de Versailles, il s'est adressé à la statue du Roi-Soleil, comme l'aurait fait un disciple devant son Dieu. En tout cas, il ne le remerciera jamais assez de l'avoir mis en présence de cette jeune femme. Il est prêt à l'aimer et à la servir toute sa vie. Il ne le lui a pas répété, mais tous deux se souviennent des mots qu'il a prononcés devant la mort.

Un des trop rares soirs où ils s'étaient retrouvés pour dîner, sans crier gare, elle le lui avait rappelé. Des mots pareils ne pouvaient pas rester en suspens, lui avait-elle dit. Elle en avait été très touchée. Elle l'aimait aussi, mais avait besoin de temps. Elle vivait une révolution personnelle, un cataclysme qui l'empêchait d'entamer une histoire d'amour. C'étaient ses propres termes. Elle ressentait quelque chose de profond pour lui mais était trop perturbée pour le moment. Cependant, elle avait besoin de lui à ses côtés.

Romain avait compris, ce soir-là, que le policier avait également ses chances. Tant que Yannick ne serait pas parmi eux, Marie n'engagerait rien par respect pour un homme qui avait risqué sa vie pour elle. Elle avait besoin de ses deux chevaliers. Une princesse et deux prétendants. Le souvenir de son premier prince charmant les avait fait beaucoup rire. Tant d'eau avait coulé sous les ponts. Elle répétait ce qui s'était passé pour sa mère, une histoire à la *Jules et Jim*. Pourvu que ça ne tourne pas aussi mal !

Aujourd'hui, personne ne peut savoir qui des deux aura la chance d'être choisi par la belle.

Romain n'en éprouve aucune jalousie. Les sentiments de la jeune femme sont limpides et purs. Il sera toujours là.

Le groupe arrive devant une porte massive derrière laquelle part un escalier en colimaçon qu'ils empruntent les uns derrière les autres. Ils arrivent dans une salle voûtée très peu éclairée. Seul le projecteur accroché à la caméra du journaliste permet de distinguer les alcôves disséminées de part et d'autre. Cette forte lumière blanche anime leurs ombres, qui se projettent sur les parois dans une sarabande fantasmagorique. Le frère abbé s'arrête devant une entrée au-dessus de laquelle trois fleurs de lys sont gravées dans la pierre.

— C'est ici, Majesté !

Il tend une clé de grande taille à la jeune femme. Emma le remercie d'un signe de tête. Lentement, elle l'introduit dans la serrure et fait deux tours sur la gauche. Le couinement de l'huisserie perturbe le silence de cathédrale. L'héritière actionne le bouton de la porte et pousse le lourd vantail. Elle ne se doute pas qu'au même moment des millions de téléspectateurs retiennent leur respiration.

La jeune femme pénètre dans la pièce, suivie de ses amis. Letto, en bon journaliste, conscient de la chance qu'il a de retransmettre un tel scoop, se positionne de la meilleure des manières. Le monde entier a la possibilité de découvrir la descendante de Marie-Antoinette sous son meilleur profil.

La jeune femme se signe et s'agenouille devant un catafalque ; ses compagnons font de même.

Letto fait un zoom lent sur la dépouille qui gît dans un cercueil de verre. Le monde entier découvre les traits de Louis XVII. Le corps n'a pas souffert. Il est étonnamment bien conservé. Le journaliste se souvient de ces dépouilles saponifiées qu'il avait filmées dans une crypte lors d'un reportage dans le sud de l'Italie. Celui-ci présente les mêmes caractéristiques, notamment ce teint cireux qui fait penser aux personnages du musée Grévin. L'expression de son visage est apaisée et ne laisse en rien transparaître les mille et une trahisons qu'il a subies durant sa vie. Des cheveux d'un blanc de craie sont encore attachés à son crâne. Il est vêtu d'une redingote foncée sur un gilet de soie sombre. Son cou est ceint d'un foulard parme. Ses mains jointes enserrent un dizain dans une prière éternelle.

Le reste des accompagnants pénètre dans le caveau. Boubacar n'en croit pas ses yeux. Il cherche le soutien de sa maîtresse, mais celle-ci prie, les yeux fermés, à quelques centimètres de son aïeul. Le moment de recueillement est plein d'émotion. Le caveau ne peut plus accueillir quiconque.

Romain remarque, pour la première fois, une vieille dame agenouillée au côté d'Emma. Il a l'étrange impression de la connaître. Ses cheveux blancs sont réunis dans un chignon austère. Lorsque les yeux de l'intruse s'arrêtent sur lui, son visage s'éclaire d'un sourire énigmatique. Romain la salue d'un signe de tête. Du coin de l'œil, il remarque que Yannick est également intrigué par cette présence.

Emma a terminé sa méditation ; elle se relève pour permettre aux autres de s'approcher du dernier roi de France. Le groupe reste dans la crypte un long moment, jusqu'à ce qu'Emma entame le chemin du retour.

Ils retrouvent l'air libre avec plaisir.

Les journalistes restés dehors, ainsi que la foule de curieux, crient son nom. Ils veulent voir l'héritière de plus près. Elle se rend vers eux, accompagnée de ses gardes du corps attitrés. Les gendarmes en faction devant la grille se découvrent à son arrivée, ne sachant quelle attitude adopter. L'un d'eux se met même au garde-à-vous.

Déjà, Yannick et Romain devisent pour trouver une façon de s'éclipser. Le départ de l'abbaye ne va pas être simple. À moins de foncer dans la foule, il n'y a pas d'issue. Quant à l'aide des autorités locales, ils n'y comptent pas trop : ils n'ont aucune légitimité pour bénéficier de la moindre escorte.

Jean-Pierre Letto leur propose l'hélicoptère de *Canal 4*. C'est de loin la meilleure solution. Ils l'acceptent avec plaisir. Ils décident avec leurs chauffeurs d'un rendez-vous à une cinquantaine de kilomètres d'ici. Il ne leur reste plus qu'à faire croire qu'ils rentrent par la voix des airs.

Les trois hommes attendent le retour d'Emma.

— Quelqu'un connaît la personne qui priait à côté d'Emma, demande Yannick.

— La vieille dame ? Quelle vieille dame ? Je n'ai vu que des hommes dans le caveau, répond Letto.

— La personne qui se trouvait à gauche d'Emma, dans le caveau. Elle m'a souri, poursuit Romain. J'ai l'impression de l'avoir déjà rencontrée, mais je ne me souviens plus où.

— Je suis comme toi. Je me demande même si ce n'était pas dans un rêve, dit Yannick.

— Maintenant que tu le dis, j'ai la même impression.

— Arrêtez votre délire, les chevaliers. Je vous dis qu'il n'y avait personne à côté d'Emma.

— Peux-tu nous montrer ce que tu as filmé ?

Le journaliste manipule sa caméra pour visionner la séquence à l'intérieur du caveau. Il va d'avant en arrière, mais aucune vieille dame n'apparaît à l'écran. Les deux amis se regardent, certains de ne pas avoir rêvé. Emma pourra confirmer leurs dires.

Au loin, une forêt de micros est tendue vers elle. Ils la regardent répondre aux questions des nombreux reporters, frustrés de rester derrière la grille d'entrée. Ils ont assisté aux minutes de recueillement de la jeune femme, en direct, comme tout un chacun, et se rattrapent à présent. Emma est surprise par les questions qui ne cessent de fuser. Ils usent de tous leurs stratagèmes pour la retenir le plus longtemps possible. Elle y met un terme en s'excusant et rebrousse chemin sous les cris de la foule. Ses trois amis sourient en voyant sa grimace lorsqu'elle s'approche d'eux.

Juste avant de quitter les lieux, Letto prend Emma à part :

— Vous ne pouvez ignorer tous ces gens, à présent. Ne les décevez pas. Je sais que vous n'avez pas choisi cette vie-là, mais, que vous le vouliez ou non, votre existence est dorénavant liée au peuple de France.

— Je sais, Jean-Pierre. Cela fait un mois que j'y pense, que ça tourne sans cesse dans ma tête. Tout cela va si vite. Laissez-moi réfléchir et trouver la meilleure façon d'aborder le problème. Malgré le sang qui coule dans mes veines, je ne me sens pas royaliste.

— Vous l'êtes, Emma. Regardez autour de vous. Vous êtes devenue une icône. Cela paraît peut-être insensé, mais ces gens attendent quelque chose de vous. Votre aventure a engendré une nouvelle donne, une sorte de Révolution à l'envers. Votre image est liée à tout ce qui se passe aujourd'hui. Les médias vous ont tracé une voie royale qui peut vous conduire vers des sommets. Vous n'êtes pas obligée d'adopter les idées de l'Ancien Régime. Trouvez de nouvelles règles afin que plus de justice et d'équité reviennent dans ce pays. Vous devez tout changer.

Elle regarde Boubacar qui ne la quitte pas des yeux. Il est tendu, prêt à bondir en cas de besoin.

— J'en suis consciente. La tâche sera difficile. Laissez-moi réfléchir.

L'hélicoptère décolle et survole la marée humaine en direction du sud. Boubacar a l'autorisation de monter à l'avant, à gauche du pilote. C'est son baptême de l'air. Ses yeux semblent sortir de leurs orbites. Il se tourne vers son collègue et lui hurle des mots incompréhensibles. Leurs sourires en disent long sur le bonheur éprouvé.

Emma, entourée de ses deux princes, leur prend la main. Ils effectuent le voyage en silence, observant les couleurs de la vallée du Rhône. La jeune femme revoit les paysages des Bahamas survolés peu de temps avant. Une éternité !

Le pilote les dépose au pied des ruines du château de Crussol, forteresse surplombant le bourg de Saint-Péray, lieu de rendez-vous avec le reste de l'équipe. L'altitude du site offre une vue extraordinaire sur la ville de Valence. Le mistral, qui souffle ce jour-là, a nettoyé le ciel et la vue s'étend jusqu'aux contreforts du Vercors.

Le groupe se rend dans une petite crêperie pour se mettre au chaud. Ils sont les seuls clients. Ils choisissent la table la plus proche du feu de bois qui crépite dans l'âtre. Ils se restaurent avec appétit. Le reste de l'équipe vient d'appeler, ils seront là d'ici une heure. Le stratagème a fonctionné, la horde de paparazzis et de journalistes a abandonné la filature.

Après avoir englouti deux crêpes chacun, les deux gardes du corps sortent surveiller les environs. Emma regarde longuement Romain et Yannick. C'est la première fois qu'ils se retrouvent seuls, tous les trois.

— Mes amis, entame-t-elle solennellement, j'attendais le moment de vous avoir tous les deux en face de moi. Ce n'est pas très facile à expliquer, mais je veux que les sentiments qui nous unissent ne soient pas ternis par des faux-semblants. Nous avons vécu ensemble une aventure extraordinaire qui nous a laissé à tous des cicatrices, aussi bien mentales que physiques. Je sais ce que vous éprouvez pour moi, vous me l'avez dit à différents moments et je dois vous avouer que je partage les mêmes sentiments. À mon tour de vous dire que je vous aime. J'ai besoin de vous. Tous les deux ! Je sais que c'est terrible à dire, mais, par honnêteté, je ne peux décider qui de toi, Romain, ou de toi, Yannick, je pourrai aimer le plus. Aujourd'hui, je ne me sens pas capable d'être avec l'un de vous et d'aimer l'autre en secret. Ce serait au-dessus de mes forces, et indigne de tout ce que vous avez fait pour moi. Choisir serait vous trahir.

— Mais Emma…

— Attends Yannick ! Ce n'est déjà pas facile pour moi. Je vous laisserai parler, un peu de patience ! J'ai eu peur de vous perdre, je vous ai vus mourir, pour ou à cause de moi. Il ne s'est pas passé un seul jour sans que je pense à vous et vous m'avez rendu au centuple ce qu'une femme peut attendre d'un homme. Je n'ai plus de famille, je n'ai que vous deux. La vie est ainsi faite. Je ne sais pas ce que l'avenir me réserve, mais ce qu'il y a de sûr, c'est que je ne le vois pas sans vous deux. Donnez-moi un peu de temps, j'ai besoin de me restructurer. Et faisons confiance au destin.

— Que peut-on ajouter à cette franchise, à part de t'en remercier ? répond Romain.

— Oui, merci ! acquiesce Yannick.

— Maintenant, acceptez-vous de continuer à m'aider ? Je crois que je vais avoir besoin de vous. Je n'ai pas encore décidé comment ni pourquoi, mais je sens que la route va être longue et je ne sais pas ce qui va se trouver à l'autre bout.

— Bien sûr, on ne t'abandonne pas !

— Oui, je suis d'accord avec Romain, on poursuit notre route avec toi !

— Merci mes amis.

La jeune femme pose ses mains sur les têtes des deux hommes.

— Yannick, Romain, si vous l'acceptez, je vous fais chevaliers de l'ordre du Saint-Esprit. J'en ai le pouvoir. Cela m'a été confirmé aujourd'hui.

— Cette vieille dame à tes côtés, n'est-ce pas ?

— Tu n'as pas perdu tes réflexes de bon flic, Yannick. Je suis surprise que tu l'aies vue.

— Moi aussi. Et il semblerait qu'on soit les seuls. Qui était-ce ?

— Marie-Antoinette. Mon aïeule.

— Incroyable !

— Le plus étonnant, c'est que toi, Yannick, tu aies pu la voir. Je croyais que nous n'étions que deux à avoir été choisis par l'au-delà.

— Il semblerait que non.

Le policier arbore un sourire énigmatique. Il va dire quelque chose, mais Emma ne lui en laisse pas le temps.

— Alors, messieurs, ma requête ?

— On accepte, bien sûr.

— Promettez-moi que vous servirez votre reine jusqu'à la mort et jamais ne la renierez.

Les deux hommes sont stupéfaits. Si Emma n'avait pas ce ton sérieux, ils éclateraient de rire, mais, après cette journée éprouvante sur le plan émotionnel, ils restent stoïques.

— Je te le jure, répond Yannick

— Mois aussi, je te le promets.

Emma les fixe de ses grands yeux noirs. Romain observe ce bijou planté dans l'arête de son nez. Il prend à présent une dimension quasi mystique.

— Allons prendre l'air, j'en ai bien besoin, ajoute-t-elle en riant.

Le soleil est bas sur l'horizon et le vent de plus en plus glacé. Ils surprennent les deux gardes du corps en train de fumer un joint. Les deux gamins le jettent à terre dès qu'ils approchent. Emma sourit devant la réaction de ces deux gaillards grandis trop vite, rompus à la guérilla urbaine, à qui rien ne semble faire peur, mais qui se comportent comme deux enfants qui craignent de se faire gronder par leur maîtresse.

— Boubacar, Amid, franchement, j'aurais bien besoin de partager avec vous ce calumet. C'est bien dommage que vous l'ayez jeté. Je vous présente deux nouveaux chevaliers du Saint-Esprit, Romain et Yannick. Vous devrez veiller sur eux aussi bien que sur moi. D'accord ?

— Des chevaliers ? Y a pas de problème Majesté, c't'un truc de ouf, mais on vous suit. Amid, quand on va dire ça à ton daron, y va kiffer grave. C'est quoi leur nom de guerre ? Les chevaliers, y z'ont bien un nom de guerre, non ?

Yannick et Romain s'esclaffent devant la faconde et la bonne humeur du jeune homme. Emma se retient d'éclater de rire. Cet intermède leur fait du bien.

— Je ne sais pas moi, répond-elle. Ah si ! Romain est le chevalier « Chaman ». C'est sous ce pseudo que je l'ai rencontré sur Internet il y a… une éternité. Et toi, Yannick, tu n'as pas de pseudo que l'on pourrait utiliser comme nom de guerre ?

Le groupe regarde le policier, attendant une réponse qui ne manquerait pas d'alimenter leur fou rire. Yannick réfléchit. Il a visiblement trouvé mais semble vouloir parfaire son effet. Toujours avec le sourire, il annonce son nom :

— Cornélius ! Le chevalier Cornélius, pour vous servir, Majesté !

Il accentue l'effet en faisant un clin d'œil grossier à ses deux amis qui n'en croient pas leurs oreilles.

FIN

Note de l'auteur

Cher lecteur

Dans ce roman, j'ai voulu faire revivre une grande figure de notre passé : Marie-Antoinette. J'ai toujours été intrigué sur ce que serait devenue la France si la monarchie avait perduré jusqu'à notre époque. Bien que je me sois engouffré dans certaines zones grises de notre Histoire, ce récit reste une fiction ; Loin de moi l'idée de défendre telle ou telle hypothèse concernant la mort de Louis XVII. Je me suis servi de sa disparition pour servir l'intrigue de mon récit. Si cela vous intéresse, je vous invite à forger votre opinion en lisant les ouvrages de Philippe Delorme, ou de Laure de La Chapelle.

N'hésitez pas à me donner vos impressions sur ma page Facebook : Fred Roigoon auteur.

Sachez que cet ouvrage a été autoédité et ne bénéficie pas des moyens publicitaires des grandes maisons d'édition. Sa seule défense est le bouche-à-oreille. Alors, si cette histoire vous a plu, n'hésitez pas à en parler autour de vous, à l'écrire sur les sites Amazon, Babélio et autres, votre avis compte.

Et si vous voulez me faire part d'une remarque, écrivez-moi à l'adresse : roigoon@me.com Je vous répondrai personnellement.

Roigoon

Romans du même auteur :

AB2LEP éditions

Sant tambour ni tempête : Une réflexion profonde du choix de chacun sur les couleurs de la vie.

Axel a tout pour être heureux, une belle famille, un travail passionnant, une notoriété et de l'argent. Seulement voilà, son caractère sombre l'empêche de voir le bonheur qui l'entoure. Le parachutage d'un journaliste célèbre dans son journal, une rencontre inattendue avec une femme médecin et des événements tragiques vont faire vaciller ses certitudes. Géant aux pieds d'argile, Axel saura-t-il basculer du bon côté de la frontière invisible qui sépare la haine de l'amour ? Saura-t-il changer de regard et enfin saisir sa chance ?

Dancing Queen : (Thriller noir) On ne fuit pas ses démons juste en enfilant une robe du soir.

Plus qu'un simple fan, Gabriel est obsédé par une superstar de la chanson. Pour lui, il n'y a aucun doute : cette jolie blonde ne peut-être que sa mère. D'ailleurs, ne lui ressemble-t-il pas ? La retrouver lui apporterait enfin amour et tendresse, des sentiments dont il a été tant privé. Mais pourchasser cette chimère suffira-t-il à le débarrasser de cette violence qui l'habite, cette cruauté qui parsème son chemin de cadavres sanglants ? Aura-t-il le courage de combattre les forces obscures qui tiraillent son corps androgyne, ce corps dont tous les hommes raffolent ?

Alors que des policiers le traquent à travers l'Europe, Gabriel nous dévoile sans pudeur l'origine de son inhumanité... avec ses mots à lui... des mots qui le feraient presque passer pour un ange.

#Opération Jésus (Éditions ex-aequo)

À Jérusalem, de nos jours, un jeune homme au charisme extraordinaire guérit ses congénères. Les autorités s'inquiètent. Serait-ce le retour tant attendu du Messie ? L'afflux de milliers de disciples attirés par ses miracles menace la sécurité d'Israël. De plus, une attaque terroriste sanglante en Terre Sainte, visant la famille présidentielle américaine, redistribue les cartes des alliances politiques au Moyen-Orient.

Qui est ce garçon ? Une chance pour l'humanité ou un danger bien plus effrayant qu'une attaque nucléaire ?

La réunion de trois personnages clés, au profil atypique, sera nécessaire pour découvrir son terrible secret.

Nouvelles :

Le chat (AB2LEP Éditions)

Un savant déchiffre par hasard le langage félin. Il lui faudra une nuit pour répondre à cette question : cette découverte est-elle une réelle avancée ou, au contraire, la rendre publique ne serait-il pas terriblement dangereux ?

Parsifal (« Galop d'essai », recueil de nouvelles présenté par Françoise Bourdin. éditions Belfond)

Un jeune apprenti pilote nous relate sa relation extraordinaire avec un jeune pur-sang lors d'un transport un peu particulier au-dessus de l'Afrique.

Remerciements :

Un roman ne se fait jamais seul. Je tiens à remercier :

mon correcteur, Bernard Morin, que j'aime appeler le roi de l'anacoluthe, Stéphane Imbert pour les photos, mes beta-lecteurs, Claire Abadie, Mathilde Virolle, Catherine Barat, les mordus de Thriller, plus particulièrement : Séverine Delcroix, Ludivine Colas, olivier Dreux, Niina Duhamel, Khadija Didij Gamouh, pour leur aide dans la conception de la couverture, et leur action prépondérante dans les réseaux sociaux. Et aussi Mathilde Bruno, d'AB2LEP éditions, toujours disponible, même la nuit lorsque je suis atteint d'insomnie.

Ma gratitude est sans limite

Ce livre a été imprimé en France

Dépôt légal : Décembre 2017

Printed in Poland
by Amazon Fulfillment
Poland Sp. z o.o., Wrocław

59872100R00249